明末清初西陵词坛研究

Research on Xiling Ci Tan in the Late Ming and Early Qing Dynasty

耿 志 著

中国社会科学出版社

图书在版编目(CIP)数据

明末清初西陵词坛研究／耿志著. —北京：中国社会科学出版社，2023.7
ISBN 978-7-5227-2443-0

Ⅰ.①明… Ⅱ.①耿… Ⅲ.①词(文学)—文学史研究—中国—明清时代 Ⅳ.①I207.23

中国国家版本馆 CIP 数据核字（2023）第 155117 号

出 版 人 赵剑英
责任编辑 郭 鹏
责任校对 刘 俊
责任印制 李寡寡

出 版 中国社会科学出版社
社 址 北京鼓楼西大街甲 158 号
邮 编 100720
网 址 http://www.csspw.cn
发 行 部 010-84083685
门 市 部 010-84029450
经 销 新华书店及其他书店

印 刷 北京君升印刷有限公司
装 订 廊坊市广阳区广增装订厂
版 次 2023 年 7 月第 1 版
印 次 2023 年 7 月第 1 次印刷

开 本 710×1000 1/16
印 张 24.75
字 数 345 千字
定 价 139.00 元

出版说明

为进一步加大对哲学社会科学领域青年人才扶持力度，促进优秀青年学者更快更好成长，国家社科基金2019年起设立博士论文出版项目，重点资助学术基础扎实、具有创新意识和发展潜力的青年学者。每年评选一次。2021年经组织申报、专家评审、社会公示，评选出第三批博士论文项目。按照“统一标识、统一封面、统一版式、统一标准”的总体要求，现予出版，以飨读者。

全国哲学社会科学工作办公室

2022年

序

明清之际，西陵地区的词学非常发达，不仅词人众多，历时较长，而且其活动也不限于创作，凡与词学相关的，如词选、词论以及填词技法的讨论等，均有涉及，吴熊和先生以为，“清初在西陵出现的是词的全面复兴态势”。研究明清之际的词学复兴，西陵词坛无疑是一个很好的样本。但研究西陵词坛也面临一些实际困难，如西陵地区词人众多，却缺乏明确的领袖人物，也没有统一的风格取向，这就涉及到如何为西陵词坛定性的问题。另外，西陵地区词学活动频繁，留下的词学文献也非常多，如何搜集、整理这些数量很大，且有些还处于散乱状态的原始文献，也是一项十分艰巨的工作。因此对西陵词坛的研究，始终没有很好地展开，也较少有突破性的成果。耿志从博士二年级起，就对明末清初的西陵词坛表现出很大的兴趣，并以此作为博士学位论文的选题。此后几年，他从搜集材料入手，花费了大量的精力和时间，在尽可能还原西陵词坛真实面貌的基础上，对西陵词人的群体性质以及词史定位，西陵词学的基本特点、演化过程、在清词中兴中的贡献以及自身局限性等问题，均作了比较深入的思考与扎实的论证，提出自己的看法。其博士学位论文在答辩时受到答辩委员的一致好评，并被推荐为优秀论文。现在，他在博士论文基础上修订而成的书稿《明末清初西陵词坛研究》，得到国家社科基金优秀博士论文出版项目的资助，即将出版，可喜可贺。

通读书稿，我觉得有几点比较突出，值得专门提出来谈一谈。

首先，打通朝代切割，将西陵词坛视为一个整体。一般的词学史研究往往受政治社会史的影响，习惯于将朝代作为划分词学史的时间节点。这样做的好处是可以看出不同社会政治对词学的影响，显示出不同朝代词学发展的主要特点，同时也简洁明了，容易操作。但缺陷是容易忽略文学发展的自身规律，并因人为切割而影响对研究对象内在发展完整性的把握。书稿根据西陵词坛的研究实际，摒弃了借助政治社会史以建构文学史的思维模式，将明末清初的西陵词坛视作为一个整体来进行考察，梳理出西陵词坛的演化轨迹。作者通过仔细分析原始文献，认为西陵词坛的基本词学精神从天启年间已开始孕育，理论宣言提出于崇祯间，而其逐渐产生影响是在顺治间，至康熙十年左右形成气候，康熙二十年则取得了全面成就、产生了重大影响。西陵词坛的词学活动和内在的词学史演变贯穿了明天启、崇祯和清顺治、康熙四朝，具有连贯性和整体性，中间并没有因明清易代而发生割裂或者停顿，也没有发生演化方向的明显变化。因此，书稿在材料的基础上，梳理了西陵词坛的发展过程，揭示每个时段的特点和彼此关系，勾画出演化的轨迹。基于此，书稿提出西陵词学“两段论”的观点，认为西陵词坛的演化以康熙十四年《西陵词选》和《见山亭古今词选》的刊刻为节点，经历了两个时期。前期理论旗帜是明末主情论基础上的多元审美主张，后期理论旗帜是诗教规范下的多元审美主张。后者之于前者的区别在于词体情感的净化与词体品格的升华，显示了明代词风向清代词风的过渡。这一判断是在认真梳理西陵词坛演化过程后提出的，比较贴合实际，也能体现出词坛不同发展阶段的特点以及前后演化的轨迹。

其次，既有较强的理论色彩，又有扎实的文献基础。耿志硕士期间读的是文艺学，理论基础较好，因此他的文章比较注重思辨性，这点在书稿中也有所体现。总体来看，书稿的问题意识较强。在确定选题时，他就面临一个需要回答的核心问题：明末清初西陵词坛上是否存在着西陵词派？也就是说，西陵词坛诸人是一个松散的词学群体，还是一个成形的词学流派？书稿基本上都是围绕这一根本问题在展开，最后得出结论：以多元审美为基本词学精神并曾持续活动于西陵这一特殊词学生态中的词人，事实上已经构成了一个相对明确的准流派性质的西陵词学共同体。书稿还对这一共同体作了比较明晰的界定：这是一个以仁和、钱塘为中心，以余杭及海宁部分地区为外围，由天启至康熙约百年间的百余位词人组成的，无宗主的，以婉约、豪放并存不废的多元词风主张为理论和创作旗帜的词学共同体。这一结论比较平稳、公允，也符合西陵词坛的实际，容易得到认同。考虑到明清之际，江南地区存在大量比较松散的、以地域为纽带的词人群体，这一结论也对这些郡邑性词人群体的性质认定提供了一种新的思路。但是要得出这一结论并不容易，作者需要搜集、综合大量原始材料，并经过认真思考与仔细斟酌。结论的背后，有扎实的文献作支撑，这点在书稿的第一章中体现得尤为明显。作者为了全面考察西陵词人的群体规模和创作情况，从词人、词作、其他词学文献三个方面搜集、整理文献，最后于《全明词》《全清词》系列之外，新辑补词人 19 位；梳理了西陵 145 种词集，其中包含不少《全明词》《全清词》漏收的重要词集，新辑补词作 1700 首以上；考察西陵近 40 种词学文献，重点发掘、考辨一批罕为人知的文献。这三组数据的背后，是作者艰辛的基础性工作，凝聚大量的时间与精力。可见，书稿在理论创建的背后，有扎实的文献基础。

再次，纵横交错的结构布局。西陵词坛的词学活动历经天启、崇祯、顺治、康熙四朝，词人众多，留下的作品和其他词学文献也相当多，如何从这些材料中理出头绪，再以一种合理的结构方式将其组织起来，展现出词坛的真实面貌，也需要认真思考。书稿采用了横向为主，纵向为辅，点面结合的结构方式，比较科学合理。从横向看，全书四部分，第一部分是西陵词坛的总貌描述，以下三部分依次是选本研究、理论研究和词的创作研究，基本上涵盖了西陵词坛的主要方面。从纵向看，选本、词论和创作三部分，每一部分均按时间顺序进行系统梳理，或考察其词学观念与理论表达上的前后联系与变化，或分析其创作风貌变迁的动态过程。三部分各自梳理，呈现某一方面的特点与前后变化；合并起来，又能显示西陵词坛整体性的演化过程。与纵横交错的结构相配合，书稿还注意采用点面结合的论述方法，这在阐述西陵词人的创作部分表现得比较明显。西陵词人数量较多，创作风貌也比较多样，如果要一一加以描述显然比较困难，因此书稿主要选取不同时间段中对西陵词学风会有关键影响及创作成就卓越的词人进行重点阐述，再以点带面，呈现西陵词坛的总体创作风貌。如通过徐士俊、卓人月的创作，考察西陵多元词风对突破明代词坛格局的尝试及其创作得失；通过曹元方及“冰轮二陆”的词，呈现易代变革对于词坛风会的影响；通过考察沈谦的词风嬗变，透视多元化审美风气的演进过程；通过对“东江词人”的剖析，呈现多元化的创作表现，并借以展示西陵词坛的代表性创作成就。从全书看，既有点的深入，又有面的展开，以点带面，很好地阐述了西陵词坛在不同时期的创作风貌及其变化过程。

耿志是个青年学者，书稿的出版对他是一个鼓励，也是他学术生涯中的一个重要事件。我衷心希望他能以此为新的起点，不断努力，不断进步，取得更多、更有影响的学术成果。

朱惠国

2022年10月于上海

摘　　要

杭州古称西陵，是中国词学史上的一大重镇。仅明清之交百年间，即诞生了词人400余位、词学著作近40种，现存词作10000余首，吴熊和先生称："清初在西陵出现的是词的全面复兴态势。"西陵词人于明末率先掀起了对于词体和词史的大总结，于词选、词论、词调、词韵、词谱诸学多有开创，但在现代词学研究中久遭冷遇，其词坛定性与词史定位皆模糊不清。西陵众人是一个词学群体还是一个词学流派，长期困扰着学界，它在明清词史上的价值和意义何在，也是一个悬而未决的问题。

有鉴于此，本书首次从实体形态和理论形态两个层面系统考察了西陵词坛的群体性质，系统评估了西陵词学的特点、演化、贡献以及局限性，深入辨析了西陵词坛诸人在理论主张和艺术追求上的流派属性以及在词学核心精神和组织形式上的反流派属性。

本书分四部分，分别考察了西陵词坛的群体概貌、选本系统的核心艺术观念和审美主张、主要词学观念的嬗变过程、创作风貌变迁四个问题。本书认为，西陵词坛中存在着一个实体形态有所欠缺而理论形态较为完备的词学准流派。以多元审美为基本词学精神并曾持续活动于西陵这一特殊词学生态中的词人，事实上已经构成了一个相对明确的准流派性质的词学共同体。这一词学准流派是一个以仁和、钱塘为中心，以余杭及海宁部分地区为外围，由天启至康熙约百年间的百余位词人组成的，无宗主的，以婉约、豪放并存不废的多元词风主张为理论和创作旗帜的词学共同体。

它的演化经历了两个时期，约以康熙十四年《西陵词选》和《见山亭古今词选》的刊刻为节点，前此是以主情论为思想基础的多元审美阶段，后此是以诗教规范下的新型主情论为思想基础的多元审美阶段。第二阶段之于第一阶段的区别在于词体情感的净化与词体品格的升华，显示了明代词风向清代词风的过渡。

西陵词人率先冲破了明末婉约为宗的词坛僵化格局，不仅以其极具现实针对性和理论开拓性的词学思想引领了一个时代向另一个时代的词学嬗变，更以其极具开放性和包容性的词学精神，开一代风气，有力推动了清初百派纷呈的词坛新格局的形成。更在康熙十年至十八年前后，为适应时代需求进行深层的理论自我调整，将作为多元审美的思想基础的“主情说”纳入到儒家诗教系统中进行改造，昭示着浙西词派“雅正”审美作为新的词学潮流即将到来。而多元审美时代和雅正审美时代即词史中兴的全过程。西陵词人在词史中兴的前期作为时代引领者而存在，在词史中兴的后期作为跟随者被席卷，是明代词学向清代词学递嬗的历史推手之一，也是词史由衰复盛的历史推手之一。

关键词：西陵词坛；词史中兴；主情论；婉约；豪放

Abstract

Hangzhou, formerly known as Xiling, is a city of great importance in the history of Chinese ci poetry. During the transitory century from Ming to Qing, there appeared more than 400 ci poets, nearly 40 criticism of ci, and more than 10000 ci poems. According to Wu Xionghe, this indicates "a full-scale revival of ci poetry in Xiling in the early Qing dynasty". The Xiling ci poets were pioneers in making a comprehensive study on the styles and history of ci, making contribution in several aspects, such as the anthologies, theories, tunes, rhymes, and scores of ci poetry. However, in literary studies of ci nowadays, the Xiling ci poets were neglected for a long time, and their characteristics and position in the history of ci poetry have been ambiguous. It has never been decided among academics whether the community of Xiling ci poets were a loose group or a well-organized school; its value and significance in literary history also remain to be explored.

In light of this, this study systematically examines, for the first time, Xiling ci poets' nature of being a community, in terms of both the activities of the poets and their theories. It systematically assesses the characteristics, evolution process, contributions, and limitations of Xiling ci poets, making analyses regarding their attributes both as and as not a school, taking into consideration their theoretical propositions and artistic pursuits.

The four chapters of this study respectively focus on the Xiling ci poets' general outlook, core artistic ideas and aesthetic advocations as seen in anthologies, the development of main ideas in ci criticism, and the changing characteristics in ci writing. This study holds that the Xiling ci poets constitute a community with the nature of a quasi-school, whose basic feature was an emphasis on aesthetical pluralism. This quasi-school was centered in Renhe and Qiantang areas, spreading to some part of Yuhang and Haining district, consisting of more than 100 ci poets from the years of Tianqi to Kangxi. This community advocates the combination of "graceful and restrained" and "powerful and unrestrained" styles, while doesn't have certain models as agreed masters.

Its development consists of two phases, which is divided by the publication of*Xiling Anthology of Ci Poems* and *Jian Shan Ting Anthology of Old and New Ci Poems* in the fourteenth year of Kangxi. The first phase is distinguished by an aesthetical pluralism based on sentiment-centered ideas, which later was regulated by a poetic moralism during second phase. Transiting from Ming to Qing, the second phase purified the sentiments of the first and elevated its style.

The Xiling ci poets were pioneers in changing late Ming's rigid atmosphere in which the dominating style were the sentimental and graceful. Their concerns for social reality and initiative in theoretical thinking contributed to the stylistic transition from one period to another, leading to a new outlook in ci poetry, one characterized by openness and inclusiveness, as can be seen in the flourishing of several schools of ci in early Qing. During the tenth to eighteenth year of Kangxi, in order to cope with the new practical and theoretical situation, the Xiling ci poets incorporated the sentiment-centered criticism into the Confucian moralism with some modification. This development indicates the upcoming of a new aesthetic trend, the "cultured and decent" of the Zhexi school. Generally speaking, the whole process of "the Revival of Ci" during late Ming and early Qing includes two periods, as marked by different aesthetical orientations: one of pluralism and one of "cultured and decent". As a formidable force in the historical of ci poetry, the Xiling ci poets were initiators in the first, and followers in the second.

Key Words: Xiling Ci Tan; The Revival of Ci; Sentiment-centered; Graceful and Restrained; Powerful and Unrestrained

目　录

绪　论 …………………………………………………………………… (1)

第一章　西陵词坛考述 ……………………………………………………… (32)

第一节　西陵词人考 ……………………………………………………… (36)

第二节　西陵词集文献考 ………………………………………………… (50)

第三节　西陵词学文献考 ………………………………………………… (68)

第二章　西陵词选研究 ……………………………………………………… (79)

第一节　《古今词统》与徐卓离合 ……………………………………… (84)

第二节　未完成的遗著《古今词选》 ………………………………… (108)

第三节　作为“今词”的《西陵词选》 ……………………………… (115)

第四节　《古今词汇》及卓周之争 …………………………………… (130)

余论 ………………………………………………………………………… (148)

第三章　西陵词学研究 ……………………………………………………… (153)

第一节　婉约豪放并存不废的词体审美观 …………………………… (153)

第二节　“以《三百篇》为师”的功能价值论 ………………………… (180)

第三节　多维度的填词技法论 ………………………………………… (198)

余论 ………………………………………………………………………… (209)

第四章　西陵词人词作研究 ………………………………………（213）
第一节　卓人月、徐士俊的多元探索 ……………………………（215）
第二节　“变徵之音”：遗民词人的词风新变 ……………………（228）
第三节　沈谦词风的嬗变 ……………………………………………（241）
第四节　“东江词人”的创作成就 …………………………………（252）
余论 ……………………………………………………………………（283）

结　语 …………………………………………………………………（287）

附录　明末清初西陵词坛年表 …………………………………（305）

参考文献 ………………………………………………………………（364）

索　引 …………………………………………………………………（376）

后　记 …………………………………………………………………（378）

Contents

Preface ·· (1)

Chapter I: Investigating the Xiling Ci Group ···················· (32)

1. Tracing the Xiling Ci Poets ·· (36)
2. Tracing the Literature of Xiling Ci Poems ···················· (50)
3. Tracing the Literature of Xiling Ci Criticism ················ (68)

Chapter II: The Anthologies of Xiling Ci Poetry ·············· (79)

1. Xu and Zhuo with *The Integrated Anthology of Old and New Ci Poems* ·· (84)
2. The Unfinished Anthology of *Old and New Ci Poems* ······ (108)
3. *Xiling Anthology of Ci Poems* as "Today's Ci Poetry" ······ (115)
4. *A Gathering of Old and New Ci Poems* and the Zhuo-Zhou Controversy ·· (130)

Conclusion ·· (148)

Chapter III: The Xiling Ci Poets' Literary Criticism ········ (153)

1. The Aesthetic Idea of Combining the Wanyue and Haofang Styles ·· (153)
2. "Taking the *Shijing* as Master": Theories on the Function and Value of Ci ·· (180)

3. Multi-dimensional Theories on Writing Skills …………… (198)
Conclusion ……………………………………………………… (209)

Chapter IV: The Xiling Ci Poets' Writing ………………… (213)
1. Exploring Pluralism: Zhuo Renyue and Xu Shijun ……… (215)
2. "Changing into the Sound of Zhi": New Styles in
Ming Loyalist Poets ……………………………………………… (228)
3. The Alterations of Shen Qian's Style ………………………… (241)
4. The Achievements of Dongjiang Ci Poets ………………… (252)
Conclusion ……………………………………………………… (283)

Conclusion ……………………………………………………… (287)

Appendix ……………………………………………………… (305)

Bibliography …………………………………………………… (364)

Index ………………………………………………………… (376)

Postscript ……………………………………………………… (378)

绪　论

词体肇始于唐，初盛于五代而大盛于两宋，上自帝胄王孙，下至樵夫渔子，作者云起，各擅其美，遂成一代之独绝，而后世莫之能继。宋徽宗崇宁四年，大晟乐府立，“新广八十四调”，因“患谱不传”，万俟雅言“请以盛德大业及祥瑞事迹制词实谱”[①]，“美成诸人又复增演慢曲、引、近，或移宫换羽，为三犯、四犯之曲，按月律为之，其曲遂繁”[②]，“终宋之世，乐章大备，四声二十八调多至千余曲，有引，有序，有令，有慢，有近，有犯，有赚，有歌头，有促拍，有摊破，有摘遍，有大遍，有小遍，有转踏，有转调，有增减字，有偷声”[③]。至此，词法转密，词事益繁，抑扬抗坠、匀揞顿住、轻重清浊皆有法度，字面、句法、章法、内容、声情、旨趣亦与诗文迥别。词之体性，历晚唐、五代、北宋而奠定，论者以之为词体正宗。[④] 不就缚于音律如苏轼者且不论，即如张先、晏殊、欧

---

① 王灼：《碧鸡漫志》卷二，《词话丛编》，中华书局 1986 年版，第 87 页。

② 张炎：《词源》卷下，《词话丛编》，中华书局 1986 年版，第 255 页。

③ 朱彝尊：《群雅集序》，《曝书亭集》卷四十，《四部丛刊》影涵芬楼藏原刊本。

④ 王兆鹏先生《花间集校注序》指出“《花间集》萃早期词作之菁华，词体定型于斯，词风亦肇基于斯”（杨景龙：《花间集校注》，中华书局 2014 年版），于小令而言，此论本无可议，但晚唐五代时词调未备，慢词未兴，慢词之体式、风调尚待宋世词人开拓、奠定。顾景星《瑶华集序后》所谓“六代三唐，类能小调，两燕二宋，渐启长篇”，庶几近之。

阳修、黄庭坚等一代作手，也未免贻讥于人。[①] “稍不如格，便觉龃龉”[②]，体性之严，以至于此。

南渡以还，“古音”“古调”“少得存者”，虽“八十四调之声稍传”[③]，而终不能维持词之体统。兵火播迁之际岂容红牙檀板浅斟低唱，黍离麦秀之间焉能绮筵绣幌拟巧夺鲜？更有东坡以诗为词之法垂范于前，稼轩以文为词之法崛起于后，群起而效之，破体之势，遂成一代风会。此后虽有通音识律如姜夔、张炎者极尽字句声腔之能事，而究属寥寥，多数词人已无力斤斤于宫商之间，遂于传统词体本色论之合理性提出质疑并致力改造。其手段主要有二：第一，理论层面，突破词在音乐和文学层面的固有疆域，上溯词源于六朝丽语，进而汉魏乐府、屈宋骚赋，以至于《诗三百》、上古歌谣。王灼《碧鸡漫志》所谓“古歌变为古乐府，古乐府变为今曲子，其本一也”[④]、张侃《拙轩词话》之“乃赓载歌，熏兮解愠，在虞舜时，此体固已萌芽，岂止三代遗韵而已”[⑤] 等，皆为此等论调；第二，创作层面，突破晚唐、五代、北宋格局，以诗文为词，以经史为词，以《诗经》之典雅中正、《离骚》之忠爱缠绵为词之准的，改造词体，由此形成与前此迥然不同的表现范围、审美风貌、文化定位、社会功用等。“词至辛稼轩而变，其源实自苏长公，至刘改之诸公极矣”[⑥]“眉山导其源，至稼轩、放翁而尽变，陈、刘，其余波也”[⑦]，正是对这一历史进程的抽绎，论者以之为词之变体。词史上南北宋之争、雅俗之争、本色与非本色之争等，由此绵延数百年。宋室倾覆、蒙元入主以后，词乐失传问题愈演愈烈。“因刘昺所编《宴乐新

---

① 以李清照《词论》、吴曾《能改斋漫录》引晁无咎语为代表。

② 李之仪：《跋吴思道小词》，陈良运：《中国历代词学论著选》，百花洲文艺出版社 1998 年版，第 63 页。

③ 张炎：《词源》卷下，《词话丛编》，中华书局 1986 年版，第 255 页。

④ 王灼：《碧鸡漫志》卷二，《词话丛编》，中华书局 1986 年版，第 74 页。

⑤ 张侃：《拙轩词话》，《词话丛编》，中华书局 1986 年版，第 189 页。

⑥ 王世贞：《艺苑卮言》，《词话丛编》，中华书局 1986 年版，第 391 页。

⑦ 王士祯：《倚声初集序》，《倚声初集》卷首，顺治十七年刻本。

书》失传，而八十四调图谱不见于世，虽有歌师、板师，无从知当日之琴趣、箫笛谱矣。”① “词自宋元以后，明三百年无擅场者，排之以硬语，每与调乖；窜之以新腔，难与谱合。”② 是以陈子龙感叹道：“本朝以词名者，如刘伯温、杨用修、王元美，各有短长，大都不能及宋人。”③ 词家无声可倚，创作失据，遂不得不侵入曲体，其上者尚知取前人名作而效之，其下者或强为翻调，或妄度新曲。其间有法正宗者，有法旁宗者，而多不能入两宋堂庑，徒增百弊，词之不振，至此极矣。

明中叶以后，继“文必秦汉，诗必盛唐”的诗文复古运动，词坛也掀起一场全方面的复古救衰运动。④ 正如蒋景祁所言：“士君子不能生际三代，每乐取其近古者道之。而近古者要取轨度绳尺确然可守者而已”，“填词非小物也，其音以宫商徵角，其按以阴阳岁序，其法以上生下生，其变以犯调侧调。调有定格，字有定数，韵有定声，法严而义备，后之欲知乐者，必于此求之”⑤。于是，明清有识之士渐期于恢复词体之旧观：

有合旧词而制谱者，如周瑛、张綖之辈——明代弘治年间，周瑛一改《草堂诗余》“以事为主”的编排方式，“以调为主，诸事并入调下”，编成《词学筌蹄》，“逐调为之谱，圜者平声，方者侧声，使学者按谱填词，自道其意中事”⑥；嘉靖年间，张綖编制《诗余图

---

① 朱彝尊：《群雅集序》，《曝书亭集》卷四十，《四部丛刊》影涵芬楼藏原刊本。

② 朱彝尊：《水村琴趣序》，《曝书亭集》卷四十，《四部丛刊》影涵芬楼藏原刊本。

③ 陈子龙：《王介人诗余序》，《安雅堂稿》卷三，明末刻本。

④ 如西陵十子之一柴绍炳（《四库全书存目丛书》影复旦大学藏康熙刻本《柴省轩文钞》卷七《许右使茗山先生陭堂稿跋》）有云：“自弘治以讫嘉隆，人慕古学，力追渊雅，于是操觚者知有‘六经’、《左》《国》先秦两汉之书，伏习而觳撰之”，此谓文，词体复古则在其后。

⑤ 蒋景祁：《瑶华集序》，《瑶华集》卷首，康熙二十五年刻本。

⑥ 周瑛：《词学筌蹄序》，《词学筌蹄》卷首，《续修四库全书》影印上海图书馆藏清初抄本。

谱》三卷，“前具图，后系词”[①] “稍存旧制，为溯古之地”[②]；此后，《啸余谱》《文体明辨》《词律》《钦定词谱》等图谱之作相继问世。继有比诸作而求韵者，如胡文焕、沈谦之流——万历年间，胡文焕有感于“世惟有诗韵行，而不知有词韵者”，未免“纽于沈韵，胶于俗见”[③] 而作《文会堂词韵》；沈谦等不满“胡文焕《韵》虽稍取《正韵》附益之，而终乖古奏”，遂“博考旧词，裁成独断”，辑成《词韵》一书，“使古近胪列，作者知趋，众著为令，且同画一”[④]；由此开启词家制韵一途，《学宋斋词韵》《词林正韵》等继之而起。其后更有切磨宫商，抉发词乐之秘者，如楼俨、秦巘之徒——孙致弥及门人楼俨辑录《词鹄》，选录各词“宫调之可知者，叙于前，余以时代先后为次序”，并辅以“段安节《乐府杂录》、王灼《碧鸡漫志》及宋、元、高丽诸史所载调存词佚者”[⑤]，朱彝尊易其名曰《群雅集》。此后，秦巘考校宫商，撰成《词系》，一反前人以字数多寡为序的制谱理念。更有凌廷堪、方成培等人，著《燕乐考原》《香研居词麈》，深究词乐之理。诸家之词谱、词韵、词乐之作，未必于古尽合，而其求恢复词体古制则一也，皆欲辨明词体，使作者知所从入，而论者知所从出——此其一也。

词坛选政呈现出新的气象：明代词坛长期笼罩于《草堂诗余》的影响之下，崇祯间卓人月、徐士俊有见于《花间集》“柔声曼节”而“不足餍人”，“《草堂》至长调而粗俚之态百出”[⑥]，遂辑成《古今词统》一书，“断以正统，予宋，而隋唐为之鼻祖，元明

---

① 蒋芝：《诗余图谱序》，《诗余图谱》卷首，台湾“国立中央图书馆”藏嘉靖十五年刊本。

② 张綖：《诗余图谱序》，《诗余图谱》卷首，台湾“国立中央图书馆”藏嘉靖十五年刊本。

③ 胡文焕：《文会堂词韵序》，《文会堂词韵》卷首，万历文会堂刻《格致丛书》本。

④ 毛先舒：《沈氏词韵序》，《毛驰黄集》卷六，清初《毛氏七录》本。

⑤ 朱彝尊：《群雅集序》，《曝书亭集》卷四十，《四部丛刊》影涵芬楼藏原刊本。

⑥ 卓人月：《古今诗余选序》，《蟾台集》卷二，崇祯传经堂刻《卓珂月先生全集》本。

为之耳孙”[①]，试图集《花间》《草堂》《兰畹》之大成，率先举旗以破除惟《草堂诗余》是从的明词习气。此后，《倚声初集》《词综》《瑶华集》等次第问世，后出转精，皆试图从不同角度振起词坛风气——此其二也。

词论之学空前勃兴，“明代中期出现有意为之的大部头的词话专著，这些专著都有综括宋元时期评艺文和言本事两种体式的企图”[②]。陈霆《渚山堂词话》、杨慎《词品》、王世贞《艺苑卮言》于嘉靖年间相继问世。此外，评点之风大行其道，杨慎、沈际飞等人评点《草堂诗余》、汤显祖评点《花间集》、徐士俊评点《古今词统》、王士禛与邹祗谟评点《倚声初集》等，以至于众多词人别集也请名士或熟人评点，个别词集的评点者可达百位以上。同时，词籍序跋大量出现，“明代词籍的整理出版，无论总集、别集、选集，皆蔚为大观，故词籍之序跋题记，数量较多，成绩较大”[③]。张仲谋先生曾“采集到明代评点词集 18 种”，辑录明代词集序跋“达 240 余篇”[④]。此外，《词话丛编》系列、《明词话全编》《清代词话全编》《清词序跋汇编》等汇辑文献俱已问世，显示出明清词学广泛涉及词源、词史、词体、词艺、词人、词风等各个方面——此其三也。

在创作层面，正如陈子龙所言“明兴以来，才人辈出，文宗两汉，诗俪开元，独斯小道，有惭宋辙”[⑤]，故词人纷纷借复古而求革新：西陵词人兼采诸体，不主一格，各因其性情禀赋之所近而取法唐宋词人，“并存委曲、雄肆二种，使之各相救”，以求“荡荡乎辟两径”于“词场之上”[⑥]。同时，有《花间》之风吹拂云间、广陵，

---

① 徐士俊：《古今词统题识》，《古今词统》，国家图书馆藏明崇祯刻本。

② 朱崇才：《词话史》，中华书局 2006 年版，第 191 页。

③ 朱崇才：《词话史》，中华书局 2006 年版，第 191 页。

④ 张仲谋：《明代词学通论》，中华书局 2013 年版，第 237 页。

⑤ 陈子龙：《幽兰草词序》，《安雅堂稿》卷五，明末刻本。

⑥ 卓人月：《古今诗余选序》，《蟾台集》卷二，崇祯传经堂刻《卓珂月先生全集》本。

稼轩之气鼓荡魏塘、阳羡，二体并行，各有瓣香者。至浙西词派《词综》出而并轨于大雅，常州词派《词选》起而一归于沉厚。诸家矛头所向，虽有不同，而瓣香所在，无不唐宋。词坛风会既开于明末，而词体复兴之势终成于清初——此其四也。

清康熙帝更有总而统之之意："览近代《啸余》《词统》《词汇》《词律》诸书，原本《尊前》《花间》《草堂》遗说，颇能发明，尚有未备。既命儒臣先辑《历代诗余》，亲加裁定，复命校勘《词谱》一编，详次调体，剖析异同，中分句读，旁列平仄，一字一韵，务正传讹，按谱填词，沨沨乎可赴节族而谐管弦矣。"① 康熙馆臣以皇家名义，编词选，辑词话，订词谱，唯独不及词韵之学，因其所主词无定韵、但取谐耳之说故也。② 更有民间好事者，欲尽掩前贤，集词学之大成于一书：其先，杭州诸子辑《词学全书》，合词谱、词韵、词论于一书；其后，江顺诒辑撰《词学集成》，于词源"循乃故辙，溯厥本根"，于词体"正变剖分，大小次第"，于词乐"应节角徵，调钟唇吭"③，并损益词韵、厘析词派、研讨词法，欲集词学之大成。

得益于以上诸端努力，自清顺、康两朝起，词风大炽，海内文人比比搦管，闺中女子纷纷染翰，"咏歌酬赠，累有篇什，骎骎乎方驾两宋"④。仅《全清词·顺康卷》及《顺康卷补编》，即辑录词人2560人，词作63400余首。而其中西陵一郡词风尤盛，有词人372位，词作8978首左右，分别占总量的14.5%和14.2%。再计入《全明词》《全明词补编》天启、崇祯两朝词人，去重、去误以后，计得西陵词人388位，词作总量9730首。在此之外，尚有相当一批

---

① 爱新觉罗玄烨：《钦定词谱序》，《钦定词谱》卷首，康熙五十四年内府刻本。

② 王奕清等曾云："词韵旧无成书，盖因雅俗通歌，惟求谐于声律，不以韵拘。故虽填词之盛，莫过于宋，而二百余载绝无撰韵之人。"（见《清文献通考》卷二百三十七）康熙词臣独不撰词韵之作，良有以也。

③ 宗山：《词学集成序》，《词学集成》卷首，光绪刻本。

④ 蒋景祁：《瑶华集序》，《瑶华集》卷首，康熙二十五年刻本。

存世而未及收录的词人词作。

“清初在西陵出现的是词的全面复兴态势”[①]，这是吴熊和先生20世纪90年代对于西陵词坛的总体概述。词的“全面复兴态势”是明末清初的词史潮流，固然不能完全归功于西陵词坛，但西陵词人率先掀起了对于词体和词史的大总结，其实践和理论的自觉性、主动性、全面性和系统性，在明末清初词坛确实是非常突出的。尤其是其包容开放的词学审美主张与创作取向，强力冲击了明代词坛的固有格局，开辟了词史演化的多重可能性和广阔空间。

一方面，西陵词人为正本清源而频操选政，有意识地通过编选《古今词统》《西陵词选》《见山亭古今词选》《东白堂词选》《古今词汇》等选本，梳理一条风格多元并存且古今一体的词史统序，极力拓展词学路径，正所谓“婉丽者皆宜付艳女红牙，雄放者并可按铜将军之绰板，莫辨其孰古孰今”，以求达到“合古今而一之，彰其盛，抑以杜其衰”[②]的现实目的；另一方面，西陵词人积极研制词韵、词谱，频繁地在选本中选录词论、词韵文献，[③]或汇辑词韵、词律、词调、词论为一整体，[④]或者一人而兼词韵、词律、词论、词选诸务于一身，[⑤]试图以多种形式全方位指示填词门径，规范词体，创

① 吴熊和：《〈西陵词选〉与西陵词派——明清之际词派研究之二》，《吴熊和词学论集》，杭州大学出版社1999年版，第419页。

② 陆次云：《古今词选序》，《北墅绪言》卷四，康熙刻本。

③ 如《古今词汇》卷前附录《旧序》8篇、《杂说》6篇，内容包括词体、词调、词风、词艺，等等；《古今词汇》附录有何良俊《草堂诗余序》、金镇《休园长短句序》、鲁超《今词初集序》、徐师曾《论诗余》《乐府指迷》《爰园词论》《诗余发凡》《诗辩坻》《鸾情词话》《花草蒙拾》《七颂堂词论》《词筌》《金粟词话》、周在浚《词论》、顾景芳《兰皋词论》、卓长龄《羡门臆说》、丁介《词论》、毛先舒《唐词通韵说》《唐宋词韵互通说》《词韵不两溷说》《词韵略》等，内容包括词体、词风、词艺、词韵等。

④ 如《词学全书》即由汇辑《填词名解》《古今词论》、仲氏《词韵》《填词图谱》而成，另附录《古韵通略》，内容包括词调、词论、词韵、词律。

⑤ 如沈谦著有词话《填词杂说》《词韵》《词谱》《古今词选》；毛先舒著有《填词名解》《填词名说》《鸾情词话》《诗辩坻》《唐词通韵说》《唐宋词韵互通说》《词韵不两溷说》，参与《古今词选》《西陵词选》等。

造一种体式规范而风格多元的词坛氛围，以干预创作与批评，消弭词坛长期以来的正变之争、门户之争。所谓“文章小技，原不足争，文章公器，又何可争”[①]，正是西陵词学的奠基者对于流派纷争最早的认知和最明确的表态；再一方面，西陵词人在创作中强调各以其性情之所近而成其艺术风格之独特，规避因时代风气的裹挟而失去自我、走向同化。西陵词坛全面、系统且高度自觉地变革词学的尝试，与云间词坛、柳州词坛等共同掀起了一场规模浩大的词学复古运动。西陵词坛既是词史复兴潮流的产物，同时又是这一时代风会的前期引领者和后期推动者，以独具特色的理论取向和得失参半的创作实绩矗立于明清词学的拐点上。其词学成就、词坛影响、历史贡献于其他词人词派的著述中斑斑可见。仅就其创作成就而言，不仅有被顾梁汾“极口”[②] 相称而谭献奉为清词“前七家”[③] 之一的沈丰垣，更有王士祯“无日不相思”[④] 而被陈维崧推举为“天下第一手”[⑤] 的吴仪一。清代词学巨擘如此推重，那么，其在现代词学研究领域的遭际如何呢？

一　西陵词坛研究概况

西陵词坛在现代词学研究中是一个尴尬的存在，以其所取得的“词的全面复兴”成就，与其在现代词学中的处境相比较，不得不说它一定程度上充当了词史建构的牺牲品。自 20 世纪 80 年代《全清

① 卓人月:《选文杂说》，《蟾台集》卷三，崇祯传经堂刻《卓珂月先生全集》本。

② 蒋景祁:《刻瑶华集述》，《瑶华集》，康熙二十五年刻本。

③ 谭献：《复堂日记》卷二，《词话丛编》第四册，中华书局 1986 年版，第 3997—3998 页。

④ 嘉庆七年王氏三泖渔庄刻增修本《国朝词综》卷十三转引厉樊榭云：“王新城晚年有《寄怀西泠三子》诗曰：‘稗村乐府紫山诗，更有吴山绝妙词。此是西泠三子者，老夫无日不相思’，其为前辈推重如此。”

⑤ 《吴山草堂词话》云：“陈检讨迦陵剧爱吴山词，称为天下第一手。”见王晫《霞举堂集》卷十，康熙霞举堂刻本。

词》编撰工作开展以来，清词研究逐渐成为唐宋词以外新的学术增长点，陈水云教授称之为“清词研究的全面繁荣”① 阶段。明词研究也在近年来呈现出良好的发展势头，取得了一系列重要突破。但西陵词坛的研究，无论是宏观层面，还是微观层面，均远不及同时期的其他地域词坛。它长期徘徊在现代词学研究的边缘，或因身历两代而被割裂，或因流派色彩缺乏辨识度而遭轻视，在研究深度、广度以及系统性方面，都存在着巨大的开拓空间。其中最具标志性的问题，是其群体性质和词史定位模糊不清，有称之为“云间词派支脉”者，有以之为“浙西六家”羽翼者，有呼其为“词学流派”者，有视其为“词人群体”者，但无论哪种定位和定性，均不能作为定论被现代词学界普遍接受。学界关于西陵词坛的争论虽然远远谈不上激烈，但分歧尤大，已经在事实上构成了对明清词学关系史研究、词学中兴史研究的巨大限制。以下拟分别从文献整理、理论研究两个层面梳理西陵词坛的相关研究成果，借以凸显学界所要面对和解决的问题。

（一）基础文献类

得益于《全明词》《全明词补编》及《全清词·顺康卷》《全清词·顺康卷补编》《词话丛编》《清词序跋汇编》《明词话全编》等大型文献整理成果的问世，西陵词人的生平资料、词作文献、词学文献已获得不同程度的梳理。

1. 词人资料

与明末清初其他地域词坛相比，西陵词坛的群体规模更加庞大。而在个人影响上，虽有徐士俊、沈谦这样词名远播、足以服众的大家，但由于他们多僻隐一方，高蹈不仕，缺少像陈子龙、朱彝尊、陈维崧这样擅词的京官或地方要员为之主持大局，大力播扬。故整体而言，西陵词人的生平信息与交游信息等资料的整理工作存在更大难度，落后于其他地域词人。

① 陈水云:《明清词研究史》，武汉大学出版社2006年版，第296页。

民国年间周庆云尝撰《历代两浙词人小传》十六卷，今有梦坡室刻本与《浙江文丛》本，综合《两浙輶轩录》《词综》《词综补》等文献，为包括多位西陵词人在内的浙籍词人分别立传。但由于该书本依西溪秋雪庵两浙词人祠堂而作，故其体例详于姓名、字号、籍贯、词集名称等，其特点在广，其价值主要在于保存词人基本信息，不得以翔实相苛求。与此书先后问世的一部西陵词学专书是郑道乾的《国朝杭郡词辑》，以稿本存世，体例略仿《国朝杭郡诗辑》，选录清代西陵词人词作并附小传，得失并同周著。而叶恭绰《全清词钞》选词立传，亦曾参考郑著，词人信息更为简略。

严迪昌先生的《清词史》体大虑周，于一代词史有创构之功，而于西陵词人，仅略及沈谦、丁澎、毛先舒、张纲孙、卓回、姚之骃数人而已，未遑多论，且谈及卓回等人身份问题，偶有失考之处。

吴熊和先生的《〈西陵词选〉与西陵词派》是较早展开西陵词坛专论的文章，有开辟之功。该文据《西陵词选》统计词人 175 位，并且专门考察了徐士俊、陆圻、柴绍炳、沈谦、毛先舒、丁澎、张纲孙、陆进、俞士彪、沈丰垣、张台柱、徐昌薇、吴仪一等词人。更重要的是，吴先生将西陵词派划分为三代词人，“以徐士俊、卓人月为先驱”，以“西陵十子”为中坚，以“‘西陵十子’门下”为后进，[①] 一举奠定了相关研究的基本框架，影响深远。只是该文以《西陵词选》为研究对象，越出此外的词人尚未及纳入。

吴先生的弟子谷辉之所著《西陵词派研究》，针对这一问题，强调“明清之际西陵一地的词人，并不止于本书所选”，并指出《瑶华集》《百名家词》《国朝杭郡词辑》等选本中存在一批《西陵词选》之外的词人。而在实质性的研究过程中，谷文并未真正将这批词人纳入研究范围内。[②] 其整体思路继承了吴先生的“三代”论，

---

① 吴熊和：《〈西陵词选〉与西陵词派——明清之际词派研究之二》，《吴熊和词学论集》，杭州大学出版社 1999 年版，第 406—407 页。

② 谷辉之：《西陵词派研究》，博士学位论文，杭州大学，1997 年。

突出贡献在于扩充了一批乃师未及展开的问题，并以专章之力为沈谦、毛先舒编辑年谱，资料丰富，内容翔实，惜未出版。

吴先生另一弟子李康化著《明清之际江南词学思想研究》，其中以《西陵词选》为中心，结合其他选本，考得明末清初西陵词人231家，进一步拓展了统计范围，揭示了一批罕为人知者的存在。

胡小林的《明末清初西泠词人群体研究》是谷文之后第二部研究西陵词学的博论，晚于谷文12年，在《西陵词选》之外，另辑补两份词人名录，分别补入词人74人和82人，共得西陵词人351家，研究视野大幅度地扩展。该文将吴先生的“三代”论落实到了具体的时间节点：公元1625年到1635年为先导期，以徐士俊、卓人月为代表；从1635年到1672年为中坚期，其所认定的主体词人也不再局限于“西陵十子”，而扩充到“北门四子”、严氏词人群；从1672年到1721年为余波期，以东江八子、西泠三子、姚氏昆仲为中心，在一定程度上冲击了以“西陵十子”为词坛中心的固有认知，是一步重要的突破。

许伯卿的《浙江词史》也继承了吴熊和先生的“三代”论框架，统计《全清词·顺康卷》及其《补编》，得浙籍词人727家，其中“杭州词人243家，嘉兴词人175家，湖州词人97家，绍兴词人47家，宁波词人14家，金华5家，温州4家，衢州3家，台州2家”[①]，在对比中非常鲜明地呈现了杭州地区词人规模。然而结合胡文可知，该书所辑名录中尚有较多遗漏。

《全清词》作为一代总集，目前为止收录西陵词人最为完备。在《顺康卷》2105位词人中，计有杭州词人342位，《顺康卷补编》新增455位词人中，又补杭州词人30位，合计372位，约占词人总量的14.5%。[②] 其词人小传内容涉及别名、字号、籍贯、基本履历、

---

① 许伯卿：《浙江词史》，杭州大学出版社2014年版，第353页。

② 其中不包括《全清词·顺康卷》重收者2位（杨琇与王倩玉、吕澄与吕溹）、长年定居或游历外郡不归者4人（金堡、陈敬璋、徐善迁、吴玉辉）、无词而误入者1人（陆钰）、籍贯有争议者3人（陆浣、沈涵、陈之群）、籍贯无考者等。

文集或词集名称等，且考证了部分词人的在世时间，用力甚勤。但是，由于《全清词》卷帙浩繁，背后工作量极大，所收词人尚有遗漏，其词人小传亦不求详备，至于“事迹不详者，盖从缺略”和考证失误的情况，皆在所难免。如误“王倩玉”和“杨琇”为两人而重收，误“吕湊”与“吕澄”为两人而重收。《全明词》亦是如此。

在这方面，马兴荣、吴熊和、曹济平三先生合力主编的《中国词学大辞典》恰能与其相互补充。该书收录相关词人不如《全清词》完备，但词人小传更加翔实，涉及交游、倡和等内容，虽然其中也难免存在着生卒年考证失误的地方。此外，谭新红的《清词话考述》对吴农祥、张台柱、卓回、吴仪一、郑景会等词人也展开了相应的介绍。

在规模庞大的西陵词坛中，仅极少数词人有年谱存世，尤其珍贵。据杨殿珣的《中国历代年谱总录》（增订版）、来新夏的《近三百年人物年谱知见目录》著录，查继佐有《查东山先生年谱》（沈起编，《嘉业堂丛书》本 1601—1676），曹元方有《淳村年谱》（自编，抄本 1606—?）、今释澹归有《澹归大师年谱》（王汉章编，稿本 1614—1680）和《金堡年谱》（容肇祖编，秦翰才抄本），应撝谦有《应潜斋先生年谱》（罗以智编，稿本 1615—1683），陆嘉淑有《陆辛斋先生年谱拟稿》（王简可编，崔以学补，静得楼校抄本）和《陆辛斋先生年谱》（陈乃乾编，1937 年铅印本），洪昇有《洪昇年谱简编》（胡晨编，《文学遗产》1963 年第 12 辑《洪昇考略》附）和《洪昇年谱》（章培恒编，上海古籍出版社 1979 年铅印本），查慎行有《查他山先生年谱》（陈敬璋编，《嘉业堂丛书》本）。沈谦有《沈谦年谱》（谷辉之《西陵词派研究》，浙大博士论文 1997 年），毛先舒有《毛先舒年谱》（谷辉之《西陵词派研究》，浙大博士论文 1997 年；《历史文献》2000 年第 3 辑），卓人月有《卓人月年谱》（郎净辑，《古籍整理研究学刊》2011 年第 4 期），胡介有《胡介年谱简编》（胡春丽辑，《历史文献》2017 年第 20 辑），孙治有《孙治年谱简编》（胡春丽辑，《古典文献学术论丛》2017 年第 6 辑）。

此外，邓长风的《周稚廉、丁澎生平考》《丁澎和他的〈扶荔堂诗稿〉》《文学奇才卓人月的生平行状》《卓人月：一位文学奇才的生平及其与〈小青传〉之关系》，以及多洛肯与胡立猛的《著名回族诗人丁澎生平补考》、胡小林的《清词人张丹卒年考》等文章，各在一定程度上细化了西陵词人的考察，部分文章可补正《全清词》《全明词》之缺失。①

然而，与庞大的词人群体相比，已有的考察还非常有限，西陵词坛许多重要词人的基本身份及其交游情况仍隐晦不彰，尚未获得相应关注，这是制约西陵词坛相关研究的主要因素之一。

2. 词作相关文献

在明末清初词坛中，西陵词人的创作活动尤其活跃，词集数量首屈一指。吴熊和先生曾根据《西陵词选》卷前目录统计，175 位词人之中，有词集者共 50 家 50 种，② 并结合其他文献初步断定“明清之际西陵词人词集，总数在八十种以上。这是同时代的其他词派所不能比的”③。谷辉之按照吴先生的思路，在《西陵词选》之外，又结合《瑶华集》《百名家词钞》《国初杭郡词辑》三部总集的记载，共统计出词别集 82 种。然而，两位前辈皆沿袭了况周颐、赵尊岳之误，将陆嘉淑《射山诗余》系于其父陆钰名下。直到林枚仪作《陆嘉淑词辑校》、胥洪泉作《〈全清词·顺康卷〉重出〈曲游春〉

---

① 邓长风：《周稚廉、丁澎生平考》见《戏剧艺术》1991 年第 3 期；《丁澎和他的〈扶荔堂诗稿〉》及《卓人月：一位文学奇才的生平及其与〈小青传〉之关系》见上海古籍出版社 2009 年版《明清戏曲家考略全编》；《文学奇才卓人月的生平行状》见《文学遗产》1996 年第 2 期；多洛肯、胡立猛：《著名回族诗人丁澎生平补考》见《西北民族研究》2013 年第 3 期；胡小林：《清词人张丹卒年考》见《文学遗产》2008 年第 6 期。

② 《西陵词选》收录词人实为 185 位，不包括宦游词人。吴先生列出共 50 家 50 部词集（包括陆进《付雪词》和俞士彪《玉蕤词》），而文中称 52 家 52 部词集，盖为统计错误所致。

③ 吴熊和：《〈西陵词选〉与西陵词派——明清之际词派研究之二》，《吴熊和词学论集》，杭州大学出版社 1999 年版，第 410 页。

作者考》、张仲谋作《〈全清词〉作者小传订补》才澄清这一事实。[①]然而，明末清初西陵词集远不止此数，详见后文。

由于《全明词》《全明词补编》《全清词·顺康卷》及《全清词·顺康卷补编》的出版，目前西陵词坛的词作文献获得了相对全面的整理，许多罕为人知的词作赖此进入了公众视野。以上四书共录388位西陵词人9730首词作，是西陵词作风貌的集中呈现。且可喜的是，学界仍在持续地辑补和订正。其中规模较大的，如王兆鹏指出《明词汇刊》所收胡文焕《全庵诗余》14首、胡介《旅堂诗余》44首、曹元方《淳村词》有349首可据补；《明词汇刊》之外，尚有朱一是《梅里词》三卷164首、《历代诗余》所录张大烈21首等；[②]和希林指出李式玉《曼声词》142首中有129首失收。[③]这些成果尚待采入《全明词》与《全清词》系列中。如此计算，西陵词作数量已经超过1万首。

比起全集的辑补、订正工作，西陵词坛诸多选集、别集的版本梳理、真伪鉴别、异文考订等工作，是更为复杂而艰巨的任务。然而到目前为止，这方面的成果寥寥无几。谷辉之曾点校了《古今词统》及《徐卓晤歌》，已收入《新世纪万有文库》。[④]程有庆在《〈古今词统〉版本考辨》一文中，首先根据《古今诗余选序》认定"现存《古今词统》的选词标准与卓人月最初的思想已有较大改变"，是非常具有见地的；文章又对《古今词统》的刊刻时间提出了质疑，认为该书应刊于卓人月去世以后，"《古今词统》的增补修订工作也就有可能非是他本人最终彻底地全部完成""现存《徐卓

---

① 林枚仪：《陆嘉淑词辑校》，《中国文哲研究通讯》2006年第1期；胥洪泉：《〈全清词·顺康卷〉重出〈曲游春〉作者考》，《江海学刊》2017年第1期；张仲谋：《〈全清词〉作者小传订补》，《东吴学术》2017年第2期。

② 王兆鹏：《〈全清词·顺康卷〉前5册漏收词补目》，《中山大学学报》（社会科学版）2006年第1期。

③ 和希林：《〈全清词·顺康卷〉漏收李式玉词辑补》，《宁夏大学学报》（人文社会科学版）2015年第3期。

④ 见卓人月、徐士俊选，谷辉之校点《古今词统》，辽宁教育出版社2000年版。

唔歌》系经后人纂辑，其内容已非原本旧貌，而篇幅当较旧本增添了许多”，这些观点多为学界前所未闻。详绎其依据，盖由作者的版本学经验推测而来，但缺乏直接证据，颇有可讨论的空间。又云“今存十六卷本《古今词统》，绝非卓人月生前所刊印的那一册《词统》”“原本《词统》应该是一个以探讨诗余写作为目的的著作，其内容当以词的评论为主，若按古书分类法进行分类，它应归入词话而并非词选”[①]。作者以孟称舜所作《古今词统序》等文献，认为另有词话著作《词统》一书，亦属过度解读，原不足信。

林枚仪曾就陆嘉淑《射山诗余》《辛斋遗稿・诗余》《射山诗钞》，及陆弘定《凭西阁长短句》等词集版本进行了详细考订，并以各本与《全明词》《全清词・顺康卷》互校，为目前最为精细翔实的西陵词作文献研究成果之一。[②] 黄强在考订了徐旭旦《世经堂初集》抄袭情况的基础上，又发表了《〈世经堂词钞〉中抄袭之作考》，指出康熙刻本《世经堂诗词乐府钞》中有59首词作抄袭自吴绮、毛际可、丁澎等18人。[③] 此类成果皆足征信，有待采入《全明词》《全清词》的后续修订工作中。

经过清代文字狱、四库工程、太平军与清军的杭州攻防战火，以及流传过程中其他因素的破坏，西陵词坛有相当一部分词集已然不存，如徐士俊《云诵词》、徐之瑞《横秋词》、关键《送老词钞》、卓回《休园诗余》、吴仪一《吴山草堂词》、洪昇《啸月词》等。但在各公私图书馆及相关家藏资料、别集、书信、笔记、方志中仍存在不少词集、词作鲜为人知，有待访求。

3. 词学文献

明末清初的西陵词学文献非常丰富。从内容上讲，包括词论、词律、词韵及词乐；从形式上说，包括词话、词集序跋、评点、论

① 程有庆：《〈古今词统〉版本考辨》，《版本目录学研究》2011年第3辑。

② 林枚仪：《陆嘉淑词辑校》，《中国文哲研究通讯》2006年第1期。

③ 黄强：《〈世经堂词钞〉中抄袭之作考》，《文献》2015年第3期。

词诗词、论词书札等。吴熊和先生曾指示，西陵词坛的相关词学文献可以辑成专书，就笔者所见，甚至可以辑成系列丛书，非一二册可以尽其事。而截至目前，获得有效整理和利用的却非常有限。

《词学全书》是西陵词坛的代表性成果，传播最广也最受关注。原有康熙十八年刻本及乾隆十一年世德堂本，包括毛先舒《填词名解》、王又华《古今词论》、仲恒《词韵》、赖以邠《填词图谱》、柴绍炳《古韵通略》五种。1916 年木石山房及 1921 年大东书局曾分别石印发行。中国书店 1984 年曾据木石山房本影印，但因书前有查培继序，而误编者“查继超”为“查培继”。1986 年书目文献出版社推出了吴熊和点校本，以康熙十八年原刻本为底本，参校世德堂本和木石山房本，不仅更正了编者，而且对赖以邠《填词图谱》之误做了详细纠订。1990 年贵州人民出版社又推出了陈果青、房开江以木石山房本为底本的校订本。据该书写于 1984 年的序言可知，校订者不曾参阅过吴校本，其成书或稍早。

1934 年唐圭璋先生编成《词话丛编》，收词话 60 种，因自费而仅刊行 200 册。在此基础上，1986 年又重新修订出版，共收词话 85 种，其中包括王又华《古今词论》一卷、沈谦《填词杂说》一卷，除了点校以外，还逐条拟加题目，并撰目录。

2012 年邓子勉毕数年之力辑成《明词话全编》八册，广泛采录了明人别集，其中收录有卓人月、卓松龄等数位西陵词人的论词文字。

乘《全清词》编撰之机，2013 年冯乾辑成《清词序跋汇编》四册，收录词集序跋、题词等 3000 余种。其中有西陵词人朱一是、毛先舒、王晫、陆堦、陆进、徐士俊、沈谦、丁澎、张纲孙、孙治等人的诸多词集序跋。本书收罗宏富，洋洋大观，但详于别集，略于总集，尚留大量辑补空间。如梁允植、丁澎、陆进、俞士彪《西陵词选序》各一篇，为西陵词坛重要文献。

此外，清初词籍评点之风颇盛，西陵词人大量评点文字散见于各别集、选集中，此类文献最不易汇辑。一人评点数集、数十人评点一集的现象并不鲜见。或者以眉批、行中批等形式存在，或者汇集于卷首、卷末而统名之“某某词话”“某某词评”。更有一集兼有多种形式者，如《柳烟词》四卷，不仅有卷尾《柳烟词评》52 则，亦有诸多眉批散列各页。这类文字虽多有阿谀之嫌，但往往就词论词，切实可采，时露精义。目前为止，其价值并未得到充分重视，相关整理成果难得一见。

谷辉之的《西陵词派研究》于词学文献用力尤勤，该文下编选辑了毛先舒词论 21 篇，丁澎 12 篇，沈谦 10 篇，徐士俊、孙治、俞士彪、吴仪一、卓回各 2 篇，陆进、洪昇各 4 篇，王晫 3 篇，沈丰垣、张台柱、陆次云各 1 篇，共 67 篇，另附录方象瑛词论 3 篇，是目前整理西陵词学文献较多的学术成果，其中披露了相当一部分未被现代词学研究者关注和利用的材料，如毛先舒《唐词通韵说》、孙治《问柳词序》、丁澎《问鹂词跋》、王晫《题王遵行〈香影词〉》，等等。然而，既名之为“西陵词人词论选编”，自不能求全责备，其溢出此编外者，尚不知几倍于此。

孙克强的《清代词学批评史论》从《古今词汇》辑录出卓长龄《羡门臆说》5 则、毛先舒《词辩坻》5 则。又与弟子杨传庆合编《词学书札萃编》，辑录了徐士俊、毛先舒、沈谦、王晫论词书札共 10 通，其中除沈谦、毛先舒互通之什及王晫《与友论选词书》以外，余皆罕睹。

西陵词学文献体量庞大，种类繁多，即使是最常被作为西陵代表的毛先舒、沈谦二人，其词学文献获得整理者仍然非常有限，其他词人、词论家自不待言。最典型的如吴农祥，其词学文献约在 30000 字左右，迄今未见有所整理，其《词苑》六十卷，虽为选本而实多词论，《历代诗余》《词苑萃编》《词林纪事》《历代词人考略》皆有转引；《梧园诗文集》中亦有词集序跋数种。再如李式玉《词源》22 则，至今未见提及者。

许多词学文献长期寂寂无闻，一方面限制了对西陵词学思想、词风词貌的理解，另一方面也导致学界的研究视野长期停留在以沈谦、毛先舒为核心的狭小范围内，深刻制约了西陵词坛研究的推进。

（二）理论研究类

西陵词坛庞大的群体，宏富的词学文献背后，是其独到的理论建树和丰硕的创作实绩。但目前为止，西陵词学的学理性研究却相当冷清。谭新红的《词学档案》一书以皇皇三百余页的篇幅结撰《近百年词学论著提要》，较为全面地梳理了现代词学史上的主要研究成果，但其中关于西陵词学的专题论著却难得一见。[①] 在1978年改革开放以前，这一状况尚不难理解，但到2021年仍未见有新著出版，西陵词坛相关研究的萧条与滞后，不能不让人惊讶。值得欣慰的是，在吴熊和《〈西陵词选〉与西陵词派》一文之外，终于有西陵词学专题论文见诸期刊，以胡小林《明末清初西泠词坛与词学复兴》为代表。此外，仍以附属于词史、词学史著作，为西陵词学研究的主要存在形式。但由于研究视野有限，并习惯于简单地将"西陵十子"中的沈谦、毛先舒、丁澎等寥寥数人等同于西陵词坛整体，相关研究所涉及的主要问题也相对集中，现分述如次。

1. 词坛定性与定位

在派别林立的明末清初词坛，是否存在着"西陵词派"？西陵词坛众人是一个词学群体还是一个词学流派？它与云间词派、浙西词派之间是什么关系？这是关系到明清词史格局的大问题，也是西陵词坛研究的根本性问题。截至目前，这一问题仍悬而未决，存在着两种截然相对的声音。

以吴熊和为代表的一批研究者对西陵词人的"词派"性质持肯定态度，但是鲜有明确给出依据者。吴先生较早提出了"西陵词派"的概念，强调了其多元包容的审美主张，并指出西陵词派"与云间

① 吴县人徐灿为海宁陈之遴妇，如果徐灿可以被认作西陵词人的话，那么程郁缀先生的《徐灿词新释辑评》应被视作西陵词学专题著作。

词派交往甚密，但不是云间支派”①。这一点可视作吴先生认定其为词派的核心依据，此外，吴先生并未就这一问题进行系统的阐释。这一提法影响甚深，此后有许多研究者直接继承了吴先生的观点，如谷辉之《西陵词派研究》、孙克强《清代词学批评史论》、朱丽霞《清代辛稼轩接受史》、闵丰《清初清词选本考论》、姚蓉《明清词派史论》、徐伯卿《浙江词史》等，皆以“词派”称之，而未见相关的理据阐释。其中姚蓉并未接受吴先生关于两个词派关系的定位，而是与《中国古典词学理论史》一样，将西陵词派视为“云间词派的旁支之一”②。陈世赟的《明末清初词风研究》虽然也认为“清初西泠词派与云间词派渊源颇深”，但是同时指出“‘西泠十子’中的许多词人却并未恪守陈子龙的‘小道’观”③，并具体分析了沈谦、丁澎和毛先舒推尊词体的意识，观点与吴文近似。

与此同时，另有一批研究者并不认可西陵词人的词派性质。在20世纪80—90年代的几部词史中，如严迪昌的《清词史》、许宗元的《中国词史》、黄拔荆的《中国词史》，西陵词坛未能占据一席之地。其中《清词史》指出张丹“无云间前期词风的痕迹”，丁澎与张丹相近，沈谦“与云间论词主张渐剥离”，而只有毛先舒“是清初典型的‘云间’余香末流之一”，在此情况下，该著依然将“西泠十子”与蒋平阶、计南阳等并列为“云间词派的余韵流响”④，所论似乎不够圆融。严先生与吴先生的文章约作于同一时期，而观点相悖如此，西陵词坛之扑朔迷离，于此可见一斑。与严先生持相似观点，李康化并不认同其词派性质而称之为“西陵词人群”，并首次给出了明确的阐释：“西陵词人反对‘派’的观念”，并且“西陵词

① 吴熊和：《〈西陵词选〉与西陵词派——明清之际词派研究之二》，《吴熊和词学论集》，杭州大学出版社1999年版，第419页。

② 姚蓉：《明清词派史论》，广西师范大学出版社2007年版，第46页。

③ 陈世赟：《明末清初词风研究》，天津古籍出版社2008年版，第19—21页。

④ 严迪昌：《清词史》，人民文学出版社2011年版，第20—29页。

人不具备形成流派的前提，即没有大致相同的主张和一致公认的宗主”[①]。其《明清之际江南词学思想研究》以《西陵词选》为中心，在吴先生的三阶段论的框架下，分别阐释了徐士俊、西陵十子、西陵后劲的词学思想，勾勒出一条清晰的西陵词学思想的流变线索，并指出其与云间词派的显著差异以及向浙西词派的过渡，这些都是非常有突破性的研究成果。然而，由于李著需要呈现整个江南的词学思想脉络，对于西陵词坛的考察不能过于铺张，其所以为据的“西陵词学思想”亦不出吴熊和先生“三代”论之范围，许多词人的词论并未进入作者的视野。即使如此，在现有著作中，李著所运用的西陵词论文献之广，也少有能比肩者。胡小林同样认为西陵词坛只存在着一个庞大的词人群体，并不认可其流派性质：“西泠词人群体的词学思想和创作风格都呈现出开放包容、异质并存的特点；也没有公认的领袖人物”“彼此的词学观也不尽相同。所以，从严格意义而言，西泠词人群体没有形成一个词学流派”，其理由与李康化先生大同小异，但同时作者也指出“他们彼此之间亦有词学共识，气脉相通”，“又区别于毫无关联的词人群体，群体内部的词学思想虽同中有异，却也自成体系”[②]，这一点为前人所未发，是目前为止比较接近事实的描述。更难得的是，作者将西泠词坛置入“词学复兴”的大背景下进行观照，指出其在明词向清词过渡阶段的重要意义，并考察了其与阳羡词派、浙西词派的交往。但是作者对于西陵词坛的创作和理论的总结仍有许多未尽之处，缺乏内部的比较和联系，尤其是其创作和理论之间的深层关系，为相关研究留下了广阔的空间。

闵丰的《清初词选与浙派消长》通过对选阵的分析，明确指出“在《见山亭古今词选》中，二陆的作品已经呈现出风格上的多元趋势”，“陆次云编选此集，也并不是为了标举浙西词派”，此说客

① 李康化：《明清之际江南词学思想研究》，巴蜀书社 2001 年版，第 101 页。

② 胡小林：《明末清初西泠词坛与词学复兴》，《中国韵文学刊》2011 年第 3 期。

观公允。但受到学界长期的思维定式的影响，作者认为蒋景祁《刻瑶华集述》已“指出陆进与陆次云作词由明清之际西泠词风逐渐向浙西词派靠拢的事实。但是云间余绪仍然很重，带有相当浓厚的冶荡底气，尚不能以浙派成员视之”。[①] 与此同时，该文从选阵的角度对严迪昌将卓周之争视为“浙西清空词风走上历史舞台、取代阳羡豪壮词风的一个标志”[②] 提出了质疑，是非常具有说服力的，但是却认为《古今词汇三编》旨在维护云间传统词风，将西陵词人视为云间词派的影从者。如果扩大研究视角，不难发现，“风格上的多元趋势”并非陆进、陆次云、卓回所专有，西陵词坛中持此论者甚众，远非云间、浙西所能笼罩。

2. 词作与词学

由于对西陵词坛的定性与定位不同，学者在研究范围、研究视角等方面也各有不同。但现有研究成果之间存在着许多可以对话的空间，从中颇能见出西陵词坛的某些共性特征。

目前为止，最具广度的研究成果当属胡小林的《明末清初西泠词人群体研究》，论及三代词人的创作风貌、六部词选的价值意义，以及众词家的词体论、词风论、词法论等。该文从诗人之词、词人之词、学人之词三个角度对西陵“异质并存”的词风进行了划分，是学界首次对西陵词风全面系统的考察，意义非凡。此外，该文还从词源、词韵、词谱等角度考察了西陵词人的词体学理论。更为难得的是，作者初步阐释了西陵诸选本婉约豪放并重的相似追求。然而遗憾的是，这一问题并未被作为一个重点问题进行深入地考察，这一审美取向之于西陵词坛乃至清初词史的价值，并未得到重视。相对而言，胡著之长在考察的全面性，其短在学理的深刻性。

张宏生的《统序观与明清词学的递嬗——从〈古今词统〉到

---

① 闵丰：《清初词选与浙派消长》，《文学评论丛刊》第 9 卷第 2 期，南京大学出版社 2007 年版，第 300 页。

② 闵丰：《清初词选与浙派消长》，《文学评论丛刊》第 9 卷第 2 期，南京大学出版社 2007 年版，第 305 页。

〈词综〉》较其高足胡小林的论著，更注重纵向的比较和联系，提出《古今词统》的统序观念问题。文章揭示了《古今词统》变革风气的意义，由其标举辛词、以“典雅格律”为选词标准、重南宋词等角度出发，重点挖掘了其与《词综》的区别和联系，认为“从《古今词统》到《词综》，可以看出一种特定的思路，即越来越明确地在词学中确定统序”，“《古今词统》的统序观念还不够明晰与自觉，其选词也难免杂芜，至朱彝尊则有了更为强烈的建立统序观的意识”①。此文视野开阔，目光犀利，见解深刻，从内在理路上呈现了明清词学嬗变轨迹之一端。但白璧微瑕，文章考察《古今词统》统序观念的视角，受到了《词综》不小的影响，与卓人月、徐士俊本人的编选意图与标准有所偏离。另外，徐士俊论述“统序”的文献或为先生所未经见。

后此三年，张仲谋在《明代词学通论》的基础上发表《论〈古今词统〉的词史建构》，将《古今词统》的统序观念阐释得尤为清晰：“合古、今为一体，着意强调今词即明词的地位；合婉约、豪放为一体，意在打破嘉靖以后贬抑豪放独尊婉约的倾向；合词史百汇于一体，既开拓了选源也丰富了词史”②，非常准确地揭示了该选的编选宗旨与意图。

两位张先生关于西陵词坛词统观念的考察，是现有研究中颇具深度和高度的成果。二人皆以微观见宏观，从明词和清词的不同角度关注着《古今词统》的统序观念，一位向后追寻余绪，重在其外在影响；一位向前追溯动机，重在其内部解剖，全面揭示了《古今词统》的内在和外在价值，对相关研究有重大的启发意义。但也正因两位先生各有立足点，并非西陵词坛的专题研究，所以该词统观念在其直接继承和弘扬者西陵词人内部的强大生命力及动态演化过

① 张宏生：《统序观与明清词学的递嬗——从〈古今词统〉到〈词综〉》，《文学遗产》2010 年第 1 期。

② 张仲谋：《论〈古今词统〉的词史建构》，《阅江学刊》2013 年第 3 期。

程，并未进入作者的研究视野，尚付阙如。

方智范等先生合著的《中国古典词学理论史》也曾经略及“词统”问题，该书引毛先舒、沈谦词论各一条，以认定其“云间余响”的性质，并称：“被称为‘即云间派也’的‘西泠派’，倒有不少论词文字，然而，在承继‘词统’的问题上，却未曾表现出接棒前行的足够热情”[①]，颇有将“词统”观念归于云间的意味。

沈松勤著《明清之际词坛中兴史论》一书，通过对徐士俊、卓人月《徐卓晤歌》中46首倡和词的分析——自设词韵者“调寄小令，以‘妇人语’抒闺阁情，风格倩丽婉约”，步前贤韵者“调寄长调，以‘文士语’写须眉志，风格刚健豪放”，“卓、徐二人通过调寄小令与长调的倡和模式，共同昭示了多元化的词学主张，这一主张便成了崇祯年间他们合选《古今词统》的宗旨”[②]，敏锐地指出“《古今词统》的首要任务在于建构词的统序”，“两宋以来词的统序就是由多层面的情感世界与‘种种毕具’的表现风格所构成的，《古今词统》所呈现的正在于此”[③]，此说颇能契合徐卓二人词学之大旨。此外，沈著也初步揭示了《东白堂词选》“融合异同，兼采各种风格，‘以为词学正法’”的选词宗旨。[④]虽然限于体例，西陵词坛亦未作为一个整体进入《史论》中，作为该词坛三部重要著作——《东白堂词选》与《徐卓晤歌》《古今词统》在词学祈向上的前后联系及区别也不在该著的关注范围内，但是这种前后联系已隐然于其中。

沈著关于《徐卓晤歌》《古今词统》《东白堂词选》的分析，恰

---

① 方智范、邓乔彬、周圣伟、高建中：《中国古典词学理论史》，华东师范大学出版社2005年修订版，第172页。

② 沈松勤：《明清之际词坛中兴史论》，上海古籍出版社2018年版，第130—131页。

③ 沈松勤：《明清之际词坛中兴史论》，上海古籍出版社2018年版，第393—394页。

④ 沈松勤：《明清之际词坛中兴史论》，上海古籍出版社2018年版，第328页。

可与李康化关于西陵词人“没有大致相同的主张和一致公认的宗主”等观点以及胡小林关于西陵词风“异质并存”的论述相发明。对于西陵词坛的这种认知，在现代词学研究者中非常具有代表性，此不具论。

近年来关于西陵词坛的词谱学、词韵学的研究也取得了一定的成果。江合友的《明清词谱史》将明末和清顺、康朝分别看做词谱学的发轫期、成立期。对谢天瑞《新镌补遗诗余图谱》的得失及其与张綖《诗余图谱》的关系都做了精细的分析和中肯的论定，对沈谦《古今词选》的图谱性质进行了挖掘，并指出《词学全书》本《填词图谱》系赖以邠、查继超二人合作。另外，本书还对《填词图谱》《填词名解》的贡献、成绩与其局限做了详细的分析和总结。张宏生《清词探微》之《明人词谱及其在清初的反思》一节通过《倚声初集》附录沈谦、毛先舒的词韵著作来说明王士祯等人对于《诗余图谱》《啸余谱》的反思，而忽略原作者沈谦、毛先舒在其中的价值与意义。李宏哲的《康熙词坛研究》以浙西词派为主体，论康熙词坛词选、词派、词谱，但种种迹象表明西陵词坛并未进入到作者的研究范围内，从一个侧面也反映出了西陵词坛诸人在现代词学研究中所面临的窘境。

在相关研究成果中，为数最多的是通代史论性著作。限于体例，此类著作关于西陵词坛多未遑申论，仅仅偶及，但也最能体现学界关于西陵词坛的整体认知。上述《明清之际词坛中兴史论》《明清词谱史》即为其中较为深入者。谢桃坊的《中国词学史》认为《词学全书》“未能脱离明人的积习，粗疏讹误，未能达到编者所预期的效应”，“适应了清初一段时期填词的实际需要，并无多大的学术价值，仅为词学复兴做了准备工作”①，揭示了该书的历史局限性，肯定了其历史价值而否定了其学术价值。朱崇才的《词话史》对沈谦《填词杂说》、毛先舒关于北宋词的看法、丁澎的词源理论进行了简

① 谢桃坊：《中国词学史》，四川人民出版社 2015 年版，第 220—223 页。

短评价。[1] 孙克强的《清代词学》第七章论广陵词学与西陵词学，于西陵一地以“西泠十子”之沈谦、毛先舒、丁澎为据，分析了其尊体理论、词体观念，以及“宏通的词体风格取向”[2]。

以上著作可代表当前多数学者对于西陵词学的关注点，主要集中于名声在外的西陵十子身上。此外，极个别论著也关注到了其他西陵词学。如丁放、甘松、曹秀兰合著的《宋元明词选研究》，考察了陆云龙《词菁》的版本、体例、选词宗旨及其之于清初词论的影响，并简要分析了《古今词统》的集大成意义及其中的词学评点。[3] 闵丰的《清初清词选本考论》抽取了《见山亭古今词选》与《古今词汇》作为通代选本的范例，对其选阵、选旨进行了比较和联系，认为二者虽有一定的差别，但“作为同出西陵词人之手的词集，《古今词汇》与《见山亭古今词选》的选心可谓相通，这两种通代词选当属同一选系”[4]。其所谓选心，乃指偏爱小令这类问题，并不涉及二者在基本选旨上的深刻联系。

综合而言，西陵词坛的研究已经具备一定的基础，但还远远滞后于其他词坛。

（三）已解决及待解决的问题

截至目前，关于西陵词坛的研究呈现出以下基本特点：视野窄而高度不足，基础弱而深度不足，话题多而共识少，分歧大而争论少。

就非理论问题而言：第一，西陵词坛的群体阵容及内部构成，尚未全面吸收《全清词》《全明词》的成果，仍有待于进一步的扩充；第二，西陵词别集与总集的版本流变、词论与词谱等文献的考辨与整理尚未展开；第三，关于西陵词人或作品的个案研究，主要

---

① 参见朱崇才《词话史》，中华书局 2006 年版，第 228—229 页。

② 孙克强：《清代词学》，中国社会科学出版社 2004 年版，第 146—152 页。

③ 参见丁放、甘松、曹秀兰《宋元明词选研究》，商务印书馆 2012 年版，第 327—282 页。

④ 闵丰：《清初清词选本考论》，上海古籍出版社 2008 年版，第 186 页。

集中于《古今词统》、西陵十子等个别专题，就事论事，不同个案研究之间往往相互孤立，缺少比较和联系。

就理论问题而言，西陵词坛研究面临着一个更为棘手的麻烦，由于西陵词人词风多样，或者说不具有一致的创作风格，这就决定了西陵词风不太可能由特定的几位词人作为代表。但恰恰也是由于同样的原因，整体研究的难度非常大，研究者不得不以个案考察代替整体考察。而个案的选取差异、理解角度差异、缺乏整体立足点等因素又导致对西陵词坛的认知与定位出现不可弥合的分歧。由陆进词学切入的研究者，将西陵词人视作浙西词派，由卓回词学切入的研究者，将其视作云间词派，殊不知二人词学思想的核心旨趣并无二致。这就暴露了西陵词坛研究进程中的一个陷阱：由整体无法切入，由个体也无法切入。

概括起来，西陵词坛研究尚存在如下问题需要系统性考察：第一，明末清初的西陵词人是一个词学流派还是一个词人群体？第二，西陵十子是不是能够代表西陵词学？西陵十子在西陵词坛中的地位、作用及其影响是什么？第三，西陵词坛词风与词学观念经历了怎样的嬗变过程？其成因与影响如何？第四，西陵词坛与云间词派、浙西词派之间是什么关系？第五，西陵词坛是否具有某种一致的词学主张与创作风貌？开放性的审美取向、多元化的创作风貌，能得到西陵词人多大范围内的认可？能够获得多大力度上的文献支撑？

其中的核心问题：西陵词坛的定位与定性，与其创作风貌和理论主张，是一个问题的两个方面，需要建立在个案考察的深入性与广泛性的基础上，也需要在前后比较分析的基础上形成整体视角和动态视角，破除先入为主的“云间”支派论和“浙西”支派论的影响。同时，还需要将西陵词坛置入明末清初词学演化的整体语境中进行观照，不深入揭示明代词学的基本情况，很难深刻理解清初词学的演化逻辑。对于云间、浙西等其他词派来讲，都是如此。

二　问题缘起、研究目标与思路

学界现有的研究成果并非毫无共通性，至少关于以下问题存在着对话空间：第一，西陵词坛没有相对明确一致的创作风格，李康化所谓“词风宗尚各有偏好”[①]、胡小林所谓“异质并存”“千人千面”[②]，皆是此意；第二，西陵词坛的词学理论非常具有包容性，不主一格，沈松勤所谓“多元化的词学主张”、张仲谋所谓“合婉约、豪放为一体”、谷辉之所谓“兼容并存，统而总之”[③]，皆是此意；第三，目前尚没有学者明确指出，谁才是西陵词人的领袖与宗主，比较接近的看法是西陵词坛并不存在宗主人物，而西陵十子是词坛的核心人物。

以上三条，是现有研究对西陵词坛的主要认知，也正是部分词学研究者用以否定西陵词坛“流派”属性最得力的三大依据。那么，什么样的群体才能称为“流派”呢？就词学而言，严迪昌先生的界定已经得到其《阳羡词派研究》《清词史》的成功验证并获得广泛认可，较具系统性与说服力。严先生认为，“流派”主要包含四个要素：

> （一）要有一足资号召或卓有权威性的旗帜，也即需要一个盛名四扬、成就卓绝的具有强大凝聚力的领袖人物为宗主；（二）在这领袖人物周围聚合起一个创作实践异常活跃，颇著影响的人数可观的作家群落；（三）这个作家群落尽管各自有一己独擅的艺术风采和个性特点，但从群体形态上却有着较为一致的共同追求的审美倾向；（四）群体性的艺术观念或大体相近的审美主张，集中体现于类似流派宣言式的选本或作品总集中。[④]

---

① 李康化：《明清之际江南词学思想研究》，巴蜀书社 2001 年版，第 101 页。

② 胡小林：《明末清初西泠词坛与词学复兴》，《中国韵文学刊》2011 年第 3 期，第 56 页。

③ 谷辉之：《西陵词派研究》，博士学位论文，杭州大学，1997 年。

④ 严迪昌：《阳羡词派研究》，齐鲁书社 1993 年版，第 4—5 页。

按照部分研究者的认知，除了“人数可观的作家群落”这一要素之外，西陵词坛几乎处处与现代“流派”观念相对立，似乎是一个反流派的群体，称其为“西陵词派”几乎毫无道理。但是，问题远没有那么简单，若将关于西陵词坛的上述三点认知联系起来考察，耐人寻味的事情就发生了：西陵词坛创作风貌的不统一、多元并存，是不是与其婉约、豪放兼收并蓄的开放式词学观念相一致？是不是与西陵词坛无宗主、无领袖的局面相一致？三者之间的具体关系及其互相作用是什么？众多西陵词人集体反对词风拘泥于一端，是不是一种风格主张？是不是一种“群体性的艺术观念或大体相近的审美主张”？西陵词人“千人千面”“异质并存”的创作风貌，是不是正与这种特殊的群体观念相应？是不是“较为一致的共同追求的审美倾向”？

李康化曾引述毛先舒之说：“今人论文，每云某家某派，不知古人始即临模，终期脱化，遗筌舍筏，掉臂孤行，盘薄之余，亦不知其所从出。初或未尝无纷纷同异，久之论定，遂更尊之为家派耳，古来作者率如此。规规然奉一先生，而株守之，不堪其苦矣”①，以此证明“西陵词人反对‘派’的观念”②，这是很有力的论证。然而，若是一批关系密切、志同道合的人同时反对规守一“派”，那么相对于其他人，这批人是不是自成一派，或者至少具备某些流派的性质和意味呢？卓发之所谓“今世诗人各立门户，并千古诗人，亦为强立门户，收入党籍中。于是摹其衣冠咳貌，不哀而哭，无病而吟，如侏儒之像叔敖，即真化而为古人，亦螟蛉之为蜾裸耳”③，卓人月所谓“近代文坛，时有以端雅标者，时有以艳逸标者，时有以豪快标者，时有以诡怪标者，利病互见，旺衰迭争，要皆不知天下

① 毛先舒：《潠书》卷七，康熙刻《思古堂十四种书》本。

② 李康化：《明清之际江南词学思想研究》，巴蜀书社 2001 年版，第 101 页。

③ 卓发之《题无可哀词》，《漉篱集》卷十五，崇祯传经堂刻本。“叔敖”原误作“叔教”，即孙叔敖，“侏儒之像叔敖”即“优孟衣冠”，典出《史记·滑稽列传》。

文人不可束之一途也”①，此等论调，声气相通，正可与西陵众多词人的词风、词论对读。

不难理解的是，西陵词坛开放性的词学观念与词风主张，必然会使其与其他各种词风主张之间存在着广泛的互通性，秉持这种开放性词学观念与词风主张的词人与秉持其他各种论调的词人之间，存在着多方面的对话可能性。这就难免使其面对不同词人、词风时，会表达出其词学观念的不同侧面，从而被断章取义，以其为某家某派。但如果这种开放性的词风、词论具有排他性——与其他专主婉约、专主豪放、专主骚雅、专主俗艳的词学流派或者个人之间围绕审美宗尚问题相互辩难，往来争执，存在着为维护其词论包容性、词风多样性而与其他词人、词派论辩等现实行为——是不是可以说，这样的词人群体也是自成一派的，也具有某种“流派”的意味？也存在作为一个独立的词学共同体进行系统性考察的可能？

根据已有研究的某些共识和争论，本书将西陵词坛作为考察对象，旨在通过对词坛的整体考察，深入历史现场，以严迪昌先生提出的流派四标准——宗主、作家群体、相近的创作追求、选本的审美理念——为维度，对这一支词学力量的主体人员组成、创作追求与风貌、选本审美理念、词学观念进行一一考察，以期最终揭示一个根本性的问题：明末清初西陵词坛上是否存在着西陵词派？围绕这一问题，本书拟从以下四个部分展开：

第一章旨在揭示西陵词坛的群体概貌。拟就启祯顺康四朝的西陵词坛进行整体性考察，通过梳理西陵词人、词作文献和词学文献，呈现西陵词坛的基本情况。具体分为三节：第一节重在全面考察西陵词人的群体规模、地域布局与内部组成，其中在《全明词》《全清词》系列之外新辑补词人 19 位。第二节主要梳理了西陵 145 种词集，比吴熊和先生当年预估的数量多出 60 种左右，此外重点考察了

① 卓人月：《选文杂说》，《蟾台集》卷三，崇祯传经堂刻《卓珂月先生全集》本。

一批已佚词集，及为《全明词》《全清词》系列所漏收的重要词集，新辑补词作1700首以上。第三节主要考察西陵近40种词学文献，重点发掘一批罕为人知的文献，驳正部分文献的认知误区，考辨一批文献的真伪。

第二章旨在揭示西陵词坛诸选本中贯穿始终的核心艺术观念和审美主张，以及西陵词人的核心审美主张对于明末词学风气的变革意义。本章选取西陵词坛诸代表性词选进行一一考察，梳理其操选过程、选阵与选旨，并进行纵向比较，呈现西陵词人在不同历史时期的词学思想，及其内部的区别和联系，在西陵词坛词学风会的勾勒中呈现其演进过程，追问西陵词坛是否具有流派宣言式的词学选本。

第三章旨在揭示西陵词坛的主要词学观念的嬗变过程，及其在明清词学中兴史上的意义。第一节以西陵诸多词人的词学文献为基础，考察其词论中婉约、豪放并存不废的多元审美主张的演进过程；第二节主要考察词体价值功用论，西陵词人由主情论向诗教观念靠拢的词学风会转变，及这一转变与多元审美观的深层关系；第三节主要考察西陵词人在填词技法层面的经验总结与理论生发，梳理不同词人创作论之间的内在联系与区别。

第四章旨在考察西陵词坛的创作史。择取对西陵词学风会有关键影响及创作成就卓越的词人，在个案考察的基础上进行对比联系，以呈现西陵词坛创作风貌、艺术追求、艺术成就及其演进过程。第一节通过剖析徐士俊、卓人月的创作尝试，考察西陵多元词风对于明代词风的开创及其创作得失；第二节通过曹元方及“冰轮二陆”呈现易代变革对于词坛风会的影响，呈现“变徵之音”对于进一步突破明末词坛风尚的意义；第三节以“沈谦”的词风嬗变作为个案，以透视多元化审美风气的演进过程；第四节通过“东江词人”的考察，呈现多元化艺术氛围中不同词人身上的不同创作表现，并借以呈现西陵词坛的代表性创作成就。

结语部分结合实体形态和理论形态的考察，认定以多元审美为基本词学精神并曾持续活动于西陵这一特殊词学生态中的词人，事实上已经构成了一个相对明确的准流派性质的西陵词学共同体。这是一个以仁和、钱塘为中心，以余杭及海宁部分地区为外围，由天启至康熙约百年间的百余位词人组成的，无宗主的，以婉约、豪放并存不废的多元词风主张为理论和创作旗帜的词学共同体。

在进入正题之前，需对本课题涉及的三个重要概念——“西陵词坛”“西陵词派”与“西陵词人群”进行简要辨析与说明，并由此明确本书的研究对象和研究范围。

文学史演化与政治社会史并不同步，作为不登大雅之堂、远离政教中心的“小道”，词曲尤其如此。从词史中兴这一现象来说，明末清初是一个完整的词史阶段。就西陵词学的演化而言，基本可以落实到明天启至清康熙六十一年左右，即启、祯、顺、康四朝。所谓“西陵词坛”，乃是指杭州一郡的词人文化圈，是一个文化场域概念，由长期活动于这一文化场域内的词人构成，不含有对这些词人定性的意味。而所谓“西陵词人群体”和“西陵词派”，则并非一个单纯的地域性概念，二者标识着一定的属性要素，具有定性的意味。现有研究中所使用的“西陵词人群体”，大意特指活跃于杭州一郡的成规模地联系在一起的一批词人，其内部联系是松散的，词学观念和创作追求有相通之处，但整体上又庞杂不一；所谓“西陵词派”则特指杭州一郡具有相近的理论主张、相近的审美主张和相近的创作追求的一个联系紧密的词学流派。三者不仅在内涵上有以上差别，在外延上也有重要不同。西陵词坛中人，不一定认可西陵词派的创作和理论追求，创作风貌不符合西陵词派风尚，即非西陵词派中人。认同并践行西陵词派的理论和创作主张，且长期活跃于西陵词坛的非杭州籍词人，亦当视为西陵词派中人。

本书以西陵词坛作为选题，并非试图将百年间西陵词坛所有词人作为研究对象，而是以此为逻辑起点，通过对词坛的广泛考察，厘清其中是否具有审美趋向相近、创作追求相近、理论主张相近的所谓“西陵词派”，在这一过程中呈现其创作、批评、理论主张以及在明末清初词史演进中的处境与意义。

第一章

西陵词坛考述

杭州又称西陵、西泠、武林、虎林，为南宋旧都临安所在地，明清时期为两浙首府，辖内八县一州，包括钱塘县、仁和县、余杭县、富阳县、临安县、昌化县、於潜县、新城县、海宁州。“上有天堂，下有苏杭”，西陵虽偏居东南一隅，而山水清嘉，物阜材丰，境内西湖更是饮誉千年的名胜。“西陵十子”之一张丹有云：

> 杭城之西有水曰西湖者，吾浙中之名川也。环以林麓之美，峰峦洞壑之奇峭，禽鱼、螺蚌、茭茭之生，皆为民利，而荒陵废殿、鼪鼬蔓草之径，与夫仙灵窟宅、渔樵庐舍、释子鬼怪异类凭依之幽谷，十居五六。若其景物秀丽之色，俯仰上下，掩映乎沦猗流沫之间者，匪独私于土之人，往往出以供四方名贤之叹赏，骚人逸士之咏歌。①

正所谓钟灵毓秀，西陵一地人文荟萃，文化积淀尤其深厚，“西陵十子”另一成员柴绍炳曾不无自豪地称：“我郡为人文渊海”②，其子

---

① 张丹：《西陵草序》，徐釚：《南州草堂集》卷首，康熙三十四年刻本，第11页。

② 柴绍炳：《陆丽京全集序》，《柴省轩先生文钞》卷六，《四库全书存目丛书》影藏康熙刻本。

柴世堂也曾感叹道："西陵风雅之盛，素称甲天下"[①]，孙治则直言不讳地说："西陵作者竞起，斌斌乎三百年来称盛事矣。及余远过齐赵，近越瓯闽，涉历大江南北，往往雄辞自命者众多，然未有若西陵诸子之盛。"[②] 遂安毛际可曾客居此地，亦云："西陵为人文渊薮，诗才佳丽，云蒸霞蔚。"[③] 沈登苗据朱保炯、谢沛霖的《明清进士题名碑录索引》统计制成《明清进士最多的46个城市》一表，数据显示，不包括海宁196位进士在内，杭州共有1039位进士，其中明代321位，清代718位，数量位居全国第一，福州933位，苏州792位，分列二、三位。[④] 虽然进士数量并不能完全反映人才状况，但足以呈现出西陵一郡的文化底蕴。郡内如仁和卓氏、海宁查氏、陈氏，余杭严氏等，皆为文化望族，诗书传家，久负盛名。

在顺治十七年朝廷严禁结社活动以前，郡内社事此起彼伏，或以经义相诱引，或以词章相鼓吹。吴农祥《关六钤行状》："江道暗浩、虞仲皜宗瑶等，立读书社""已而严灏亭沆、章淇上士斐等又立社曰'秋声'，陆丽京圻、孙宇台治等又立社曰'登楼'""娄东、金坛、云间以及临川，磔然相应，鸡林虎观，残膏剩馥，一日而驰千里，江南文事之盛，亦前古所未有也"[⑤]。康熙年间，结社活动虽大不如前，但文酒风流，往来倡和，有过之而无不及。

如此丰厚的人才储备与浓郁的文化氛围，为西陵词坛的兴盛提供了雄厚基础。更关键的在于，西陵山水秀丽，风情旖旎，与词尤合。汪然明曾于鼎革之后回忆明末情境："三十年前，虎林王谢子弟，多好夜游看花，选妓征歌，集于六桥。一树桃花一角灯，风来

---

① 柴世堂：《橘苑诗抄序》，《说诗堂集》之《橘苑诗抄》卷首，《四库全书存目丛书》影康熙刻本。

② 孙治：《岁寒堂初集序》，《岁寒堂初集》卷首，《四库全书存目丛书》影康熙武林还读斋刻本。

③ 毛际可：《岁寒堂文集序》，《安序堂文钞》卷六，《四库全书存目丛书》影康熙刻增修本。

④ 沈登苗：《文化的薪火》，社会科学文献出版社2015年版，第135—136页。

⑤ 吴农祥：《关六钤行状》，《梧园诗文集》稿钞本。

生动，如烛龙欲飞，较秦淮五日灯船，尤为旷丽。”① 西陵词事之盛，得江山之助尤多。陆进亦称：“西陵山川秀美，人文卓荦，宋元已来，以词名家者众矣，迄于今日，词风弥盛。”② 不仅本地文人如此自豪，海内文人也多有称道。曹尔堪《峡流词序》曾云：

> 东南胜地，最称佳丽者莫若西子湖。其间柳明花蒨，步步芳妍，佛阁歌楼，层层变现，芊绵华缛之观，足与笔精墨采相映发者，似独近于词，而诗次之。盖词之为体如美人，而诗则壮士也；如春华，而诗则秋实也；如夭桃繁杏，而诗则劲松贞桧也。故或陟嵩、衡，瞻泰、华，非诗不足以颂之飏之，而西湖勺水，正宜二八女郎唱“杨柳外、晓风残月”之句耳。③

西陵的独特地理文化，与词确有“独近”之处。曹尔堪的观点绝非偶然，清初另一著名词人尤侗亦云：

> 西湖，固词人胜地也。……自柳屯田填《望海潮》一阕，而“三秋桂子、十里荷花”艳称千古，仆谓“图将好景，归去凤池夸”，直张打油语耳。若以“杨柳外、晓风残月”移赠六桥，差强人意，然不如白公“吴山点点愁”一句道尽。西湖传词乎？词传西湖乎？曰：两美其必合。④

得益于西陵山水与风情，西陵词脉绵长，传统深厚，为两浙之翘楚。“宋以词名家者，浙东、西为多。钱塘之周邦彦、孙惟信、张炎、仇

---

① 汪然明：《与周靖公》，《分类尺牍新语》卷六，《四库全书存目丛书》影康熙二年刻本。

② 陆进：《西陵词选序》，《西陵词选》卷首，康熙刻本。

③ 曹尔堪：《峡流词序》，《峡流词》卷首，康熙刻《霞举堂集》本。

④ 尤侗：《问鹂词序》，《西堂杂俎三集》卷三，康熙刻本。

远，秀州之吕渭老、吴兴之张先，此浙西最著者也。”[1] 朱彝尊追踪浙西词脉而多为杭州词人，其后继者厉鹗对于杭州词脉的梳理更为清晰[2]：

> 两宋词派，推吾乡周清真，婉约隐秀，律吕谐协，为倚声家所宗。自是，里中之贤若俞青松、翁五峰、张寄闲、胡苇航、范药庄、曹梅南、张玉田、仇山村诸人，皆分镳竞爽，为时所称。元时嗣响，则张贞居、凌柘轩。明瞿存斋稍为近雅，马鹤窗阑入俗调，一如市伶语，而清真之派微矣。[3]

虽然西陵词人并不如浙西词派朱、厉一样将周邦彦、马洪如此尖锐地对立起来，但相对而言，如果说周邦彦所代表的宋代词人为西陵词坛提供了丰厚的词学经验和高度的词学荣耀，那么瞿佑、马浩澜等明代词人则为杭州很好地延续了选妓征歌的词学传统。唐宋元明一贯而下的词脉，为西陵词坛的兴起提供了深厚的基础，部分卓睿的西陵词人在这种丰厚的词学积淀中形成了高度自觉的词史责任感、广阔的词学视野、博大的词学胸襟和丰富的词学创造力。

杭州词风之复兴，约在天启、崇祯年间初露端倪。徐士俊、卓人月天启五年定交，即于栖水互相酬和以成《徐卓晤歌》，崇祯初年又合选《古今词统》，流传海内，影响尤大。王庭有言：“蕊渊（即卓人月）于词家独辟生面，……余见其与徐士俊栖水倡和，有《晤歌》诸篇什，迄今倚声之学遍天下，盖得风气之先者。”[4] 又云：

---

① 朱彝尊：《孟彦林词序》，《曝书亭集》卷四十，《四部丛刊》影涵芬楼藏原刊本。

② 正如周邦彦并非浙西词派的门楣一样，朱彝尊、厉鹗追索杭州历代词人，其意并非将其视作浙西词派的师承所在，更主要的用意在于借助杭州绵延的地域词脉增强其词学说服力。

③ 厉鹗：《吴尺凫玲珑帘词序》，《樊榭山房集》卷四，《四部丛刊》影振绮堂本。

④ 沈雄：《古今词话·词评》卷下，康熙刻本。

“五十年前，予兄介人始习词。其时海内惟栖水徐野君、卓珂月，武塘王孝峙多有作，在吾里倡和，止予一人，而今倚声之学遍天下。”[①] 就时间而论，徐、卓栖水倡和，约与王屋、王翃等人同时，而早于云间三子之倡和。徐士俊于康熙十九年庚申序《浮玉词初集》时亦称：“夫余当五十年前，与卓子珂月有《古今词统》之役，是时词家风气犹蓓蕾也，今则烂熳极矣。”[②] 西陵词坛风会实开自徐、卓二人。于康熙前二十年，达到极盛。遂安方象瑛曾于康熙十三年秋与毛际可同寓居杭州，晚年又曾来此养疴，与诸多词人曾有交往，其于西陵词坛有最直接的感受：“数十年来，词学盛于西陵。余所见诸贤所作，莫不人擅苏辛，家工周柳，其未经寓目者，不知柳浪新声，更何若也。”[③] 在康熙朝第三个十年，由于词人凋零、聚散离合，词风转衰。此时郡内词学，主要赖塘栖卓长龄、松龄兄弟与金张等人维系。在此前后新登上词坛的后劲词人也多为浙西词派所染化，如许田、许昂霄及毛先舒弟子王锡等。直至康熙六十一年，词坛耆宿徐紫凝与厉鹗定忘年交，一改西陵门径，转尚浙西一派，彻底宣告了西陵词风退出历史舞台。

由明天启至清康熙共历两代四朝，西陵一郡诞生了大批词人、词集与词学著作，今分述如次。

第一节　西陵词人考

“浙为词薮”[④]，而西陵词人之胜，又为明清地域词坛一大高峰。据孟瑶、张仲谋先生的《明代词人地域分布研究》统计，明代二百七十余年间 1777 位籍贯可考的词人中，杭州府有 116 位，在全国州

① 王庭：《槐堂词序》，《槐堂词存》康熙刻本。
② 徐士俊：《浮玉词初集序》，《浮玉词初集》康熙刻本。
③ 方象瑛：《诸虎男茗柯词序》，《健松斋集》卷三，康熙二十六年刻本。
④ 蒋景祁：《刻瑶华集述》，《瑶华集》卷首，康熙二十五年刻本。

府中虽高居第三，但仅占全国词人总量的6.52%，与榜首苏州府差距巨大。[①] 天启、崇祯以后，西陵词人规模与占比呈现出大幅度的增长。今据《全明词》及《全明词补编》统计，卓发之以下词人约669人，其中西陵词人约96人，占比14.35%，[②] 这一比重远远超越天启以前。据《全清词·顺康卷》及《全清词·顺康卷补编》收录，顺康两朝79年间，西陵共有词人372位，占据全国词人总量的14.5%，与天启以来比重相仿。顺、康年间的西陵词坛，实兴起于明末启、祯年间，江山易主的大变局并未真正打断词史进程。[③] 今据《全明词》《全清词·顺康卷》及其《补编》，去其重复，辨其讹误，制成《启祯顺康四朝西陵词人名录》一表，以见西陵词人之盛：

---

① 参见孟瑶、张仲谋《明代词人地域分布研究》，《词学》第二十八辑，第97—114页。

② 《全明词》的作者小传，生卒年不详者甚多，创作时间更难逐一详考，统计尤难。本书以其人主要生活于天启、崇祯朝为原则，进行简化处理，权以卓人月之父卓发之（生于万历十五年，卒于崇祯十一年，成长于万历，而创作期主要集中于启、祯两朝）为起点，虽然不具备科学性的说服力，但数据显示，此前与此后西陵词人的数量及其在全国所占比重出现巨大差异，明启祯与清顺康朝西陵词人的全国占比非常接近。由于《全明词》与《全清词》所收标准及词人姓名字号时有不同，且各有失误处，故该统计数字与本书所附统计表不吻合。

③ 《全明词》（包括其《补编》）与《全清词·顺康卷》（包括其《补编》）互见的71位词人，虽未必于明清两朝皆有创作，但在一定程度上也能佐证这一观点。二者互见的西陵词人原有75位，除去卒于明末而为《全清词》误收之张文宿、卓发之、胡文焕、作者系误而两书皆误收之陆钰4人外，实为71位：吴本泰、丁文策、张琮、袁莲似、王仙媛、赵承光、朱万化、胡介、柴绍炳、李因、严渡（调御）、释超直、徐士俊、顾若璞、顾若群（释大瑸）、张纲孙、黄鸿、沈谦、曹元方、毛先舒、关键、余一淳、周蕉、丁奇遇、冯娴、沈士鑛、徐之瑞、程光禋、袁祩、张大烈、吴芳华、柴贞仪、柴静仪、朱玉树、钟青、丁一揆、张戬、傅静芬、李端卿、翁与淑、邵斯贞、杨琇（王倩玉）、顾之琼、桂姮、陆弘定、陆嘉淑、潘廷章、胡山、田彻、蒋睒、朱尔迈、释正岩、沈捷、陆繁弨、查容、赵氏、朱一是、释济日、吴柏、卓回、顾长任、潘云赤、钱静婉、钱贞嘉、陆圻、陆堦、陆堦、陆鸣皋、孙瑶英、刘建、顾姒（顾仲姒）。

表一　　　　　　　　　　启祯顺康四朝西陵词人名录

姓名	字号	姓名	字号
□殿英		包景行	字次山
鲍芳倩①	字兰畹	曹元方	字介皇，号耘莲
柴才	字次山，号卯村	柴际溶	字雨苍
柴静仪	字季娴	柴绍炳	字虎臣，号省轩
柴望	字秩于，号云岩	柴贞仪	字如光
柴震	字尺阶	陈敳永	字雍期，号学山
陈成永	字元期，号仪山	陈慈永	字贞期
陈恭	字而安，号石楼	陈祜	
陈洁	字澣心	陈晋明	字康侯，号德公
陈景鳌	一作陈景鏊，字又王②	陈可先	字缵先
陈论	字谢浮，号丙斋	陈枚	字简侯
陈调元	字调士	陈奕禧	字谦六、子文，号香泉
陈云武	字定之	陈之柽	
陈之遴	字彦昇，号素庵	陈之暹	字次升，号定庵
陈仲永	字昌期	陈祚明	字胤倩
程光禋	字奕先	丁介	字于石，号欧冶
丁澎	字飞涛，号药园	丁奇遇	字孟嘉
丁文策	字叔范，号固庵	丁一揆	号自闲道人
丁潆	字素涵，号天庵	董宗元	字老泉
范允锛	字用宾，号愚溪	冯景	字山公、少渠
冯娴	字又令	傅感丁	字雨臣，号约斋
傅鑅	字舞音	傅静芬	字孟远
高士	字尔达	高士奇	字澹人，号江村、竹窗
高式青	字则原	高云龙	字登五
葛宜	字南有	龚翔麟	字天石，号蘅圃
顾豹文	字季蔚，号且庵	顾若璞	字和知
顾若群	法号释大瑸，字石公、不党，号超士	顾姒	一名顾仲姒，字启姬

① 康熙锦树堂刻本《众香词·射集》作“鲍芳蒨”。

② 沈丰垣甥。《兰思词钞二集》卷下《满江红·雪中访林鹿庵》注云：“先生序余甥陈景鳌词，极许余词。”今检林璐《岁寒堂初集》《岁寒堂存稿》，未见此序。

续表

姓名	字号	姓名	字号
顾有年	字响中，号复堂	顾长任	字重楣，号霞笈仙姝
顾之琼	字玉蕊	关键	字扃之、六铃，号蕉鹿
关仙圃	字樊桐	关仙渠	字槎度
桂姮	字月仙	韩铨	字子衡
贺炳	字松庵，号云涛散人	洪昇	字昉思，号稗畦、稗村
洪云来	字茂公，号台山	胡大潆	字文漪
胡介	原名士登，字彦远，号旅堂	胡荣	字志仁，号容安
胡山	初名日新，字天岫	胡埏	字潜九、飞九
胡嗣显	字长明	胡文焕	字德甫、号约庵、全庵
黄墀	字无傲	黄扉	一名黄罗扉
黄弘修	字式序	黄鸿	
黄敬修	字右序	黄延	字继序
黄藻修	字衡卿	江广	字兰生
姜光祚	字载锡	姜培胤	字亶贻
姜锡熊	字旂六	蒋汉纪	字波澄
蒋睒	字玉映	金标	字成冶
金侃	字晋藩	金璐	字公在
金张	字介山，号岕老	金长舆	字虎文，号峤庵
金之坚	字介山①	李端卿	字正姝
李式玉	字东琪，号鱼川	李璿	字东莱
李因	字今是，号是庵	梁孟昭	字素夷
林以宁	字亚清	凌克藩	字宗翰
刘建	字赤霞	柳葵	字靖公
陆本徵	字吉人	陆堦	字左墄
陆曾绍	字德衣	陆曾禹	字汝谐
陆次云	字云士，号天涛	陆繁弨	字拒石，号偎胡
陆弘定	字紫度，号纶山	陆鸿图	字丽符

① 按：金之坚，字介山，未详何人，或即金张，张亦字介山，号岕老，塘栖人。今考诸方志及友人文集均不见金之坚其人，亦未见金张名“之坚”，估从《全清词》，存疑于此，以俟后考。

续表

姓名	字号	姓名	字号
陆嘉淑	字冰修，号辛斋、射山	陆堦	字梯霞
陆进	字荩思	陆隽	字升璜
陆鸣皋	字士湄，号鹤亭	陆圻	字丽京、景宣，号讲山
陆信徵	字恂如	陆瑶英	
陆寅	字冠周	陆云龙	字雨侯，号退庵
陆自震	一名韬，字子容	骆仁埏	字方流，号眉重
吕澳	字山浏	马翀	字仲羽，号汉蜚
马诠	原名肇基，字遵素，号澄园	马若虚	
毛媞	字安芳	毛先舒	一名骙，字稚黄、驰黄
毛宗亶	字山颂，号南屏	倪廉	字公介
聂鼎元	字汝调	潘睿隆	字圣阶
潘廷章	字美含，号梅岩	潘云赤	字夏珠
钱凤纶	字云仪	钱光绣	字圣月，号蛰庵
钱璜	字右玉，号他石	钱静婉	字淑仪
钱来修	字幼鲲	钱廷枚	字昭五，号朴园
钱櫄	字茂人	钱元修	字安侯
钱肇修	字石臣，号杏山	钱贞嘉	字含章
邵德延	字公远	邵圣锡	
邵斯衡	字瑶文	邵斯扬	字于王
邵斯贞	字静娴	邵泰宁	字芳白
邵锡荣	字景桓，号二峰	邵锡申	字天自
邵再登		沈炳	字骏明
沈丰垣	字遹声，号柳亭	沈家恒	字汉仪，号巨山
沈嘉诏	字次柔	沈捷	字子逊，号大匡
沈九如	字宜子	沈谦	字去矜，号东江
沈谦益	字禹诚，号裒斋	沈圣清	字叔义
沈圣时	字会宁	沈圣祥	字武仲
沈圣昭	字弘宣	沈士矿	字宝臣
沈士则	字志可	沈世培	字飞文
沈叔培	字敬修、御冷	沈茗祥	字秋湄
沈沛	一名沈在沚，字溯原	沈渭	字鸿举

续表

姓名	字号	姓名	字号
沈心友	字音伯，号阿倩	沈宣	字明德
沈璇	字亚斗	沈用济	原名沈渼，字方舟
沈游	字楚云	沈元琨	字瑶铭，号殊亭
沈载锡	字因友	沈长益	字时晋
沈长豫	字古谦	沈兆琏	字器先，号鹤沙
沈宗堝	字以冲	释超直	字问石
释灯演	字灵奕	释济日	字句玹，号逸庵
释正岩	字豁堂，号菽庵	释仲光	号佛石
宋琦	字受谷，号玉山	孙凤仪	字愚亭
孙起蟠		孙士元	
孙兴宗	字云成	孙瑶英	字孟之
汤显宗	字文钊	田彻	字道耕
田玉燕	字双飞[①]	童雯	又名贞良，字圣郊
汪霦	字昭泉、朝采，号东川	汪蟾	字舟渫
汪光被	字幼暗、幼安	汪鹤孙	字雯远，号梅坡
汪棨	字定武	王芳与	字芬从[②]
王潞	字又韩	王溶	字惊澜
王绍曾	字孝先	王绍隆	字圣则，号绥山
王绍雍	字尧飏	王升	字东曙
王枢	字次黀	王嗣槐	字仲昭，号桂山
王廷璋	字德威	王蔚章	字豹采
王武功	字雒荣	王锡	字百朋
王仙媛		王修玉	字倩修，号松壑
王元寿	字伯彭、伯朋，号湖隐居士、西湖居士	王璋	字季璞
王豸来	字古直	王舟瑶	字白虹，号水云
王晫	字丹麓，号木庵、松溪	翁嵩	字元音

① 田玉燕，田艺蘅女。其字有二说：《罪惟录》卷二八、《民国杭州府志》卷一五一俱作“双飞”，《众香词》御集作“娇飞”。

② 《众香词》又作“芳丛”。

续表

姓名	字号	姓名	字号
翁箐	字和旧	翁与淑	字登子
翁远业	字届子	邬汝霖	字松将
吴艾	字长龄	吴柏	字柏舟
吴本泰	字梅里、药师、若子	吴碧	字玉娟
吴焯	字尺凫，号绣谷	吴陈炎	一作吴陈琰，字清来、宝崖、芋町
吴芳华	字彦因	吴芳珍	字韵梅，号清馨
吴枌	字次榆	吴复一	字元符
吴嘉枚	字个臣，号介庵	吴景斌	字云举
吴农祥	字庆伯，号星叟	吴任臣	字志伊、尔器，号托园
吴山涛	字岱观，号塞翁	吴嗣广	字芑君，号樵石
吴惟修	字余常	吴相如	字右廉
吴湘	字婉罗	吴仪一	字瑹符、舒凫，号吴山
武文斌	字质君	夏基	字乐只，号泊庵磊人
项灏		项景襄	字去浮，号眉山
谢起蛟	字睿因，号征霞	徐灏	字潋生，号勿轩
徐灿	字湘蘋，号深明	徐昌薇	更名逢吉，字紫凝
徐潮	字青来，号浩轩	徐汾	字武令
徐灏	字大津	徐林鸿	字大文、宝名
徐启明		徐孺煌	
徐士俊	原名翙，字野君，号紫珍道人	徐吴昇	字束建
徐旭昌	号北溟	徐旭旦	字浴咸，号西泠
徐旭龄	字元文，号叔庵	徐旭升	字上扶，号东皋
徐学龙	字乘六，号泾滙	徐业圻	号龙门
徐邺	字华徵	徐胤翘	字幼夌
徐张珠	一名张珠，字月涵，号映川	徐长龄	字彭年
徐之瑞	字兰生，号仁九	许昂霄	字蒿庐，一字诵蔚
许风	字德远	许日舟	
许田	一名畾父，字莘野，号青塍	许先甲	字彝千
严曾榘	字方贻、矱庵，号柱峰	严曾模	字予正
严曾槷	字定隅	严曾相	字右君

续表

姓名	字号	姓名	字号
严曾业	字广成	严曾杼	一名虆，字虆余
严渡	字调御	严沆	字子餐，号颢亭
严怀熊	字芷菀	杨大龄	字与百
杨守知	字次也，号致轩	杨枉度	字千波
杨琇	字倩玉，改姓王	杨洵徵	
杨之顺	字景唐	姚炳	字彦辉
姚大祯	字亘山	姚鉴	字竹斋
姚期颖	字升秀	姚之骃	字鲁思，号仲容
叶光耀	字在园	叶生	字又生
余一淳	字体崖	俞灏	字殷书，号可庵
俞璥	字宜宜	俞浚	字安平
俞美英	原名珣，字璥伯	俞士彪	原名珮，字季瑮
俞文辉	名纬，字天抒，号木公	虞文彪	字子云，号省庵
袁莲似	字素如	袁袾	字丹六
查涵	字朗行	查继佐	字伊璜、敬修，号东山
查容	字韬荒，号浙江	查慎行	初名嗣琏，字夏重，号初白
查嗣瑮	字德尹，号查浦	詹弘仁	字惠公
詹夔锡	字允谐	张曾禔	字洵安，号冰畦
张郕曾	字荩臣	张翀	字天羽
张琮	字宗玉	张大烈	字言冲
张纲孙	一名丹，字祖望，号秦亭	张昊	字玉琴，号槎云
张嘉炳		张戬	字晋侯
张竞光	字又竞，号觉庵	张士茂	字彦若
张台柱	更名星耀，字砥中	张泰飏	字惠襄
张韬	字球仲，号权六	张天锡	字纯嘏
张文檒		张宇泰	字令文
张应参	字丽西	张振孙	字祖定
张云锦	一名镳，字景龙、锦龙	章戬功	字服伯
章昞	字天节	赵承光	字希孟
章士麒	字玉书	赵氏	
赵吉士	字恒夫、天羽	赵宪斌	字尹施

续表

姓名	字号	姓名	字号
郑景会	字丹书，号海门	赵瑜	字瑾叔
钟青	字山容	钟筠	一作仲筠，字蕡若
仲恒	字道久，号雪亭	钟韫	字眉令
仲九章	字斐公	仲九皋	字闻天
周霷	字雨畴	仲嗣瑠	一名陈清，字田叔
周青霞		周蕉	字绿天
周邰孙	字艺功	周世荣	号南山
周禹吉	字介石、敷文	周雯	字雨文，号野溪
周中玉		周遇缘	字兼三
朱尔迈	字人远，号日观	朱敞	字衡岳
朱溥	字亦大	朱纪	字涵度
朱一是	字近修，号欠庵	朱万化	字伯弘
朱玉树	字二珍	朱絪	字结苍
朱樟	字亦纯，号鹿田	朱愿为	字不为、求侯
诸九鼎	一名昙，字骏男	朱宗文	字景亭
诸长祚	字永龄，号秋鹤山樵	诸匡鼎	字虎男，号橘叟
卓长龄	字九如，号蔗村	卓璨	字文媖
卓回	字方水，号休园	卓发之	字左车，号莲旬
卓龄		卓麟异	字子孟
卓人月	字珂月，号蕊渊	卓令式	字孝则
卓天寅	原名大丙，字火传，号亮庵	卓松龄	字嗣留，号丹崖
卓允域	原名胤域，字永瞻	卓允基	原名胤基，字次厚

上表共计388人，并未能涵盖启祯顺康四朝词人之全部。今就所见，补缀数人如下：

丁文衡，字公铨、乃清，号茜园，仁和布衣。其甥汪惟宪作有《丁茜园先生传略》，称其“博雅工诗古文，撰著最多，极为萧山毛西河奇龄、秀水朱竹垞彝尊两太史鉴赏，家贫，以布衣老”“雍正癸卯年十一月先生捐馆舍，年七十一。先生平日手不释卷，口不停哦，所著有《湖上词》两卷，已有雕本”①，惜今未见。

沈士铣，字声令，仁和人，《历代诗余》卷二十三录其《醉花阴》（老尽芙蓉霜叶吼）、卷四十八录其《河满子》（断雨残云）。

沈钟鹤，字同庵，仁和人，《历代诗余》录其《虞美人·春雨》一词。

沈振儒，字其杓，长洲人，寓杭州，乃丁澎门人，与丁潆、邵锡荣倡和，著有《留云词》，今未见。

景星杓，字亭北，号菊公，仁和人。生于顺治九年（1652），卒于康熙五十九年（1720）。其父景邦鼐，字三岳，富而好义，尝济人三难，人称“景三侠”。星杓亦具乃父之风，“倜傥负气，不谐于俗。工诗古文，下笔千言立就。意有所不可，虽系马千驷弗视也。性颇好客”“又好菊，种之盈亩”“徜徉其中，呼朋好，酌酒欣赏，岁以为常”②。桑调元作《景先生传》称其“赴友难，白昼刃人都市中。散万金如流水，难得纾。家业洗如，意颇侈以为豪。已而幡然折节读书，葺屋城之东皋，花木丛竹环蔽之，不见庐舍，屏妻子，独居三十年，名曰‘拗堂’”“卖文为活”“不问晴雨，恣游湖上诸山，凭吊古今。诗成自歌，震荡林木。所著有《菊公诗》五十卷、《拗堂诗》八卷、《醉翁诗》二卷、《菊公词》八卷、《拗堂词》一卷、《松风词》一卷、《拗堂文》十六卷、《文囊》一卷、《山斋客谭》十卷、《蝶史》三卷，俱手录，书法绝类山谷。庚子秋，疾作，……浩然而逝，其日为重阳日，寿六十有九”③。星杓有《六十初度答友》自注云：“星杓生辰系三月十八日。”④ 卢文弨乾隆六十年刻本《抱经堂文集》卷十四之《景菊公先生诗集跋·丙申》云：“向钞得《菊公词》八卷，今又钞此集五十卷，又多乎哉！”

陈万荣，海宁人，《钱塘县志》卷三十三载其《满江红》（两浙

① 汪惟宪：《积山先生遗集》卷二，乾隆三十八年新刻本。

② 王建章：《山斋客谭序》，《山斋客谭》卷首，乾隆卢氏抱经堂抄本。

③ 景星杓：《拗堂诗集》卷首，乾道兰陔堂刻本。

④ 景星杓：《拗堂诗集》卷八，乾道兰陔堂刻本。

秋光）词一首。

周蓥，况周颐《蕙风词话》卷五：“宏定娶周氏，名蓥，字西鑫，郡文学明辅女，事舅姑至孝，抚侧室子女以慈，好作诗及小词。……《减字木兰花》云‘莫便忘家莫忆家’，惜全阕已佚。”①

沈方珠，字浦来，亦能词。徐釚《词苑丛谈》卷九：“西湖女子沈方珠，字浦来，善诗能文，以薗次代葬其祖，愿以身归之，而惮于入署，常以《减字木兰花》寄吴，有‘若肯怜才，携取梅花岭外载’之句。”②

袁锜，字旦釜，袁枚祖父，钱塘人。康熙早年，曾助沈丰垣、杨琇私奔，康熙四十八年卒，亦能词。《国朝词综补》卷五录其《沁园春·巩县旅舍五十自寿》词云：“自寿三杯，聊向闲中，追维岁华。记金灯纵饮，呼卢喝雉，雕鞍驰射，访柳寻花。此兴非遥，廿年前事，倏忽皤然日易斜。忧来处、把唾壶频击，羯鼓亲挝。几年浪迹天涯。岂真似、狂夫不忆家。念零丁弟妹，殷殷期望，饥寒儿女，暗暗咨嗟。恨不乘风，飘然归去，争奈关河道路赊。黄昏后、问有谁相伴，数点寒鸦。”③

李声及，原名不详，声及乃其字，仁和人，著有《问柳词》。孙治曰：“《问柳词》者，吾乡李子声及之所为作也。寓意缥缈，寄情凄戚，类有不概于中者，借此以写其牢愁郁伊之思耶！”④

沈宗垛，字旨庵，《历代诗余》收录其《浪淘沙》一首。

徐义娥，字静宜，仁和人，徐世臣姊妹，徐汾、徐邺姑，有诗《侄妇毛安芳四十》。《众香词·御集》录其词。

沈轸先，海宁人，《杭州府志》卷九十五著录其《珠舟词》，不著卷数。

裘容贞，字贞吉，钱塘张坛第三子张舆孙妻，舆孙早亡，守贞孀居。《（乾隆）杭州府志》著录其《贞居阁词钞》，卷数不详。

---

① 况周颐：《蕙风词话》卷五，民国《惜阴堂丛书》本。

② 徐釚：《词苑丛谈》卷九，康熙刻本。

③ 丁绍仪：《国朝词综补》卷五，光绪刻本。

④ 孙治：《问柳词序》，《孙宇台集》卷七，康熙孙孝桢刻本。

卓苍涛，名未详，苍涛乃其字，或即卓长龄弟卓松龄，亦未可知，仁和塘栖人，与卓长龄、金张、吴震一、沈丰垣等倡和，著有《鬘云词》。

王之献，富阳人，词有专集，《富阳县志》载之。

陈皖永，字儒先，号汲云老人，海宁人，陈之暹女，陈成永、陈慈永妹，归副贡杨中默，生于顺治十四年，雍正丙午时年七十尚在世。著有《素赏楼集》八卷、《破涕吟》一卷、《纸鸢词》四首。

范骧，字文白，海宁人，明末与朱一是、朱嘉徵、袁祩等结观社。清初遭庄廷鑨明史案殃及，事白获释。文白不以词称，今见《海宁县志略》载其《洞庭春色》词一首。

吴磊，字号未详，钱塘人，严沆女孙严怀熊婿，著《留莺词》。

以上计得西陵词人407位，就地域词坛规模而言，明末清初恐无能出杭州之右者。然而，杭州词坛的内部布局并不均衡。今以《全明词》与《全清词》著录籍贯为主，并以《浙江通志》《杭州府志》《钱塘县志》《仁和县志》《海宁州志》《富阳县志》《西陵词选》《东白堂词选》《瑶华集》等相校正，就407位词人的籍贯情况进行统计，具体见表二：

表二　　西陵词坛词人分布表①

籍贯	词人数量（人）	籍贯	词人数量（人）
钱塘	165	仁和	117
海宁	43	余杭	21

① 西陵为江南要地，词坛流动性强，不仅有流寓外郡者，如严沆宦游京师、虞文彪寄籍海盐、高士奇寄籍平湖、沈渭寄籍山阴、赵瑜寄籍武康等，亦有外郡人士定居或寄籍者，如休宁赵吉士寄籍仁和、慈溪郑景会寄籍钱塘、莆田吴任臣迁居仁和、海盐曹元方寓居海宁等，甚至有郡内迁居、改籍者，如海宁陈成永寄籍钱塘等，至于郡内女子外嫁，外郡女子嫁入，则更不易明辨，今结合各方志及作者自署等材料酌情参定。至于如金堡、刘淑章、“桐溪三家”徐善迁、吴玉辉、陈敬璋等长期流寓不归者，如徐釚、梁允植、毛际可、方象瑛等短暂寓居或宦游者，概未计入。

续表

籍贯	词人数量（人）	籍贯	词人数量（人）
富阳	2	临安	1
新城	1	未详	57

数据显示，明末清初西陵词人主要集中于钱塘、仁和、海宁、余杭四地，其中又以钱塘与仁和两县为主，两县紧邻，名为二而实为一，不仅为杭州府中心，又为浙江省会所在地，《杭州府志》称明代钱塘县与仁和县俱“为杭州府治”①，“国朝因之”②，“杭州府治为浙江省会之区”③，其政治、经济、文化、地理、交通条件自在其他州县之上，郡内词人以此为多，词事之盛，亦以此为最。

与地域分布密切相关的，是西陵词坛内部复杂的血缘、姻亲和学缘关系。现以血缘、姻亲为主线，就其主要者梳理如次：钱塘顾氏、黄氏、钱氏三姻族有顾若璞及其弟顾若群、若群室黄鸿、若璞女侄顾之琼、之琼子钱元修、钱肇修、钱来修、之琼女钱静婉、钱凤纶、肇修室林以宁、以宁长嫂兼钱氏兄妹中表亲顾长任、长任姊妹顾姒及顾豹文（三顾同时又为顾若璞侄孙）、钱凤纶夫黄弘修、弘修兄弟黄敬修、黄罗扉（三黄俱为顾若璞曾孙）；柴氏家族有柴贞仪、柴季娴姊妹、季娴子沈用济、沈沣；关键及其子关仙渠、关仙圃；吴复一、吴仪一兄弟；张竞光及其孙张景隆；张丹、张振孙兄弟、丹子张郕曾（孙治门人）、丹从妹张昊（其父张步青为张丹叔父）、昊夫胡文漪（毛先舒门人）、丹表弟徐林鸿、表侄诸九鼎与诸匡鼎（毛先舒门人）兄弟、丹婿兼门人俞美英、美英弟俞士彪（沈谦门人）、美英姊妹俞璥、璥婿沈丰垣（沈谦、毛先舒门人）、丰垣侧室杨琇；徐旭旦、徐旭升、徐旭昌兄弟。仁和卓氏家族有卓发之、发之子卓人月、人月子卓天寅、天寅子卓胤域、卓胤基、人月从弟

① 李格：《杭州府志》卷一，民国十一年本。

② 郑沄、邵晋涵：《杭州府志》卷二，乾隆刻本。

③ 嵇曾筠：《浙江通志》卷七十八，文渊阁四库全书本。

卓回、回子卓令式、回从孙卓长龄、卓松龄、卓璨；沈谦及其次子沈圣昭（毛先舒、张丹、陆圻、应撝谦门人）、三子沈圣时、侄沈圣清、门人潘云赤、张台柱、洪昇（同为毛先舒门人）；丁氏家族有丁澎、丁潆、丁一揆兄妹及丁介（澎从子）；陈际明、陈祚明兄弟（张丹中表亲）；毛氏、徐氏二姻族有毛先舒及其侄毛宗亶、女毛媞、媞夫徐邺、邺父徐继恩、邺兄徐汾、汾子徐吴昇、先舒门人柴震、聂鼎元；徐氏家族有徐士俊及其弟徐灏、徐潋生、士俊门人王廷璋。海宁陈氏有陈之遴、陈之暹、陈洁兄妹，之遴室徐灿，子侄陈豑永、陈仲永、陈成永、陈慈永、陈皖永兄妹；陆氏家族有陆圻、陆堦、陆堦、陆瑶英（汤右曾母）兄妹及其侄陆繁弨（陆培子，柴绍炳、陈廷会门人）、圻子陆寅；陆嘉淑、陆弘定兄弟、嘉淑婿兼门生查慎行、慎行兄弟查嗣瑮及查容、慎行母钟韫、韫姊妹钟青及钟筠、筠夫仲恒、恒与筠子仲嗣瑠、查容室赵氏、赵氏姊妹赵承光；朱一是及其子朱愿为、一是门人陆进、进弟陆隽、弟陆本徵、弟陆次云、进子陆曾禹（张丹弟子）、侄陆自震（张丹弟子）、陆曾绍（张丹弟子）、次云亲家章昞、昞内兄詹夔锡、陆进室翁与淑、继室邵斯贞及内弟邵思衡与邵斯扬、进妹婿王晫、晫族叔王溶、族兄王嗣槐、嗣槐子王武功（张丹弟子）。余杭严氏、沈氏二姻族有严渡及其弟严沆、子侄严曾榘、严曾模、严曾槷、严曾相、严曾业、严曾杼、女孙严怀熊、怀熊夫吴磊、严曾杼夫沈长益、长益兄弟沈长豫等。

在历时一百年的西陵词坛，词人之多，词人关系之密切，为西陵词风的形成与演化奠定了坚实的基础。一个家族、同一师门的词人词风取向上，既呈现出相似性、相通性，又呈现出差异性。如海宁查氏词风，早年并不具备统一取向，而后期取径南宋，尚姜张，主要成因在于查氏与嘉兴朱氏之间密切的姻亲关系及词学交往。再如陆进作为西陵词坛较具影响的词人，他的词风并不趋近于乃师朱一是，而受徐士俊、沈谦、邹祗谟等影响较大。沈谦门人俞士彪、沈丰垣、洪昇等人的词风取向虽非沈氏所能牢笼，但也可从沈氏后期词风的变化中窥出端倪。诸如此类，皆足以见出词人关系在词学演化中的影响，其背后又与整个时代词学生态的嬗变存在密切的关系。

第二节 西陵词集文献考

西陵词风之盛，不仅在于其词人群体之庞大，更在于其词集宏富，词风多样。词风问题容后再论，现仅就词集之整体规模及具体细节进行一番考察。[①] 吴熊和先生于20世纪90年代初，在《西陵词选》所著录的词集之外，“另据《瑶华集》《百名家词钞》《杭郡词辑》《明词汇刊》诸书统计，明清之际西陵词人词集，总数在八十种以上”，并指出“这是同时代的其他词派所不能比的”[②]。于文献检索和搜辑更为便利的今天来看，西陵词坛的词集数量远超过吴先生当年的统计。在已经寓目的现存词集的基础上，今据所见各方志、别集、选集、词学序跋及书札，参考《清词别集知见目录汇编》《中国词学大辞典》《词学史料学》等文献著录，考得西陵词集一百余种，详见表三：

表三　　启祯顺康四朝西陵词集统计表[③]

序号	作者	词集
1	曹元方	《淳村词》
2	徐之瑞	《横秋词》（《横秋堂词》）

① 按：本节所论词集，专指别集而言，不包括选集。鉴于选集与别集内容的重复性，及选集的批评学功用，本书将选集列入词学文献进行考察。

② 吴熊和：《〈西陵词选〉与西陵词派——明清之际词派研究之二》，《吴熊和词学论集》，杭州大学出版社1999年版，第410页。

③ 该表“词集”一栏中，非同一种词集者，以“、”隔开；无“、”隔开者，表示暂不能确定是否为同一种词集的不同名称；可确定为别名者，别名列于其后“（）”中，不另作说明。

续表

序号	作者	词集
3	陆寅	《暗香词》
4	柴才	《百一草堂词》
5	丁潆	《秉翟词》
6	钱肇修	《檗园诗余》
7	陈祚明	《采菽堂诗余》（《稽留山人诗余》）
8	吴景斌	《采韵斋词》
9	查嗣瑮	《查浦词》
10	姜培胤	《池上楼词》
11	徐昌薇	《春晖堂词》、《黄雪山房词稿》
12	许田	《春梦词》、《水痕词》
13	胡大潆	《澹月楼词》
14	严曾榘	《叠罗词》
15	沈叔培	《东苑词》
16	吴惟修	《方丈山词》
17	卓胤基	《芳杜词》《桥西草堂词》
18	沈家恒	《非秋词》
19	丁澎	《扶荔词》
20	王廷璋	《茀庵词》《璧月词》
21	叶光耀	《浮玉词初集》
22	陈之遴	《陈素庵诗余》
23	钱凤纶	《古香楼词》
24	胡介	《河渚词》《旅堂诗余》
25	陆进	《巢青阁诗余》、《付雪词》、《付雪词二集》、《付雪词三集》、《悼亡词》
26	龚翔麟	《红藕庄词》
27	吴嘉枚	《湖山草堂词集》
28	丁文衡①	《湖上词》
29	聂鼎元	《扈芷斋词》
30	查容	《浣花词》《浙江诗余》《寒香斋词钞》

① 一作“丁文铨”。

续表

序号	作者	词集
31	汪鹤孙	《汇香词》、《蔗阁词》
32	章士麒	《见山亭词》
33	查继佐	《敬修堂诗余》
34	景星杓	《菊公词》、《拗堂词》、《松风词》
35	沈丰垣	《兰思词钞》、《兰思词钞二集》
36	陆自震	《览凤楼词》
37	严怀熊	《揽云楼词》
38	严曾业	《阆仙诗余》
39	夏基	《乐彼园诗余》
40	钟筠	《梨云榭诗余》
41	吴焯	《玲珑帘词》
42	沈振儒	《留云词》
43	俞瑽	《柳花词》
44	吴碧	《柳塘词》
45	郑景会	《柳烟词》
46	姚之骃	《镂空集》
47	朱樟	《鹿野诗余》
48	毛先舒	《鸾情集选》、《平远楼外集》
49	袁莲似	《落画楼词》
50	李式玉	《曼声词》
51	朱一是	《梅里词》
52	诸匡鼎	《茗柯词》《橘叟词》
53	丁一揆	《茗香词》
54	金标	《偶鸣集词》
55	陆弘定	《凭西阁长短句》
56	陆本徵	《奇赏居词》
57	吴本泰	《绮语障》
58	金长舆	《峤庵词》
59	林以宁	《秦楼清响词》《墨庄诗余》
60	张丹	《秦亭词》（《从野堂诗余》）
61	孙瑶英	《琴瑟词》

续表

序号	作者	词集
62	周禹吉	《青萝词》
63	徐长龄	《清怀词草》
64	胡文焕	《全庵诗余》《全庵词选》
65	徐吴昇	《蕊珠词》
66	严曾榘	《石兰词》《雨堂诗余》
67	徐旭旦	《世经堂词》
68	沈元琨	《殊亭词选》
69	高士奇	《蔬香词》、《竹窗词》
70	王舟瑶	《艺花词》《水云堂词》（《水云集长短句》）
71	诸九鼎	《松风词》
72	关键	《送老词钞》
73	严曾杼	《素窗词》
74	徐汾	《碎琴词》
75	邵锡荣	《探西词》
76	刘建	《听梭楼词》
77	释正岩	《同凡草词》（《屏山词》）
78	潘云赤	《桐鱼新扣词》（《桐扣词》）
79	赵吉士	《万青阁诗余》
80	顾若璞	《卧月轩词》
81	吴仪一	《吴山草堂词》①
82	吴农祥	《梧园词》
83	卓人月	《寤歌词》
84	查涵	《西庄词钞》
85	张台柱	《洗铅词》
86	王晫	《峡流词》
87	顾长任	《霞笈仙姝词》
88	陆瑶英	《闲窗词》
89	王嗣槐	《啸石斋词》
90	范允锵	《啸堂诗余》

① 包括《记豆词》《采苓词》《歃波词》《岵思词》《屺思词》《神听词》六种。

续表

序号	作者	词集
91	洪昇	《啸月词》
92	张云锦	《啸竹轩词》《微露词钞》
93	田玉燕	《谢堂词》
94	陆嘉淑	《辛斋诗余》《须云阁词》、《射山诗余》
95	卓回	《休园长短句》
96	仲恒	《雪亭词》、《题虹词》
97	许昂霄	《阳坡山人词》
98	释济日	《逸庵词》
99	杨守知	《意园词》
100	查慎行	《余波词》、《他山词》
101	柳葵	《余清堂词》《北游词》
102	俞美英	《渔浦词》
103	葛宜	《玉窗遗词》
104	俞士彪	《玉蕤词钞》
105	陆次云	《玉山词》
106	丁介	《玉笙词》、《问鹂词》
107	沈用济	《玉树楼词》
108	顾之琼	《玉树楼词》
109	杨琇	《远山楼词》
110	贺炳	《月轩诗余》
111	沈谦	《云华词稿》《云华馆别录》、《东江词》
112	徐士俊	《雁楼词》、《云诵词》
113	钟韫	《长绣楼词集》、《梅花园诗余》
114	姚大祯	《枕书楼诗余》
115	徐灿	《拙政园诗余》
116	朱愿为	《紫薇轩诗余》
117	吴陈琰	《剪霞词》
118	李声及	《问柳词》
119	王芳与	《玉树堂词》
120	吴磊	《留莺词》

续表

序号	作者	词集
121	王之献	《诗余》[1]
122	沈轸先	《珠舟词》
123	裘容贞	《贞居阁词》
124	卓长龄	《高樟阁诗余》
125	卓苍涛	《鬘云词》
126	陈皖永	《纸鸢词》

上表共计词人126位，词集不下于145种。此外，西陵尚有不少倡和词集，郡内倡和如徐士俊、卓人月的《徐卓晤歌》，郡外倡和如王晫等人的《千秋雅调》、吴陈琰与唐梦赍的《辛酉同游倡和诗余》等。遗憾的是，以上词集散佚不存者尤多，更有仅赖序跋以存其名者，又有虽幸存而罕为人知，《全明词》《全清词》未及收录者。今就以上两端，择要考述如次。

一 《全明词》《全清词》失收词集考略

《梧园词》，吴农祥著。农祥字庆百，号星叟、大滌山樵、萧台老人，明中允吴太冲之子，钱塘人。吴农祥"与陈维崧、毛奇龄、吴任臣、王嗣槐、徐林鸿称'佳山堂六子'"[2]，应康熙己未博学鸿词科，报罢归乡，潜心撰述。其著作宏富，《钱塘县志·文苑传》云："盖自汉魏以迄三唐诗人以来，未有若祥文辞之富者"[3]，然而如此皇皇巨制，付之梨枣者甚少，"世间传本绝罕"[4]。今幸见其稿钞本《梧园诗文集》三十四册，尚完好。吴氏原稿本二十九册，为萧山王小穀、丁氏八千卷楼先后递藏，蓝格，四周双边、白口、

① 《富阳县志》卷十八载王之献有《诗余》两卷。
② 丁丙：《善本书室藏书志》卷三十七，光绪刻本。
③ 魏嵘修、裘琏：《钱塘县志》卷二十二，康熙刊本。
④ 吴庆坻：《梧园诗文集跋》，《梧园诗文集》稿钞本。

单鱼尾，半页十行，行二十八字，版心印“梧园藏”字样，卷中杂有无版框稿纸、有栏无格稿纸。后补入钞本五册，纸张、版式不一，其中部分无版框；另一部分为黑栏单边，半页十行，版心下印“兰里蒋氏印山楼钞”。全书为未定本，不分卷，首册卷前有五张夹纸，列目录，书衣后有篆字题签“梧园诗文集”，旁以正楷抄录《杭州府志·艺文志》关于吴农祥的著述情况，页端钤有朱文方印“八千卷楼珍藏善本”，后有丁氏题识、吴庆坻跋。据现存次序与丁氏题识中目次相对照，可知第一册《赋颂表》至第二十五册《星叟集》《雪鸿集》，及第三十二至三十四册《梧园词》为稿本，第二十八册至三十一册为钞本，第二十六、二十七册未能遽定。

《梧园词》未曾刻印，今存此稿本三册，依字数编排。按现存目次，第一册起九十六字《倦寻芳》，止一百零四字《六丑》；第二册起十六字《十六字令》，止一百零二字《水龙吟》；第三册起一百零二字《氐州》，至二百四十字《莺啼序》中止，又起三十四字《风流子》（小令），止九十六字平体《汉宫春》。就次序来看，尚属未定稿，有待进一步编订。《梧园词》用调极其丰富，每个词调下或一首，或十数首，于首词前题词牌名，并标明字数于其下，个别词调下另注异名、某体。同一词调超过一页者于中缝处标注页码，换一词调即重起一页。而个别地方有缺页，如《燕山亭》不见第一页，《木兰花慢》不见前两页。无论从体例上，还是词的用调本身，《梧园词》均显示出非常自觉的词体意识。三册共录词1100余首，并非完帙，然就数量而言，在清初亦属罕见。此本之外，未见有其他抄本及刻本。

《敬修堂诗余》，查继佐著。查氏为海宁望族，人才辈出，继佐又其尤者，名高一时，以至于无端卷入“庄廷鑨明史案”，后事白获释。著有《敬修堂诗先甲集》《敬修堂诗后甲集》等，今存抄本。柯愈春《清人诗文集总目提要》称查光熙选《佛诗传》载《敬修堂诗》内包含此“《先甲集》一卷、《后甲集》两卷”[①]。《敬修堂诗后甲集》，今存旧抄本，内包含《古乐府》《四言诗》《五言诗》《七言诗》等，最后为《敬修堂诗余》，共录词27首。有纪年者皆为乙酉所作，其中亦有游南粤之作品。按查继佐以遗民自处，曾参与南明抗清活动，其集题曰《先甲集》《后甲集》，实以甲申国变为分界，前此之作入《先甲集》，后此之作入《后甲集》，故《敬修堂诗余》所收皆为入清后词作。

《兰思词钞二集》，沈丰垣著。丰垣字遹声，号柳亭，仁和人。《兰思词钞》今存两种：一种为《兰思词钞》两卷，共217首，康熙十一年吴山草堂刻本，其中又有单订本、合订本之区别，《稀见清代四部辑刊》曾据单订本影印出版，见第七辑第一百册；另一种为《百名家词钞》本，共213首，《全清词·顺康卷》据此收录，故不详论。[②]《兰思词钞二集》今仅见一种，两卷，共242首：上卷147首，下卷95首，与《兰思词钞》两卷及沈谦、毛先舒《古今词选》七卷合刊，与单订本相对照，缺少牌记，而多出《征新声谱逸词启》《题兰思词》《评兰思词》《兰思词话》四种，均位于《古今词选》前，版式与《古今词选》不同，而与《兰思词钞》相同，上下卷各有目录，半页八行，行十八字，左右双边，白口，无鱼尾，版心上题“兰思词钞”，序及目录、各卷首页版心下均题“吴山草堂”四字。今人据卷前徐士俊《兰思词钞序》定《兰思词钞二集》亦为康熙十一年刻本，误。检《兰思词钞二集》，卷中多此后作品，如康熙十四年《满江红·哭侄陈锡，乙卯蒲月》，甚至有次韵康熙二十四年

---

① 柯愈春：《清人诗文集总目提要》（上册）卷三，北京古籍出版社2001年版，第33页。

② 据《全清词·顺康卷》文献来源显示，沈丰垣228首词有213首录自《百名家词钞》，与吴山草堂本《兰思词钞》同。今所存《百名家词钞》五十三卷、郑振铎旧藏七十八卷、八十七卷及五十八卷、湖北图书馆藏一百一十卷，皆未见沈丰垣《兰思词》，仅知浙图藏本中有一份词目，沈丰垣《兰思词》在内，而有目无词，或未刊刻，另外孔传铎《名家词钞》录沈丰垣词13首。《全清词》所据底本何在，暂不详。

王晫自寿《千秋岁》词。故知《兰思词钞》虽或有康熙十一年原刻，而《兰思词钞二集》乃后刻，具体刊刻年代不详，或在康熙二十五年至二十八年间，详见第二章第二节《古今词选》之相关考述。

《曼声词》，李式玉著。式玉字东琪，号鱼川，钱塘人，著有《鱼川初集》《鱼川二集》《巴余集》等。《曼声词》即附于《巴余集》之后，仅见复旦大学藏有康熙刻本，《清代诗文集汇编》据以影印出版。今存《曼声词》并非完本，其后有残缺，共存小令72首、中调33首、长调37首，集中有晚至康熙十五年的作品。① 和希林曾据此过录129首，补《全清词·顺康卷》之未收。

《付雪词》，陆进著。进字荩思，人称“北门大陆子”，余杭人，朱一是门人，著有《巢青阁诗余》《付雪词》《付雪词二集》《付雪词三集》《悼亡词》。陆进词集较多，且互有交叉，词集名称混乱、版本复杂。《巢青阁诗余》乃陆进第一部词集，是时方由徐士俊、沈谦、毛先舒之濡染而学词，有康熙刻《巢青阁集》本，位于该书卷十，共35首，又名《巢青阁集诗余》，由其子侄及门人校订梓行，徐士俊序之；《付雪词》为第二部词集，与《巢青阁偶集诗》《吴兴客纪》《越游草》等合刊于康熙九年，总名《陆荩思诗词集》，为康熙九年以前所作，由吴绮作序，并存徐士俊旧序，录词145首：小令67首、中调32首、长调46首；陆进第三部词集亦名《付雪词》，即毛奇龄序中所谓“《付雪词第二刻》”、丁澎等人序中所谓“《付雪词二集》”者，今为区别于第一刻，权题作“《付雪词二集》”，亦为康熙刻本，与《付雪词三集》《红么集》《悼亡词》合刊，有毛奇龄、徐喈凤、丁澎《付雪词二集序》各一篇，及陆进《巢青阁集自序》一篇，并存徐士俊、沈谦《巢青阁诗余序》各一篇，吴绮、梁允植《付雪词序》各一篇。据陆进《自序》，该集由《巢青阁诗余》选15首，由《付雪词》选85首，并康熙十一年以来新作而未刻词95首组成，而实际共194首：小令90首、中调35首、长调69首，

① 其中包括两首犯曲，《圣朝柳》《阁上秦娥忆二郎》，同属中调。

比陆进所记少一首。《悼亡词》为陆进第四部词集，康熙十九年，陆进以岁贡生入京应试而骤遭继室邵斯贞之丧，居京师、过汴梁、经楚江、还家期间均有悼亡词作，共60首，结成《悼亡词》一卷。今有康熙刻本，与《付雪词二集》《付雪词三集》《红么集》合刊，卷前有方孝标、毛先舒、王晫、陆堦《悼亡词题词》各一篇、陆进《悼亡词自序》一篇，并周稚廉《巢青阁集诗余序》一篇。此外，卷尾附有方象瑛《付雪词三集题词》。《付雪词三集》为陆进第五部词集，康熙刻本，与《付雪词二集》《红么集》《悼亡词》合刊，卷前有张惣、毛际可、罗坤、吴仪一《付雪词三集序》各一篇。[1]《付雪词三集》共录词137首：小令40首、中调32首、长调65首，乃康熙二十五年以前所作。康熙刻《巢青阁集》本《巢青阁诗余》，四周双边，白口，单鱼尾，半页十一行，行二十字，版心上镌"巢青阁集"，中镌"小令""中调"或"长调"，其下镌页码，最下镌词集名。康熙刻本《付雪词二集》《付雪词三集》《悼亡词》，版式同此。惟康熙刻本《付雪词》，与《巢青阁诗》《吴兴客纪》等合刊，四周单边，白口，单鱼尾，上镌"付雪词"，中镌"小令""中调"或"长调"，下镌页码，半页九行，行二十字。陆进五种词集中，惟《付雪词》遗漏于《全清词·顺康卷》及其《补编》之外，其中未选入《付雪词二集》者数十首，皆未入录《全清词》。[2]

《屏山春梦词》，许田著。田一名佃，字改村、莘野，一字求，号畾父、畾农，钱塘人，康熙四十二年癸未科进士，知四川高县。著有《许屏山集》九卷、《屏山春梦词》两卷、《水痕词》两卷。《水痕词》今未见。《屏山春梦词》，又名《春梦词》，清刻本，其子许存朴、许存俭校订，卷首题签署"钱塘许莘野制，上湖草堂藏"。左右双边，黑口单鱼尾，半页十行，行二十一字。卷首有《屏山词话》及尚质《序》，上卷录词68首，下卷录46首，各有目次。

---

① 按：原刻题作《巢青阁集诗余序》，据各序内容，均为《付雪词三集》而作。

② 《全清词·顺康卷》所据之《付雪词》，实为《付雪词二集》。

以上六种词集可补《全清词》1700首以上。此外，尚有不少词集为《全明词》系列、《全清词》系列所遗漏。

二 西陵已佚词集发覆

在众多西陵词集中，因亡佚而久不为人所知者甚多，且更有长期被误以为其他词集之别名者，以及为他人同名词集所掩盖者，今发覆如次：

《云诵词》，徐士俊著。徐士俊《雁楼集》早在顺治十年即由吴颖删订，一直未能刊布，至康熙五年才由友人集资刻行。其中卷十三《诗余》，亦为康熙五年以前的作品，《瑶华集》谓之《雁楼词》，《杭州府志》及《中国词学大辞典》亦均以《云诵词》为《雁楼词》之别名，此说不确，二者实非一种词集。《云诵词》共录词数百首，且与《雁楼集》中《诗余》不重。

徐士俊《与王丹麓》云："秋来录得拙著诗余一卷，名曰《云诵词》，盖取鲁敢当时所称'常见紫云娘诵君佳句'之意，皆《雁楼集》所未刻者也。与足下交深十载，风雨连床，敝箧残编，皆足下所悉见，故此序不欲属之他人，而敬恳足下。"① 王晫《云诵词序》云："若徐野君先生所作诗余，脍炙人口已五十年矣……近出诗余数百首，皆《雁楼集》中所未刻者，题为《云诵》。而二三同志，又力为从臾付梓，以公之世，正欲使天下凡有见闻者，莫不家吟户诵，岂独爱才如紫云娘辈，矜为枕中之秘也？是为序。"② 徐士俊流传最早的词作《徐卓晤歌》作于天启五年（1625）左右，越五十年正值康熙十三年（1674），《云诵词》当结集于是年前后，其时徐士俊已七十三岁。王晫《徐野君先生传》又云："数十年所著，约有两千余纸。今所传《雁楼集》二十五卷，仅五之一耳。尚有《雁楼

---

① 徐士俊：《与王丹麓》，《兰言集》卷十九，康熙霞举堂刻本。

② 王晫：《南窗文略》卷二，《清代诗文集汇编》影还读斋刻《霞举堂集》本。

文逸》《诗逸》《云诵词》《尺牍外内篇》四种，未行于世。”① 此传作于徐士俊卒后，也就是说，至少在其生前，《云诵词》并未曾刊行过，此后亦未见有传本。

《休园长短句》，卓回著。回字方水，号休园，卓人月族弟，另编有《古今词汇》。《休园长短句》不见于各方志、藏书目录，今从《古今词汇》中见金镇《休园长短句序》，云：“方水为其（案：指卓人月）从弟，晚与余定交于雀航笛步间。出其《休园词》，受而读之，一往奔逸，豪迈之气，跌宕自喜，不屑以冶情绮语见长，真得乎眉山之神，而极稼轩、放翁之能事者也。方水少负盛名，牢落不遇，老而托迹沧浪烟水之外，盖有块垒郁抑于胸中，而颓然自放，发为激调朗吟以舒其怀抱者乎！”② 《百名家词钞》中有广陵郑侠如士介《休园诗余》，亦题《休园长短句》，卓氏词集既不传，集名亦为郑集所掩。

《桥西草堂词》，卓胤基著。胤基，避讳改允基、元基，字次厚，号履斋，康熙十七年副贡，曾任衢州教谕，著有《桥西草堂词》。徐釚序之曰：“乃今于长安邸中，与次厚握手，追思永瞻，……次厚遂出近日所为《桥西草堂词》示予，其激昂悲壮，犹似吾永瞻之词，而婉丽过之。”③ 徐釚《词苑丛谈》云：“弹指六七年，永瞻、元礼俱为异物。丁未十月，余宦京邸，永瞻弟次厚过余话旧，赋《齐天乐》。”④ 据文中所言，两文皆作于卓永瞻（胤域）卒后。康熙六年丁未，卓永瞻正奉父命遍请京师诸名公题咏传经堂，故知“丁未十月”之记载有误。引文中称京师倡和之后六七年，卓永瞻及叶元礼俱亡而胤基来话旧，其时当在康熙十七、十八年。徐釚正在京师应博学鸿词科，而胤基亦于十七年得副贡，已有资格入国子监。姜宸英《题传经堂集后》：“今年初夏，次厚游太学，亮庵偕之来访其故

---

① 王晫：《徐野君先生传》，《霞举堂集》卷四，康熙刻本。

② 金镇：《休园长短句序》，《古今词汇》卷首，康熙刻本。

③ 徐釚：《桥西草堂词序》，《南州草堂集》卷十九，康熙三十四年刻本。

④ 徐釚：《词苑丛谈》卷九，康熙刻本。

人。既至，假馆僧庐，倦卧不出。于是公卿舆马，填塞街巷，坐门问安，喧哄都下"①，当在康熙十七年后，时间、行迹皆吻合。故卓胤基赋《齐天乐》及请序于徐釚，时间不在"丁未十月"，而在康熙十七年或十八年十月，"丁未"当为"己未"之误，时为康熙十八年，《桥西草堂词》亦结集于此期间。

《秉翟词》，丁潆著；《留云词》，沈振儒著，二集曾与邵锡荣《探西词》合刻于康熙年间。丁潆乃丁澎之弟，字素涵，号天庵，又师事其兄，沈振儒乃丁澎门人，字其杓，二人与邵锡荣倡和于杭州。邵氏字景桓，号二峰，其《探西词》因刻入《百名家词钞》而广为流传，相比之下，《秉翟词》与《留云词》则寂寂无闻。据黄裳《来燕榭书跋》所记《百名家词》之《残本总目》，亦有丁潆之名在列，今通行本《百名家词初集》六十家、《甲集》四十家均无其词。② 孔传铎《名家词钞》著录《秉翟词》，只存其一首。丁澎《三子合刻题辞》云："其杓慷慨好任侠，家昌亭，往往与吹箫屠狗者游。景桓年最少，善跃马说剑，慕望诸君、武乡侯之为人。予弟天庵子，高闭户之节，一瓢自随，与世无忤，盖狷者也。"又云："合而论之，《留云词》若快马腾空，瞬息千里，冲风掣电，不可端倪，纵使华山騄駬，未易追及；《探西词》若三河少年，臂鹰走犬，平原草枯，狡兔突起，殊有弓燥手柔之致；《秉翟词》若邯郸艳女，隔幔搊筝，心事如诉，不知年已五六十翁，尚游敖嬉戏如小儿状。噫，异哉！"③ 据此序，三人唱酬之场景、词作之风貌于此可略见一斑。

《剪霞词》，吴陈琰著。吴陈琰词今存于《辛酉同游倡和诗余》，载于唐梦赉《志壑堂后集》中，而《剪霞词》乃其少作，久不为后人所知。方象瑛《吴宝崖集序》："乙卯春，予访蒋子驭鹿于祖山

① 姜宸英：《湛园集》卷七，清文渊阁《四库全书》本。

② 参见黄裳《来燕榭书跋》上海古籍出版社 1999 年版，第 280 页。

③ 丁澎：《扶荔堂文集选》卷十一，文芸馆刻本。

寺，因识吴君宝崖，是时宝崖字清来，年甫十七，所制诗余，予跋而行之，所谓《剪霞词》是也。”[①] 据此，则吴陈琰当生于顺治十六年，《剪霞词》成于康熙十四年，乃其少年之作。唐梦赉《清平乐·腊日和吴海木赐祝是日即先君祭节》：“谈经论子。几部荒唐史。堪笑残年贪故事。但识杨云难字。　何人思涌如泉。慧心早种生前。旧稿五城霞剪。新词三峡流溅。”[②] 所谓“旧稿五城霞剪”，也说明《剪霞词》结集于吴陈琰与唐梦赉倡和之前。毛奇龄《钱唐吴清来诗序》：“予读《剪霞词》，如嫩篢乍调，生丝系桐，金窗儿女子为畛帨家人语言，而鸾雏未翔，哕哕于铜屏之隟”[③]，其风貌概可想见，大不同于康熙二十年《辛酉同游倡和诗余》中的作品。方象瑛云：“向谓宝崖善言情耳，别来十许年而去华就实，尽变其少所为文章之道，信有与年俱进者”[④]，良有以也。

《茗柯词》《橘叟词》，诸匡鼎著。匡鼎字虎男，号橘叟、锁石山旅人，钱塘人，与兄诸九鼎骏男并有文名。《茗柯词》之名，见于《西陵词选》卷前氏籍目录中。此外，诸匡鼎自作《锁石山旅人传》亦云：“余客锁石，徘徊不能去，吾其为锁石山旅人乎？用是而旅人遂以山名，所著有《锁石山旅人六种》，一曰《橘苑文钞》，一曰《赤亭诗选》，一曰《武林佚事》，一曰《富春名山记》，一曰《且看斋尺牍》，一曰《茗柯词》。”[⑤] 章士珣《钱塘诸虎男先生传》亦称其有《茗柯词》。方象瑛《健松斋集》中今存有《茗柯词序》一篇，云：“诸子虎男词名最久，诸公间共推挹，余尝出北郭访之，舟楫未便，怅然中反。禊日，虎男过余，出《茗柯词》相示”，“虎男词娟

① 方象瑛：《吴宝崖集序》，《健松斋续集》卷二，康熙四十年刻本。

② 唐梦赉、吴陈琰：《辛酉同游倡和诗余》卷上，《四库全书存目丛书》影康熙刻《志壑堂集》《志壑堂后集》《阮亭选志壑堂诗》本。

③ 毛奇龄：《钱唐吴清来诗序》，《西河集》卷三十五，文渊阁《四库全书》本。

④ 方象瑛：《吴宝崖集序》，《健松斋续集》卷二，康熙四十年刻本。

⑤ 诸匡鼎：《锁石山旅人传》，《说诗堂集》之《橘苑文抄》卷七，《四库全书存目丛书》影康熙刻本。

秀流丽中时具清挺之致，晓风残月，故自靡靡动人，即使铁板按歌，亦复慷慨淋漓，唾壶欲缺，虎男之才真无所不有矣”①。《茗柯词》卷数未详，或未曾刊行，今未见。后世多知张惠言词集《茗柯词》，不知诸氏之词集亦同其名。《橘叟词》，不见于诸匡鼎及章士玥所作传中，或为《茗柯词》之别名，仅见徐旭旦《橘叟词引》云：“钱塘诸子虎男方以隽迈之才，渊旷之识，灏博之学与其友人刻意为歌诗，相犄角，抒毫挥纸，妙一世，乃皆秘诸箧衍。独取所作《橘叟词》寓余，余读之，叹其掇采也丽，其寄情也微，其抽思也婉而多味，此诚诗人之词也，殆非世之淫哇浮靡者比矣。”②

《池上楼词》，姜培胤著。培胤字亶贻，仁和人。《东白堂词选》《瑶华集》《国朝词综》俱作培颖，《清杭郡词辑》、民国《杭州府志》俱作培允，《清人室名别称字号索引》收录后二者，而不知其本名“培胤”，特以避讳改。《池上楼词》之名，见载于《西陵词选》卷前目录中。今又于吴农祥《梧园诗文集》见《姜亶贻池上楼诗余序》，云：“姜子亶贻，誉满怀蛟，谈称扪虱，癖载烟霞之檄，喜悬日月之书。兴至填词，神来余绪，顾求奥阼，略有可窥。若问甄陶，岂能骤至？观其沉酣典籍，吹击风骚，片语必究其旨归，微言更征其心得。若匪赏奇而富，则骤见无以定其妍媸，不因学博而精，则微吟无以知其纯驳，劣识贻见虎一毛之诮，材疏受橐驼肿背之讥。”③ 于此可略知姜氏作词，乃以学问为根底，务求博奥。又，吴农祥序题下自注“乙未”，如果此说不误，则顺治十二年（1655）《池上楼词》即已结集。

《寒香斋词钞》，查容著。查礼《榕巢词话》卷一：“海宁家韬荒伯容，诗才卓荦，填词雅有清裁，句多天然凑泊。所著有《寒香斋词钞》一卷，集中《高阳台·登黄鹤楼》一调极佳，词云：‘汉

---

① 方象瑛：《诸虎男茗柯词序》，《健松斋集》卷三，康熙二十六年刻本。

② 徐旭旦：《世经堂初集》卷八，康熙五十一年刻本。

③ 吴农祥：《梧园诗文集》，稿钞本。

广黏天，江回抉地，千年黄鹄矶头。对此茫茫，翛然道上层楼。凭栏不见仙人鹤，恨白云、几片悠悠。更无情、红日西驰，绿水东流。楚王宫殿成邱。但凤凰旧路，鹦鹉空洲。草色烟光凄迷，满目闲愁。当时争战浑如梦，宇宙间、诗句长留。笑而今、八九思吞，一醉都休。'又小令、中调亦多蕴藉之篇，《采桑子·送融谷之皖》云：'秣陵城外伤心处，送客劳劳。击吠嘈嘈。沙岸平添水一篙。峭帆风引春寒重，听雨潇潇。数驿迢迢。百子山前早晚潮。'又《小重山·与徐孝绩话旧》：'诗酒轻狂二十年。两心同一意，转相怜。吴头楚尾路三千。东西望，消息几茫然。 红雨送归船。依依情话久，又樽前。楝花风起夕阳天。春如水，流恨到谁边。'又《浪淘沙·同王左车璞庵望莫愁湖》云：'风景最依然。孙楚楼前。红潮小涨落花天。旧是卢家摇艇处，湖雨湖烟。 取醉不论钱。垂柳桥边。丁丁水调响吴弦。白袷王郎多少恨，闲话年年。'"① 案：查容，字韬荒，与朱彝尊为中表兄弟，著有《浣花词》《浙江诗余》。《寒香斋词钞》未见其他著录，《榕巢词话》所引《高阳台》诸词，不见于《浣花词》《浙江诗余》，或非其异名。查礼乃查容侄，其言之凿凿，当曾寓目。

《春晖堂词》《黄雪山房词稿》，徐昌薇著。昌薇字紫凝，一作子凝，改名逢吉，字紫山、紫珊，号蓑衣老渔，徐张珠弟，张丹弟子，钱塘人。徐昌薇久负诗名，得王士祯赏识，其词风以康熙六十年左右交接厉鹗为转折，趋向浙派。作品今见于《西陵词选》《草堂嗣响》《国朝词综》等。《西陵词选》卷前氏籍目录载其《春晖堂词》，《草堂嗣响》作《春晖词》，故康熙十四年《西陵词选》刊行以前即有此名，当为早期词集，今不传。《黄雪山房词稿》为其后期词集，盖未刊刻。冯金伯《词苑萃编》卷八引厉鹗语云："徐丈紫山黄雪山房在学士港口，湖山幽胜处也。其词清微婉妙，绝似宋人"，其后按曰："《黄雪山房词稿》尚未付梓，予曾于艮麓诸君处

① 查礼：《榕巢词话》卷一，《查恂叔集》清钞本。

借录一过”[1]。考以《两浙𬨎轩录》，“诸以敦，字艮麓，号爱堂，钱塘人”，其所存或为徐逢吉原稿本《黄雪山房词稿》，而此外另有冯金伯过录本，《清词别集知见目录汇编》均不载，或已亡佚。吴衡照《莲子居词话》卷三云：“徐子宁逢吉在‘西陵后十子’之列……工词，有《摇鞭》《微笑》《柳洲清响》《峰楼》《写生》等集。《长相思・章贡道中和赵饮谷》云：‘过饶州，盼韶州。白首重为岭外游。梅花在岭头。　水西流。水东流。两个离人一叶舟。并来多少愁。’《满江红・由盐官至槜李，舟中听雨不寐》云：‘过得新年，第一夜、潇潇春雨。刚凑着、愁人作客，布帆西去。枕上欲眠还又醒，分明河畔听秋杵。最伤心、零落小梅花，沾泥土。　挽一段，吴娘舻。搅几阵，津门鼓。似笛声入破，越添凄楚。二月家乡归不得，西湖莺燕谁为主。拥寒衾、坐起剔银灯，灯无语。’《绿窗并倚》云：‘忽地西风起。指衡阳缥缈，又早征鸿来矣。故国在何处，怎不把书相寄。念昨夜舟中，今宵梦里。多少愁滋味。欲住也，浑无计。欲去也，浑无计。　还忆绿窗并倚。正天长地久，不道这回抛弃。想伊更多病，那受得、恁般憔悴。对湘竹帘儿，芙蓉镜子，弹了千行泪。一半是，西湖水，一半是，西江水。’”[2]“白首”云云，足见其非早年《春晖堂词》所有，是否出自以上诸集，亦不得而知。《国朝词综》卷二十亦载徐逢吉《柳洲清响》《摇鞭集》《微笑集》之名，柯愈春《清人诗文集总目提要》著录其《黄雪山房诗选》并云：“别有《柳洲清响》《摇鞭集》《微笑集》，皆未见传”[3]，今不知诸集是文集、诗集亦或词集，《中国词学大辞典》著录为词集，而合《摇鞭》《微笑》于一集，系误。[4]《净慈寺志》卷二十三云：

---

① 冯金伯：《词苑萃编》卷八，嘉庆刻本。

② 吴衡照：《莲子居词话》卷三，嘉庆刻本。《绿窗并倚》词另见陈廷焯《词则》下册《别调集》卷四，上海古籍出版社 1984 年影印本。

③ 柯愈春：《清人诗文集总目提要》（上），北京古籍出版社 2001 年版，第 292 页。

④ 马兴荣、吴熊和、曹济平：《中国词学大辞典》，浙江教育出版社 1996 年版，第 210 页。

“《碧溪诗话》：紫珊先生豪游四方，交亲多贵显而贫病自甘……殁后，山房易主，诗卷几数千篇，散佚大半”①，词稿或亦在其列。

《高樟阁诗余》，卓长龄著，原有康熙刻《高樟阁诗集》本。《清代文字狱档》所载《陈辉祖等奏查出逆诗多种无〈忆鸣诗集〉案》云：“刻板《高樟阁诗集》三本，内分《少悔集》一卷、《先庚集》四卷、《后庚集》三卷、《延缘集》一卷、《诗余》一卷，系卓天柱故祖卓长龄所著。检查刻板仅存八十块，内缺《后庚》《延缘》《诗余》各一卷，版片据称因失火遗毁无存”，“《诗余》内有金犴山序文”②。乾隆四十七年，“忆鸣诗集案”发，卓长龄死已五十余年，仍被剖棺戮尸，《高樟阁诗集》印本并版片俱毁，今不存。

《鬘云词》，卓苍涛著。吴景旭《雨来草》有诗《答卓苍涛》云：“《鬘云》一帙盛才名，及见新词帙又盈。彩笔疑从天外落，闲心合向水边生。杯逢客至浮欢剧，箧出家藏受鉴评。好是风吹兼雨打，未能抛去便行行。”③ 本诗作于康熙二十二年五月前后，知《鬘云词》成于此前。且在此之外，卓苍涛另有不少词作。

西陵词集散佚不存者尚多，如吴本泰《绮语障》、沈谦《云华词》、毛先舒《平远楼外集》、关键《送老词钞》、徐汾《碎琴词》、王嗣槐《啸石斋词》、洪昇《啸月词》、仲恒《题虹词》、顾长任《霞笈仙姝词》、林以宁《秦楼清响词》、王廷璋《茀庵词》《璧月词》、金长舆《峤庵词》、景星杓《菊公词》《拗堂词》《松风词》、沈轸先《珠舟词》、裘容贞《贞居阁词钞》等。

在词集之外，西陵词坛尚有为数不少的词作散存或附载于诗文集中，如海宁张曾禔《何求集》，今存有清代张氏抄本，内录词数十首，多悼亡之作；如潘廷章《渚山楼集》，康熙四十年刻本，内附词作，赵尊岳据以裁成《渚山楼词》一卷，入《明词汇刊》；再如姚

---

① 僧济祥：《净慈寺志》卷二十三，《中国佛寺史志汇刊》影钱塘丁氏重刻本。

② 《清代文字狱档》第5辑，《中华文史丛书》第94册，华文书局影民国二十三年铅印本，第567—568页。

③ 吴景旭：《南山堂续订诗》卷一，康熙刻本。

之驷弟姚炳著有《苏溪集》，内附词作 90 首，亦未单独成一词集。诸如此类，其数不详，难以一一枚举。

西陵词集之富，而亡佚之多，是造成当代认知与当时词坛生态产生偏差的重要因素。

第三节 西陵词学文献考

清词中兴，而词学的复兴则更早。清词或不及两宋之成就，而词学在系统性、深刻性、丰富性等方面则远迈宋人。西陵词坛的繁盛，不仅在于其庞大的词学群体、宏富的词集词作，也在于其全面而独特的词学建树。面对萎靡已久的词坛，明末清初各地词人皆试图以不同的策略干预词坛风会，西陵词坛部分有识之士如徐士俊、卓人月、卓回、丁澎、陆次云等，于词体兴衰表现出强烈的历史责任感，他们不仅致力于填词创作，同时也热衷于词史与词体本身的考察与研究，这赋予西陵词人尤其明确的理论自觉意识。正是在这种背景下，西陵词人在诗文酒会之暇，闭门吟咏之时，师门问答之际，通过纵谈切磋、书札辩难、操选、评点、题跋、结撰专著等形式全面讨论词源、词史、词韵、词律、词乐、词风、词法等问题，乃至深入到操选之步骤、批评之标准、制韵之宽严等细节问题。西陵词人围绕着其不同于云间派、阳羡派、浙西派振起词坛、复兴词体的独特策略，结撰了大量的词学文献，其得失、成败，需要置入特定的历史现场中才能准确认知。

然而，由于大量文献流传不广，关注度不足，长期游离于词学研究者视野之外，甚至一些重要文献的性质、作者、主要内容等基本信息被严重误解。为厘清部分词学事实，展示一批颇有价值而久被淹没的文献，特在词集序跋、书札之外，制《明末清初西陵词学文献总表》一份：

表四　　明末清初西陵词学文献总表

名称	编撰者	版本
《词菁》	陆云龙	崇祯四年刻本
《古今词统》	徐士俊、卓人月	崇祯刻本
《古今词选》	沈谦、毛先舒	康熙刻本
《见山亭古今词选》	陆次云、章昞	康熙刻本
《西陵词选》	陆进、俞士彪	康熙十四年刻本
《东白堂词选》	佟世南等	康熙十七年刻本
《古今词汇》	卓回、周在浚	康熙刻本
《词苑》	吴农祥	
《历朝词汇》	卓璨	
《正续花间集》	卓长龄、金张	康熙刻本
《全庵词选》	胡文焕	文会堂刻本
《诗余类函》	张大烈	
《文会堂词韵》	胡文焕	文会堂刻本
《词韵略》	沈谦、毛先舒	康熙刻《思古堂十四种书》本
《韵白》	毛先舒	康熙刻《思古堂十四种书》本
《仲氏词韵·词韵论略》	仲恒、王又华	康熙十八年《词学全书》本
《新镌补遗诗余图谱》	谢天瑞	万历二十七年谢氏刻本
《词谱》	郭绍孔	
《词谱》	沈谦	
《填词图谱》	赖以邠、查随庵	康熙十八年《词学全书》本
《词镜》附《词论》	赖以邠、查随庵	乾隆四十八年朱墨套印本 嘉庆十五年朱墨套印本
《填词名解》	毛先舒	康熙十八年《词学全书》本
《古今词统眉批》	徐士俊等	崇祯刻本
《填词杂说》	沈谦	康熙刻《东江集钞》本
《词学》	沈谦	十二卷（未刊）
《鸾情词话》	毛先舒	康熙刻《古今词汇》本
《词辩坻》	毛先舒	康熙刻《古今词汇》本
《词论十三则》	张台柱	康熙刻《东白堂词选》本

续表

名称	编撰者	版本
《词源》	李式玉	康熙十五年刻《巴余集》本
《古今词论》	王又华	康熙十八年《词学全书》本
《浣雪词话》	吴陈琰	康熙刻《浣雪词钞》本
《词论》	丁介	康熙刻《古今词汇》本
《羡门臆说》	卓长龄	康熙刻《古今词汇》本
《兰思词话》	吴仪一等	康熙吴山草堂刻本
《评兰思词》	吴仪一	康熙吴山草堂刻本
《吴山草堂词话》	王晫等	康熙刻《霞举堂集》本
《峡流词评》	毛先舒等	康熙刻《霞举堂集》本
《柳烟词评》	徐士俊等	康熙刻《柳烟词》本
《屏山词话》	许田	清刻《屏山春梦词》本

以上共词学文献39种，此外，西陵词人的词集序跋、评点、论词书札等文献资料也非常丰富，难以统计。根据目前学界对于西陵词学文献的认知情况，现拟从上表选择一批鲜为人知或长期被误解的文献，考述如次：

关于《兰思词话》和《评兰思词》，学界的认知偏差很大，而原因在于所见并非第一手材料。《词话考论》一文曾称："因为《兰思词话》《吴山草堂词话》皆为王晫所作，所以收入王晫《霞举堂集》之中。"[①]《清词话考述》亦云："《兰思词话》乃王晫评沈丰垣《兰思词》而称词话者，篇帙无多，仅三则"，"《兰思词评》乃洪昇评沈丰垣《兰思词》者，凡五则"[②]。孙克强《清词话全编》辑录洪昇所评七则作《兰思词评》，另辑录王晫所评三则，也题作《兰思词评》。诸家皆不免失察。

《兰思词话》《评兰思词》均不见于康熙吴山草堂刻《兰思词钞》两卷本，而载于康熙吴山草堂刻《兰思词钞》四卷本，与《古

① 孙克强：《词话考论》，《文学与文化》第十辑，南开大学出版社2010年版。

② 谭新红：《清词话考述》，武汉大学出版社2009年版，第243—245页。

今词选》合订。据此本，《兰思词话》并非王晫一人所作，而是由众人评论沈丰垣《兰思词钞》汇辑而成，共22则，依次为：陆进3则、洪昇5则、汪鹤孙1则、吴绮1则、王晫3则、陈蕴元3则、张台柱4则、高式青2则。

所谓《兰思词评》，在原刻本中是不存在的。现所谓《兰思词评》5则，本为《兰思词话》中的洪昇部分，20世纪80年代由《洪昇集》的校注者刘辉先生从《兰思词话》中抽出，辑入《洪昇集·集外集》中，题曰《兰思词评》，遂衍误至今。

原刻本中另有《评兰思词》，共8则，位于徐士俊《兰思词序》与《题兰思词》之间，落款“西陵吴仪一瑹符氏识”，为吴氏一人所撰。其最后一则以洪昇的观点引出自己的评论，实际作者并非洪昇。

《吴山草堂词话》仅见于王晫《霞举堂集》中，共6则。吴仪一的《吴山草堂词》今已不存，后世称引中亦未提供更多材料，故该词话之原貌已不得而知。但据以上诸案例，称“《吴山草堂词话》例同《兰思词话》，乃王晫评吴仪一《吴山草堂词》而称‘词话’者”①，是非常冒险的观点。若对王晫进行一番考察，或许对于认识这个问题不无助益。检阅王晫著作，会发现其人有两大特点：一、非常注重自己的作品在他人选集中的入选情况；二、非常珍视与己相关的文献汇辑保存。王晫足迹极少出里闬，而交游半天下。曾经辑刻《兰言集》二十四卷，汇存天下士人赠于自己的诗、词、曲、赋、序、跋、尺牍、评、说、引、记，另辑录天下名士赠和自己的五十自寿词《千秋岁》，成《千秋雅调》一书。他为沈丰垣词集所作的评论文字即收录在自刻《霞举堂集》中，仍其原名曰“《兰思词话》”。据此，《霞举堂集》中的《吴山草堂词话》亦极有可能是王晫从原《吴山草堂词话》中辑录自己的文字而成。根据《兰思词话》的情况来看，王氏辑录此作时，必然不会旁及第三者的文字入

① 谭新红：《清词话考述》，武汉大学出版社2009年版，第243—245页。

其《霞举堂集》。在更多可靠材料出现之前，遽定王晫6则词话即为《吴山草堂词话》全帙，是非常值得怀疑的。

《词源》，李式玉著，其《与毛稚黄论词书》中曾引之，称为"《词说》"。由《古今词论》转引而广为人知的"诗庄词媚"一说即出自于此。然而，作为一部与张炎著作同名的词话，李氏《词源》在后世未见被提及，《词学史料学》《清词话考述》亦不著录。今见于康熙十五年刻本《巴余集》卷八，共22则，多论作词之法，包括笔法、句法、章法等，兼及词调宫商。其大旨在于强调文与调合，"诸调各有所属"，且词调"有可犯者，有必不可犯者"，颇能切中时弊，在"诗庄词媚"之说外，[①] 亦能胜意迭出。

《文会堂词韵》，胡文焕编。文焕字德甫，号全庵、约庵、抱琴居士、西湖醉渔，钱塘人。生卒年无考，活跃于万历年间，曾任耒阳县丞、兴宁知县。工于曲，通音律，本为书坊主，坊名"文会堂"，所刻以《格致丛书》最为著名。《文会堂词韵》两卷附录一卷，万历胡氏文会堂刻《格致丛书》本，左右双边，白口，白鱼尾，半页十行，行二十字，前有胡氏自序一篇。该书分十九部，其意盖谓诗韵贵严而词韵贵宽，卷上八部：一东红、二邦阳、三支时、四齐微、五车夫、六皆来、七真文、八寒间；卷下十一部：九鸾端、十先元、十一箫韶、十二何和、十三嘉华、十四车邪、十五清明、十六幽游、十七金音、十八南三、十九占炎；附录一卷，列入声韵十部：一屋、二质、三曷、四辖、五屑、六药、七陌、八缉、九合、十叶。盖"平上去用曲韵"，以周德清《中原音韵》为准，"入声用诗韵"，虽名"词韵"，殊为不伦，戈载称其为骑墙之见。然词韵向无成书，宋朱淑真所拟词韵十六条已无可考，原题宋绍兴二年刊本《菉斐轩词韵》为元明之际所伪托，并无入声，实为北曲而设。词乐失传，创作失据，胡氏《文会堂词韵》不失为明清词韵史上较早之尝试，其意义在于昭示着重新制韵的必要性逐渐获得明清词坛的注

---

① 李式玉：《词源》，《巴余集》卷八，康熙十五年刻本。

意，惜其力所不及，强为制韵，贻笑于后人。

《全庵词选》，胡文焕著。据《增补汇刻书目》载《格致丛书》子目，有“《全庵词选》四卷”[1]，作者题胡文焕，此乃万历间胡氏文会堂自刻本。民国《杭州府志》亦据此著录，此外未见其他称引。胡氏刻书，但求多售，《格致丛书》刊刻时间不一，各本收书不一，据统计，共达二百余种，今散存于各大图书馆。而《全庵词选》是否仍存于世、存于何处，暂未可知；“全庵”乃胡文焕之号，《全庵词选》究竟是一部全集，还是胡氏的词作别集，亦有待查访，且存疑于此。

《词韵》，沈谦撰。沈谦字去矜，号东江，仁和人。所撰《词韵》，卷帙未详，据毛先舒《韵学通指序》所言，沈谦《词韵》约撰成于顺治五年（1648）岁末，共“百十余纸，苦于食贫，未能流布”[2]，今存毛先舒括略本，名《词韵略》。《词韵略》有毛氏思古堂刻《韵学通指》本、顺治十七年刻《倚声初集》本、康熙十八年刻《古今词汇》本、康熙二十五年刻《瑶华集》本、康熙刻《选声集》本、康熙刻《词苑丛谈》本等。《词韵略》多次附刊于清初著名选集、词话中，可见其广泛影响。平上去分十四部：东董、江讲、支纸、鱼语、街蟹、真轸、元阮、萧篆、歌哿、佳马、庚梗、尤有、侵寝、覃感，各部虽只列平上，实以平领上、去二声；入声单列，分五部：屋沃、觉药、质陌、物月、合洽。沈氏大旨盖以为词韵平声独押，上去通押，间有可通押者；另外，宋词人出韵者甚多，需广辑博考以辨之，不可援一例以为口实。另外，沈谦尚有《词谱》，在郭绍孔《词谱》基础上增辑而成，因穷困未能刊行，今已失传。

《词谱》，郭绍孔撰。绍孔字伯翼，仁和人，明亡时年已七十。家富藏书，隐居于临平山北，因得贯云石“山舟”字，因建“山舟

---

① 顾修：《增补汇刻书目》（第二册），光绪元年京都琉璃厂刻本。

② 毛先舒：《韵学通指》，康熙毛氏思古堂刻《毛稚黄十四种书》本。

亭”于冰谷泉上，自号“山舟”。著有《墨巢诗钞》。李元晖为作传，今未见。郭绍孔《词谱》，诸方志未见著录，仅于徐士俊、沈谦、毛先舒之称引中见之，尤不为现代词学研究者所知。沈谦《词谱》原是在郭绍孔原书上增辑而成，徐士俊《答沈去矜》：“郭伯翼先生《词谱》，得巨手增辑成书，此大快事。若有可流传处，当不靳推毂也。”[①] 毛先舒《赠郭公伯翼》诗云：“旧谱差池堪顾误，新诗慷慨更愁予，由来白雪休频唱，此调因君转未疏”，注曰：“伯翼向著《词谱》。”[②]《填词名解凡例》云：“是编采缀匪徒一家，然本唐崔令钦、段安节、宋王灼、黄朝英，以至杨慎、都穆、何良俊、陈耀文、卓人月、徐士俊、沈际飞、郭绍孔诸填词家书，因藉为多。”[③]《填词名解》又云：“《越江吟》，郭绍孔《词谱》云：‘世传琴曲宫声十小调，皆隋贺若弼制，其五曰《越江吟》，唐太宗命词臣采调制词，苏易简得此调。’”又“《好时光》名始于唐玄宗词‘莫负好时光’，郭绍孔《词谱》云：‘此词赝作，非明皇笔也。’”[④] 沈谦曾云：“诗余有‘宝鼎现’题，盖取临平湖事。郭绍孔《词谱》、毛先舒《填词名解》尝引为据。《南曲谱》用作引子，名‘宝鼎儿’，误。”[⑤] 除沈谦外，毛先舒当是研读过郭氏《词谱》的。

《词韵》，仲恒撰，王又华补切，仲嗣瑠订注，又称《仲氏词韵》。恒字道久，号雪亭；仲嗣瑠，一名仲陈清，字田叔，乃仲恒之子，仁和人；王又华，字静斋，钱塘人。仲氏《词韵》有康熙十八年刻《词学全书》本、乾隆十一年刻《词学全书》本，另有民国间及80年代影印或排印本数种，皆出自《词学全书》系统。《仲氏词韵》共两卷，其平、上、去三声分十四部，入声分五部，标目亦与

① 陈枚：《写心集·乞假类》，民国襟霞阁主人刊《国学珍本文库》本。
② 毛先舒：《毛驰黄集》卷三，清初刻本。
③ 查继超：《词学全书》，《四库全书存目丛书》影康熙十八年刻本。
④ 查继超：《词学全书》，《四库全书存目丛书》影康熙十八年刻本。
⑤ 沈谦：《临平记》卷一，光绪十年丁氏《武林掌故丛编》本。

沈韵大同小异，盖以沈谦《词韵》为蓝本，而参以吴绮《词韵简》、赵钥《词韵便遵》，稍作损益而成，如以《洪武正韵》为准，以“佳”入“麻”韵，变“佳马”为“麻马”。仲氏在校订之外，以常用之字列于前，艰涩之字备于后，并删去部分生僻字，稍注音、义，但取适用。盖其编订之初，原起于仲恒填词之便，后由友人沈丰垣等怂恿而付梓，今未见单行本。

《古今词统》十六卷，卓人月汇选、徐士俊参评。其版本较为简单：一、崇祯刻本，卷前有孟称舜崇祯二年序、徐士俊崇祯六年序，现多据徐序定为崇祯六年刻本。[①] 卷前录旧序八篇，杂说六种，卷中眉批甚多，卷末附《徐卓晤歌》一卷，《续修四库全书》等据以影印；二、谷辉之校点本，以崇祯刻本为底本，收入《新世纪万有文库》。此外，另有坊间翻印本，皆由崇祯刻本剜改而成：一题曰《诗余广选》，一题曰《草堂诗余》。题曰《诗余广选》者亦有多种，或剜改孟称舜序为陈继儒序，并于卷前加题“陈继儒眉公评选”，或仅剜改书名及序，二者皆无徐士俊序。题曰《草堂诗余》者，与《诗余广选》近，孟称舜序亦被剜改为陈继儒序。此为书坊广告行为，欲借名人效应以广销路，虽曾引起过一些误解，但从赵尊岳到张仲

---

① 程有庆：《古今词统版本考辨》认为“现存《古今词统》刊刻之时，卓人月当已不在人世”，“《古今词统》不可能刊刻于崇祯六年，而应该在崇祯九年以后”。按：此说为臆测，检其父卓发之《漉篱集》，卷二十三载有《与长孙大丙书》：“其已刻诗古文杂著如《怀烟堂集》一册、《中兴颂》一册、《虞美人》一册、《四十二章诗》一册、《相于阁初集》一册、《花舫缘》一册、《词统》一册……俱每种觅一部。”问题的关键在于此札的写作时间。大丙，即卓人月长子卓天寅之初名，接此札，故奉命搜集先父遗作，以编《卓珂月先生全集》。该集前有闻启祥作于崇祯十年春《题卓珂月诗集序》言：“吾友莲旬将搜辑珂月遗稿刻之，先得其诗若干首”，故卓发之嘱咐卓天寅搜访遗集之书札应作于崇祯十年春以前。又卓发之始得讣告于南京清凉山且未及还杭州时，故致书于其孙。及初春，卓发之回到杭州悼亡子时，已无需作书，故知此书作于卓发之得讣告时。卓发之回杭州去卓人月九月二十九日卒仅两月，此两月治丧之时，无刊刻《词统》之可能，故《古今词统》必刊于卓人月生前，即崇祯九年以前。

谋，诸家亦辩之甚详，毋庸更论。[1]

《古今词统》流通较广，原不罕见，今为拈出，源于一篇颇有价值的《湘蘋馆主人题识》及《徐卓晤歌序》。张仲谋先生曾见坊间翻刻《草堂诗余》本中有湘蘋馆主人《题识》一篇，认为是“出于书贾之杜撰，作伪者虽延袭了徐士俊的‘湘蘋馆’斋名，而其杜撰文字却与徐士俊原序不合”[2]，此说不妥。国家图书馆藏有一部崇祯刻本《古今词统》，其牌记页正乃“古今词统”四个大字与此《题识》，蓝印，一右一左，右下钤朱文方印“有蕻堂藏版不许翻刻”。其首句“语云：‘楚骚、汉赋、晋字、唐诗、宋词、元曲’，皆一代之独绝”[3]，与卓人月《圣明杂剧二集序》中的“语云：‘楚骚、汉赋、晋字、唐诗、宋词、元曲’，皆言其一时独绝也”[4]，如出一辙。前半句所谓“楚骚、汉赋、晋字、唐诗、宋词、元曲”，乃是杨慎《丹铅总录》原话，明陈全之《蓬窗日录》亦有此十二字，[5] 而后半句“独绝”之说当是徐士俊、卓人月二人日常交流中的共识。此本《古今词统》所附《徐卓晤歌》一卷，扉页书名右上亦题“湘蘋馆近著”，左下题“有蕻堂藏版”。以上信息有重要价值，它证明此《湘蘋馆主人题识》并非书坊翻刻时所杜撰，乃是《古今词统》原有，出自徐氏手笔。《徐卓晤歌》卷前，另有云外僧唵囕香所撰《徐卓晤歌序》一篇，序后钤阴文方印“释兆香印”、阳文方印“唵囕”各一枚。卓发之《漉篱集》不仅屡次提及“唵囕”其人，并记卓人月听其诵法之事。卓人月有向佛之心，且通佛典，去世前一个月还曾为其父诵经于南京清凉山螺髻庵中，当与此人有关。今考，

---

① 杨慎《词品》一书亦曾为书房翻刻，有陈继儒序一篇，为原本所无，且自称“友人陈继儒撰”，与翻刻《古今词统》所用手法一致，知为书坊促销惯用伎俩。

② 张仲谋：《明代词学通论》，中华书局 2013 年版，第 476 页。

③ 徐士俊：《古今词统题识》，《古今词统》卷首，国图藏崇祯刻本。

④ 卓人月：《卓珂月先生全集》，崇祯刻本。

⑤ 参见《文渊阁四库全书》本《丹铅总录》卷二十三、嘉靖四十四年刻本《蓬窗日记》卷五。

“唵囕”乃明代词人吴鼎芳，字凝甫，苏州人，天启二年四十岁时因感亡母梦而出家为僧，名大香，号唵囕，剃度于杭州云栖寺，住锡圣日寺。著有《云外集》十八卷，卷三收录有《别东园歌为方水赋》，卷四有《答卓人月省亲白下寒食舟中见怀》等诗，与卓氏往来密切。《古今词话》称其有《唵囕集》，今未见。吴鼎芳颇受卓氏父子敬重，《古今词统》录其词22首。《徐卓晤歌序》以佛法论词，且有规劝徐、卓二人入佛门之意，口吻、身份皆与吴鼎芳吻合，非一般书坊主可伪造。

《历朝词汇》，卓璨辑。卓璨，《全清词》作“卓燦”[①]，《海宁州志》《两浙輶轩录补遗》皆作“卓璨”[②]，而其来源乃《浙江海宁渤海陈氏宗谱》。其中《第十世女史卓孺人》云：“孺人讳璨，字文煐，仁和之塘栖里人”，“著有《俯沧楼集》二卷及《词汇》诸书藏于家”[③]。同书卷二十五《第十世明经补思公》载：“公讳奕昌，字子桀，号补思”，“德配卓璨工诗词，有《俯沧楼稿》《历朝词汇》行世”[④]。《历朝词汇》，卷数不详，《海宁州志》《（民国）杭州府志》著录，《中国古籍总目》不载。

卓璨乃卓麟异长女，其从祖卓人月辑《古今词统》，其兄弟卓长龄、卓松龄又曾助从祖卓回辑《古今词汇》，据卓回《古今词汇三编凡例》，长龄兄弟二人又有撰《古今词汇四编》之意。尽管卓璨十八岁即已归海宁陈奕昌，但卓璨辑《历朝词汇》，与卓氏家族词学氛围应当存在一定的关系。仅从书名来看，《历朝词汇》与《古今词统》《古今词汇》或属于同一选系。《陈氏宗谱》两次言及此书，一称“藏于家”，一称“行世”，未知是否刊行过。乾隆四十六年至

---

① 南京大学中国语言文学系《全清词》编纂研究室：《全清词·顺康卷》第十六册，中华书局2002年版，第9535页。

② 见乾隆修道光重刊本《海宁州志》卷十四、嘉庆刻本《两浙輶轩录补遗》卷十。

③ 陈赓笙：《浙江海宁渤海陈氏宗谱》卷二十七，民国二至七年刻本。

④ 陈赓笙：《浙江海宁渤海陈氏宗谱》卷二十五，民国二至七年刻本。

四十七年，“忆鸣诗案”发，其兄卓长龄去世数十年后仍遭戮尸，卓氏四代遭灭门之灾，家藏稿本、抄本、版刻广遭禁毁，《历朝词汇》是否毁于此祸，尚不得而知。

西陵词坛词学氛围浓厚，文献规模非常庞大，而大多鲜闻于后世，相关察存、辑佚、考校工作，非长年累月的专人专力不足以成事。

第二章

西陵词选研究

阮葵生《茶余客话》有云："选政执一时之风尚，定千秋之是非，非可冒任人，亦不轻许也。"① 西陵词人于操选一事，有诸多讨论，对于当时选本之弊端，亦有清醒的认知。未曾主政词选的王晫有一段深刻的见解，不仅能体现其个人的词学取向，同时也是对西陵词学基本精神的概括，其《与友论选词书》云：

> 夫历下选唐诗，非选唐诗也，选唐诗之似历下者，是以历下选历下也；竟陵选唐诗，亦非选唐诗也，选唐诗之似竟陵者，是以竟陵选竟陵也。今之选词亦然，习周、柳者，尽黜苏、辛；好苏、辛者，尽黜周、柳。使二者可以偏废，则作者似宜专工，何以当日有苏、辛，又有周、柳？即选者亦宜独存，何以旧选列周、柳，又列苏、辛？况苏、辛亦有便娟之调，周、柳亦有豪宕之音，何可执一以概百也。②

这种兼收并蓄、不主一格的审美观，并非王晫一己之见，而是西陵词坛之风尚。它又不仅仅是词坛风尚，原本是孕育于明末清初

---

① 阮葵生：《茶余客话》卷十六，光绪十四年铅印本。

② 王晫：《与友论选词书》，《霞举堂集》卷五，康熙霞举堂刻本。

的一种西陵文化风尚，是西陵人士有感于党派纷争、文社林立、互相攻讦的局面而极力倡导的一种普遍风尚。

明天启、崇祯间，卓人月之父卓发之《题无可哀词》云：

> 今世诗人各立门户，并千古诗人，亦为强立门户，收入党籍中。于是摹其衣冠咳貌，不哀而哭，无病而吟，如侏儒之像叔敖[1]，即真化而为古人，亦螟蛉之为蜾裸耳。今读《无可哀词》，一种至性可透金石，令人慷慨涕洟而不可止，只此便是肝膈间真诗，不必问其为王李，为徐袁，为钟谭，亦不必问其为陶为王，为青莲少陵、陇西香山也。[2]

卓发之在《南中稿序》中曾更直白地自明心迹："独立不改，而绝不设门庭，树旗帜，作嘘枯吹生、自相标榜之态。"[3] 又《与薛岁星》札中云："近日词坛，各各自立一门户，与时局不异，又当面未有不输心，背面未有不相轻者，弟深耻之"[4]，此为西陵文坛较早主张包容开放，反对门户偏见的理论文献。

崇祯至顺治年间，"西陵十子"之一柴绍炳应"西陵社"主政者徐继恩所请，作《西陵社选序》云：

> 奈何前此者有社矣，后此者有社矣，为社也众，或该或偏，要不出西陵咫尺地。而各名一家，莫相统一，纷纷然胡为者？……于是约坛布檄，征会群书，毋党同，毋伐异，推尊宿，引少隽，次第所如。人人以为厌所望，而又复振起雅流，折衷一是，郡中之论，庶几其大定乎！[5]

---

① "敖"原误为"教"，即孙叔敖，典出"优孟衣冠"。
② 卓发之：《漉篱集》卷十五，崇祯传经堂刻本。
③ 卓发之：《漉篱集》卷十，崇祯传经堂刻本。
④ 卓发之：《漉篱集》卷二十二，崇祯传经堂刻本。
⑤ 柴绍炳：《柴省轩文钞》卷六，《四库全书存目丛书》影复旦大学藏康熙刻本。

徐继恩乃徐汾之父，毛先舒之女毛媞翁，明末清初在西陵文坛享有盛望。正是有鉴于门户林立、纷争不断的文社状况，“人盛且著”的“西陵社”遂以“毋党同，毋伐异”为社约，由此，“郡中之论”庶几“折衷一是”，趋于统一，其理论来源虽未必受卓发之启发，但理论精神则如出一辙。

顺康之际，陈祚明编《采菽堂古诗选》，亦以此为基本精神，其《凡例》云：

> 夫人欢者鼓歌，戚者累欷；情动者声流，性静者旨远；简者质，文者华；里巷之语近而诚，朝庙之作典而谀；治世之音舒以缓，乱世之音哀以思，是其调乖。古今作者情殊，才各以异，厥所处之时之地恒不同。今选者多挟持己意，豫有所爱憎，引绳斤斤，用一切之法绳之，合吾意则登，否则置。不足以观变、尽众长。夫衡所以平，无重也，已则实有所重，因缘衡物，莫不重其所重，重非重，轻非轻。合之论诗、论古文辞者，何以异是？故于是选，无专旨而有美必录。……予之此选，会王李、钟谭两家之说，通其蔽折衷焉，其所谓择辞而归雅者，大较以言情为本。
>
> 古诗自汉魏迄隋代，远矣！大抵多五言，齐梁稍趋之律学者，概目为古诗，与近体判然，是近体之源也。今为近体，如不读古诗，见不高，取材也狭隘，坐下俚。初、盛唐密迩六朝，人各有所宗法……故所诣卓。中晚之衰也，即奉唐人为典型，故调益靡。……譬寻河得源，顺流而下，至溟渤盖无难焉。①

这种会“两家之说”“通其蔽折衷”的选旨与西陵社“毋党同，毋伐异”“折衷一是”的社约之间是否有直接联系，不可确考，但

① 陈祚明：《采菽堂古诗选》卷首，清刻本。

其内在精神与卓发之都是相通的。

康熙年间，毛先舒与孙默论其词的非本色问题时，亦称：

今人论文，每云某家某派，不知古人始即临模，终期脱化，遗筌舍筏，掉臂孤行，盘薄之余，亦不知其所从出。初或未尝无纷纷同异，久之论定，遂更尊之为家派耳，古来作者率如此。规规然奉一先生，而株守之，不堪其苦矣。①

直至康熙中期，这种论调仍是西陵文坛的主流论调。康熙三十七年秋，王嗣槐序庞垲《丛碧山房集》时仍强调：

夫诗之为诗，非一成不变之物，与古今风气而日变之物也。自《离骚》以迄词曲，莫不由变而生，而各有其体格，其至卑下者，莫如词曲。今世俗所传古本北曲，文人才子，击节而叹赏之，亦以此中有性灵存焉。此可知诗之为诗，变而有不变者存，不可以时代之体格论之也。……夫诗之有浓淡，犹人之有肥瘠也，各就其才力之所及，原在性灵存不存外论之，虽欲易之，不能易也；诗之有法则，犹射之有鹄的也，必端其趋向之所之，亦在性灵存不存外论之，虽欲废之，何可废也。其论诗苟如此，其作诗亦可知。竟陵之訾謷沧溟是已，而竟陵之为竟陵，不过以己之所能为抹煞绚烂二字，其诗之位置应在何等，不旋踵而又有訾謷之音矣。虞山之菲薄空同是已，而虞山之为虞山，不过以己所不能为抹煞风格二字，其诗之位置应在何等，不转盼而又有菲薄之者矣。②

---

① 毛先舒：《答孙无言书》，《潠书》卷七，康熙刻《思古堂十四种书》本。

② 王嗣槐：《桂山堂诗文选》之《文选》卷一，康熙青筠阁刻本。

此外，王修玉论赋也是如此。[①] 西陵文坛不立门户、不拘一格的开放精神，是一种文坛氛围，并非某个人的一己之见。启祯顺康间的西陵词坛，正处于这种文化氛围的浸润濡染中。

对这种兼容并蓄、不拘一格的文化精神思考最深刻、最为系统的，正是开启西陵词坛一代风气的卓人月，其天启六年所作《选文杂说》有云：

> 近代文坛，时有以端雅标者，时有以艳逸标者，时有以豪快标者，时有以诡怪标者，利病互见，旺衰迭争，要皆不知天下文人不可束之一途也，而惟以己之所见求之。故其始也，冀以大其羽翼，广其教化，不得不姑收其似者，以徐招其真者。及其既也，似逾于真，人遂恶其似而并不肯为其真，此时已亦悔之，而要不肯自坏其门风，益不得不收其似者矣，不知门风之坏乃愈甚。若夫但求其真，不一其类，人不得望我之标而赴焉，然后可以各求诸心，我未尝设标以招焉，然后可以不贻自悔。如五音错宣，大成斯集，百川入海，何所不容？斯则余有志焉而未逮也。
>
> 余是选，祈以自喻适志，非争文坛于天下也。且文章小技，原不足争，文章公器，又何可争？文章与时变迁，又争之而无益。[②]

天下文人禀赋才情各异，各因其性情之真而为文，不可束之一

---

① 王修玉康熙二十五年左右编《历朝赋楷》也是这一思路。其《选例九则》开篇即云："赋虽本于六义，体制则有代更。楚辞源自《离骚》，汉魏同符古体，此为赋家正格，允宜奉为典型。至于两晋，微用俳词，六朝加以四六，已为赋体之变，然音节犹近古人。迨夫三唐应制，限为律赋，四声八韵，专事骈偶，此又赋之再变。宋人以文为赋，其体愈卑，至于明人，复还旧轨。兹集诸体咸收，但求合格，譬之朱紫异章，并城机杼，弦匏各器，均中茎韶。如或词体纰杂、不娴古法者，即有偏长，亦加澄汰。"见王修玉《历朝赋楷》卷首，康熙二十五年刻本。

② 卓人月：《蟾台集》卷三，崇祯传经堂刻《卓珂月先生全集》本。

途，不可以一己好恶而缚及他人。[1] 卓人月从文人才情禀赋的多样性，肯定了风格多元的合理性，并在门派的盛衰迭变中见出风格之争的无谓和荒诞。

这种极具开放性和包容性的审美趣味，是西陵一郡的文化风尚，渗透于文坛、诗坛、词坛，在郡外亦有不少同声相应、同气相求者，如会稽孟称舜、新城王士祯、宜兴徐喈凤等。明乎此，便不会将王晫的选词论调视作一种个体的声音。西陵词坛诸多选本，自明末《古今词统》至清初《西陵词选》《东白堂词选》《古今词汇》，虽在选阵、选域等方面有诸多差异，而此一基本精神却是贯通其中的主线。

第一节 《古今词统》与徐卓离合

天启五年（1625），卓人月因读徐士俊诗文而歆慕之，遂延之于家而定金兰之交，流连倡和，成《徐卓晤歌》，流传海内。崇祯二年（1629）前，卓人月编《古今诗余选》，并作自序。本年，徐士俊、卓人月与孟称舜等人入复社；秋，卓人月持书过会稽，索序于孟称舜；此前后，徐士俊与卓人月修订此书，博览群籍，增选苏轼等人词，并由徐士俊《三祥笺》中抽取《竹枝》若干首选入，《古今诗余选》易名《古今词统》；崇祯六年（1634），《古今词统》刊刻，徐士俊作序及题识。

《古今词统》的编选，起于对词坛氛围的不满，具有强烈的现实针对性。其宗旨在于“断”词史“以正统”，梳理一条“予宋，而

[1] 陆圻作为西陵十子之首，曾领袖一时，亦有近于卓氏“但求其真，不一其类”之说。其《李白也诗序》云：“大抵诗者本无定质，以自喻适志为工。阮嗣宗《咏怀》之篇，陶靖节‘田园’之句，非有芳泽足自表见也。今言诗家裒辑华文，采缀新绮，以悦人为务。夫悦人者徇于人者也，徇于人者先丧其我，又安能以寄悲骚、发志节哉?”见陆圻《威凤堂集》卷一，南开图书馆藏旧抄本。

隋唐为之鼻祖，元明为之耳孙”①，“并存委曲、雄肆二种，使之各相救”② 的词史统序。其目的在于将明代词坛纳入到此统序中，以改造其靡靡之风，塑造一种审美多元的词坛氛围。③

一　《古今词统》的选阵

《古今词统》十六卷，每卷按字数多寡列调，自《十六字令》至《莺啼序》，同调之作，不完全以时代先后列词，同调不同体，则以字数分列，共收 324 调（包括同调不同体），收历代词人 486 家：隋 1 家、唐 33 家、后唐 2 家、后晋 1 家、南唐 5 家、前蜀 4 家、后蜀 7 家、宋 216 家、金 21 家、元 91 家、明 105 家。各家之中，犹以辛弃疾词为最，计 141 首，杨慎 57 首，高居第二，具体见表五：

表五　　《古今词统》主要词人选量统计表

名次	词人	选量（首）	时代
1	辛弃疾	141	宋
2	杨慎	57	明
3	蒋捷	50	宋
4	吴文英	49	宋
5	苏轼	47	宋
6	陆游	46	宋
7	刘克庄	46	宋
8	周邦彦	43	宋
9	秦观	38	宋
10	黄庭坚	37	宋
11	王世贞	36	明
12	高观国	34	宋

① 徐士俊：《古今词统题识》，《古今词统》内封，国图藏明崇祯刻本。

② 卓人月：《古今诗余选序》，《蟾台集》卷二，崇祯刻《卓珂月先生全集》本。

③ 张仲谋先生将《古今词统》的编选宗旨概括为“合婉约、豪放为一统”“合古今为一统”。(《明代词学通论》，中华书局 2013 年版)

续表

名次	词人	选量（首）	时代
13	毛滂	31	宋
14	刘基	28	明
15	晏几道	24	宋
16	史达祖	23	宋
17	程垓	23	宋
18	孙光宪	22	前蜀
19	吴鼎芳	22	明
20	杨基	21	明
21	方千里	20	宋
22	牛峤	19	前蜀
23	董斯张	19	明
24	李煜	18	南唐
25	欧阳修	17	宋
26	温庭筠	16	唐
27	李清照	15	宋

在这一选阵中，有许多新现象值得注意：其一，与在《草堂诗余》中仅9首的入选量形成鲜明对比，辛弃疾词在该选中被推到空前的高度，以141首的数量独领风骚，俨然是整部词选最核心的人物。其二，辛弃疾以外，蒋捷、苏轼、陆游、刘克庄历来多视作豪放词风的代表，其入选量分别位列三、五、六、七位，与杨慎、吴文英、周邦彦处于同一档，且稍占优势。豪放词风所处的地位之高，在此前的明代选本中是不曾有过的。其三，杨慎作为明代词人，以57首的入选量占据第二位，是一个更为引人注目的现象。除了钱允治的《类编笺释国朝诗余》、沈际飞的《草堂诗余新集》等明人明选以外，此前通代选本中，虽然“也选录了一些明词，但数量既少，亦乏大家名篇，所以给人的感觉不过是拖了一条短小的尾巴”①。而

① 张仲谋：《明代词学通论》，中华书局2013年版，第444页。

从入选量来看，杨慎在《古今词统》中的地位，有凌驾众多宋代名家而上的气势。此外，王世贞入选36首、刘基28首、吴鼎芳22首、杨基21首，远远超越早已成为词史经典的《花间集》众词人。无论这种选阵是否合理，操选者有意确立以杨慎为代表的明代词人的词史地位，是不言而喻的。其四，南宋词人入选规模超越北宋词人，该选入选45首以上者7人，而仅苏轼为北宋词人。

当前词学界中存在着一种很有影响力的声音，即据此选阵，将卓人月、徐士俊阐释为南宋词风的鼓吹者，尤其是辛弃疾豪放词风的鼓吹者。这是一种不小的误解，原因在于对两位编选者的性情特点、编选背景、编选动机和选旨存在着较深的隔膜。

二 《古今词统》编选的主客观条件

许多宏观表现与微观表现显示，编选的主客观条件，对《古今词统》选阵的形成有决定性影响。如果脱离了具体的主体条件和背景条件，再精确的数字统计、再深刻的文本分析、再严密的逻辑推演也容易偏离事实。

就主体条件而言，徐士俊、卓人月二人之间存在着不小的差异。人月深受其父卓发之影响，性情亦相近。卓发之给汤显祖的信中称："某窃不自量，欲一洗从来世代升降之陋见，为文自出手眼，直抒性情，以幽忧之疾，成感愤之言，因危迫之缘，发广大之愿，而举世无可告语"①，其性情、才情锋芒毕露。卓人月比其父有过之而无不及，才华颖异，高自标持，自诩为月中人，性情狷介，不入于时，故常能拔于流俗，对于时风世态、经学、文学多有超迈见解。少时即以《大人千字文》闻名郡内外，其后久战科闱而不售，然其所作并无自伤之意，反多不平之感，丝毫不以世俗之毁誉为虑。徐士俊深谙其性情，曾序其《卓子创调》云："世有珂月，创为变宫变徵，道旁之人，爱者半，骂者半。惟余志亦如之，然而窃以不受人骂为

① 卓发之：《与汤海若先生》，《漉篱集》卷二十二，崇祯传经堂刻本。

恨。……珂月终不顾，谓宁受人骂，不受人爱。……其间，只率其傲然不屑、快然自喜之意，使佩阿先驱而龙宾为御，独往独来于千古上下而已。”[①] 卓人月又曾于《方水稿序》中痛斥明末才人昧于时文之弊，亦颇能见其性情：“今天下稍知文心者，读今日之文而欲呕矣。……然则，夫人之受转移于今日之风气者，其人要可知已。而彼自负握转移风气之柄者，其将阑入真正才人之场乎？亦徒以鼓弄天下之俗人而终其身于觅利之书贾也，可以醒矣。去岁，余发愤，有《蕊书》之选，亦以毒攻毒之意耳。”[②] 这种识见及性情，不仅体现在所谓“《蕊书》之选”及《卓子创调》中，对于卓人月的词学观念及其填词创作，也有深刻的影响。在一定程度上，《古今词统》的编选也同其所谓“《蕊书》之选”一样，乃是针对当时词坛积弊而作，同样存在着“攻毒”的心理因素。

尽管徐士俊称“余与卓子若左右手”[③]，但是二人性情泾渭分明，徐士俊没有卓人月的颖异超拔和犀利的识见之力，但其性情温和，不与人忤，且多情善感，才思婉丽，后成一代风流雅宗。卓人月称：“野君善为多情语。然见冶色，则泊然无所着。及闻一多情之言，见一多情之事，又未尝不咨嗟留连于其人也。”[④] 徐士俊亦称二人“性有刚柔，我韦子弦，事有纷挐，我经子权”[⑤]。《古今词统》的选阵及二人词论之间的出入，与这种“我韦子弦”“我经子权”的相互配合与制约有着密切的关系，《古今词统》的编选宗旨当初正是在这种离合中明晰起来的。

---

① 徐士俊：《卓子创调序》，《雁楼集》卷十五，康熙五年刻本。“佩阿”，司笔之神，典出宋无名氏《致虚杂俎》；“龙宾”，墨司之神，典出《云仙杂记》。

② 卓人月：《蟾台集》卷一，崇祯传经堂刻《卓珂月先生全集》本。

③ 徐士俊：《跋西月留痕卷》，《雁楼集》卷二十二，康熙五年刻本。

④ 卓人月：《徐野君诗集序》，《蟾台集》卷二，崇祯传经堂刻《卓珂月先生全集》本。又见于王晫《徐野君先生传》，《霞举堂集》卷四，康熙霞举堂刻本。

⑤ 徐士俊：《祭卓珂月文》，《雁楼集》卷二十四，康熙五年刻本。按：“韦弦”典出《韩非子》卷八《观行》：“西门豹之性急，故佩韦以自缓，董安于之心缓，带佩弦以自急。故以有余补不足，以长续短之谓明主。”

就背景条件而言，明代词坛长期处于“花草之风”的笼罩中，尤其是《草堂诗余》，在明代屡经改编、翻刻，“明代编刊的数十种词选，约有三分之二是《草堂诗余》的系列改编本”①，关于《草堂诗余》的影响力，从清代至今，已经过反复论证，毋庸赘言。与这种生态相一致，明代词风长期以婉媚为尚。张綖《诗余图谱凡例》：“词体大略有二，一体婉约，一体豪放。婉约者欲其辞情蕴藉，豪放者欲其气象恢弘，盖亦存乎其人。如秦少游之作，多是婉约，苏子瞻之作，多是豪放。大抵词体以婉约为正，故东坡称少游为今之词手，后山评东坡词，虽极天下之工，要非本色。”② 苏轼、陈师道所谓“今之词手”“本色”，原不仅仅是风格而言，也包括词乐等方面的多重意义。而张綖将其简化为风格论，正见明代词学与宋代词学之不同。“婉约为正”的风格取向是明代词坛的主流，并非张綖个人意见。俞彦、王世贞等人尽管也在一定程度上肯定苏、辛词的价值，但词坛的整体氛围依然如此。王世贞甚至称：“词须宛转绵丽，浅至儇俏，挟春月烟花于闺幨内奏之，一语之艳，令人魂绝，一字之工，令人色飞，乃为贵耳。至于慷慨磊落，纵横豪爽，抑亦其次，不作可耳，作则宁为大雅罪人，勿儒冠而胡服也。”③

三　“但求其真，不一其类”

对于以软媚为尚的词坛氛围和审美趣味，徐士俊、卓人月是如何看待的呢？徐士俊曾云：

> 词与诗虽体格不同，其为摅写性情，标举景物一也。若夫性情不露，景物不真，而徒然缀枯树以新花，被偶人以袨服，饰淫靡为周柳，假豪放为苏辛，号曰诗余，生趣尽矣，亦何异

① 张仲谋：《明代词学通论》，中华书局2013年版，第369页。

② 张綖：《诗余图谱序》，《诗余图谱》，台湾“国立中央图书馆”藏嘉靖十五年刊本。

③ 王世贞：《艺苑卮言》，《词话丛编》，中华书局1986年版，第385页。

诗家之活剥工部、生吞义山也哉?[①]

诗从情生也。而词之为道，更加委曲缠绵，大都胸中自有一段不容遏处，借笔墨以发抒之。故片刻镂心，遂足千古。若强为雕饰，无生趣以行其间，即不作可耳。[②]

徐士俊强调，诗词皆出于性情，有周柳之细腻，方可为周柳之婉丽，有苏辛之胸襟，方可为苏辛之雄健。情感充于内而不可遏，自然流露而各成其风貌，若徒为假饰，无其性情而“强为雕饰”，则如袨服木偶，了无生意。其为苏轼、辛弃疾鸣不平，亦从此着力：“昔人讥稼轩为‘词论’，子瞻为‘词诗’，嫌太豪放，不类软温，故当以秦、周为正派。此在有情之人，自能辩之。”[③] 情与性情，在徐士俊词论中的地位，及其与词体风格之间的关系，由此可见一斑。

卓人月对于性情与文风的认知，正与徐士俊同一轨辙，其《徐卓晤歌引》云：

野君既合予诗选迄，偶举洪崖先生句云：“下调无人赏，高心又被嗔。不知时俗意，教我若为人”，相与太息。余谓情之所近，其诗最真。拟作何等语，为何等格，未有不失真者。今人争尚豪壮，几于村中老塾，喜为剑气之歌，使人匿笑不止。若夫无艳情而为艳语，无岑寂之气而裁岑寂之章，其病类然。我辈率真而已，无意于高，无意于下，亦无意于问时俗，又何不快然自娱之有?[④]

该文谈诗，无一字及词，而既为《徐卓晤歌引》，故乃是有意以诗论词。所谓“情之所近，其诗最真”，无论雄肆，还是委曲，只要

---

① 徐士俊：《菡绿轩词序》，《菡绿轩词正续集》，光绪二十六年刻本。

② 徐士俊：《与邵于王》，《雁楼集》卷二十，清康熙五年刻本。

③ 徐士俊：《与邵于王》，《雁楼集》卷二十，清康熙五年刻本。

④ 卓人月：《蟾台集》卷二，崇祯刻《卓珂月先生全集》本。

“率真”，即不为病。人之性情禀赋有差别，故“天下文人不可束之一途也”“但求其真，不一其类”[①]，词又怎么能逃出此外呢？

卓人月另有《盛明杂剧二集序》一文，更是将一切文体的根本都归于“情”：

> 夫人生于情，乃其忽焉而壮，忽焉而老，忽焉而尽，忽焉而又生，罔不受变于时。当其变，似乎非情之所能主，不知时也者，亦情之为也。情之为物，固有此宛转幻化之态焉，而非一端而已也。《三百篇》亡而后有骚赋，骚赋难入乐而后有古乐府，古乐府不入俗而后以唐绝句为乐府，绝句少委蛇而后有词，词不快北耳而后有北曲，北曲不谐南耳而后有南曲，凡皆同工而异制，共源而分流。其同焉、共焉者情，而其异焉、分焉者时。
>
> 夫有情而后有才，有时而后有体，然则其同焉、共焉者情，而异焉、分焉者时，岂不益信乎哉？[②]

所谓“有时而后有体”，《三百篇》、楚骚、汉赋、古乐府、绝句、词、曲无不因时而变，而“时也者，亦情为之也”，故体虽不同，而皆出于情。然而“情之为物”“宛转幻化”“而非一端”，故此序又云：“神仙道化者之宜飘逸滉漾也，隐居乐道者之宜陶写冷笑也，被袍秉笏者之宜富贵缠绵也，忠臣烈士者之宜惆怅雄壮也，孝义廉节者之宜典雅沉重也，弃妇逐子者之宜呜咽悠扬也，狭斜粉黛者之宜风流蕴藉也，神头鬼面者之宜高下闪赚也，风花雪月者之宜旖旎妩媚也，谐谑讥诃者之宜健捷激枭也。”[③]《三百篇》、楚骚、汉赋、古乐府、诗、词、曲，皆同此理。从情感的多样性角度，肯定

① 卓人月：《选文杂说》，《蟾台集》卷三，崇祯刻《卓珂月先生全集》本。

② 卓人月：《蟾台集》卷二，崇祯刻《卓珂月先生全集》本。

③ 卓人月：《蟾台集》卷二，崇祯刻《卓珂月先生全集》本。

风格的多样性，亦是卓人月的理路。

孟称舜《古今词统序》亦持此论：

> 盖词与诗、曲，体格虽异，而同本于作者之情，古来才人豪客，淑姝名媛，悲者喜者，怨者慕者，怀者想者，寄兴不一，或言之而低徊焉、宛恋焉，或言之而缠绵焉、凄怆焉，又或言之而嘲笑焉、愤怅焉，淋漓痛快焉，作者极情尽态，而听者洞心耸耳，如是者皆为当行，皆为本色。……达其情而不以词掩，则皆填词之所宗，不可以优劣言也。①

孟称舜在这里明确提出了一种新的“本色论”，认为词之本色与非本色不在于婉约、豪放的风格差异，而在于“情”，只要“极情尽态”“达其情而不以词掩”，则“皆为当行，皆为本色”。在一定程度上，孟称舜的这一概括，比徐士俊、卓人月更为凝练。

诸人从“性情”“情感”的多样性角度，强调婉约、豪放两种美学风格的同等价值，在逻辑上是非常有力的，这就从理论层面打破了明代词坛长期以来的单一审美。在当时“主情”思潮的大背景下，这一操作所具备的冲击力和说服力是不言而喻的。但是，并不是说这一主张没有理论缺陷，它并非是一种完善的词学理论，根源在于这种主张只注重“情感”或“性情”的真实与否，而不重视“情感”与“性情”本身的品格高下问题，这正是卓人月所说的“我辈率真而已，无意于高，无意于下”，因此，它并不能解决明词品格卑下的问题，甚至在一定程度上，充当了词体情感中“冶情荡性”的保护伞。徐士俊、卓人月本人的创作也充分说明了这一点。这一理论缺陷最终成为一个历史遗留问题，有待于清初词学家的进一步修正与完善。

---

① 孟称舜：《古今词统序》，《古今词统》卷首，崇祯刻本。

四　《古今词统》的统序观念

在理论层面之外，《古今词统》更主要的工作是在词史中为这种多元的词风主张寻求现实依据，试图梳理一条“予宋，而隋唐为之鼻祖，元明为之耳孙”[①]，使委曲、雄肆并存而互济的词史统序。徐士俊《古今词统序》云：

> 词盛于宋，亦不止于宋[②]，故称古今焉。古今之为词者，无虑[③]数百家。或以巧语致胜，或以丽字取妍，或“望断江南”，或“梦回鸡塞”，或床下而偷咏“纤手新橙”之句，或池上而重翻“冰肌玉骨”之声，以至春风吊柳七之魂，夜月哭长沙之伎[④]，诸如此类。人人自以为名高黄绢，响落红牙，而犹有议之者，谓“铜将军、铁绰板”，与“十七八女郎”，相去殊绝。无乃统之者无其人，遂使倒流三峡，竟分道而驰耶。
>
> 余与珂月起而任之，曰：是不然。吾欲分风，风不可分；吾欲劈流，流不可劈。非诗非曲，自然风流，统而名之以“词”，所谓“言”与“司”合者是也。
>
> 而且曰幽曰奇，曰淡曰艳，曰敛曰放，曰秾曰纤，种种毕具，不使子瞻受“词诗”之号，稼轩居“词论”之名。[⑤]

在此，徐士俊主要观点有二：其一，词于两宋之后，亦颇有可观，古今词史一脉相承；其二，古今词家众多，词风不一，而人人自高，且非议他人，遂使“铜将军、铁绰板”与“十七八女郎”分道而驰，如三峡倒流，正因为“统之者无其人”。于是，二人便以

① 徐士俊：《古今词统题识》，《古今词统》内封，国图藏明崇祯刻本。
② “亦不止于宋”，康熙五年刻本《雁楼集》卷十五作“而不始于宋，亦不止于宋。”
③ “无虑”，《雁楼集》本作“无论”。
④ “伎”，《雁楼集》本作“妓”。
⑤ 徐士俊：《古今词统序》，《古今词统》卷首，崇祯刻本。

“断以正统”自任，合婉约、豪放为一统，自觉“虽非古今之盟主，亦不愧词苑之功臣”①。其《古今词统题识》对这一统序进行了更为凝练的概括：

> 语云：楚骚、汉赋、晋字、唐诗、宋词、元曲，皆一代之独绝。曰绝，则后弗能继，而统斯坠矣。今世鲜能词者，亦鲜知词者，《花间》《草堂》而外，一无所窥，或图或谱，因讹袭舛，不可殚述。此选断以正统，予宋，而隋唐为之鼻祖，元明为之耳孙，散者聚之，乱者治之，非种者锄去之，庶几此道大光云尔。湘蕤馆主人识。②

在《古今词统》中，宋代261家词人占据着绝对的主体地位。虽然各家词风皆有不同，不能进行简单的类型化区分，但整体而言，除了辛弃疾以外，蒋捷、苏轼、陆游、刘克庄等具辛派风貌的词家分列三、五、六、七位，比之于分别位列八、九、十位的周邦彦、秦观、黄庭坚三位以婉丽为主色的词家，稍稍占据着体量上的优势，前文已论及。隋、唐、五代共53家，金21家、元91家、明105家，即所谓“鼻祖”与“耳孙”者。

《古今词统》关于辛弃疾与南宋词的选量问题，最为当前的研究者所重视，被作为卓人月推举辛弃疾、有意提高南宋词地位的重要依据，而这也是最大的误解。入选45首以上者，除了吴文英以外，其余六人词风皆近于卓人月所谓“雄肆”一路。南宋其他词人整体入选量如此高，和辛弃疾入选量如此高，原因是一致的，其背景和动机乃是“《花间》之不足餍人也，犹有诸工艳者堪与壮色；而为粗俚人壮色者，惟一稼轩。余益不得不壮稼轩之色，以与艳词争矣”③，这

① 徐士俊：《古今词统序》，《古今词统》卷首，崇祯刻本。

② 徐士俊：《古今词统题识》，《古今词统》内封，国图藏明崇祯刻本。本文之真伪，曾因翻刻本而遭质疑，今经考索，确为徐氏所作，详见本书第一章第三节。

③ 卓人月：《古今诗余选序》，《蟾台集》卷二，崇祯刻《卓珂月先生全集》本。

本质上是实现委曲、雄肆并存而互济的策略性手段，并非有意推举南宋词风。北宋词人的入选量不及南宋，也是这种选词动机在起作用，并非徐、卓二人不认可北宋词的成就。卓人月族弟卓回编《古今词汇初编》，亦是同一思路。卓回称："《初编》于欧、苏集，登选甚廉，非故严也，正以多不胜收，但取后世必传者十之一二。"①于北宋词选得少而严，一方面是受到资金匮乏的限制，另一方面也继承了卓人月有意提高雄肆词风以救词坛靡靡之气的心理动机。其次，南宋词人的入选量较大，在一定程度上受到了徐、卓二人突破"花""草"之风笼罩、求新求变意识的影响，此不具论；最后，也是最主要的一点，徐士俊与卓人月留下的文献显示，南北宋之别并不在此书编选的考量范围内，徐士俊、卓人月的词论中极少涉及南北宋的区别问题。且《古今词统》卷前以时代顺序列词人目录，五代词人各为一组，而宋为一组，不分南北宋。南、北宋词人入选量的差异，乃是操选者词风选择上的必然结果，并非有意抑北宋扬南宋。因此，无论是辛弃疾的入选量问题，还是南宋词的整体入选量问题，皆不能脱离《古今词统》的编选背景和编选动机来认识。若说《古今词统》在客观效果上提高了辛弃疾与南宋词的地位和影响，则是不错的；但这并非编选者的本意，若以此认为徐士俊、卓人月有意标举辛弃疾词风，有意提高南宋词地位，则不仅是对二人词学审美观念的误解，亦是对其"词统"观念的误解，实际上是以后来人的词学观念阐释前人的观念问题，是以浙西词派的词学观念阐释西陵词人的词学问题。

卓人月虽未直接阐释"词统"之义，而其《古今诗余选序》一文②，本为《古今词统》的前身《古今诗余选》而作，其中所构建

---

① 卓回：《古今词汇缘起》，《古今词汇》卷首，康熙刻本。

② 检《卓珂月先生全集》及《杭州府志》《仁和县志》等书目，以及卓发之令其孙卓天寅搜辑卓人月遗著的《与长孙大丙书》，皆未见其有《古今诗余选》一书。《古今词统》编选之初，原名或即《古今诗余选》，《古今词统》之名，应为其后改定，张仲谋等先生亦持此观点。

的词史统序乃为《古今词统》的雏形，是一篇比通行本《古今词统》所载的两篇序言更具学术价值的文献：

> 昔人论词曲，必以委曲为体，雄肆其下乎！然晏同叔云："先君生平不作妇人语。"夫委曲之弊入于妇人，与雄肆之弊入于村汉等耳。余兹选并存委曲、雄肆二种，使之各相救也。
>
> 太白雄矣，而艳骨具在，其词之圣乎！继是而男有后主，女有易安，其艳词之圣乎！自唐以下，此种不绝。而辛幼安独以一人之悲放，欲与唐以下数百家对峙，安得不圣？余每读《花间》未及半，而柔声曼节，不觉思卧，《草堂》至长调而粗俚之态百出。夫《花间》之不足餍人也，犹有诸工艳者堪与壮色；而为粗俚人壮色者，惟一稼轩。余益不得不壮稼轩之色，以与艳词争矣。奈何有一最不合时宜之人为东坡，而东坡又有一最不合腔拍之词为《大江东去》者，上坏太白之宗风，下亵稼轩之体面，而人反不敢非之，必以为铜将军所唱，堪配十七八女子所歌，此余之所大不平者也。
>
> 故余兹选，选坡词极少，以剔雄放之弊，以谢词家委曲之论；选辛词独多，以救靡靡之音，以升雄词之位置。而词场之上，遂荡荡乎辟两径云。①

本《序》向来罕为人知，唯首句因沈雄《古今词话》转录而广传。但所谓"晏同叔"实为卓氏之误，乃"晏小山"语。此序开宗明义，强调《古今词统》的编选意在"并存委曲、雄肆二种，使之各相救"。委曲与雄肆，乃是指两种风格类型，两路词风，是一对种概念，而不是属概念，与张綖所谓婉约与豪放基本同义。二者各有其美，又各有其弊，专主婉约，易失于靡弱，专主豪放，易失于粗野，合二者之长，以救二者之短，正乃卓人月"使之各相救"之意。孟

---

① 卓人月：《蟾台集》卷二，崇祯刻《卓珂月先生全集》本。

称舜《古今词统序》亦云："幽思曲想，张柳之词工矣，然其失则俗而腻也，古者妖童冶妇之所遗也；伤时吊古，苏辛之词工矣，然其失则莽而俚也，古者征夫放士之所托也。两家各有其美，亦各有其病，然达其情而不以词掩，则皆填词者之所宗，不可以优劣言也。予友卓珂月，生平持说，多与予合。"[①] 此论正与《古今诗余选序》相吻合。

然而《古今诗余选序》的独特价值在于，它提供了与《古今词统》选阵不完全相同的词史统序——以"四圣"为线索。《古今词统》首选隋炀帝词，卓人月未必认同李白为词家开山之祖，但认为其词"雄"而"艳"[②]，兼有两美，实开词家之"宗风"，故为词圣；李煜、李清照为"艳词之圣"，徐士俊称李清照"真能统一代之词人"[③]，或即从此而来。此三圣乃为卓人月长期以来所推崇的词人，早在天启五年与徐士俊倡和时，卓人月就有斋名"三李斋"，《徐卓晤歌》中有其《如梦令·自题三李斋》一词，云："欲问斋中三李。太白风流无底。后主洵多情，俊煞易安居士。欢喜。欢喜。我有嘉宾如此"[④]，此时，辛弃疾并不在其列。而《古今诗余选序》中，卓人月称辛弃疾"独以一人之悲放，欲与唐以下数百家对峙"，故为雄词之圣。"四圣"中，李煜、李清照与辛弃疾各具"太白宗风"之一端，以此为纲，以其他追随者为目，"词统"之线索于此明矣。然而在词史上，尤其是在明代词坛，二李所代表的"艳词"，拥有众多追随者，而辛弃疾所代表的"雄词"处于弱势。故而在《古今词统》中，卓人月不遗余力地推扬辛弃疾词风。辛弃疾以夸张的入选量，一家独大，甚至使选阵显得失衡，其目的并不在于单纯地提高稼轩一人，而是借此"以救靡靡之音，以升雄词之位置"，从

---

① 孟称舜：《古今词统序》，《古今词统》卷首，崇祯刻本。

② 在《古今诗余选序》中，"雄"和"艳"是两个类型化的概念，等同于"雄肆""委曲"，并不能将"艳"等同于"靡艳""俗艳""冶艳"等某种具体风格。

③ 徐士俊：《古今词统序》，《古今词统》卷首，崇祯刻本。

④ 卓人月：《徐卓晤歌》，崇祯刻《古今词统》本。

而使“雄肆”之词得与“委曲”之词并驾齐驱，实现“荡荡乎辟两径”于词场之上的词坛生态。这种操选策略，不正暗合卓人月所谓的“以毒攻毒之意”吗？结合徐士俊“我经子权”的描述，这不正符合卓人月的个性特点吗？以徐士俊的温和性情来说，当不至于如此。

其他三圣中，李白词作本身极少，故不必说。而“艳词之圣”李煜和李清照词作亦不多，分别入选 18 首和 15 首，不仅与辛弃疾无法同日而语，甚至不及宋代方千里、五代牛峤、明代董斯张，即使在以婉约著称的词人中，亦有秦观、黄庭坚等众多词人入选数量超过二圣，这就无法仅从风格问题上解释了，二李流传下来的词作数量本身也是一个重要的限制。因此，在理解《古今词统》的选旨问题上，不能单纯从入选量着眼，更要结合具体的编选背景和动机。

《古今诗余选序》与《古今词统》最大的出入在于苏轼的入选量问题。卓人月明确表达了对于苏词的不满，认为其《念奴娇·赤壁怀古》一词“上坏太白之宗风，下亵稼轩之体面”，可谓罪大恶极，这一观点在词史上是非常独特的，而其理由在于苏词“不合腔拍”，乃是从词体音律层面立论。然而有趣的是，《古今词统》中苏词以 47 首之多高居第五位，并不符合该《序》中“选坡词极少”一说，甚至连最为卓人月所不满的《念奴娇·赤壁怀古》也赫然在列。张仲谋先生推测认为，“《古今词统》初编时收录东坡词较少，而在调整过程中不断增加，所以与卓人月当初所写的序也显得不相吻合了”[①]，此说虽可信，但深究起来，另有原因。卓人月对苏词成见甚深，甚至将词体宗风之坏归咎于他，在没有强力外在刺激的情况下，又怎么会直接将苏词提高到这一地步，且将《念奴娇》也选入？遍检《卓珂月先生全集》，未见对于苏词的改观，故知这一问题不能仅从卓人月身上解释。在现存文献中，也没有直接证据表明苏词在徐士俊词学思想中具有独特的地位，但是徐士俊常将苏辛并论，

① 张仲谋：《明代词学通论》，中华书局 2013 年版，第 471 页。

并在《古今词统序》及《与邵于王》一札中，反复为东坡“词诗”、稼轩“词论”之号鸣不平，并不存在扬辛抑苏的倾向。且从理论上来讲，在辛弃疾之外，最能够实现“以救靡靡之音，以升雄词之位置”诉求的词家，非苏轼莫属。在这种情况下，徐士俊比卓人月有更强烈的动机和可能性去支持苏词的入选。后人有理由相信，现存《古今词统》中苏词的大量入选，并非卓人月从词学观念上彻底抛弃了对于苏词的偏见，而是在徐士俊词学观念的影响下，基于选词宗旨的需要而作出的一种策略性选择。由此正可见出徐、卓二人“我经子权”的制约作用，并非徐士俊的空言，亦可见二人的不同性情对于《古今词统》的意义。《古今词统》各卷所题“卓人月珂月汇选、徐士俊野君参评”，“参评”二字，是衡量徐士俊与卓人月分工的重要尺度。现代学者一般认为《古今词统》是由卓人月操选的，徐士俊主要工作在于评点，此说不确。据徐士俊所言，此书为“二人渔猎群书，裒其妙好”而成，[①] 如果徐士俊仅仅为《古今词统》提供了《三祥笺》作为选源，显然是谈不上“二人渔猎群书”的，况且此序中，徐士俊明确说明，从《三祥笺》中抽取《竹枝》，“拔其尤者”乃是卓人月所为，故而所谓“余与珂月起而任之”，当别有内幕。苏轼词的大量入选，应与徐士俊参选有着直接关系，也就是说，徐士俊亦真正参与了《古今词统》的实际操选。正如《古今词统》的评点，虽题“徐士俊野君参评”，而实际上，至少还有卓人月甚至第三人参与其中，兹不更论。需要注意的是，卓人月的《序》并未刻入《古今词统》中，张仲谋先生推测：“也许是因为后来看到孟称舜崇祯二年序与徐士俊崇祯六年序写得都很精彩，他想表达的意思也都表述得很到位，所以当《古今词统》初刊时，卓人月没有把自己所写的序放在卷首。”[②] 上面的分析已经证明：第一，这种推测不太符合卓人月的性格特点；第二，该《序》对于《古今

① 徐士俊：《古今词统序》，《古今词统》卷首，崇祯刻本。
② 张仲谋：《明代词学通论》，中华书局2013年版，第470页。

词统》具有独特价值；第三，该《序》与《古今词统》之间存在着一定的出入。而最后一条，应当是该《序》未被刻入《古今词统》的主要原因。

从《古今诗余选序》到《古今词统》，所呈现出的“统序”结构经过了调整，而其合婉约、豪放为一体的基本原则和核心精神则是一致的。李煜、李清照作为艳词之“圣”的地位并未在《古今词统》中得到体现，而辛弃疾作为雄词之“圣”得到大力推扬，前后是一致的。苏轼从一位被针对的词人一跃成为“雄肆”之风的主要代表词人之一，一方面是“不得不壮稼轩之色，以与艳词争”的编选需求所致，另一方面也体现了编选者词学观念的微调。

在《古今词统》的选阵中，唐、五代 52 家词人中有不少是以《竹枝》《柳枝》入选者。词史上享有盛誉的“花间”词人，在这部词选中备受冷落，仅孙光宪、牛峤、温庭筠入选量在 15 首以上，其中最多的是孙光宪，与其入选量相同的吴鼎芳在明代词人中，仅能排在第四位，这非常符合卓人月“《花间》之不足餍人”的观念。元代入选词人虽众，但缺乏大家，没有一人的入选量达到 10 首以上，其中其最主要的代表词人张翥仅 6 首，杨维桢仅 5 首。

与此形成鲜明对比的是，作为“词史统序”中的“今词”，明词在《古今词统》中获得了仅次于宋代词人的崇高地位。其中更是推举出杨慎作为明词典范，杨氏以 57 首的入选量，成为仅次于辛弃疾的大家。王世贞 36 首，位列第 11 位；刘基 28 首、吴鼎芳 22 首、杨基 21 首，分列第 14、19 和 20 位。虽然数量并不能完全代表成就，但《古今词统》突出明词在词史上的地位并展现明词成就的意图是显而易见的。更主要的是，编选者试图通过这一方式，将明词置入词史统序，借助统序的力量来改造当代词坛氛围，借助辛弃疾为代表的“雄肆”词风为词坛注入阳刚之气。但同时，该选又为婉媚词风留有相当的余地，其目的并不在于以雄健之风代替婉媚之风，而在于使词体风貌实现多元化。

作为一部开风气的选本，《古今词统》也存在着诸多不足，如为求“集大成”，而广搜博采，甚至将稗官野史、戏曲剧本中的作品选入，甚至有不少“某某女郎”“仙”“鬼”“妖”的作品，张仲谋先生《明代词学通论》论之甚详。

《古今词统》虽以“古今”为名，但其所建构的词史统序并非“古”与“今”二元对立的结构，而是古今一脉贯通的，以宋为主体，“隋唐为鼻祖，元明为耳孙”，婉约、豪放并存互济的词史统序。

卓人月与徐士俊所编《古今词统》，其于明代词风的变革意义，向为词人所乐道，如王庭称：“《词统》一书，为之规规而矩矩，亦词家一大功臣也”[①]，王士祯《花草蒙拾》云：“卓珂月自负逸才，《词统》一书，搜采鉴别，大有廓清之力”[②]，邹祗谟称：“卓珂月、徐野君《词统》一书，搜奇葺僻，可谓词苑功臣”[③]，尤侗亦云：“昔西里卓珂月、徐野君两先生有《词统》一书，予童时即喜读之。今卓君逝矣，徐君岿然独存，风雅嗣音，鼓吹不绝。”[④] 诸人或为一代词宗，或为词坛巨擘，皆负盛名，《古今词统》及其所倡导的词学新风气，一方面通过西陵词人的继承与改造，另一方面也通过这些词坛大家的接受与推扬，广泛而深刻地参与了清初词坛中兴局面的缔造。今以清初词坛最具影响力的王士祯与《倚声初集》为代表，透视《古今词统》以及卓人月、徐士俊词学思想是如何廓清明末词风、影响清初词学新风尚的。王士祯本人对于卓人月是非常钦慕的，曾有诗云：“我慕蕊渊生苦晚，晚及孙子相追从。雄才能虑五石瓠，大力欲挽千钧弓”[⑤]，其《居易录》又云：“宜兴门人蒋景祁京少编《瑶华集》凡二十余卷，搜采国朝名家填词甚富。二十年前，予在扬州与故友武进邹祗谟程村撰《倚声初集》，起万历末讫顺治初年，以

---

① 沈雄：《古今词话·词评》卷下，康熙刻本。

② 王士祯：《花草蒙拾》，《倚声初集》卷三，顺治十七年刻本。

③ 邹祗谟：《远志斋词衷》，《倚声初集》卷三，顺治十七年刻本。

④ 尤侗：《璧月词序》，《西堂杂俎三集》卷三，康熙刻本。

⑤ 王士祯：《传经堂歌送卓永瞻归浙西，因寄火传》，《带经堂集》卷二十，康熙五十年程哲七略书堂刻本。

继卓珂月、徐野君《词统》之后，蒋此编又起顺治讫于今，以继《倚声》之后，合观三集，三百二十年间作者略备矣。”① 其《感旧集》卷十一亦曾重申此说。② 王士祯对于《古今词统》的熟悉程度是不言而喻的，《池北书目》显示，其家藏即有《词统》一书。其论词有云：“词家绮丽、豪放二派，往往分左右坦。予谓第当分正变，不当分优劣”③，流传人口，而后人不知此说与《古今词统》之间的关系。载录卓人月“四圣”之说的《古今诗余选序》位于《卓珂月先生全集》中，《浣溪沙·题三李斋》载于《古今词统》所附《徐卓晤歌》中，流传甚广，王士祯曾评论卓人月诗文词，至少是读过《徐卓晤歌》与《卓珂月先生全集》的，故于卓氏推宗二安为“词圣”，必然知晓。其《花草蒙拾》云：“张南湖论词派有二：一曰婉约，一曰豪放。仆谓婉约以易安为宗，豪放惟幼安称首，二安皆吾济南人，难乎为继矣。”④ 王士祯此论固然有乡贤情结在内，而实际上乃是直接移录于卓氏之说。卓人月《古今词统》于王世贞《论诗余》一条有眉批云：“余谓正宗易安第一，旁宗幼安第一，二安之外，无首席矣。”⑤ 但王士祯论词与卓人月又有显著区别，如对《花间集》《草堂诗余》的评价等。王士祯并不讳言《倚声初集》在时间上接续《古今词统》的事实，但是在选词宗旨上，并未直言它与《古今词统》的关系。前者选词基本精神与《古今词统》吻合，前后一脉相承，是显而易见的。但在甄选眼光上，又高出一筹，后出转精，并无《古今词统》力求新僻而落入驳杂的弊端，这是不争的事实，此不赘论。

---

① 王士祯：《居易录》卷四，《文渊阁四库全书》本。

② 王士祯：《感旧集》卷十一引《居易录》云：“前余在扬州与故友邹程村拟《倚声集》起万历讫顺治，以继卓珂月、徐野君《词统》之后。”（王士祯《感旧集》卷十一，乾隆十七年刻本。）

③ 王士祯：《香祖笔记》卷九，康熙刻本。

④ 王士祯：《花草蒙拾》，顺治十七年刻《倚声初集》本。案：《词话丛编》本无“二安”二字。

⑤ 卓人月、徐士俊：《古今词统》卷首，崇祯刻本。

今人在讨论卓人月、徐士俊《古今词统》的影响时，曾关注到《倚声初集》《词综》等，然而其在西陵一郡引领的一个词学时代，开辟的一代词学风尚，却罕有人道及。相较于词风取向各有偏爱的其他地域词坛，清初西陵词坛是与《古今词统》的词学理念一脉相承的。

附　别出机杼的《词菁》

崇祯年间，峥霄馆陆云龙编有一部通代选本《词菁》，亦是明末词坛求变的一种新尝试，它与《古今词统》虽然选旨不同，词风取向不同，但在试图突破花草之风的笼罩，以及主情论调上，与《古今词统》显示出相当的一致性。

陆云龙，字雨侯，号翠娱阁主人，钱塘人，为书坊主，坊名"峥霄馆"。身份与万历年间的胡文焕相似，皆曾编选、刊刻过许多通俗读物，就词而言，才学较胜于胡氏。陆氏尝自称："贫而好学，贱犹佞书，因萤破暗，希明已在儿时，藉往开来，借照更殷壮日。"[①] 其论诗有云："世运王德相始终，而诗因与循环焉。"[②] 著《翠娱阁近言》，编有《翠娱阁评选行笈必携》等。

《词菁》为《翠娱阁评选行笈必携》之一种，现存有一卷本和两卷本，两卷本为崇祯四年峥霄馆刻本，卷前有陆云龙自序。《翠娱阁评选行笈必携》分"仁""义""礼""智""信"五部，共十种：仁部为《文韵》，义部为《文奇》，礼部为《诗最》《四六俪》，智部为《书隽》两卷、《小札》，信部为《词菁》《游记》《格言》《清语》。一卷本乃是由两卷本抽出，与《翠娱阁评选诗最》合刊。

《词菁》成书于崇祯四年（1631），与《古今词统》相比，编选略晚而刊刻略早。检陆云龙《翠娱阁近言》及《翠娱阁评选行笈必

---

① 陆云龙：《翠娱阁近言自题》，《翠娱阁近言》卷首，《续修四库全书》影崇祯刻本。

② 陆云龙：《诗最序》，《诗最》卷首，崇祯刻《翠娱阁评选行笈必携》本。

携》、卓人月《卓珂月先生全集》、徐士俊《雁楼集》等书，皆未见陆云龙与徐、卓有往来交谊，两部选本之间亦无直接关系。然而，二者有许多可资比较的特征，颇能见出明末词坛风气所向。《词菁》的选阵，与《古今词统》有相似之处，详见表六：

表六 《词菁》主要词人选量统计表

序号	词人	选量（首）	序号	词人	选量（首）
1	秦少游	15	10	李后主	5
2	刘伯温	13	11	刘改之	4
3	周美成	13	12	欧阳永叔	4
4	王元美	9	13	沈天羽	4
5	苏东坡	8	14	孙夫人	4
6	辛幼安	8	15	文徵仲	4
7	康伯可	6	16	晏叔原	4
8	李易安	6	17	张子野	4
9	杨用修	6			

《词菁》为通代选本，选录唐、五代、两宋、金、元、明词，有相当明确的选旨。其选阵中，宋人与明人占据着主体地位，其中秦观、周邦彦与刘伯温位于第一阵营，明代词人王世贞、杨慎亦跻身前列。相对而言，“花间”词人并不受重视。以上诸端与《古今词统》高度相似。然而，《词菁》的编选目的并不在于贯通词史，梳理词史统序，而在于去俗存精，选取菁华。这又不得不从其与《草堂诗余》的关系谈起。

一 《词菁》对于《草堂诗余》的因袭

《词菁》二卷，共选词作 276 首：卷一包括天文、节序、形胜、人物、宴集、游望、行役、称寿 8 题，共 139 首；卷二包括离别、宫词、闺词、怀思、愁恨、寄赠、题咏、杂咏、居室、植物、动物、器具 12 题，共 137 首。其中卷二《目录》中有“回文”一题，计 3 首，而正文中并无该题及词作，卷二“闺词”类收录有刘无党《乌夜啼》一首，而目录中不载。两卷共收143位词人，其中包括无名氏6人，无作者姓名7人。《词菁》主要以分类本《草堂诗余》为底本，卷中作者有误者不少，如误李重元《忆王孙·冬》“同云风扫雪初晴”为“欧文忠”词，并以“欧文忠”与“欧阳永叔”为二人；目录中误“刘巨济”为“刘巨源”；尤其是下卷中的作者与作品，与目录所载时有不合。《古今词统》亦有作者系误的情况，而多能广泛参校，作者有争议者两存之，编选态度较为严谨，而《词菁》选源有限，有误而不能察，远非善本。

作为同时期的两部通代选本，与《古今词统》相比，《词菁》保留着更明显的明代词选的印记，尤其是类编本《草堂诗余》的影响：如其分类编排、以题系调的体例，如作者不题姓名，而列姓和小字。再如《踏莎行》“小径红稀”一词，《历代诗余》等诸选皆题作晏殊词，而《类选草堂诗余》和《类编笺释草堂诗余》作“寇平叔”词，《词菁》承其误。诸如此类，所在多有。

某种程度上，《词菁》乃属于类编本《草堂诗余》系列。这与《古今词统》有着本质的区别，《古今词统》乃是跳出《草堂诗余》的牢笼，力图集《花间》《草堂》《兰畹》之大成，以求彻底的革新。而《词菁》乃是《草堂诗余》笼罩下的内部革新，其词学视野与改革力度都不及《古今词统》。但《词菁》自有其独特的价值，与《古今词统》有相似之处，亦有不同。

二　《词菁》对于明词风尚的革新

《词菁》在明清之际影响微乎其微，其主要价值在于其编选宗旨，透露出既有的草堂词风与词风变革冲动之间的时代性矛盾。陆云龙对于明词风尚有清晰的认知，《词菁》虽未跳脱出草堂系统，但陆氏论词力排俚俗，主“精新绮丽”，其《词菁序》云：

> 《菩萨蛮》为《乌啼》《子夜》之变。盖青莲以绝代轶材，裂羁靮另辟词家一径，大都以精新绮丽为宗，故相沿美妙。淮海、眉山、周洞箫、康大晟，其品虽不得埒，以词论，不得劣

也。至我明郁离，具王佐才，厕身帷幄，宜同稼轩，时露英雄本色，乃似柔其骨，丽其声，藻其思，务见菁华之色，则所尚可知已。其后名贤辈出，人巧欲尽，悉为奇险之句，幽窈之字，实缘径穷路，绝不得不另开一堂奥。试取《花间》《草堂》并咀之，《草堂》自更新绮者，特其中有欲求新而得误，似为吴歈作祖，予不敢不严剔之，诚以险中有菁，俳不可为菁耳，具眼者倘亦不罪我而知我。辛未仲夏翠娱阁主人题。①

该序有几点值得注意：其一，陆云龙虽认为词与乐府有密切关系，但仍以李白为词家开山之祖，并以此确认词风宗尚，策略与卓人月有相似之处，而其不同在于，陆氏特着眼于太白词之“精新绮丽”。其二，以此为标准，陆氏特别推重苏轼、秦观、周邦彦、康与之等人。其三，陆云龙将刘基看作明词的代表，立足于其与辛弃疾在宏才伟略上的相似性以及在词作风貌上的区别，由其“柔其骨，丽其声，藻其思”，透视明代词风观念和词坛风气。其四，陆云龙认可明词成就，以为刘基等人以后，词风不得不变，词人亦能求奇险、探幽渺。其五，陆云龙认为《草堂诗余》优于《花间集》，在于其新绮奇险，这是与其论词宗尚相吻合的。其六，《词菁》虽以《草堂诗余》为底本，而去其俚俗，存其奇险。

在明代词坛，《词菁》所表现出的新变之一在于“去俗”而不斥“奇险”。所谓“险中有菁，俳不可为菁”，正乃陆氏“词菁”之义。《草堂诗余》之俚俗，从清代至今，已多有论之。陆云龙于此，比清初词家有更早的觉察。而不同在于，陆氏认为此乃“欲求新而得误”所致，“似为吴歈作祖”。“求新”正是陆云龙肯定《草堂诗余》的着眼点，而《词菁》之选，旨在阐其“求新”之旨，去其俚俗之弊。在一定程度上，可以说《词菁》是对《草堂诗余》的改造。虽然陆云龙词评中也偶以“雅”称誉词作，但由于其理论眼光

① 陆云龙：《词菁》卷首，崇祯四年刻《翠娱阁评选行笈必携》本。

和学术气魄远不足以使其明确树立以“雅”为宗的论词旨趣，其词学思想中蕴含着反俗尚雅的理论因子，未能形成自觉的理论追求。

《词菁》的新变之二在于抛弃长期以来“正变”之争的视角，在婉约、豪放之外开启一种以“精新绮丽”论词的新视角。陆云龙论词，并不以正变分优劣，选词亦不以婉约、豪放定取舍。婉约与豪放，并非未进入陆云龙的理论视野，其评点中亦多次以“壮”等称誉词句，但这并非陆云龙的主要关注点，并未上升至理论的高度。辛弃疾入选8首，既有“宝钗分，桃叶渡”之婉丽，又有“渡江天马南来，几人真是经纶手”之豪壮，还有“更能消几番风雨”兼婉约、豪放于一体者，[①] 但此8首皆自《草堂诗余》来，原无以婉约、豪放分高下的意思。《词菁》一选，虽不乏艳丽之作，而不类《花间集》之浓丽婉艳，乃是于《草堂诗余》中采其“精新绮丽”者而成，“清绮”与“新奇”正是《词菁》的基本选旨。如其论刘基《江神子·秋景》“西风吹树簟凉初”云“新声”，论苏轼《行香子·过七里濑》“重重似画，曲曲如屏，算当年空老严陵，君臣一梦，近今古虚名”云“清新语也”，论罗湖秋《金人捧露盘·钱塘怀古》云“新奇”，论卢师邵《蝶恋花·过徐州》云“清旷”，等等，[②] 多从“新”“清”“奇”着眼。

然而一个更为隐蔽的事实是，在长期惟婉媚为宗的明代词坛，陆氏以一种“精新绮丽”的新视角论词，本身就是对既有词坛与词风的一种突破与革新。这即是《词菁》于明代词学的新变之三。陆云龙的评点，对于婉约与豪放，持较为开放的态度，他虽肯定“柔其骨，丽其声，藻其思”的论调，[③] 但对于豪放之作亦不吝赞美之词，如评辛弃疾《鹧鸪天·东阳道中》云“快意之作”，评杨慎《折桂令·野望》云“声宜铁绰板”，评苏轼《念奴娇》云“潇

① 陆云龙：《词菁》，崇祯四年刻《翠娱阁评选行笈必携》本。
② 陆云龙：《词菁》，崇祯四年刻《翠娱阁评选行笈必携》本。
③ 陆云龙：《词菁序》，《词菁》卷首，崇祯四年刻《翠娱阁评选行笈必携》本。

洒”，评张元干《满江红》云“豪爽”等①。从客观上来说，“奇险”“精新”于豪壮之词中亦屡见不鲜，其评苏轼《酹江月·赤壁怀古》云“奇壮与赤壁争险”②，评罗湖秋《金人捧露盘》云“新奇悲愤”等，即可与其“险中有菁”③ 之论相印证。

陆云龙虽也认可柔婉之词，但不喜浓艳之风，虽不以鼓吹雄健词风为主要诉求，但显示出，张綖、王世贞等人所代表的主流审美观，在朝代末年出现了相当程度的松动。

《词菁》虽未跳出《草堂诗余》的笼罩，但明确表现出新的词学宗尚，其理论自觉意识和革新意识并不如《古今词统》明确，其传播与影响也不及后者广泛，但是二者在革新词坛风气上的努力则是一样的，共同体现了明末词风变革的需求，体现了词风变革的不同动向。

第二节　未完成的遗著《古今词选》

国家图书馆今藏有一部《古今词选》，与沈丰垣《兰思词钞》《兰思词钞二集》合刊，康熙刻本，共五册。其中《古今词选》三册，半页十行，行二十字，左右双边，花口，单鱼尾。共七卷，各卷皆题作沈谦、毛先舒合选。卷一首页钤有“长乐郑振铎西谛藏书”朱文方印。

一　《古今词选》的成书

《古今词选》因刻本稀少，流传不广，且又与沈时栋《古今词选》同名，名为所掩，外间所知甚少。时贤所述，不无乖讹，今须

① 陆云龙：《词菁》，崇祯四年刻《翠娱阁评选行笈必携》本。
② 陆云龙：《词菁》，崇祯四年刻《翠娱阁评选行笈必携》本。
③ 陆云龙：《词菁序》，《词菁》卷首，崇祯四年刻《翠娱阁评选行笈必携》本。

驳正及补订者有五：

其一，《古今词选》七卷并非全本，或者沈谦、毛先舒并未完成该选。卷一到卷六首页分别题“小令一”“小令二”……“小令六”，卷七题“中调一”，盖沈谦编选计划中，应另有“中调”及“长调”各数卷，今皆未见。从理论上来说，存在三种可能：或未编选完成，或已编而未刊，或已刊而后佚。该书曾为郑振铎先生收藏，今检《西谛藏书善本图录》所附《西谛书目》，亦著录为“七卷”，盖其当时所得，只此七卷。毛先舒《沈去矜墓志铭》《浙江通志》《杭州府志》《仁和县志》等，均未著录卷数，今已无考。今有人误最后一卷“中调一”之“一”为横线，而以足本视之。

其二，该本并非定本。七卷中存有大量墨钉，或遮去整首词作，或遮去词调异名等信息，皆为原版中已刻成而后剜去，非最终定本。

其三，《古今词选》各卷均题“钱塘沈谦去矜氏、毛先舒稚黄氏同选”，每卷另有一位同人参阅，一位门人校订。而实际上，毛先舒的参与度是十分有限的：首先，毛氏《沈去矜墓志铭》及上述志书均称《古今词选》为沈谦编选，而不及毛先舒；其次，遍检《毛稚黄十四种书》等文献，尚未发现毛先舒提及其操选《古今词选》一事；再次，毛先舒词仅入选 8 首，非常有限，不仅比沈谦少 30 余首，即使沈谦门下四位弟子沈、潘、张、俞，入选量亦皆在毛先舒之上，参见下文选阵；最后，《古今词选》以婉媚为尚的选词方式，与毛先舒词学思想不合，参见本书关于沈毛之争的考述。综合上述迹象，毛先舒在《古今词选》的成书过程中，应该不具有太高的参与度。

其四，现存《古今词选》当刊刻于康熙二十五年后，康熙二十八年前。各家皆据合刊之《兰思词钞》及《兰思词钞序》等，定《古今词选》为康熙十一年吴山草堂刻本，此说不确。《兰思词钞》四卷多有此年以后之作，故知该书必非本年所刻。金张《祝吴母张太夫人兼赠舒凫》有云：“柳亭（沈）好辞绝代无，携来草稿何糊涂。自言笔削不假借，半由昉思（洪）半舒凫。”[①] 此诗在金张诗集中系年在康熙二十五年（1686）。今考《杭州府志》等，沈丰垣词仅有《兰思词钞》《兰思词钞二集》共四卷，以本诗所言，此时尚为未定之“草稿”，盖未刊刻。故知吴仪一刻《兰思词钞二集》应在此后，与之合刊之《古今词选》亦然。又郑元庆《征新声谱逸词启》，从内容来看与《古今词选》《兰思词钞》皆无关联，而观其中所云“元庆学愧全牛，识惭半豹”“爰是夜月璃窗，图成卷帙，春风锦帐，谱就声歌，知无当于作家，谅有裨于学者”及“伏愿赐之琬琰，锡以琳琅。辑玉编珠，休被六丁夺去；牙签锦轴，须将二酉搜来。庶梨枣光辉，缥缃润色”[②]，乃是为其《三百词谱》所作征词启事。今考雍正刻本《郑元庆遗集》，其《湖录初序》所附《亡儿跋语》云：“康熙己巳，大人有《三百词谱》之刻”[③]，即康熙二十八年（1689）。《三百词谱》梓行以后，郑氏所撰《征新声谱逸词启》已无再刊布之必要，《古今词选》卷前首载此文，当为《三百词谱》刊行以前之事，故吴仪一刊刻《古今词选》《兰思词钞》当在康熙二十八年以前。需要说明的是，郑元庆《征新声谱逸词启》、徐士俊《兰思词序》、吴仪一《评兰思词》、徐士俊《题兰思词》、陆进等人合撰《兰思词话》不置于《兰思词钞》前，而置于该选前，但是板式均与《兰思词钞》同，而与该选不同，且该选及《词启》各页版心下均无字，而其他均题“吴山草堂”四字，故知装订有误。

其五，《古今词选》为沈谦未完成的遗书，编选于康熙七年至康熙九年间。该选收录了沈谦门生沈丰垣、洪昇、潘云赤、俞士彪、张台柱等人的词作，为沈氏晚年编选之证。且该选收录了胡文漪《诉衷情·悼内子槎云》《惜分飞·悼内子槎云》两词，今考《两浙

---

① 金张：《岕老编年诗钞·丙寅》，《四库全书存目丛书》影康熙刻本。按：括号内为原注。

② 郑元庆：《征新声谱逸词启》，《古今词选》卷首，康熙刻本。

③ 郑元庆：《郑元庆遗集》卷一，雍正刻本。

辅轩录》载邓汉仪语、施闰章《秦楼合稿序》、李渔《秦楼合稿序》，槎云卒于康熙七年。[1] 则《古今词选》成书不早于此，下距沈谦卒日不满两年。按照逻辑来说，《古今词选》当成书于这一年多的时间中。但是以上考察显示，该书仅编选至中调，或尚未完成，所存刻本又多墨钉，应为修订删改痕迹，故知康熙二十五至二十八年刊刻前尚未定稿，是以知沈谦卒时，《古今词选》极有可能并未完成，毛先舒挂名简端，或许是在沈谦卒后进行了一番必要的补修性质的工作，故而《沈去矜墓志铭》等文章论及此书的作者时皆不提及毛先舒之名，毛先舒作《墓志铭》时，尚未投入到《古今词选》的工作。而此书之所以晚到康熙中期才刊刻，主要原因或是刻资所限。沈谦卒后六年，其子才凑钱刊刻了其生前亲自删订的《东江别集》，而这一部未完成的书稿，长期被搁置也就不难理解了。直到康熙中期，吴仪一才将其与沈丰垣词合刊问世。而今仅见于国图所藏，或为孤本。

二　《古今词选》的选阵与沈谦的词体观

《古今词选》的体例承继了长期以来流行的小令、中调、长调的编排方式，小令六卷中，又以字数多寡列调，自《三台令》至《蝶恋花》止，以调系题，亦如《草堂诗余》，原无词题者，以“无题”二字为题，题下缀作者姓名。每调之下，或一两首，或数十首不等，古词在前，今词在后，今词之中，他人在前，自作在中，门人、小辈在后，间有参差。词调之下，多有双行小字，或录词调异名，或注所属何体，或注字句等信息。如《捣练子》注云：“与《赤枣子》《解红》《桂殿秋》字句皆同，平仄稍异”，《望江南》注云：“第一体。一名《忆江南》《梦江南》《梦江口》《谢秋娘》《梦游仙》《望

[1] 分别参见施闰章《学余文集》卷五，乾隆刻《施愚山先生全集》本；阮元《两浙辅轩录》卷四十，嘉庆刻本；李渔《笠翁一家言》之《文集》卷一，《李渔全集》，浙江古籍出版社 1991 年版，第 42 页。

江梅》《□南好》《忆长安》，或云即唐法曲《献仙音》”①，诸如此类，因求多求全而稍显疏滥。但该选明显具有一定的词谱性质，应与沈谦已失传的《词谱》之间存在密切的关系。

《古今词选》共选录唐、宋、金、元、明、清词人269家，词作744首，其中小令六卷691首，中调仅一卷53首。入选5首以上共41人，其中以沈谦为最。具体见表七：

表七　《古今词选》主要词人选量统计表

词人	选量（首）	朝代	词人	选量（首）	朝代
沈谦	43	清	秦观	26	宋
王士祯	18	清	晏几道	18	宋
苏轼	18	宋	欧阳修	18	宋
彭孙遹	17	清	沈丰垣	13	清
陈子龙	12	明	黄庭坚	12	宋
宋徵舆	12	清	李煜	11	五代
潘云赤	10	清	俞士彪	10	清
李清照	10	宋	辛弃疾	10	宋
毛奇龄	9	清	张台柱	9	清
周邦彦	9	宋	蒋捷	9	宋
毛先舒	8	清	韦庄	8	唐
杨慎	8	明	贺铸	7	宋
顾敻	6	五代	吴绮	6	清
程垓	6	宋	晏殊	6	宋
张先	6	宋	陈克	6	宋
温庭筠	5	唐	孙光宪	5	五代
谢逸	5	宋	王晫	5	清
贺裳	5	清	毛滂	5	宋
冯延巳	5	五代	邹祗谟	5	清
马洪	5	明	柳永	5	宋
董俞	5	清			

① 沈谦、毛先舒：《古今词选》卷一，康熙刻本。

以上41家词人共入选416首作品，超过了总选量的一半。其中唐五代词人6家40首、宋17家176首，明3家25首，清15家175首，而金、元两代词人并未进入这一名单。这一选阵中，沈谦遥遥领先于其他词人。沈丰垣、潘云赤、张台柱、俞士彪均为其弟子，前三人又为《古今词选》的校订者，入选量相当，比之唐宋名家亦不遑多让。与《古今词统》相似，唐五代词人在《古今词选》中所占比重并不高，而宋、清两代词人成为“古”与“今”两大宗的主体，所占比重十分接近，体现了与卓人月相似的将当代词坛置入历史统序中的编选意图。

《古今词选》前七卷的一大突出特点是以婉约为尚的选旨。集中选苏轼18首、辛弃疾10首，仅从数量上来看，或许并不算少，但除了辛弃疾《南乡子（第四体）·登京口北固亭有怀》《浪淘沙·山寺夜作》可称境界阔大外，余如苏轼《诉衷情·琵琶女》《菩萨蛮·咏足》《西江月·佳人》《西江月·梅花》《南歌子·有感》《南歌子·舞妓》《鹧鸪天·妓馆》《虞美人·离别》，以及辛弃疾《洛阳春·闺思》《南乡子》“隔户语春莺”、《寻芳草·嘲陈莘叟忆内》等，皆属于传统意义上的本色之作。其他词人作品中，如赵孟頫《浪淘沙·怀古》、吴激《青衫湿·宴北人张御史家有感》之排荡者少之又少，而如李煜《一斛珠·咏佳人口》、张孝祥《一斛珠·咏妓》、沈谦《点绛唇·美人耳》《点绛唇·美人颈》《菩萨蛮·咏美人背》、陈克《浣溪沙·佳人》、周邦彦《柳梢青·佳人》、蒋捷《柳梢青·游女》、黄庭坚《西江月·佳人》、彭孙遹《鹧鸪天·咏美人眉》《鹧鸪天·咏美人指甲》等咏美人的词作俯拾即是。以“闺”为题的词作，卷一17首、卷二24首、卷三10首、卷四11首、卷五8首、卷六9首、卷七12首，共达91首之多，其他题作“春思”“春怨”“秋思”“秋怨”等词作亦多达数十首，“访妓”“赠妓”“咏妓”词数量亦不少。诸如此类，皆可见《古今词选》之旨趣所在。

然而，该选虽主婉丽，不乏浓香柔昵之作，但无雕琼镂玉之气，多自然流畅之风，这是《古今词选》的另一大突出特色。由于通篇如此，不胜枚举，故不赘言。

上述特征均就前七卷而言，因为无长调，故未必适用于整部《古今词选》。该选无序、无跋、无评点，可资参考的材料极其有限，此半部词选并不足以反映沈谦的词学宗旨。柳永作为沈谦倾心的宋词名家，曾是沈谦宗法的对象，在该选中，仅入选 5 首，这就非常值得推敲。柳永所长在于慢词，《古今词选》六卷小令、一卷中调，故入选量并不足以显示柳永在沈谦词学中的地位。其他词人的入选量，亦应如此看待。故《古今词选》不能全面反映沈谦的词学观念。

若结合沈谦晚年的词风取向与词学观念来看，或许可以对这部残缺的词选有更为全面的认知。沈谦经历了与毛先舒的词学辩难等事件，后期词风发生了重大变化，取径更广，兼婉约、豪放两体。《填词杂说》亦作于其晚年，约与《古今词选》相去不远，其中有云："小令、中调有排荡之势者，吴彦高之'南朝千古伤心事'、范希文之'塞下秋来风景异'是也。长调极狎昵之情者，周美成之'衣染莺黄'、柳耆卿之'晚晴初'是也，于此足悟偷声变律之妙。"① 此举小令之排荡者、长调之狎昵者，以见"偷声变律"之妙，正说明在沈谦的观念中，小令原宜狎昵，长调本应变荡。其所论小令、中调、长调的作法亦是如此："小调要言短意长，忌尖弱；中调要骨肉停匀，忌平板；长调要操纵自如，忌粗率。能于豪爽中著一二精致语，绵婉中著一二激厉语，尤见错综。"② 小令缘何要忌尖弱，长调为何应忌粗率？沈谦没有明说，但逻辑清晰：小令篇幅有限，言短意长，宜于绵婉，故易堕入尖弱；长调篇幅较大，须用变荡之法，故易堕入粗率，不可不以此为戒。沈谦对于小令、长调的辨析，从风格到作法，正可见其对于二者体性的不同认知。关于这一思想，本书论"沈毛之争"一节将作动态的考察。《古今词选》

---

① 沈谦：《填词杂说》，《词话丛编》第一册，中华书局 1986 年版，第 630 页。

② 沈谦：《填词杂说》，《词话丛编》第一册，中华书局 1986 年版，第 629 页。

六卷小令、一卷中调以婉丽为主色，当在这一背景下认知，不可断然以偏概全。

无论是词风变化还是词学理论的变化，皆显示出沈谦晚年的词学路径逐渐趋于宽广，虽仍不废柔昵之调，但于豪放之作不仅多有赞许，也亲自尝试创作，参见第四章第三节。除了《古今词选》以外，并没有迹象和文献表明，沈谦晚年又回到早期惟婉媚为尚的褊狭路径上来。而《古今词选》作为一部未完成的词选，很可能是一部以沈谦晚年婉约、豪放皆本言情的词学观为基础的通代选本。然而遗憾的是，沈谦在康熙九年二月即去世，寿仅五十一，尚未来得及通过这部选本将其词风转向以后的词学观呈现出来。以上考论，因无全本为证，究属推测，旨在借助相关背景对《古今词选》有个更全面的认知，以期规避将来的研究中由文本残缺所带来的风险。

第三节　作为“今词”的《西陵词选》

约以康熙十年至十四年为界，西陵词坛经历了基本思想观念的一次重大嬗变，由此呈现出鲜明的阶段性特征：前期西陵词坛，词体观念的核心是以明代主情论为基础的多元审美观；后期西陵词坛，核心观念是以诗教规范下的新型主情论为基础的多元审美观。二者的主要区别在于：前期的创作、批评与操选，只论情感之真实与否，不论情感的品格高下；后期的创作、批评与操选，追求词体情感的净化与品格的升华。前期主情论的代表人物为徐士俊、卓人月、沈谦等，《古今词统》《填词杂说》正是这一风会的鼓吹者；[1] 后期以诗教观对主情论进行修正的代表人物是丁澎、陆进、卓回等人，《西陵词选》《古今词汇》正是这一风会最有力的鼓吹者。

---

① 《填词杂说》的主情论与多元审美观见第三章第一节关于“沈毛之争”的考述。

康熙十一年（1672），沈丰垣、吴仪一、张台柱、俞士彪等人订立词社，陆进也见猎心喜，互与倡和。[①] 十二年（1673）冬，陆进、俞士彪二人以西陵词风兴盛，而无专集为憾事，遂合操《西陵词选》，以荟萃一郡之词。徐士俊、丁澎、张丹、王晫、沈丰垣、吴仪一等十人参与修饰、润色，其中毛先舒、王嗣槐、张台柱、徐昌薇兼任校雠之务。十三年（1674），耿精忠等北攻，六月清廷于杭州备兵，郡内相对稳定，成“四方多难一州安”之局；[②] 七月王晫遭父丧，与徐士俊于九月末至十月上旬访阳羡、毗陵等地。是时遂安毛际可、方象瑛避难至杭，与诸人相唱酬，其间有吴山小饮、陆进巢青阁会饮、毛先舒思古堂雅集、张景龙啸竹轩雅集、斐园雅集、王晫霞举堂雅集、卓氏水一方雅集等多次文酒高会。至康熙十四年（1675）秋，《西陵词选》告成。当此时，正是西陵词坛蔚然兴盛之际，徐士俊享誉词坛已数十年，其《云诵词》亦于十三年左右结集，连毛先舒也已称耆宿，沈谦去世五载，而门生弟子俞士彪等人方当盛年，已联镳竞辔，驰誉词坛；陆进、王嗣槐等年过四十，交游倡和遍天下，可谓人才济济，如日中天。

《西陵词选》八卷附《宦游词选》一卷，康熙刻本，今国家图书馆、上海图书馆、南京图书馆有藏。卷前有梁允植、丁澎、俞士彪、陆进序各一篇，《凡例》八则，词人姓氏一篇。该选体例与《古今词统》《古今词选》相近，以字数多少列调，以调系词。同调不同体者，亦分列。同调同体之作，主要以作者长幼列词，方外、闺秀分次其后，编选者陆进、俞士彪殿末。或一调仅一首，或一调数十首，不求备体。但与两部通代选本稍有不同，《西陵词选》所收

---

① 陆进《巢青阁集序》：“壬子被放，枯坐无聊，适沈子遹声、吴子璪符、张子砥中、俞子季瑮有词社之订，未免见猎心喜，又复成帙。遂合从前所作，汇为删定。”该社是否即为“西陵词社”，暂未可知。

② 张用霖：《甲寅九日同方渭仁、毛会侯、应嗣寅、陈际叔、沈甸华、马鸣九、陆梯霞、毛稚黄吴山小饮》，《清波三志》卷下，钱塘丁氏嘉惠堂重刊《武林掌故丛编》本。

各词，凡“倚调本意与不必标题者”，如《草堂诗余》之“春景”“秋怨”之类，“辄为删去”①。表面上看，这是非常细小的一个动作，但作为西陵词坛的集体行为，它在很大程度上说明，西陵词人在摆脱草堂词风的影响方面达成了相当自觉的共识。

《宦游词选》一卷，收录莱阳宋琬（时任浙省臬宪）、益都赵进美（浙西宪副）、山阳稽宗孟（杭州太守）、真定梁允植（钱塘县令）、夏邑孟卜（仁和县令）、长治牛奂（富阳县令）、武定张瓒（新城县令）、莱阳赵轮（府参军）、泰兴季式祖（钱塘赞府）、萧山毛万龄（仁和学博）共10人78首词作。

《西陵词选》八卷，包括小令三卷、中调两卷、长调三卷，作为一部地域词选，向被视作西陵词人开宗立派之作，在西陵词坛的相关研究中享有特殊的地位。吴熊和等先生据此选分西陵词派为三个阶段，影响甚广，奠定了目前西陵词坛研究的基本框架与格局。但《西陵词选》在某些方面的特征与不足，同时也限制了这种分期研究的客观有效性。这又不得不从《西陵词选》的编选动机、选旨、选源、选型说起。

一　选旨

不同于《古今词统》《古今词选》等通代选本，《西陵词选》作为西陵一地的断代选本，未曾入清的西陵词人概不收录，其志并不在词史统序的梳理，而在于呈现西陵词坛的创作实绩。那么，一个核心的问题是，《西陵词选》是在什么样的词体观念和词史观念主导下，呈现当代词坛的？俞士彪《西陵词选序》云：

> 其间学为周、秦者则极工幽秀，学为黄、柳者则独标本色；或为苏、辛之雄健，或为谢、陆之萧疏；或年逾耆耋而兴会飚举，或人甫垂髫而藻采炳发。闺中之作，夺清照之丽才；方外

① 陆进、俞士彪：《西陵词选凡例》，《西陵词选》卷前，康熙刻本。

之篇，鄙鲛如之亵句。连章累牍，唯恐其穷，片玉寸珠，不嫌其寡。可谓各擅所长，俱臻其极者矣。[①]

俞士彪详细阐明了该选不拘一格、兼收并蓄的开放性选词理念，这一点来源于《古今词统》。周柳秦黄、苏辛谢陆，各擅其长，西陵词坛不限门派的创作氛围、多元的审美取向，在此时已经形成了气候，而这正是由《古今词统》所倡导和开创的局面，正是《西陵词选》得以完成的现实基础。其《凡例》有云："辞以香艳发其情，骀宕抒其气，不缘推敲，曷臻工妙"[②]，"辞"即"词"，徐士俊《古今词统序》及卓回《古今词汇》等皆同于此。"香艳"与"骀荡"并非专指某种风格，而是与言"情"和使"气"相对应的不同风格类型，"以香艳发其情，骀宕抒其气"，为使不同词风"俱臻其极"，编选者甚至组织了十人的队伍对所选词作进行"推敲""修饰"。可见，西陵词人婉约、豪放并存不废的词风审美，并非一种空洞的理论倡导，而是切切实实付诸实践的。

《西陵词选》664首词作非常鲜明地印证着这种选词宗旨。就同调之作而言，如徐张珠《临江仙·燕台感怀》"西风吹大陆，隐隐见斜阳"之高旷，与吴艾《临江仙》"锦囊无尺素，罗袖有啼红"之低婉。[③] 如毛先舒《清平乐》"著地琅然一响，阿谁遗落金钗"之纤巧，与朱纪《清平乐》"多少凄凉况味，消他几个残更"之朴厚。[④] 就一人之作而言，如陆进《菩萨蛮·晓发》"暗尘迷驿路，匹马嘶风去"之荒寒，[⑤] 与《黄鹂绕碧树·春郊》之"更盈盈，羡云垂两鬓，莲生双玉"之妩媚；[⑥] 如张台柱《满庭芳》"不见黄金台

① 俞士彪：《西陵词选序》，《西陵词选》卷前，康熙刻本。
② 陆进、俞士彪：《西陵词选凡例》，《西陵词选》卷前，康熙刻本。
③ 陆进、俞士彪：《西陵词选》卷四，康熙刻本。
④ 陆进、俞士彪：《西陵词选》卷二，康熙刻本。
⑤ 陆进、俞士彪：《西陵词选》卷一，康熙刻本。
⑥ 陆进、俞士彪：《西陵词选》卷六，康熙刻本。

馆。空赢得、骏骨如山”之奇峭，[①] 与《眼儿媚·晚妆》“春烟春雾隔红墙，一派朦胧花月”之柔丽。[②] 方外之作，如释正岩《点绛唇·湖上》“来往烟波，此生自号西湖长”之萧散，[③] 释超直《唐多令》“屈指昔人都不见，千载恨，莫思量”之深沉。[④] 闺中之作，如徐灿《浪淘沙》“残月霭窗纱。莫便西斜。雁声和梦落天涯”之绵邈，[⑤] 与柴静仪“金闺总是书难寄，又何用归梦频频”之浅至。诸如此类，不一而足。就其大要言之，前半部小令柔婉者居多，与《古今词选》七卷相近，而柔昵之色淡了许多，后半部长调疏荡者尤胜。

然而，同样是不拘一格、兼收并蓄的选词宗旨，同样是肯定不同词风的价值和合理性，《西陵词选》与《古今词统》的立足点却大为不同。《古今词统》立足于“情感”的多样性与人的性情禀赋的差异性，来肯定婉约、豪放不同词风的同等价值和合理性。而《西陵词选》的编选者则试图贯通“诗余”与《诗经》的文体鸿沟，通过《国风》作为民间歌谣以供天子采风的历史现象，来肯定词在反映民风方面的价值，进而肯定词风多样化的必要性与合理性。俞士彪《序》云：

> 词原于诗，诗起于里巷之谣，诵十五国风□□异，好尚亦殊，故孔子删诗，及劳臣贤士□□□人之作，必采录焉。今海内词风蔚起，在□□□新声旧谱，较盛于诗，使生其地者，不为搜辑编次，以俟采风，则邦国何赖乎？……将有事于订辑，以成全书。适陆君荩思亦有是志，□各出所藏，共为铨次，即以历宦名词，署为卷□□□□□□□□外得西陵人计若干家若干

① 陆进、俞士彪：《西陵词选》卷六，康熙刻本。
② 陆进、俞士彪：《西陵词选》卷二，康熙刻本。
③ 陆进、俞士彪：《西陵词选》卷一，康熙刻本。
④ 陆进、俞士彪：《西陵词选》卷四，康熙刻本。
⑤ 陆进、俞士彪：《西陵词选》卷三，康熙刻本。

□□□学为周秦者则极工幽秀，学为黄柳者则独标本色，或为苏辛之雄健，或为谢陆之萧疏……勒之于梓，以公世好，虽仅为一郡之观，然使輶轩所至，不□□□□□即获，则是书于采风者，实有裨焉。①

俞士彪的逻辑非常清晰：第一，认定词与诗及“里巷歌谣”一脉相承的关系；第二，“十五国风”各异，好尚不同，作者身份有别，而孔子删诗，亦不专主一种；第三，今日词风之盛有过于诗，正当搜辑编辑以俟采风；第四，《西陵词选》虽仅为一郡之观，而作者好尚不同，风格各异，可全面反映一郡之风气，故“于采风者，实有裨焉”。陆进《序》云：

词之格，犹有古诗之遗焉。《三百篇》而下，汉魏质胜于文，六代华浮于实。□□□之中，备风人之体，其唯唐乎！词亦何独不然？内有温厚和平之旨，外为风华绮丽之章，岂徒以舞衣歌扇称艳一时哉？西陵山川秀美，人文卓荦，宋元已来，以词名家者众矣，迄于今日，词风弥盛。然篇帙浩繁，颇多散佚。天子不复采诗以观民风，士大夫之责也。……因取时贤名词，裒辑论定，……其间三五七言之格，不可诬也。质文华实之体，不可偏□□□……读是集□，其亦可以识予之志矣夫。②

与俞士彪稍有不同，陆进从三、五、七言之体制源流，以及质、文、华、实之风尚嬗变双重角度，将词与《诗经》、汉魏六朝诗赋接轨，认为汉魏质实，六朝绮靡，唐兼有二美。而词“内有温厚和平之旨，外为风华绮丽之章”，有其质，亦有其文，有其实，亦有其华，不得甘为“舞衣歌扇”之艳科。故该选中不仅严辨体制——

① 俞士彪：《西陵词选序》，《西陵词选》卷前，康熙刻本。

② 陆进：《西陵词选序》，《西陵词选》卷前，康熙刻本。

“三五七言之格，不可诬”，亦不主一格——“质文华实之体，不可偏□”，温厚之旨，绮丽之章，不可偏废。陆进将文辞风貌与诗教理念分别作为词的形式与内涵，其意不仅在于突破华而不实的词风，亦在于突破词为艳科的成见，追求质文、华实诸体兼备的多元风貌。虽然逻辑上与俞士彪不同，但是其将多元审美追求诉诸诗教理论的做法，与俞氏是一致的，而与徐士俊、卓人月等人迥异。

梁允植、丁澎序中，并未明确谈论《西陵词选》多元风格的问题，而其所谓“审其俗尚之贞淫美恶”“乐观其性情、风格，以备异日輶轩”[1]，以及“自采风之使废而诗亡，诗亡□□□亡者存，则余者仍诗也。何以不曰诗，而名之以词？曰：以其变也”“二子之为是编也，意在斯□□□斯乎”等，[2] 皆强调词体有裨于天子采风，与俞、陆二序正相发明。陆次云《古今词选序》中有行间批语云：“如此操选，删述同功”[3]，移之《西陵词选》，亦无不当。

相比较而言，处于明末心学思潮之中，徐士俊、卓人月从人的“情感”及“性情”层面强调多元词风的合理性与价值，更具有理论深度和说服力；而身处康熙治世的陆进、俞士彪等人，从全面反映风俗以备天子采风，或质文华实等角度强调多元词风词貌的合理性与必要性，在理论深度与力度上显得相对弱了一些。相较于前者，多元词风主张虽未变，但词体的情感内涵和品格发生了变化，词体的价值功用和文化定位发生了变化，昭示着西陵词坛多元审美观进入到了一个新的历史时期。

今考陆进、俞士彪皆无显贵官职加身，与梁允植、丁澎不同，而其操选，时时以备輶轩采风为念，正可见出时代风会对于词学的深刻影响，亦可见出西陵词人在不同词学风会下，从文学的内在情感机制到文学的外在社会功用两种不同角度，对于词体审美多元化

---

① 梁允植：《西陵词选序》，《西陵词选》卷前，康熙刻本。

② 丁澎：《西陵词选序》，《西陵词选》卷前，康熙刻本。

③ 陆次云：《北墅绪言》卷四，康熙刻本。

主张的坚守。

吴熊和先生将“兼收并蓄，不拘一格”作为《西陵词选》的主要特色进行认定，[①] 相较于其他地域词选而言，是非常符合实情的。然而，若就西陵词坛内部其他选本而言，这并非是《西陵词选》的特色，而是一种共性。《西陵词选》的编选宗旨，与西陵词坛的整体词学氛围是一致的。或者可以说，《西陵词选》作为一部断代选本，与《古今词统》等选本之间不存在必然联系，但是《古今词统》用以梳理词史统序的“委曲”“雄肆”并存不废的基本词学宗旨，正是《西陵词选》呈现当代词坛风气与成就的基本选旨。主观意愿上，《西陵词选》或许并未有意将当代词坛置入词史中进行观照，但是综合来看，《古今词统》所梳理的多元开放的词史统序，在《西陵词选》所呈现的清初词坛已然显示出强大生命力。

二　选阵

《西陵词选》共收录西陵词人185位，词作664首，其中入选10首以上者共16人，入选5首以上者共29人，具体如下：

表八　　《西陵词选》主要词人选量统计表

序号	作者	选量（首）	序号	作者	选量（首）
1	沈丰垣	32	2	陆进	31
3	俞士彪	30	4	沈谦	30
5	张台柱	30	6	丁澎	23
7	毛先舒	23	8	王晫	16
9	徐昌薇	15	10	徐灿	15
11	张纲孙	14	12	吴仪一	14
13	潘云赤	13	14	徐士俊	11
15	洪昇	11	16	张云锦	11

① 吴熊和：《〈西陵词选〉与西陵词派——明清之际词派研究之二》，《吴熊和词学论集》，杭州大学出版社1999年版，第414页。

续表

序号	作者	选量（首）	序号	作者	选量（首）
17	李式玉	9	18	徐之瑞	7
19	俞美英	7	20	释济日	7
21	朱一是	6	22	吴景斌	6
23	姜培胤	6	24	聂鼎元	6
25	章士麒	6	26	杨琇	6
27	徐汾	5	28	诸匡鼎	5
29	沈漢	5			

数据显示，以上29人共入选400首词作，以15.7%的词人数量占据了该选60%的作品；而其中，入选10首以上者占该选词人总量的8.6%，占据词作总量的48%。作为一部以“以俟采风”为目标的地域选本，《西陵词选》的选阵不可谓不集中。这种高度集中的选阵背后，有着多重影响因素，它在多大程度上反映了清初西陵词坛的生态面貌，是值得深入考察的。为了分析与表述的便利，现将上表加以区分：入选30首以上者，暂且视作第一选阵，共5人；此外，入选10首以上者，暂且称作第二选阵；入选5首以上者，可视作第三选阵。

除了王嗣槐以外，参与《西陵词选》编辑工作的其他11位词人，入选量皆在11首以上。两位主选陆进、俞士彪，分别入选31首和30首。参与词作润色与校对工作的十人中，[①] 沈丰垣入选32首，居第一；张台柱30首，与俞士彪并列第三；“西陵十子”中的丁澎、毛先舒各入选23首，并列第六；王晫16首，列第八；徐昌薇15首，列第九；张纲孙、吴仪一各14首，并列第十一；词坛耆宿徐士俊入选11首，列第十四；只有王嗣槐较为特殊，仅入选3首

① 《西陵词选凡例》云：“兹选修饰，端赖良友，若野君、飞涛、祖望、丹麓、遹声、璨符□之功居多，而稚黄、仲昭、砥中、紫凝并有校雠之助云。”见康熙刻本《西陵词选》卷前。

词作。而在《西陵词选》编辑人员之外，沈谦入选30首，又是其中尤其特殊的一位。

《西陵词选》第一选阵中的5人，除主选陆进外，余皆为“东江词人”。沈谦虽名列“西陵十子”，但在清初，他更以词曲之学闻名，是十子中唯一一位词名迈越诗名的作家。沈氏家居临平，自号东江，门下士俞士彪、张台柱、沈丰垣、潘云赤、洪昇、唐弘基、王升、王绍曾有《东江八子集》，故世称“东江八子”。“八子”之中，唐弘基、王升、王绍曾等精于曲而不善词，洪昇与潘云赤皆有词集，五人并未参与《西陵词选》的编辑。参与编辑的俞士彪、沈丰垣、张台柱与乃师沈谦，是该选的核心人物。

主选之一俞士彪十一岁学词，十六岁拜沈谦为师，① 在其同沈丰垣、张台柱、吴仪一订立词社与陆进倡和之前两年，乃师沈谦即已去世，故沈氏未参与其主政的《西陵词选》，但这并未影响沈氏在该选中的地位。陆进少从朱一是游，后来受到徐士俊、沈谦、毛先舒的熏陶才开始填词。② 但是，他仅小沈谦数岁，比俞士彪、沈丰垣、张台柱略长，并无师徒之谊，实为密友。此五人入选量相近，共153首，以2.7%的人数占据了23.7%的词作，在《西陵词选》中遥遥领先于其他词人。在一定程度上，可以说《西陵词选》是一部以东江词人为核心的选本。

前辈学者曾指出《西陵词选》的编辑是继《西陵文选》《西陵十子诗选》之举，“以十子为中坚是当然的事”③。这一说法前半句是成立的，而后半句却并不十分可靠。先不论《西陵文选》是否以西陵十子为中心是一个无法证实的问题，仅就三部选本而言，其主

---

① 俞士彪《西陵词选序》：“余八龄趋庭，大人调以音律，十一学为长短句，十六游于沈东江先□□□。”见康熙刻本《西陵词选》卷前。

② 陆进《巢青阁集序》云：“余初不作词，余之作词，自交徐先生野君、毛子稚黄、沈子去矜始。”见康熙刻本《巢青阁集付雪词·红么集·悼亡词》卷前。

③ 吴熊和：《〈西陵词选〉与西陵词派——明清之际词派研究之二》，《吴熊和词学论集》，杭州大学出版社1999年版，第414页。

要在于呈现西陵文人在不同文体创作方面的成就，三者之间在核心人员构成上，也不存在必然的一致性。反而是以上数据显示，《西陵词选》并不以“西陵十子”为中心，而是以“东江词人”及主编陆进为中心。且“十子”之中，除沈谦外，仅毛先舒、张丹、丁澎三人工词，且入选量处于第二选阵。

在第二选阵中，列名“东江八子”的潘云赤、洪昇未参与该选的编辑，分别入选 13 首和 11 首，虽远不及以上诸人，但亦不亚于词坛耆宿徐士俊。其入选量除了受“东江词人”的身份关系影响外，也受制于其词集未能为编选者所寓目的事实，详见后文。

以上名单几乎覆盖了《西陵词选》的第一、第二选阵，仅徐灿、张云锦二人不在此列。此外 156 人入选量皆在 4 首以下，其中陆圻、沈捷、关键等 86 人各以 1 首附名词选。

至此，可见出《西陵词选》的选阵与其编辑阵容及“东江词人”之间的某种内在关联。那么，是否意味着“人情关系”是影响《西陵词选》编选的一大要素呢？就现存文献来看，主选俞士彪师门入选量极大，而其兄长俞美英、姊妹俞瓛入选量非常少。另一主选陆进的至亲入选量也非常少，包括其室翁与淑、继室邵斯贞、内弟邵思衡及邵斯扬等，入选数量皆在 2 首以内；其弟陆次云有《玉山词》三卷、族兄陆嘉淑有《须云阁词》两卷，皆声名在外，且为《西陵词选》的编选者所共知，但二人各入选 3 首。这种入选量之间的巨大差距，除了部分词人本身创作成就和体量的影响之外，还说明另外一个问题，主选者的亲族并没有因人情关系得到《西陵词选》的额外关注，这就更鲜明地突出了沈谦门人在该选中的核心地位。

另外一个值得注意的现象是，陆次云曾亲自指出，其名下的 3 首词作《望江南》《蝶恋花》《贺新郎》皆非其作品，并怀疑有人捉刀代笔或者传写讹误，《玉山词》竟无一首入选。[①] 这一乌龙事件说明，《西陵词选》操选以至付梓之前，两位主选手中并无陆次云

---

① 见陆次云康熙四年刻本《北墅绪言》卷四之《嘱友人改正诗余姓氏书》。

《玉山词》。这就将《西陵词选》的选阵问题引向了对其选源的思考。

三 选源与选型

自康熙十二年至十四年，三年之内于一郡之地汇选185位词人于一编，陆进、俞士彪两位主选者不可谓用力不勤，而其《凡例》中所谓“见闻寡陋，征收未广，名公钜作，得一遗十，挂漏尚多，且有夙慕高名未蒙赐教者”云云，虽有自谦之意，但基本符合实情。俞士彪《西陵词选序》云：

> 一郡名流□□□为固陋，颇多投览，往复之顷，心爽神怡，因□□佳词汗漫莫考，散轶易失，将有事于订辑，以成全书。适陆君荩思亦有是志，□各出所藏，共为铨次，即以历宦名词，署为卷□□□□□□□外得西陵人计若干家若干□。①

《凡例》第六条云：

> 西泠夙称才薮，家藏美箭，人□灵蛇，知芍药之能花，识蒲桃之有树，各出奚囊，毋容假借。②

以上文字所透露出的两点重要信息，向为后人所忽视：

其一，《西陵词选》的选源，主要依赖于两位操选者“所藏”及友朋投赠之篇。此外，尚未见其他明确的文献来源记载。陆进《序》中有“取时贤名词，裒辑论定”的说法，③ 所谓“时贤名词”何来，并未明言。而参与该选修饰与校雠工作的十位词人，此时已

---

① 俞士彪：《西陵词选序》，《西陵词选》卷前，康熙刻本。

② 陆进、俞士彪：《西陵词选凡例》，《西陵词选》卷前，康熙刻本。

③ 陆进：《西陵词选序》，《西陵词选》卷前，康熙刻本。

有词集著录于《西陵词选》卷前《姓氏》目录中，包括徐士俊《云诵词》、丁澎《扶荔词》、张纲孙《秦亭词》、毛先舒《鸾情词》、王嗣槐《啸石斋词》、王晫《峡流词》、沈丰垣《兰思词》、张台柱《洗铅词》、吴仪一《草堂词》、徐昌薇《春晖堂词》。这十部词集虽未在《西陵词选序》及《凡例》中道及，但十位词人既然参与该选编辑工作，此时当与主选交流甚便，谅其大部分词集应不难为两位操选者所见到，当在所谓“时贤名词”之列，这也正是《西陵词选》选诸人词作尤多的主要原因之一。

康熙十七年刊刻的《东白堂词选》载张台柱《词论十三则》论及选源时称：“如秋岳、锡鬯、容若、云士、舒凫、夏珠、昉思诸公，未窥全豹，微露一斑”[①]，张台柱与陆进、佟世南合选《东白堂词选》之时，尚未见到陆次云、吴仪一的词集，甚至未见到同为“东江八子”的潘云赤、洪昇词集，而称之“微露一斑”，更何论三四年前汇辑《西陵词选》之时呢，更何况西陵词坛其他词人呢？

故知《西陵词选》选录词作时，很大程度上受到了选源的限制。如此选词，自然以参选者入选词作为多，未参选者入选为少。潘云赤《桐扣词》、洪昇《啸月词》、陆次云《玉山词》亦如吴仪一《草堂词》一样，皆著录于《西陵词选》卷前《姓氏》目录中，可知为该《目录》著录者，未必为操选者所亲见，则其中所著录的其他37种词集，操选之时是否见过，也只能存疑了。操选者对于这一问题，也不是不清楚，故又有续选《二集》之意：“祈早惠名山之秘，以为《二集》之光”[②]，可惜其事未遂。因此可以明确一点，《西陵词选》对于西陵词坛整体状况的反映，对于个体创作成就和影响的反映，是存在着不小缺憾的。

其二，《西陵词选》的编选动机，原本并非为开宗立派。陆进

① 张台柱：《词论十三则》，康熙十七年刻《东白堂词选》本。

② 陆进、俞士彪：《西陵词选凡例》，《西陵词选》卷前，康熙刻本。

《序》中亦称：

> 西陵山川秀美，人文卓荦，宋元已来，以词名家者众矣，迄于今日，词风弥盛。然篇帙浩繁，颇多散佚。天子不复采诗以观民风，士大夫之责也。予生长兹土，有志未逮，今颠毛种种，偶与俞子季瑮论及之，慨然欲成其事，因取时贤名词，裒辑论定，共得八卷，而以宦游诸公之词冠于首卷。于是词之散者以聚，佚者以显，蔚为钜观。①

然而“作者之宗旨非即作品之成效”②。陆氏所言，与《西陵词选》所展示的实际成效之间，是存在一定出入的：就第一选阵而言，人均近20首，并且各有词集，目的显然并非单纯为辑存散佚，其中展示创作风貌和成就的意味更浓；就第一选阵之外的绝大多数词人来说，入选数量或一两首，或三五首，正所谓“汗漫莫考”“散佚易失”者，这一部分作品的编选，更符合两位操选者的上述说法。王晫所谓“取数中人之词而衡量之，毋以己意横于胸中，第就本集中孰佳，孰为尤佳，细加论定”的选词方法，③虽不失为选本之药石，但对于《西陵词选》而言，显然是不适用的。明乎此，就不能以偏概全，将《西陵词选》视为一种开宗立派式的选本，其选型是综合性的，兼具展示创作实绩与辑存文献两重功能。

不可否认，《西陵词选》作为一部地域词选，在凝聚杭州词学力量、扩大杭州词学影响以及存人存词方面，居功至伟。但八卷词作质量参差不齐，也是事实。《西陵词选》的选阵，相对于西陵词坛的整体生态而言，其局限性也是无须讳言的。

---

① 陆进：《西陵词选序》，《西陵词选》卷前，康熙刻本。

② 钱钟书：《管锥编》第4册，中华书局1979年版，第1220页。

③ 王晫：《与友论选词书》，《霞举堂集》卷五，康熙霞举堂刻本。

四　《西陵词选》与西陵词派的研究

作为一部地域词选，《西陵词选》对于西陵词坛研究的学术意义是显而易见的，目前对于西陵词派的整体定位与考察，也多基于此书。吴熊和先生《〈西陵词选〉与西陵词派——明清之际词派研究之二》一文，率先提出“西陵词派”的概念，将其传承演化过程概括为三个阶段，一定程度上奠定了西陵词学问题的研究框架。后续研究多承其说而广大之，如其高足谷辉之《西陵词派研究》、李康化《明清之际江南词学思想研究》、沈松勤《明清之际词的中兴及其词史意义》，等等。吴先生所分三代词人，主要依据即是《西陵词选》，该选选阵在其中起到了决定性作用，词人入选量的多少，深刻影响着学者对于西陵词派的群体构成的认知。故而，《西陵词选》的局限性，也深刻影响着今日对于西陵词坛的认知，姑试言之。

首先，《西陵词选》的选型原不是开宗立派式的，尽管选旨非常清楚，但陆进、俞士彪操选的目的，一在于展示少数词人的词学成绩，二在于汇存文献，以备𬨎轩采风之用，其选型的综合性决定了其选阵的不均衡。

其次，《西陵词选》的选阵深受选源限制。该选选源十分有限，卷前所列词集多有未见者，“挂漏尚多”①，许多卓有成绩的词人入选量较少或者并未入选，其创作成就并未能反映在《西陵词选》中。《西陵词选二集》的操选也未能成行。此一关节，已在前文说明。如蒋景祁《刻瑶华集述》有云：“（《浙西六家词》）未足概浙西之妙。魏塘柯氏，三世济美，武林陆君，二难分标，其他作家，不可枚数。”② 所谓“武林陆君，二难分标”，即是陆进与陆次云兄弟，二人词名并称，非蒋景祁一人私论，而陆进词入选 30 首，陆次云《玉山词》未入选，据如此选阵，以论定二人创作成就与词坛地位，岂

① 陆进、俞士彪：《西陵词选凡例》，《西陵词选》卷前，康熙刻本。

② 蒋景祁：《刻瑶华集述》，《瑶华集》卷首，康熙二十五年刻本。

能不出现问题？

最后，明末清初西陵词坛乃是一个贯通的整体，西陵词坛的部分人士于明末已经初步奠定了清初的方向与格局，《西陵词选》刊于康熙十四年，未曾入清及康熙十四年以后的词人词作俱不在收录范围内，如吴农祥《梧园词》三卷存词千首以上、仲恒《雪亭词》十六卷，其中不乏佳制，钱肇修《檗园诗余》两卷等，皆卓有声名，而诸公入选者，仅吴农祥早年两首而已。《西陵词选》收词时间范围非常有限，上下仅30年，这原是基于“以备采风”的现实需要而定的体例安排，并非学术分野上的断限，亦非操选者之过。然而忽略这一事实，以《西陵词选》为西陵词派之完整记录，则后之君子，不可不慎。

《西陵词选》虽是西陵词坛多元审美风会演化过程中的一个标志性选本，是西陵词坛进入新的历史阶段的代表性选本，但它仅呈现了特定阶段的西陵词坛的一个断面，呈现了西陵词坛的某些特征，并且无法撑起“西陵十子”中心论的词坛结构认知，并不能全面反映西陵词坛的整体格局，以及所谓西陵词派的历史演进过程。在西陵词坛的研究中，不能过于拔高《西陵词选》的意义。

第四节 《古今词汇》及卓周之争

康熙十四年（1675）前，仁和卓回、大梁周在浚曾有意合操词选，以“剞劂无资”作罢。[①] 十四年七月，卓回晤余杭严沆于潞河，纵论词坛风会。在严沆的怂恿下，卓回至南京与周在浚正式着手编选《古今词汇》，并筹措梓费于金镇。十五年（1676）冬，卓回返西陵，经梁溪又谋梓费于吴兴祚，归西陵后又谋于魏学渠、曹尔堪、钱继章，皆无果。同时，借《古今词统》于族侄卓天寅，借毛晋

① 卓回：《古今词汇缘起》，《古今词汇》卷首，康熙刻本。

《汲古阁六十家词》于金张，由毛刻中抄录苏轼、秦观、辛弃疾、陆游、周紫芝、卢祖皋、姜夔、吴文英、周邦彦、黄升诸人词，辑入《古今词汇》。十六年（1677）初秋，卓回再至南京，与周在浚论词颇为投机，周氏开启藏书楼，出宋元秘本数种，且从黄虞稷、张怡、朱彝尊等人处借王沂孙、周密、张炎诸家词集抄本，由卓回抄写，二人“共删订”[①]。成书之际，卓回作《贺新凉·丁巳初秋重游建康，同周子雪客合辑〈古今词汇〉，偶题二阕，用张白云〈饷鹤词〉韵》，周在浚作《贺新凉·钱塘卓方水年七十，走数百里来白下，觅予合选〈词汇〉，于其垂成，作此志喜，再用瑶星韵》两首，微露词学旨趣之差异。[②] 嗣后，金镇见书，赞曰：“丰城埋剑，一旦拭以华阴之土，宝光璀璨，岂非大快!”[③] 遂捐俸刻《古今词汇初编》，两月而成。卓回“抱帙以归”西陵。康熙十七年（1678），其宗族子孙及友朋集资以刻《古今词汇二编》。九月三十日，卓回撰《古今词汇缘起》，云：“若《三编》，则端藉伯成诸公，予与雪客仍鹄立铅椠俟之”，又云：“今《三编》綦富，又若之何？答曰：休园、梨庄，业事钞辑，劳无庸委。倘名篇纷至，挟资与俱，余不敢问”[④]，言下之意，仍欲与周在浚合选《古今词汇三编》，拟需四五百页。康熙十八年春前后，《古今词汇三编》付梓；四月，钱塘陆堦撰《古今词汇序》；初秋，卓回撰《古今词汇三编凡例》，称周在浚“兴且阑珊”，“收罗虽广，颇吝传示”，又“梓费乏绝”，故删存二百余页。[⑤]

今存《古今词汇》不题编者姓名，而仅于卷中载各卷参订、校

① 卓回：《古今词汇缘起》，《古今词汇》卷首，康熙刻本。

② 案：“张白云”即张怡，原名鹿徵，字瑶星，江宁人。

③ 卓回：《古今词汇缘起》，《古今词汇》卷首，康熙刻本。

④ 卓回：《古今词汇缘起》，《古今词汇》卷首，康熙刻本。

⑤ 卓回：《古今词汇三编凡例》，《古今词汇三编》卷首，康熙刻本。案：《全清词》对于《古今词汇》的编选过程语焉不详，对于编选时间考订有误，今特据相关材料，考订如上。

对者。卓回曾云：“予固陋且懒，好古云尔，敏求岂敢？雪客世学相传，孜孜罔怠，搜罗考校，功倍于予。书既成，予不欲列姓名简编，思以逃拙，而雪客韬晦有同心，予敬而从之。”[①] 据此可知，《古今词汇》不著编者卓回及周在浚之名，乃其有意为之，今日部分研究者及馆藏机构以首卷首位参订者“严沆”为编者，特为驳正。

周在浚，字雪客，号梨庄，大梁人，乃周亮工长子，家富藏书，“世学相传”[②]，著有《花之词》《梨庄词》。其最主要的词学活动，除了编选《古今词汇》外，即为康熙十年秋曾在京师主持影响一代风会的“秋水轩倡和”，严迪昌先生《清词史》等论之甚详。

卓回，字方水，号休园，仁和人，乃卓明卿之孙、卓尔昌之子，卓人月从弟，《清词史》误称“其父卓发之，兄长卓人月”[③]，《中国词学大辞典》亦称其为“卓发之次子，卓人月弟”[④]，此或由卓回《古今词汇缘起》之“余兄《词统》”之说致误。发之、尔昌皆卓贤之孙，人月、回皆其曾孙。仁和卓氏乃忠贞公卓敬之弟卓敦后人，敦于明初靖难之变后，避居于此，后世子孙以经学传家，自发之父辈以后，鲜以制义时文得禄者。卓回少年曾受学于从兄卓人月，[⑤] 至老不遇，漂泊四方。其《古今词汇》之编选，与卓人月《古今词统》一脉相承，尝称：“余兄《词统》一书，成于壬申、癸酉间，迄兹四十五载。其时制科，专尚文艺，……疾诗古文若仇雠，况词乎？兄意独否，然当其时，犹齐庭之瑟也，赏音者或寡矣。方今词学大兴，识者奉为金科玉律，而造物又妒之，祝融一炬，流传遂邈，宁不痛惜！余既迫于良朋赞诀，实欲补其所未备，庶几一线之

---

① 卓回：《古今词汇缘起》，《古今词汇》卷首，康熙刻本。

② 卓回：《古今词汇缘起》，《古今词汇》卷首，康熙刻本。

③ 严迪昌：《清词史》，人民文学出版社 2011 年版，第 130 页。

④ 马兴荣、吴熊和、曹济平：《中国词学大辞典》，浙江教育出版社 1996 年版，第 187 页。

⑤ 卓人月《方水稿序》：“时方水弟方就余学文，余以《鉴阁选》授之，而益以数语”，见《蟾台集》卷一，崇祯刻《卓珂月先生全集》本。

续。”[①] 两书相较，存在着诸多密切的联系，又表现出部分显著的区别，此间出入，关系重大，可以据以见出卓回与周在浚词学的离合，以及西陵词人在不同词坛氛围中的立场。

一 《古今词汇》的选阵

《古今词汇》主要版本为康熙刻本，存量稀少，国家图书馆、上海图书馆、北京大学图书馆、北京师范大学图书馆、复旦大学图书馆所藏多不全，然幸可互补以见全貌。《明词汇刊》曾排印《二编》四卷，《稀见清代四部辑刊》亦曾据康熙刻本影印《初编》四卷、《二编》四卷。《古今词汇》共录词2500余首：《初编》十二卷，录唐、五代、两宋、金元词；《二编》四卷，录明词，以上皆为“古词”；《三编》八卷，录清词，此为“今词”。围绕着选阵，两位编选者之间发生过严重的分歧，最终不欢而散。其中《初编》选阵如下：

表九 《古今词汇初编》主要词人选量统计表

序号	词人	选量（首）	序号	词人	选量（首）
1	辛弃疾	89	11	张炎	21
2	苏轼	51	12	欧阳修	20
3	周邦彦	45	13	姜夔	19
4	秦观	36	14	王沂孙	19
5	蒋捷	30	15	晏几道	17
6	程垓	28	16	周紫芝	17
7	刘克庄	24	17	毛滂	15
8	陆游	22	18	黄昇	15
9	黄庭坚	22	19	史达祖	15
10	周密	22			

① 卓回：《古今词汇缘起》，《古今词汇》卷首，康熙刻本。

辛弃疾在《古今词汇初编》中的地位是不可撼动的，其入选量远超他人。其他词人中，苏轼、蒋捷、刘克庄、陆游的入选量，与周邦彦、秦观、黄庭坚等词人的入选量基本均衡。相较于宋代词人的绝对核心地位，“花间词人”遭受了相当程度的冷遇，金元词人更不必说。以上阵形特征与《古今词统》的选阵高度相似。而不同的是，《古今词汇》选录了更多姜夔、周密、王沂孙、张炎等人作品。在客观效用上，确实集中呈现了南宋雅词一派的面貌，但是有学者据此认为《古今词汇》崇南宋，重姜夔一派，并由此认定西陵词人为浙西词派风气所熏化，此说尤不足信。一个非常明确的事实是，《古今词汇》的编选与《浙西六家词》同时而稍早，不可能受到浙西词风的影响。这一状况的形成，主要是由于选源的扩充，姜夔、张炎等人的作品，原本即是卓回、周在浚在南京编选时，借由朱彝尊等人的抄本而选入，其意义在于补《词统》“所未备”。两位编选者在相关文献中，并未表现出对于南宋、对于姜张清空骚雅一派的特殊关注，南北宋问题及姜张雅词问题，并未进入编选者的衡量考校范围内，以辛弃疾为重心的选阵结构，也与此不符。卓回等西陵词人虽亦以“大雅”“元音”论词，《古今词汇》也严汰俗词，但与浙西词派以此为立论核心的词学观念有显著的区别，论者不可不察。

《古今词汇二编》共收录明代词人 134 人，词作 464 首。与《初编》相差甚远，但在梓费乏绝的情况下，又以明词单独成编，尤其是个别词人的入选量直驾两宋名家之上，亦可见卓回表彰明词之意，详见下表：

表十　　《古今词汇二编》主要词人选量统计表

序号	词人	选量（首）	序号	词人	选量（首）
1	刘基	51	5	吴鼎芳	14
2	陈子龙	40	6	钱继章	14
3	杨慎	29	7	王世贞	13
4	杨基	14	8	俞彦	10

续表

序号	词人	选量（首）	序号	词人	选量（首）
9	卓人月	9	17	林章	6
10	高启	8	18	程舒	6
11	汤显祖	8	19	贺裳	6
12	沈自炳	8	20	钱光绣	6
13	马洪	7	21	董斯张	5
14	沈宗塙	7	22	谢肇淛	5
15	瞿佑	6	23	胡介	5
16	沈周	6	24	王微	5

在这一选阵中，刘基、陈子龙、杨慎位居前三，而三者入选量差距非常大。与《古今词统》相比，刘基的地位得以大力突出，而杨慎的地位显著降低，原因何在？《古今词统》将杨慎列为明词代表，入选量是刘基的两倍，很大程度上受到了卓人月“不得不壮稼轩之色”的编选策略影响；而《古今词汇二编》将刘基、陈子龙作为明词的最高代表，杨慎则大幅度下降，刘氏入选量几乎近于杨氏的两倍，是否意味着《古今词汇》与《古今词统》的选旨相悖呢？此事背后隐藏着更深刻的心理因素，请容后论。

据卓回自述，《古今词汇三编》受到选源的限制，以及梓费的制约，原拟四五百页的选量骤减至二百余页，很大程度上限制了编选意图的贯彻，故数据统计容易产生误导，兹从略。但是从比例来看，其体量当与十二卷的《初编》相仿。卓回曾云：“至三十年来，作者累累，真珠翠羽，照耀行墨，尤堪媲美历代作者，以永其传，此则予与梨庄殿以《三编》之意尔。”① 编者以宋词、清词为“古”“今”两大高峰而汇之的词史观念，不言自明。《古今词汇》所呈现的词史线索，亦如徐士俊对于《古今词统》的概括，以宋词为核心，

① 卓回：《古今词汇缘起》，《古今词汇》卷首，康熙刻本。

隋唐为之鼻祖，元明清为之耳孙，二选所呈现的词史统序结构高度相似，那么其词史统序背后的基本词学精神是否一致呢？即《古今词汇》是否也以委曲、雄肆并存而互济为核心选旨呢？

二 《古今词汇》的选旨及卓周之争

正如卓人月与徐士俊在《古今词汇》中的分工与作用有所不同，卓回与周在浚在《古今词汇》中的分工与作用亦有所不同，其间离合，对于整体选阵的形成，各具有怎样的影响，是透视《古今词汇》核心旨趣的关键。

今考周在浚与卓回年龄差距在三十岁左右，早在编选《古今词汇》之前，周在浚即与卓氏孙辈有交往。康熙十一年六月起，卓人月长孙卓胤域与周在浚、叶元礼、徐釚等人以词倡和于京师，“流传旗亭风雪间，缪为当世所推，颇与阳羡陈髯、长水朱十方驾一时”[①]。后又与海宁朱尔迈、曹掌公、宋楚鸿、王季友、周鹰垂共九人“结兄弟欢如一日”[②]。不久，徐釚南归西陵，周在浚归白下，临行前又与严沆、陈胤倩等人以诗倡和赠答，此后卓永瞻、叶元礼相继而卒。“一日之集不过九人，九人之交仅得八载。”[③] 周在浚《水调歌头·壬子季夏，同曹掌公、朱人远、卓永瞻、徐电发、叶元礼、宋楚鸿、王季友集家鹰垂寓斋，时掌公初至，电发及予将南还》一词即为当时倡和之作。永瞻即胤域，其词仅存数首，慷慨深沉，不涉纤艳。而一生坎壈不遇的卓回，晚年始学填词，其《休园长短句》虽不存，而今存词数首，略如金镇所言：“一往奔逸，豪迈之气，跌宕自喜，不屑以冶情绮语见长，真得乎眉山之神而极稼轩、放翁之能事者也。……盖有块垒郁抑于胸中，而颓然自放，发为激调朗吟，以舒其怀抱者乎！”[④] 这种词风取向与周在浚、卓胤域相似，近于东

① 徐釚：《月佩词序》，《南州草堂集》卷二十一，康熙三十四年刻本。
② 徐釚：《词苑丛谈》卷九，康熙刻本。
③ 徐釚：《词苑丛谈》卷九，康熙刻本。
④ 金镇：《休园长短句序》，《古今词汇》卷首，康熙刻本。

坡、稼轩一路，此乃其性情、境遇使然。今特论此一层，意在明其与周在浚之合作，原有词风相投之嗅味。及其分道扬镳，互生嫌隙，则另有隐情，不能据以推定卓氏倾心婉媚之风。今人多有此误解，故申述之。

早在康熙十四年夏至次年，卓回到南京寻周在浚商议操选之时，二人初步展开合作，但似乎并不深入。十六年秋卓回再至南京时，与周在浚的合作打开了新局面。二人“篝灯抵掌，纵横论议”，达成了相当程度的共识，即卓回所谓“与余怀来管见，不大剌谬”[①]，周在浚遂开启藏书楼，大大促进了《古今词汇初编》的编选进程。二人以《贺新凉》志喜，并由此透露出编选过程中以辛弃疾词作去取问题为核心的意见分歧。卓回《贺新凉·丁巳初秋重游建康，同周子雪客合辑〈古今词汇〉，偶题二阕，用张白云〈饷鹤词〉韵》云：

倦矣孤飞鹤。怪人猜、芝田不宿，大江漂泊。最耻鸢乌能攫肉，遑问稻粱精凿。掬秋水、一泓云壑。孔思周情如断梗，且拍张按节从时乐。浣脂粉，当良药。　源泉汩汩曾无涸。有彩笔、非秋垂露，供吾斟酌。大雅爰书谁定例，俯首雕虫生活。笑蠎李蓸腾匐匐。天地元音应未坠，漫文言、某某传衣钵。真风雅，竟寥廓。

顾曲周郎者。是当年、裴王子弟，如龙如马。听说群贤京洛聚，秋水题名歌社。再有似、兰亭风雅。杨柳池边初招手，识襟情肮脏堪心写。定交日，好闲暇。　重嗟词法江河下。倩伊谁、总持韵府，放怀潇洒。忆得故人双碧眼，镜净纤尘不挂。唤西风早驱残夏。满载缥缃和寸筏，谅洪钟、不禁人撞打。整铅椠，吾来也。[②]

---

① 卓回：《古今词汇缘起》，《古今词汇》卷首，康熙刻本。

② 卓回、周在浚：《古今词汇》卷首，康熙刻本。

卓回两首词作，一以漂泊野鹤自喻落拓之怀，一以裴王子弟誉美周在浚的风雅，并未明言二人分歧，但其词学立场已在词中。周在浚作《贺新凉·钱塘卓方水年七十，走数百里来白下，觅予合选〈词汇〉，于其垂成，作此志喜，再用瑶星韵》两首，一首标举辛词，一首阐释二人合作与分歧，并对此表示宽怀：

> 辛似天边鹤。听云中、一声长唳，翔翔高泊。且道涪翁能绝俗，却又怪他穿凿。苏又别、生成丘壑。柳七苦遭脂粉涴，但红牙低按供人乐。医俗眼，少灵药。　吾曹肯使原头涸。漫搜求、缥缃秘籍，互加斟酌。大雅独存真不易，陈腐何能生活。况又是依人匍匐。堆垛饾饤尤可叹，叹昔今传习非真钵。披毒雾，见寥廓。
>
> 举世何为者。展双眸、纷纷攘攘，尘埃野马。只有披裘垂钓客，来入汝南诗社。共太息、淫风变雅。戛戛陈言之务去，看谁能自把胸怀写。学绮语，苦无暇。　惭予双眼难高下。展残编、研珠和露，任情挥洒。尔我忘形无芥蒂，去取胸怀不挂。更何必，经冬历夏。七十老人偏好事，夜焚膏、手录更三打。垂成日，快心也。①

这一组倡和中，卓、周二人皆强调词之“大雅”“天地元音”，认为词法不传，江河日下，且“共叹息、淫风变雅”②，对“脂粉”

---

①　卓回、周在浚：《古今词汇》卷首，康熙刻本。按：周词《贺新郎》词题乃据《全清词》所加，原《古今词汇》刻本中仅题“和韵”二字。

②　案：周在浚所谓“只有披裘垂钓客，来入汝南诗社”，即是指卓回来访之事。“汝南”为周氏郡望，周在浚时寓居江宁汝南湾，故有此说。朱彝尊《天发神谶碑文考序》：“祥符周雪客侨居江宁之汝南湾，去黉宫甚迩。岁在戊午三月，偕予诣尊经阁下，观吴时《天发神谶碑》，石三段，文字艰晦不可读。逾三年，予以典乡试再至江宁，雪客语予：合三段之石，审其断处联贯读之，文义既从，字亦可以意辨。”（朱彝尊《曝书亭集》卷第三十五，《四部丛刊》景清康熙本）戊午，即康熙十七年（1678）。

“绮语”及“陈腐”“堆垛”等习气表示不满，《古今词汇》梳理源流，意即在使“源泉”不涸，词法得传。这是二人得以合作的基础条件，但是二人对于“元音”“大雅”“词法衣钵”的认知存在着严重分歧。

周在浚强调务去陈言，“自把胸怀写”的性情流露，但又言“学绮语，苦无暇”。也就是说，其所谓“自把胸怀写”，并非柳七、黄九红牙低按的胸襟怀抱，而是辛弃疾云中长唳、矫矫不群的胸襟怀抱，“辛似天边鹤”正是其所谓的“大雅独存”、词法“真钵”。在周氏看来，柳七的脂粉气、黄九的穿凿痕以及苏轼的别开生面，虽“今昔传习”，但皆“非真钵”，而是遮蔽词法真谛的“毒雾”，需要医俗之眼，为之鉴别，大力廓清。这与其数年前所举之秋水轩倡和的基本词学取向，是一致的。但与卓回之间却存在着严重分歧，所谓“惭予双眼难高下”“尔我忘形无芥蒂，去取胸怀不挂”，正是对这一分歧的明确认知与有意回避。周在浚对于“自把胸怀写”的认知，显然是基于其个人的性情胸襟而言的，本无可议。但是若以此操选，将这一所谓词法作为词学“真钵”，作为最高标准放之四海，称量古今，就与卓回的选词宗旨发生了冲突。因为才人的性情胸襟各有不同，仅以辛弃疾式的性情胸襟为“大雅元音”，则无此胸襟者如何“自把胸怀写”？对于这一点，周在浚的知交徐釚阐释得非常精到。康熙十六年秋，卓周此番倡和之际，徐釚从钱塘令梁允植幕中来南京参加乡试，报罢以后，周氏曾以其所辑《借荆堂词话》之稿本尽付徐氏，汇入《词苑丛谈》①。徐釚曾云：

> 梨庄曰：“辛稼轩当弱宋末造，负管乐之才，不能尽展其用，一腔忠愤，无处发泄。观其与陈同父抵掌谈论，是何等人物，故其悲歌慷慨、抑郁无聊之气，一寄之于词。今乃欲与搔

① 周在浚《借荆堂词话》今不存，即源于此，今人多以为久佚，非也。谭新红《清词话考述》列入待访书目之周氏《词论》，即是此书。

头傅粉者比，是岂知稼轩者？”王阮亭谓石勒云：“大丈夫磊磊落落，终不学曹孟德、司马仲达狐媚，稼轩词当作如是观。”予谓：有稼轩之心胸，始可为稼轩之词，今粗浅之辈，一切乡语猥谈，信笔涂抹，自负吾稼轩也，岂不令人齿冷？①

徐釚与周在浚交往密切，自康熙十一年夏与周在浚京师分袂以来，即客居钱塘，对于西陵词人及词学风气十分熟悉。当卓周操选、倡和之际来金陵，对于二人分歧不应一无所闻，此论虽不一定针对卓周之争而发，但所传达出的词学观念与卓回非常接近，精准地抓住了周在浚论词的局限，以作者性情禀赋之差异，否定唯稼轩是从的词学论调。

对于人才性情禀赋的不同，卓回亦有深刻的理解，曾云：“人才资性不同，问学趋向亦不同。”② 但卓回并未如徐釚一样，从这一角度对周在浚的主张提出明确质疑，而是直接表达了自己对“词法真钵”的开放性理解：“天地元音应未坠，漫文言、某某传衣钵。真风雅，竟寥廓”，正是隐晦地针对周在浚以辛弃疾为词法真钵的观点而发的。由于此时卓周二人刚完成《初编》，虽持论之不同渐趋暴露，但皆有意维持合作，故而求同存异，彼此推许有加。这一组《贺新凉》倡和显示二人心态还是比较温和，氛围相对愉快的。

约一年以后的康熙十七年九月三十日，卓回作《古今词汇缘起》，亦云：“若《三编》，则端藉伯成诸公，予与雪客仍鹄立铅椠俟之”③，同样表达了继续合作以操选清词的想法，故而该文中，卓回虽明确申述了自己的词学观点，透露出与周氏的差异，但并未将这一差异视作操选工作的主要矛盾，而依然将批判的矛头指向传统的本色论调：

① 徐釚：《词苑丛谈》卷四，康熙刻本。

② 卓回：《古今词汇三编凡例》，《古今词汇三编》卷首，康熙刻本。

③ 卓回：《古今词汇缘起》，《古今词汇》卷首，康熙刻本。

品填词者，有本色当行之目。予初不解，及观张于湖、钱功父诸君持论，大概倾倒于香奁软美之文，而义心风调，似非梦魂所安，乃犹未敢竟斥其非，恐为诸方检点耳。至王元美，则直云："慷慨磊落，纵横豪爽，不作可耳，作则宁为大雅罪人"，此岂有识之耶？予意作词，何尝尽属无题？如遇吊古、感遇、旅怀、送别，及纵目山川、惊心花鸟等题，安得辄以软美付之？可知香奁自有香奁之本色当行，吊古诸题自有吊古诸题之本色当行，倘概以软美塞填词之责，必非风雅之笃论也。[①]

卓回此文的矛头所向，显然是张綖、王世贞等人所代表的婉媚为尚的论调，与乃兄《古今词统》是一致的。这里所提出的有别于传统"本色"论调的新"本色"论，与孟称舜《古今词统序》中的"本色论"如出一辙。[②] 二人从题材的角度出发，肯定不同题材对于不同风格的合理需求，香奁题材的词作自有香奁之本色，吊古题材的词作自有吊古之本色，这就突破了张綖、王世贞等代表的专尚婉媚的传统主流观点。但与周在浚不同，而与《古今词统》一致，卓回这里并没有否定婉媚词风存在的合理性，且为其留下了与豪放词风同等空间的生存余地。卓回所反对的，只是惟婉媚为尚的审美偏见，而不是婉媚词风本身，这是其与周在浚的根本分歧之所在。但这篇文字中，卓回并没有直面其与周在浚的分歧。

而在康熙十八年秋，卓回在《古今词汇三编凡例》中再次重申《古今词汇》编选宗旨时，已不再顾忌周在浚的情面，显示出二人的词学矛盾已严重激化：

辞调风气聿开，拘士扁心，专尚香奁，弊流鄙亵。于是英人俊物、襟怀宕往者起而非之，悬旌树帜，聚讼不休。余以为

① 卓回：《古今词汇缘起》，《古今词汇》卷首，康熙刻本。

② 参见本章《〈古今词统〉与徐卓离合》一节。

> 皆非也。夫矜奇负气，舍稼轩、坡老安仿？缠绵温丽，舍清真、花庵奚归？然苏、辛未尝乏缠绵温丽之篇，黄、周时亦露矜奇负气之句，大要不失“绝妙好辞”四字宗旨耳，此可令两家扪舌者也。余晚岁偶学为辞，愧未窥堂奥，有评余辞“精空”两字。其言精者，殆空之至也，为我发药也。故每遇堆垛成章，辄惭赧逊不敏，而于神行异解之文，亦臭味不忍弃。一唱三叹，寤寐泳游，聆步玄之遗曲，留天地之元音，此钞辑《词汇》之大指耳。①

卓回认为“专尚香奁”的传统偏见，是词坛靡弱鄙亵之成因，但后来稼轩风兴起，排斥婉媚词风，又造成词坛“矜奇负气”之流弊，二者虽针锋相对，在本质上并无区别，皆是一种褊狭的词学观念。词人各以己之所好而加之于人，遂使门户相争，聚讼不休，实非词坛之幸。缠绵温丽、慷慨豪爽，各有其美，但也易生流弊。若执其一端以范围天下之词人，则矜奇负气者与溺于脂粉者何异？在这里，卓回虽然仍未明确批评周在浚，但是其矛头所向，已昭然若揭。周在浚倾心于辛弃疾雄深雅健、慷慨淋漓的词风，自有其近似的性情禀赋为基础。而卓回所作，本近于周在浚等豪放一路，但他在审美上允执厥中，不以己之性情、偏嗜，强分甲乙，漫为轩轾，并自称“无亲无疏，无爱无憎，无相识不相识，无为情不为情，只求是绝妙好辞耳。顾作者须自信，勿以休园一人好恶为妍媸；读者须理会，勿以休园一时论议为月旦”②，能够跳出一己之偏好，不偏不倚地坚守多元审美观，正是卓回等西陵词人的独特之处。其操选的眼光高低、《古今词汇》的作品成色是另外一回事，而这种力求客观的操选方式、严肃的操选态度，正与周在浚“七十老人偏好事，夜焚膏、手录更三打”的描述相吻合，其根本动力正在于使婉约、

① 卓回：《古今词汇三编凡例》，《古今词汇三编》卷首，康熙刻本。
② 卓回：《古今词汇三编凡例》，《古今词汇三编》卷首，康熙刻本。

豪放两路词风并存不废，以“留天地元音”、传示“绝妙好辞”。回头再看《古今词汇二编》将刘基、陈子龙作为明词的代表，而显著降低杨慎词作的入选量，就是一件顺理成章的事了。《古今词汇三编》也同样呈现出向婉媚词风的倾斜，与《二编》同一思路。卓回正是用这种方式，彰显着其对新的词风偏见的态度。也就是说，《古今词汇初编》大量选辛弃疾词，与《二编》《三编》向婉媚词风倾斜，正是因为卓回的主要矛头所向发生了变化，而其编撰动机、目的和手段则是前后统一的。当婉媚词风作为一种风气兴起时，以雄健之风救其弊，当雄健词风成为一种风气时，以婉媚之风救其弊，此即乃兄卓人月所谓“并存委曲、雄肆二种，使之各相救”之义。

在不同词坛风会下，卓回始终坚持其婉约、豪放并存而不偏废的词学立场，不仅在词学主张上与乃兄《古今词统》的词学理念一脉相通，即这种独立不迁、不随时局风会而转移的精神亦不负其兄之教诲。卓回从卓人月学文之时，人月曾诲之曰：“夫人之受转移于今日之风气者，其人要可知已。而彼自负握转移风气之柄者，其将阑入真正之才人之场乎？亦徒以鼓弄天下之俗人而终其身于觅利之书贾也，可以醒矣”，“无知者同声而遵之，亦必同声而唾之”①，此言虽以党争喻文章之争，与词无涉，但这种独立不迁、坚持学术立场的精神操守在卓回编选《古今词汇》时得到了淋漓尽致的体现。

《古今词统》与《古今词汇》皆以婉约、豪放并存互济为基本词学精神，梳理了一条贯通古今的词史统序，试图将当代词坛纳入到词史统序中，以纠正词坛专主一端、偏盛偏废的词学生态，创造或维持一种多元并存的词坛氛围。时当明末，软媚之风流衍已久，词坛靡靡不振，故卓人月、徐士俊试图以辛弃疾之强健词风振起之，以“荡荡乎辟两径”于词场之上，是以《古今词统》选辛词尤多。衍至康熙前期，卓回仍然秉持着相同的选词思路与周在浚合作，故二人颇有契合之处，《古今词汇初编》选录辛弃疾、苏轼词尤多。但

① 卓人月：《方水稿序》，《蟾台集》卷一，崇祯刻《卓珂月先生全集》本。

随着操选的深入推进，尤其是周在浚所代表的词坛新风气，使卓回察觉到了新的威胁，即片面鼓吹豪放词风以后，将导致词坛从一个极端走向另一个极端，其操选初衷渐遭背离。在这种情况下，卓回与周在浚词学观念之间的矛盾逐渐激化。《古今词汇二编》时，卓回在一定程度上将矛头指向了周在浚所代表的新兴起的词风偏见，有意向婉媚之词倾斜，从而导致二人分道扬镳。故《二编》虽有周在浚参加，但却由卓回友朋、子弟醵金刊刻于杭州；《三编》更是直接抛开了周在浚，在卓回之子卓令式、侄孙卓长龄、卓松龄的协助下完成。至于《四编》，卓回已无心再做，而卓令式、卓长龄、卓松龄虽有意操选，但似乎未能成行。

如果仅从选阵上来看，《古今词汇》极易引起误解：辛弃疾在《古今词统》与《古今词汇》中均列第一；在《古今词汇二编》中，恪守婉媚词风的刘基、陈子龙成为明词的代表，而《古今词统》中的明词第一人杨慎地位显著下降；《三编》中云间、西陵词人的婉丽之作入选量稍多。这些或同或异的数据背后所代表的词学主张竟然是高度一致的。如果不能够把握编选者围绕选旨所使用的策略性手段，仅据选阵和数字考察其词学思想，只能徒增眩惑而已。今人或将《古今词统》视为辛派词风的鼓吹者，或将《古今词汇》看作云间词派、浙西词派的选本，问题的根源皆在于此。

《古今词统》与《古今词汇》所操选旨和词学精神是一致的，它们之所以会表现出不同的选词方式与选阵结构，是因为词坛风气的变化，使得二者在营造婉约、豪放并存不废的词学氛围时，需要从不同的角度施力。这正是西陵词学精神的特殊之处，也正是西陵词人容易被误解的地方。

婉约、豪放并存互济的审美观虽然是《古今词统》与《古今词汇》的共同选旨，但卓回与卓人月、徐士俊的立论角度有着显著的差异。卓人月所谓“情之所近，其诗最真。拟作何等语，为何等格，未有不失真者。今人争尚豪壮，几于村中老塾，喜为剑气之歌，使人匿笑不止。若夫无艳情而为艳语，无岑寂之气而裁岑寂之章，其病类然”[①]，对于卓回应有所启发，然而在现存文献中，卓回却并未如乃兄所论，从“情”或“性情”的多样性入手，肯定婉约、豪放的同等价值，而是以“天地元音”“绝妙好辞”为立论依据。那么，其所谓“天地元音”“绝妙好辞”意旨何在？卓回云：

> 余思圣人删诗，为法可传尚已。其逸诗无论，所赞赏只“思无邪”三字，不闻有溢词也。今之选辞，与昔之删诗，圣凡殊域，旨趣同归，义简而赅，意微而著。……无亲无疏，无爱无憎，无相识不相识，无为情不为情，只求是绝妙好辞耳。[②]

卓回称其操选“绝妙好辞”，乃与周公制礼、孔子删诗同一旨趣，正可于其《贺新凉》所谓“孔思周情如断梗”“源泉汩汩曾无涸。有彩笔、非秋垂露，供吾斟酌。大雅爰书谁定例”中得到印证。[③]“源泉”即孔思周情之“大雅”“元音”，而“大雅”本无定例，“缠绵温丽”与“矜奇负气”皆可不悖于大雅元音，此即陆堦《古今词汇序》所谓：“《诗》有正变，体不单行，故《箨兮》《将仲》诸诗，《序》《传》不作淫奔”[④]，《三百篇》即有《风》有《雅》，且有《郑》《卫》，有《唐》《魏》，雄肆与婉媚，儿女缠绵与英雄慷慨，皆不为病，核心问题不在于“缠绵温丽”与“矜奇负气”的风格区别，而存乎人之性情。故陆堦又云：“掺性情之正，而严辨于文字间，以求当乎声音之道，则《词汇》一书，诚发乎情止乎礼义者也。”[⑤] 所谓“天地元音”“绝妙好辞”即是指发乎情、止乎礼、合乎诗教之旨、得于性情之正的作品。故卓氏又称“一唱三叹，寤寐泳游，聆步玄之遗曲，留天地之元音，此钞辑《词汇》之

---

① 卓人月：《蟾台集》卷二，崇祯刻《卓珂月先生全集》本。

② 卓回：《古今词汇三编凡例》，《古今词汇三编》卷首，康熙刻本。

③ 卓回、周在浚：《古今词汇》卷首，康熙刻本。

④ 陆堦：《古今词汇序》，《古今词汇》卷首，康熙刻本。

⑤ 陆堦：《古今词汇序》，《古今词汇》卷首，康熙刻本。

大指耳”，正与“今之选辞，与昔之删诗，圣凡殊域，旨趣同归”相吻合。[①] 卓回主动向诗教规范靠拢，与乃兄卓人月单纯的主情论之间存在着显著的区别，而与三四年前的《西陵词选》《见山亭古今词选》等同一理路，但这并不意味着主情论思想已经被诗教论所取代，作为多元审美观的新的思想基础。所谓“《词汇》一书，诚发乎情，止乎礼义者也”，“情”在这里仍然被视为文学作品的核心生命力，只是经过了诗教观念的改造与净化后的“情”，而非一切世俗的、乖戾的、不受节制的“情”。由此可见，西陵词坛婉约、豪放并存不废的词学主张虽一脉相传，但其背后的思想基础，却在西陵词人的自我改造中经历了深刻的嬗变。

卓回与周在浚的《古今词汇》之争，是词史上一件不大不小的公案，它不仅是清初词学风会转移的具体历史表征，也深刻折射出西陵词学在清初词坛的真实处境与自我调整过程，具有多重学术意义。目前学界对于这场争论的认知，以《清词史》中的观点最具影响。《清词史》为“证明周在浚其人在词史应予以重要位置”及“清词进入一个重要转折时期”等，将卓周《古今词汇》之争，阐释为清初“稼轩风”与浙西词派的交锋。在肯定了周在浚“标举‘辛似天边鹤’”的同时，认为卓回《古今词汇三编凡例》中“悬旌树帜，聚讼不休，余以为皆非也”等论，“语调似颇平正，从两个方面予以辨正而提出‘绝妙好辞’的宗旨，其实他的非难稼轩词的‘矜奇负气’的内涵是十分明白的”，并以“绝妙好辞”为切入点，认定卓回为浙西词派中人，认定“到康熙初，‘西泠’词风渐变而趋向南宋周密《草窗韵语》一路”，“所以，卓氏标举‘绝妙好辞’四字不是偶然事，此中消息很清楚”[②]。卓回标举“绝妙好辞”，并不能脱离其语境，仅因字面上与周密《绝妙好词》的关系，而归入南宋词风一脉。《绝妙好词》一选中，周密、吴文英、姜夔、史达祖

---

① 卓回：《古今词汇三编凡例》，《古今词汇三编》卷首，康熙刻本。

② 严迪昌：《清词史》，人民文学出版社 2011 年版，第 130—135 页。

等人入选皆在 10 首以上，而辛弃疾仅 3 首，与《古今词汇》的立足点和词风取向截然有别。

朱丽霞在《清代辛稼轩接受史》中继承了《清词史》的观点，称"《古今词汇初编》中，卓回和周在浚二人的词学观并无二致"，"周在浚在词风之包容性方面更超越于卓回，这表现在周氏较卓回态度更为明确地标举辛稼轩"。而《古今词汇三编凡例》中的观点"表面看，似乎推赏苏、辛，然细品之，则其非难苏、辛之意十分明显"，"《三编》正符合朱彝尊的词学观"①。两位前辈无疑都是站在"稼轩风"的立场上来看待这一问题的，将卓回甚至其他西陵词人视为浙西词派的人物。事实上，《古今词汇》并无非难苏辛之意，其所非难的是专主苏辛而排斥周柳的褊狭论调。卓回的编选意图乃在于针对词坛专主苏辛一脉或者专主周柳一脉的褊狭风气进行拨乱反正，力求实现词坛均衡化、词风多元化。前者贯彻于《古今词汇二编》和《三编》中，后者体现于《初编》中。

闵丰《清初清词选本考论》也认为"卓回之所以要使《词汇三编》独归西陵卓氏，背后的深层原因是卓、周词学宗法的差异"②，而对于具体的差异，作者并未明言，但他针对严先生将卓、周之争视为稼轩风与浙西词派的分歧的观点，表达了一定的质疑："从《古今词汇三编》选词情况来看，宋徵舆 30 首，两位闺秀词人钟筠、徐灿各 18 首，沈谦、王士祯、梁清标各 17 首，张星耀 13 首，计南阳 11 首，排名前列，依旧表现出对传统云间词风的维护；阳羡宗主陈维崧入选 8 首，虽然不多，却超过曹溶与朱彝尊，所以，严先生的观点或可进一步商榷。"③ 闵丰以数据为依据，也印证了卓回"绝妙好辞"与《绝妙好词》的不同取向，但又将西陵词人视作云间词派的成员。是是非非，看似扑朔迷离，实则皆起于对清初各流派的熟

---

① 朱丽霞：《清代辛稼轩接受史》，齐鲁书社 2005 年版，第 557—559 页。

② 闵丰：《清初清词选本考论》，上海古籍出版社 2008 年版，第 186 页。

③ 闵丰：《清初词选与浙派消长》，《文学评论丛刊》第 9 卷第 2 期，南京大学出版社 2007 年版，第 305 页。

悉与认可，以及对于卓回及其背后庞大的西陵词坛的陌生与隔膜。

在这场争论中，周在浚作为“稼轩风”的代言人向无疑义，而问题的关键在于，卓回所代表的词学立场既非浙西词派所有，亦非云间词派所有，而是与乃兄卓人月等人一脉相承的，为诸多西陵词人所共同坚守的词学立场。卓回等人的理论中含有倡导雅词的因素，显示了康熙初年杭州词学风会的转移，在词体品格层面逐渐趋近于后来的浙西词派，但是并不能由此认定卓回及其所代表的杭州词人乃是浙西词派。正如云间词派同样倡导雅词，亦不能视作浙西词派，因其核心词学主张、基本词学精神及流派旗帜并不在此。

余　论

道有道统，学有学统，文有文统，诗有诗统，词有词统，热衷于文学和文化统序的总结与梳理是明清人的突出特点。《中国古籍总目》载明代张以忠编“《古今文统》十六卷”①，崇祯七年刻本，清代遭禁毁。② 陈仁锡《古今文统序》云：“斯集在定统系，严真伪，缘法以示人，立象以尽意。”③ 《湖州府志》载徐倬亦有《古今文统》，“行述秦汉以迄有明，分门别部，各归体裁”④。清代熊赐履辑《学统》一书，陈玉璂为作《学统序》云：“人不学，不知道，学不知统，犹弗学也。不知统，不知学，知统而不知统之有正有不正，

---

① 中国古籍总目编委会：《中国古籍总目》之《集部》第六册，中华书局 2009 年版，第 2959 页。

② 见姚觐元《清代禁毁书目四种》不分卷，光绪刻《咫进斋丛书》本。

③ 陈仁锡：《无梦园遗集》卷二，崇祯八年刻本。

④ 宗源瀚、周学浚：《湖州府志》卷六十，同治十三年刊本。

犹弗知统也。”[①] 陈氏亦编有《文统》一书，自序曰：“予欲以国家所统之人文犁然毕备，以为本朝之文教在是也”，“文教之兴如是，道统与治统皆不外此而得之”[②]。《萧山县志》载王先吉撰《古今诗统》四十卷，毛奇龄《吏部进士候补内阁中书王君墓志铭》称其“选汉魏、六季而唐而宋而元而明诸诗，取其可法者汇录之，共四十卷，名《古今诗统》”[③]。此外，还有诸如《古今治统》《古今文综》《古今文致》《历朝诗选》《历朝文选》等。

文学统序的梳理与建构，是道统、政统思想与明清文坛复古思潮共同催生的一股风气，也是文坛的需要，正所谓名不正则言不顺，陈文新先生称“没有统系归属，就没有深厚的传统给予支撑，也没有具备足够号召力的榜样给予激励”[④]，正是这一道理。

词统的建构是这一时代风气的表现，也是词坛自身演化的需要。明末《古今词统》致力于建构一条婉约、豪放并存不废的词史统序，并借助这一统序的力量改造当代词坛。而清初词坛相较于明末而言，流派纷呈，确实更多元、更丰富了，但是流派偏见与门户之争也更加激烈，在这一意义上来说，卓人月、徐士俊的努力不能说达到了目的。但是在西陵词坛，《古今词统》多元开放的愿景真正得到了实现。《古今词统》所建构的词史统序，在西陵词坛扎根并酝酿成一种多元开放的词学气候，《西陵词选》《东白堂词选》正是对这一词学气候最好的展示，正是对这一统序观念效用最好的证明，而《古今词汇》则是在清初新的词坛氛围中，对婉约、豪放并存不废的词史统序的再次梳理与强化，其目的依然在将词坛纳入到这一词史统序中进行改造，以期在清初词坛更广泛地营造西陵词坛一样开放、包

① 陈玉璂：《学文堂集》不分卷，《四库全书存目丛书补编》第47册影康熙刻本。

② 陈玉璂：《学文堂集》不分卷，《四库全书存目丛书补编》第47册影康熙刻本。

③ 毛奇龄：《西河集》卷九十八，文渊阁《四库全书》本。

④ 陈文新：《论浙西词派的词统建构》，《社会科学研究》2002年第4期。

容且持衡守中、不偏不倚的健康词学氛围。但这一理想还未来得及实现，浙西词派即以雅为核心精神，顺应盛世的需要，顺应政教、文教的需要，迅速登坛树帜，牢笼一代，使词史转入了新的航向。西陵词人虽提前感受到了康熙亲政以后政教、文教的新气候对词体提出的新要求，也主动将其词学纳入到诗教系统中进行自我改造，但多元均衡的词学审美理想经数十年的努力终还是以失败告终。

严迪昌先生称“文学流派的繁荣纷争，每每是一代文学或某一文体兴隆旺盛的鲜明标志”①，此说甚是，然义有未尽，文学流派并非静态的存在，亦有其演化规律：

> 世人不能自出手眼，每因时为趋。夫时不可见，见于选文者之书。然选文者亦不过为时所使，非能为时也。乃群然而宗之……利病互见，旺衰迭争，要皆不知天下文人不可束之一途也。而惟以己之所见求之，故其始也，冀以大其羽翼，广其教化，不得不姑收其似者，以徐招其真者。及其既也，似逾于真，人遂恶其似而并不肯为其真，此时已亦悔之，而要不肯自坏其门风，益不得不收其似者矣。不知门风之坏乃愈甚。②

清词史的演化过程也印证了这一规律，词学创作最兴旺、最具活力的时候，并非流派最壮大的时候，而是最多元、最包容、最开放的时候。浙西词派的崛起，固然是清词史上的重大事件之一，但是清词史由巅峰而下，亦由浙西词派牢笼天下开始。在这一意义上，西陵词人不主一格的词风主张，既可避免因流派缺陷而导致的群体性、时代性创作缺陷，亦可避免流派兴衰所带来的词史兴衰的怪圈子。但这种词学主张亦有其先天不足，缺乏有效手段规避词人同声相应、同气相求而形成某种流派，及其门户偏见、词风偏见，故而

---

① 严迪昌：《清词史》，人民文学出版社 2011 年版，第 4 页。

② 卓人月：《选文杂说》，《蟾台集》卷三，崇祯传经堂刻《卓珂月先生全集》本。

无法在词史上获取大范围的成功。即使在西陵词坛，这种词学主张亦不得不受时势世运等大环境的影响。

诸家词选相对比，明末《古今词统》以“情”及“性情”为论词核心，清康熙七到九年，沈谦《古今词选》亦以“情”字为本。至康熙十二至十四年间，词学风会发生了明显的转移，《西陵词选》《见山亭古今词选》《古今词汇》皆不约而同地向诗教自觉靠拢，无论是《西陵词选》的“以俟采风”之说，[①]《见山亭古今词选》的“作词者当以《三百篇》为师，选词者亦以《三百篇》为法”之说，[②]《古今词汇》“今之选辞，与昔之删诗，圣凡殊域，旨趣同归”之说，[③] 皆有意以词比附《诗经》，将其纳入到诗教中来，亦可见时世风会对于词坛风会的深刻影响。

然而，无论如何变化，西陵词坛基本的选旨则是一以贯之的：《古今词统》以辛弃疾抗衡百代，欲挽明末词坛颓风，努力营造委曲、雄肆并存而互济的词坛局面；《西陵词选》以兼收并蓄之旨荟萃一郡之词；卓回以《古今词汇》与周在浚为代表的唯稼轩是从的风气相决裂，意在防范新的词风偏见代替旧的词风偏见，皆是西陵词坛多元并存而不偏废的词体审美理想在不同词坛风会下的不同呈现。

现代词学对于明清词坛婉约、豪放之争厘析甚详，而其中有两种词风主张是有待辨析的：“豪放”之论与“包容开放”之论的差异。由于明代长期以来形成独尚婉媚的主流观念，清人中多有力主稼轩、东坡豪放之风的词学力量。这一主张因为其于词坛的革新、开拓意义，往往被现代学者冠以“包容”“开放”“多元化”等标签，遂使现代词学著作中出现了众多持“开放”“包容”论调的词学群体和个人。然而，其中有众多词人并非要求词风的真正“开放”与“包容”，而是不满于靡艳缠绵的“十七八女子歌晓风残月”，试

---

① 俞士彪：《西陵词选序》，《西陵词选》卷前，康熙刻本。

② 陆次云：《古今词选序》，《北墅绪言》卷四，康熙刻本。

③ 卓回：《古今词汇三编凡例》，《古今词汇三编》卷首，康熙刻本。

图以豪壮之风代替之，从词的表现内容、审美风貌等方面，将词体诗化，使其摆脱“小道”“艳科”的风貌和定位。其目的不在于“包容”“开放”，而是由于不满意软媚之调，试图以雄健词风代替传统婉媚词风，仍是一种非开放、非包容性的词风主张。

在诸多西陵词人眼中，婉约、豪放两路词风各具不同的审美价值，主张哪一路词风皆有其长，又各有其短，词史诸多名家各有所得，又各有所失。任一路词风主张皆为一种偏好，一旦取得绝对优势，必将走上极端对另一路词风形成扼制，其自身的局限将被无限放大从而走向衰落，被一种新的审美风尚所取代，这即是各流派此消彼长的基本逻辑。卓人月、卓回、王晫、陆次云等众多西陵词人对此各有不同程度的认知。《古今词统》所以大力推举辛弃疾以救弊明代词坛，卓回《古今词汇》所以与周在浚决裂，正在于对这一问题的高度自觉和警醒。二者同样是有意梳理词史统序的通代选本，选阵中辛弃疾同样高居榜首，但编选者对待苏轼、辛弃疾的态度是有区别的，尤其是《古今词汇》由于受到周在浚的影响而与编选者卓回的意图不甚协调。如果脱离评点、序跋及操选者的主体条件和操选背景等相关文献的支撑，仅以词人入选数量的多少、入选与否作为选旨考察的核心依据，将流派之争、正变之争、雅俗之争、唐宋之争、南北宋之争等问题套入选阵中以解读某选本，是一种非常机械的阐释方式，往往会偏离甚至遮蔽操选者的实际用心。

第三章

西陵词学研究

明末清初的西陵词坛是否存在着西陵词派，其中主要问题之一是西陵词坛是否具有明确的词学核心理念。围绕着某一核心理念，西陵词学是如何展开的，即西陵词学与其核心词学精神之间的关系是什么？西陵词学又是如何区别于其他地域流派的？这些问题至今尚未得到有效的解决。基于西陵词坛数十种词学著作，以及大量词集序跋、评点、论词书札等文献，以下拟从词体审美观、价值功用论、艺术技法论等层面把握西陵词学。

第一节　婉约豪放并存不废的词体审美观

西陵词坛一系列选本基本呈现了婉约、豪放并存不废的开放性词学观念在词坛的演进线索，及其理论内涵的变化和在不同历史时期的不同表现。尤其是卓回与周在浚的《古今词汇》之争，清晰地昭示了这种开放多元的词学主张所具有的鲜明的独立自成性与排他性，即与其他词风论调的不兼容性。

那么，这种词学审美主张究竟是几位选家的偶然相通，还是西陵词人的词学共识？能够获得西陵词人多大范围和多大程度上的认可？这种主张在西陵词坛中占据着什么样的地位？发挥着什么样的影响？西陵词人的其他词学观念与此有什么关系？

数十位西陵词人的相关文献显示，从明末到康熙年间，西陵词坛的文学基本理念经历了由主情论向诗教理论的转向，吴农祥《姜亶贻池上楼诗余序》中所云“四始六义，关风雅之盛衰，五声八音，本性情之哀乐”[①]，正是这两种思想在特定历史时期的交合。而在这一转向过程中，婉约、豪放并存不废的词学主张是一以贯之的。明末西陵词坛的开风气者徐士俊、卓人月由人的性情、情感的多样性角度强调婉约、豪放并存不废的词风审美主张，到了清初，以卓回、毛先舒、丁澎、陆进、王晫、陆次云、王嗣槐、吴农祥、仲恒以及沈谦弟子张台柱、俞士彪等人为代表的一大批西陵词人，主要通过各种方式将词比附于《诗经》，借助其经典地位与多元风貌，从诗教层面为婉约、豪放并存的词风审美提供合理化依据。多元审美论调逐渐由卓人月、徐士俊《古今词统》的一种个体性主张演变成西陵词坛的主流风气，成为西陵词学的核心精神和明清词坛区别于其他词学流派的理论旗帜。

一　多元审美观的动态性考察——沈毛之争

围绕着这一词体审美宗尚，西陵词坛亦曾展开过一定范围的讨论。如果说康熙十七至十八年的卓、周《古今词汇》之争是这一词体观念的外部争论，那么早在顺治八年的沈毛之争则是西陵词坛的一次内部争锋，这次论争是西陵词坛审美风尚演进的一个关键节点，具有重要的词史意义。

今人以西陵词派为云间词派的余脉，其中一个最主要的依据是认定沈谦的词学旨趣与陈子龙等人相似。然而一个重要的事实是，沈谦在接触陈子龙之前即已奠定其后来的词学取径。沈谦曾自明心迹曰：“至于填词，仆当垂髫之年，间复游心，音节乖违，缠绵少法。窃见旧谱所胪，言情十九，遂尔拟撰。仆意旨所好，不外周、

① 吴农祥：《梧园诗文集》，稿钞本。

柳、秦、黄，南唐李主、易安、同叔，俱所愿学，而曾无常师。‘晓风残月’，累德实多；阳五伴侣，必且为当世所唾耳。此后即人事日繁，即文史无暇该览，况兹琐事！”[①] 即此可知：其一，沈谦垂髫之际即已倾心于周、柳、秦、黄诸词家，未尝专学一家，《填词杂说》谓：“予少时和唐宋词三百阕，独不敢次‘寻寻觅觅’一篇，恐为妇人所笑”[②]，亦可见其取径南唐北宋，确实与云间为近。但其“垂髫之际”在崇祯元年以后的三四年间，其时云间词风尚未兴起。云间三子早年倡和词集《幽兰草》收录崇祯五年至十年左右作品，刊刻时间不早于崇祯十年，其中宋徵舆获知于陈子龙时在崇祯七年甲戌。而《倡和诗余》六卷则晚在顺治七年左右才刊刻，所收词作亦为顺治二年至六年左右。其时沈谦年当二十六至三十，安得谓之“少年”“垂髫”？此时，沈谦正倾心于柳永一路，所作亦以“白描称隽”“言情”为长，取径与云间有别，故顺治八年毛先舒规劝其莫学柳永；其二，沈谦词学师法，乃由观览“旧谱”而奠定，今虽不详为何谱，但应不出《诗余图谱》《啸余谱》等明代主要词谱的范围，因观“旧谱所胪，言情十九”“遂而拟撰”，确切表明了其最初的词学门径，及其濡染于明末词学风气的事实。崇祯间坐馆于沈谦家的陆圻在《东江集钞序》中称：“乃其风气，间喜温、李两家。崇祯辛巳，予以华亭陈给事诗授之，沈子特喜，于是去温、李之绮靡，而效给事所为。”[③] 这一段记载值得注意：第一，崇祯十四年（1641）辛巳，沈谦初步接触陈子龙作品，此时已二十二岁，填词已有近十年之久；第二，陆氏明确表明其所授乃“陈给事诗”，与陈子龙词无涉，温庭筠和李商隐以“温李”并称，本是诗学上的概念，与词亦无涉；第三，再退一步讲，即使所谓“陈给事诗”亦包括词作在内，而沈谦的风格取向变化却与此事正好相反：在接触“陈给

① 沈谦：《答毛稚黄论填词书》，《东江集钞》卷七，康熙十五年刻本。

② 沈谦：《填词杂说》，《词话丛编》第一册，中华书局 1986 年版，第 629—635 页。

③ 陆圻：《东江集钞序》，《东江集钞》卷首，康熙十五年刻本。

事诗”以前，沈谦词作本近于“绮靡”之格，而接触以后，反而“去温、李之绮靡”，与云间宗法《花间集》的婉媚绮丽词风益趋疏远，岂不怪哉？陆圻的说法在诗学上是能成立的，在词学上并不成立，事理甚明，无烦赘述。陆圻与沈谦皆名列西陵十子，陆氏又曾授学于沈氏，但问题是陆氏本人并不善填词，亦罕有创作及论说，不具备贩卖云间词学于少年沈谦的条件。可惜，陆圻《东江集钞序》所载史实一直未能得到词学研究者的重视。更有《古今词话》载：“沈雄曰：家去矜列名于西冷十子，填词称最，大意以《薄幸》一篇语真挚、情幽折以胜人。宋歇浦特以书规之”[1]，同书又载：“沈雄曰：家去矜诸词，率从屯田待制浸淫而出，言情最为浓挚，又必欲据秦黄之垒以鸣得意，所以来宋歇浦之《论词书》也。”[2] 云间宋徵璧别号歇浦村农，有《歇浦倡和香词》，是云间派主要词人之一。宋徵璧的这封书札不知是否尚存，今遍检无果，笔者疑即为毛先舒写给沈谦的论词书札，而被沈雄张冠李戴，遂衍误至今。即是当时确有宋氏书札相规劝，也至少说明宋徵璧与沈谦词学宗法之间存在着不小的出入，以沈谦为代表将“西冷派即云间派”的诗学命题误读为词学命题，是站不住脚的。

毛先舒填词，不仅晚于沈谦近十年之久，而且早年即从沈谦学词，曾言：“及示《云华词稿》一编，则妙丽缠绵，俯睨盛宋，清弹朗歌，穷写纤隐，何止太史敛手，屯田齰舌，足征隽才弘通之致。是时，仆始感激学为词，词稍得成唱，又蒙足下诲指，导支决源。是自仆知有填词，暨今略解图谱之法，以谬肩随于足下，皆足下赐矣。”[3] “余年二十余尝学为填词，积之成帙，临平沈子去矜为余选定，汰多登少。”[4] 言语之中虽不乏自谦之意，但其词法入门是由沈谦及其《云华词稿》引导的，则应去事实不远。故毛先舒早年《鸾

① 沈雄：《古今词话》之《词话》卷下，康熙刻本

② 沈雄：《古今词话》之《词评》卷下，康熙刻本。

③ 毛先舒：《与沈去矜论填词书》，《毛驰黄集》卷五，清初刻《毛氏七录》本。

④ 毛先舒：《鸾情集选自题》，《鸾情集选》卷首，康熙刻《思古堂十四种书》本。

情集选》中的作品，“亦颇有涉昵者，然率多叙宫闱情事，间作善和坊题帕语”[1]，受沈谦影响较深。

然而在顺治八年，就词学取法问题，沈毛二人进行了一场有名的辩论。毛先舒《与沈去矜论填词书》云：

自仆知有填词，暨今略解图谱之法，以谬肩随于足下，皆足下赐矣。窃以为足下于此，靡所不合，而微指所向，则祢祀柳七。仆视足下，已不啻倍蓰，何足知柳长短？然妄谓足下才过柳十倍，顾反学柳，柳不足为足下师也。即欲持此求献替于足下，愿足下亮之。

盖词家之旨，妙在离合：或感忆之作，时见欣怡，风流之绪，更出凄断；或本题咏物，中去而言情；或初旨述怀，末乃专摛一鸟一卉，盖兴缘鸟卉，雅志昭焉。是案语斯离，谋情方合者也，夫语不离则调不变宕，情不合则绪不联贯。每见柳氏句句粘合，意过久许，笔犹未休，此是其病，不足可师。又情景者，文章之辅车也，故情以景幽，单情则露，景以情妍，独景则滞。仆观高制，恒情多景少，当是虑写及月露，使真意浅耳。然昔之善述情者，多寓诸景，梨花榆火，金井玉钩，一经染翰，使人百思，哀乐移神，故不在歌哭也。

足下又云：“才藻所极，宜归诗体；词流载笔，白描称隽”，仆抑谓不然。大抵词多绮语，必清丽相须，但避痴肥，无妨金粉，故唐宋以来作者多情不掩才。譬则肌理之与衣裳，钿翘之与鬟髻，互相映发，百媚斯生，何必裸露，翻称独立。且闺襜好语，吐属易尽，巧竭思匮，则鄙亵随之，真则近俚，刻又伤致，皆词之弊也。又若作骚赋及六季、唐初诗，当极艳藻耳，然《抽思》《九辩》《长门》《登楼》，皆斐亹清绝，语不极华。晋代《子夜》，纯抒本色，贞观王绩，质余于文，况外是他众

[1] 毛先舒：《鸾情集选自题》，《鸾情集选》卷首，康熙刻《思古堂十四种书》本。

体！而猥称镂金展采，诗家能事，何邪？故称诗则雅尚矕龙，谈词则独去雕饰，恐非徒病词，抑亦祸诗道已。

乃若词句参差，本便旖旎，然雄放磊落，亦属伟观。成都、太仓，稍胪上次，而足下持厥成言，又益增峻，遂使"大江东去"竟为逋客，"三径初成"，没齿长窜，揆之通方，酷未昭晰。借云词本庳格，调宜冶唱，则等是以降，更有时曲。今南北九宫，犹多鼙铎之响，况古创兹体，原无定画，何必抑彼南辕，同还北辙，抽女儿之狎衷，顿壮士之愤薄哉？

知足下于辞，乃其剩技，恣手挥洒，隆轶前哲，恐折衷不尽，辙陈狂眩。又足下论曲与词近，法可通贯。鄙意仍谓尚有畦畛，所宜区别，兹不尽谈。仆暗陋，妄意窥占，都亡所当，望足下必还，有以督仆也，不胜悬旌。某顿首。①

围绕着"柳不足为足下师"的宗旨，毛先舒提出了三个问题：其一，"词家之旨，妙在离合"，而"柳氏句句粘合，意过久许，笔犹未休，此是其病，不足可师"。沈谦所作，"情多景少"，过于直露，与"柳屯田情语多俚浅"同一问题。② 其二，"词多绮语"，不妨藻绘，诗尚且不避，词又何必仅以"白描"为能事？其三，词句长短参差，便于"旖旎"，但"雄放磊落，亦属伟观"，体格更卑下的曲尚且多有壮声，词何必自甘于"艳科""小道"？沈谦词论的核心是"情"，其对于"情"的表达和"情"的感染作用尤其重视，针对这一最核心的问题，毛氏并未表达出疑义。

针对毛先舒的辩难，沈谦在《答毛稚黄论填词书》中回复道：

仆惟填词之源，不始太白。六朝君臣，赓色颂酒，《朝云》《龙笛》《玉树后庭》，厥惟滥觞，流风不泯。迨后，三唐继作，

① 毛先舒：《与沈去矜论填词书》，《毛驰黄集》卷五，清初刻《毛氏七录》本。
② 毛先舒：《诗辩坻》，康熙刻《思古堂十四种书》本。

此调为多。飞卿新制，号曰《金荃》，崇祚《花间》，大都情语，艳体之尚，由来已久，奚俟成都、太仓始分上次？及夫盛宋，美成就官考谱，七郎奉旨填词，径辟歧分，不无阑入。甚至燔柴夙驾，庆年颂治，下及退闲高咏，登眺狂歌，无不寻声按字，杂然交作，此为词之变调，非词之正宗也。至夫苏、辛壮采，吞跨一世，何得非佳？然方之周、柳诸君，不无伧父。而“大江”一词，当时已有“关西”之讽，后山又云：“正如教坊雷大使舞，虽极天下之工，要非本色”，小吏不讳于面讥，本朝早定其月旦。秦七雅词，多属婉媚，即东坡亦推为“今之词手”。他如子野“秋千”、子京“红杏”，一时传诵，岂皆激厉为工，奥博称绝哉！

至于情文相生，著述皆尔，浮言肤事，淘汰当严。仆于诗文亦然，非特填词而异矣。

若夫狡色之喻，仆复有言。夫宣姜好发，不屑髲髢；虢国秀眉，并捐黛粉，丹漆白玉，永谢文雕。吾恐先施蒙秽，湔涤尚堪，嫫母假饰，訾厌必倍。以仆向作，政复病此，不图足下反以单情见让也。

嗟乎！人生旦暮，不朽有三，琐词不足语耳。仆之向与足下论及者，正以宋世寡识，谬以里巷鄙音，设官立府，几隶太常，将与《咸池》《韶濩》相上下。郑声乱《雅》，莫此为甚，又何文质之足讥也哉？①

在这里，沈谦也从三个方面展开了申辩：其一，从词史上，追踪六朝为祖，为其冶艳词风寻找理论源头，并在唐宋以来词史的梳理中，提炼出“艳体之尚，由来已久”的命题，以唐宋诸多经典案例力证婉约、豪放在词体审美中的价值差异。其二，以“情文相生，著述皆尔”的普遍道理反驳毛先舒“情多景少”的批评。其三，针对毛

① 沈谦：《东江集钞》卷七，康熙十五年刻本。

先舒以“肌理之与衣裳，钿翘之与鬟髻”比喻情感与藻绘“互相映发，百媚斯生”的观点，沈谦认为粉黛之于美人，无以加其美，而于丑女徒以增其丑，故词须“白描”，藻绘无益。

在毛先舒的三个问题中，沈谦重点辩驳了“艳体之尚”和“白描称隽”的问题，二者其实是一个问题的两个方面。毛先舒本人对于词体的婉媚本色是有清晰认知的，大约同时所作《诗辩坻》曾云：“盖诗必求格，而情语近昵，则易于卑弱；词则昵乃当行，高顾反失之。”① 但同时又不满于唯婉媚是尊的褊狭论调，强调婉约、豪放的同等审美价值，并从词史中寻找合理化依据。他提出“古创兹体，原无定画”，婉约、豪放的风格定位并非词体创始之际就有成规的，“壮士之愤薄”与“女儿之狎衷”在词体艺术中应具有同等的审美价值，无需分优劣。对此，沈谦表达了不同的看法，他承袭明人旧有的观点，将词源追踪到“六朝”。基于六朝文风，《花间》《金荃》等早期经典词集，以及宋代关于柳、苏词风和苏、秦词风优劣的评价，沈谦指出“古创兹体，原无定画”的说法是不符合史实的，词体上的“艳体之尚，由来已久”，并非杨慎等明人才分出正变优劣的。针对沈谦的说法，毛先舒是怎样回复的，今已不可详知。但从其他文献中，不难考察毛氏对于这一问题的认知，其作于康熙十六年的《题吴舒凫诗余》曰：

> 谐韵之文屡变，而极于词曲，要皆本源于《三百篇》。论者偏于情艳，一步雄高，谓非本色。余以为，《诗》亡论“南”“雅”“三颂”，即“十三国风”，颇多壮节。傥欲专歌《东门》之茹虑而废《小戎》，非定论也。②

不同于沈谦追溯词源于六朝的词史观，毛先舒在韵文系统中，

① 毛先舒：《诗辩坻》，康熙刻《思古堂十四种书》本。

② 毛先舒：《东苑文钞》卷上，康熙刻《思古堂十四种书》本。

将词曲直接《诗经》，早年曾言："古经不得已而变风雅，古诗不得已而变六朝，近体不得已而变中晚。中晚，诗之末也，填词抑末也。"[1] 毛氏通过这一血缘关系，借助《诗经》的经学权威为其词风多元化诉求张本：即使"十三国风"，在婉丽之外亦多"壮节"，如《小戎》者是也，更不必论"雅""颂"和"二南"了。同样作为"谐韵之文"，词由《诗经》"屡变"而来，又何必以婉媚自限呢？在康熙年间，毛先舒评点《峡流词》时亦称："旖旎风流又兼远韵，清豪顿挫不堕嘈杂，此南唐、北宋人之所难也"[2]，也从词史的角度表达了这种多元词体审美观念。毛氏又称："北宋词之盛也，其妙处不在豪快，而在高健，不在艳亵，而在幽咽。豪快可以气取，艳亵可以意工，高健、幽咽，则关乎神理骨性，难可强也。"[3] 此处对于北宋词风价值的认知，由浅层的辞采、文气深入到内在神理，但无论是表层的豪快、艳亵，还是内在的高健、幽咽，均体现出其多元、开放的词体审美取向。

无论是毛先舒追溯词源于《诗经》，还是沈谦追溯词源于六朝艳歌，均为一种策略性表述，是基于两种不同现实需求的复古思维模式下的特定话语设计，皆跳出了词体本体范围以外，容易造成词体自身体性特征的淡化和内在演化规律的遮蔽。相对而言，沈谦的观点更多因承了明人的观点，而毛先舒的观点具有更多革新的意味，虽也被南宋词人提及过，但在其后的清人词论中，成为一种具有风尚意义的词源论调。

沈谦的"艳体之尚，由来已久"之说，与毛先舒"古创兹体，原无定画"之说，虽针锋相对，但皆有一定的合理性：就唐宋词史的主流而言，沈谦之说有坚实的文献依据；而近代新发现的《敦煌曲子词》等文献，亦为词史早期作品，风格有别于《花间集》等深

---

① 毛先舒：《平远楼外集自序》，《潠书》卷一，康熙刻《思古堂十四种书》本。
② 王晫：《霞举堂集》卷三十一，康熙刻本。
③ 毛先舒：《鸾情词话》，《古今词汇》附，康熙十八年刻本。

刻影响词史的经典词集，颇能支撑毛先舒“原无定画”的观点。然而二人皆将词体视作单纯的文学样式进行风格学的论辩，鲜能注意到燕乐文化尤其是具体的宫调声情对于词体风貌的塑造意义，这由明人和清初人共同的认知程度所限，仍有待于清中后期以来词家的探索与掘进。

目前，有研究者认为毛先舒的辩难不够清晰和有力，也没有相关文献直接载录这次论辩的后续情况，但是沈谦作于顺治十八年至康熙九年之间的《填词杂说》①，明确吸收了这次论辩中的某些成分，二者之间存在着许多词学思想上的因承关系。如其中称：“白描不可近俗，修饰不得太文，生香真色，在离即之间，不特难知，亦难言”②，不仅不再排斥藻绘，而且对于白描和修饰各自的优长、短缺表现出更加全面而辨正的认知，对其前期所谓“白描称隽”“宣姜好发，不屑髲髢；虢国秀眉，并捐黛粉”的观念进行了不小的修正。更重要的是，《填词杂说》所呈现的词风取径，已大不同于顺治八年的《答毛稚黄论填词书》，更趋于开放和多元，对于婉约、豪放的不同词风表现出更包容的认知：

> 词不在大小浅深，贵于移情。“晓风残月”“大江东去”，体制虽殊，读之皆若深历其境，惝恍迷离，不能自主，文之至也。
>
> 小调要言短意长，忌尖弱。中调要骨肉停匀，忌平板。长调要操纵自如，忌粗率。能于豪爽中，著一二精致语，绵婉中著一二激厉语，尤见错综。
>
> 小令、中调有排荡之势者，吴彦高之“南朝千古伤心事”、

---

① 谭新红《清词话考述》据《填词杂说》最末一条，指出“王士祯顺治十七年至康熙三年（1660—1664）司理扬州，彭金粟顺治十八年（1661）抵扬州。可知《填词杂说》作于顺治十八年（1661）至康熙三年（1664）之间”。案：其时间上限可从，下限则存疑。

② 沈谦：《填词杂说》，《词话丛编》第一册，中华书局1986年版，第629页。

> 范希文之“塞下秋来风景异”是也；长调极狎昵之情者，周美成之“衣染莺黄”、柳耆卿之“晚晴初”是也。于此足悟偷声变律之妙。
>
> 稼轩词以激扬奋厉为工，至“宝钗分，桃叶渡”一曲，昵狎温柔，魂销意尽，才人伎俩，真不可测。昔人论画云，能寸人豆马，可作千丈松，知言哉。
>
> 学周、柳，不得见其用情处，学苏、辛，不得见其用气处，当以离处为合。①

沈谦晚年仍然坚守着对于艳词的喜爱，甚至有“幽幽冥报，有则共之”之说，不以泥犁为畏途，但是却一反“艳体之尚，由来已久”以及以苏辛为“伧父”的论调，称“词不在大小浅深”，“晓风残月”“大江东去”词风虽有不同，而能移人情，皆为“文之至”。苏辛、周柳各有其长，亦各有其短，学周柳不能溺于情，学苏辛不能徒使气，需取其长，避其短。就不同体裁而言：小令短小，不易铺排变化，却也不乏“有排荡之势者”，长调言多，忌软弱拖沓，但也不乏“极狎昵之情者”；就具体作品而言：豪爽之作中参一二绵婉小语，绵婉之作中参一二豪爽壮语，既能各成其美，又能互救其弊；就具体的词人而言：即使长于“激扬奋厉”的辛弃疾也能作温柔狎昵之词，正如作画，既能画精细小巧之作，又能画千丈巨幅大作，这才是善作之人。沈谦作于康熙年间的《陆荩思诗余序》有云：“至文无大小，虽小亦大。……予谓词曲犹之乎诗文也，有龙门、剑阁之奇，即有茂苑、秦淮之丽；有日华星采之瑞，即有微云疏雨之幽。……辟之鸿钟遇叩，大小齐鸣，此盖器巨用周，发必钧美。有可有不可者，皆非才之至矣。”② 此处兼指诗词曲诸文体之“大小”，

---

① 沈谦：《填词杂说》，《词话丛编》第一册，中华书局1986年版，第629—635页。

② 沈谦：《东江集钞》卷六，康熙十五年刻本。

与“龙门、剑阁之奇”“茂苑、秦淮之丽”等风格之“大小”而言，亦表达了对于兼工诸体的“才之至”者的赞赏。

沈谦在康熙五年末、六年初所作《与邹程村》一札曰：

> 然仆以填词一途，于今为盛，亦为极衰。约者见肘，丰者假皮。学周、柳或近于淫哇，仿苏、辛半入于噍杀。生香真色，磊砢不群，此三家之所以独绝也。①

作为邹祗谟的词学知交，沈谦此札明确表达了对时人学周柳、苏辛两种风气所产生的问题的不满和批判，并在此基础上指出，《三家诗余》学周柳能得其生香真色，而无淫哇之病，学苏辛能得其磊砢不群，而无噍杀之病。这种全面而辨正的词体评价标准与《填词杂说》以及毛先舒“词句参差，本便旖旎，然雄放磊落，亦属伟观”的进劝是非常相近的，表现出由明代词体审美风尚的笼罩向《古今词统》一脉词学宗法的靠拢和皈依。可以说，沈谦很大程度上接受了毛先舒的审美多元化的规劝，但是并没有放弃其主情论的思想基础，这就使得转变后的沈谦的词学观念比毛先舒更吻合于卓人月、徐士俊的论调。沈谦卒后，以毛先舒为代表的西陵词人立即将单纯的主情论纳入到诗教规范下进行改造，则是毛先舒本人都始料未及的。② 沈谦晚年“一扫《云华》之旧”，词风取向更为广泛，只是犹不以犁舌地狱为忌。若是沈谦未卒，也赶上诗教风会的吹拂，那么艳与雅这一对词学矛盾的时代争衡将在沈谦身上得到更为集中、更为鲜活的呈现。以他的威望和影响，晚年沈谦有望成为西陵词坛多元审美观的旗帜性人物。但不幸的是，康熙九年春，沈谦因病去世，不得不说是西陵词坛的一大损失，也是西陵多元审美观演进过

① 沈谦：《东江集钞》卷七，康熙十五年刻本。

② 毛先舒《与沈去矜论填词书》中进劝数条，独未流露出诗教大义对于词体情感的净化与升华诉求，此尤为沈谦词之短处，故知此时，毛氏词学中亦未有此观念。

程中一个不小的波折。但即使如此，沈谦词风取径的多元化转变在其门人“东江八子”身上产生了深远影响，对于西陵词学风会的转移和壮大具有不可估量的意义，详见下一章。

沈毛之争作为西陵词坛的一次内部论辩，是一代词学风会形成过程中的重要事件，对于透视词风演进具有重要史料价值和理论价值。它部分展示了婉约、豪放并存不废的多元审美在西陵词坛的传播与接收过程。而在这一过程中，即使同一词人，亦往往会呈现自相矛盾的一面，这是毋庸讳言的。以往研究中，以静态视角聚焦西陵词人的词论，不仅无法解读其自相矛盾处，更无法把握西陵词学的发展脉络及其矛盾表象之下更深刻的词学气候的演进，在很大程度上遮蔽了历史原貌。西陵词学研究，乃至整个词学研究，需要动态视角，需要致力于还原词人词学观念变化的动态过程。

二　多元审美观的接受度考察——兼论卓周之争

在沈毛之争后，婉约、豪放并存不废的多元审美观念得到了众多西陵词人的认同与维护，蔚然而成一时风气。

吴农祥是西陵词坛最高产的词人，其词风取向亦多元、开放，不主一格。顺治十二年乙未，年仅二十四岁的吴农祥作《姜亶贻池上楼诗余序》云：

> 逸韵增于太白，开乳李唐，变体盛于耆卿，歌喉赵宋。艺林乐府，狎主齐盟，学海词坛，互为雄长。推其枝叶，溯厥源流。剑拔弩张，则时好奋掷龙蛇之曲，脂融粉腻，则每矜呢喃莺燕之词。两家之壁垒俱高，群帅之旌旗有在。于是将军横槊，指细弱为偏师，公子鸣筝，目粗豪为笨伯。或鼠或虎，常不定于局中，为鹳为鹤，又中分于麾下。
>
> 要之，情以真而始协，格因变而逾工。譬则钟鼓竽笙，偕入赏音之座，亦若柤梨橘柚，共登知味之筵。法由规矩而还严，

意受针砭而较进，通斯说也，犹将俟之。①

吴农祥对词坛上“粗豪”之风与“细弱”之风互相攻击、自立坛坫的现象深致不满，所谓“或鼠或虎，常不定于局中，为鹳为鹤，又中分于麾下”，此等讥刺之言，实为词坛写照。对于这一问题，吴氏认为情真则协，格变而工。“情”乃是判断优劣的根本，只要感情真挚，婉约、豪放皆不为病，二者须并行不废，恰如钟鼓竽笙、柤梨橘柚，各有其美。针对词史上以“铜将军铁绰板”讥讽苏词，以柳永为当行本色的论调，吴农祥亦深致不满：

苏东坡“大江东去”，有铜将军铁绰板之讥，柳七“晓风残月”，谓可令十七八女郎按红牙檀板歌之，此袁绹语也，后人遂奉为美谈。然仆谓东坡词自有横槊气概，固是英雄本色。柳纤艳处，亦丽以淫耳。况“杨柳外”句，又本魏承班《渔歌子》“窗外晓莺残月”，改二字增一字，焉得独擅千古？今取二词并志于后。②

吴氏有意为苏词翻案，并指出柳词的问题所在，但其目的并非抑柳扬苏，鼓吹豪放词风，他所否定的也不是柳词全部，而是其淫丽处，是柳词“独擅千古”的词学偏见。正因如此，吴氏遂将苏轼“大江东去”与柳永“晓风残月”二词“并志”“于后”。依夏承焘

① 吴农祥：《姜亶贻池上楼诗余序》，《梧园诗文集》稿钞本。案：稿本中，词序题后注曰“乙未”。顺治十二年“乙未”（1655 年），吴农祥年方二十四，康熙乙未（1715 年）已卒。

② 冯金伯：《词苑萃编》卷二十一，清嘉庆刻本。案：吴农祥《词苑》已佚，《词苑萃编》所引《词苑丛谈》诸条目，皆注出自“《词苑丛谈》”，另有注出于“《词苑》”者近百条，除此条以外，多不见于《词苑丛谈》。且《词苑丛谈》杂采诸书，多不注其出处。据夏承焘先生《天风阁学词日记》1932 年 5 月 21 日载“接唐圭璋长函，谓《历代诗余》《词苑萃编》《词林纪事》中所引之《词苑》，与《词苑丛谈》不合，非‘丛谈’之简称，其书乃仁和吴农祥辑，共六十卷”，今从之。

先生所记唐圭璋先生之判断，此即《词苑》。《词苑》原书虽不存，但其选词标准亦可于此窥得一斑。正是基于这种开放性的多元审美，吴农祥《东皋三子词集序》又云："曹侍郎秋岳逞雄心于奥旨，势用激而成奇；关大令六钤摅雅志于渊姿，情每哀而欲断；平原陆冰修之波澜江海，备鲸吞鳌作之容，季子宗人雪舫之吐纳烟霞，得芜蹴莺啼之巧。斯皆含商触徵，中矩协规。"① 此序作于康熙三十三年，可知晚年的吴农祥仍未改变其多元审美观念。

康熙年间，沈谦门下的"东江词人"是词坛的重要力量。除沈丰垣外，俞士彪、张台柱、洪昇、潘云赤以及沈谦本人的后期创作，皆呈现出刚柔并存的风貌，取径较广。其中，有词论文献传世的俞士彪、张台柱二人亦曾明确宣扬多元化的词风主张。张台柱《词论十三则》撰于康熙十七年以前，其中有云：

> 词有四种，曰风流蕴藉，曰绵婉真致，曰高凉雄爽，曰自然流畅。风流蕴藉而不入于淫亵，绵婉真致而不失之鄙俚，高凉雄爽而不近于激怒，自然流畅而不流于浅易，斯皆词之上乘也。尘黠者、堆辨者、纤巧者、议论者、诡谲者，皆非词也，皆词之厄也。
>
> 风流蕴藉者，少游、美成乎？绵婉真致者，易安、耆卿乎？高凉雄爽者，其辛、陆乎？自然流畅者，其后主乎？然而诸君皆不免四者之流弊，是在节取其长而已。②

张台柱将词风分为四种，所谓风流蕴藉、绵婉真致、高凉雄爽、自然流畅，比婉约、豪放的二元论更为深入、细致。虽然"自然流畅"是乃师沈谦的一贯追求，但张台柱已跳出乃师早年的"艳体之尚"，词体审美观念更加多元、包容。他不仅肯定不同词风的价值，

① 吴农祥：《东皋三子词集序》，《梧园诗文集》稿钞本。

② 张台柱：《词论十三则》，《东白堂词选》卷首，康熙十七年刻本。

更对各路词风背后的流弊有清醒的认知，若能掇取其长、规避其短，皆为词之上乘，并无优劣之分。正是在这个意义上，张台柱认为“《香岩》之雄瞻，《棠村》之韶令，《容斋》之新秀，《衍波》之大雅，《延露》之俊逸，《丽农》之宏富，《东江》之绵缈，《弹指》之幽艳，《乌丝》之悲壮，《艺香》之浓鲜，《玉凫》之清润，《兰思》之真致，《玉蕤》之周密”[①]，不仅凌驾于元明之上，更能与唐宋词人并肩而论。

俞士彪词论，已详述于《西陵词选》一节中。其兄俞美英，一名珣，字瓛伯，钱塘人，师从岳丈张丹。著有《渔浦词》，今不传。其论词曰：

> 填词体制不一，有香艳者，有秾丽者，有娟秀者，有柔妮者，有豪放者，有雄壮者，欲其诸体兼美，亦难之矣。[②]

俞美英将词体审美理得更为细致，其基本审美取向也是多元、开放的，与张台柱等人无异。

年辈介于沈、毛与“东江词人”之间，且与诸人过从甚密的王晫、王嗣槐、陆进、陆隽并称“北门四子”，陆隽不以词见称，而前三人亦主词风多元并存，不以婉约、豪放分高下。

王晫，字丹麓，号木庵、松溪子，著有《峡流词》三卷。王晫不仅生于卓人月去世当年，后亦成为徐士俊人生中继卓氏之后的另一词学知交。二人风雨连床，诗词文稿互相拈示者尤多。以徐士俊词坛之威望，其《云诵词》编成之时，不索序于名公宿儒，惟委之于王晫，其词学关系之密切，可见一斑。在词体审美上，王晫所作与所论，皆并存婉约、豪放两路词风，其《与友论选词书》一文尤为著名，其中有云：

---

① 张台柱：《词论十三则》，《东白堂词选》卷首，康熙十七年刻本。

② 俞美英等：《柳烟词评》，《柳烟词》卷末，康熙红萼轩刻本。

夫历下选唐诗，非选唐诗也，选唐诗之似历下者，是以历下选历下也。竟陵选唐诗，亦非选唐诗也，选唐诗之似竟陵者，是以竟陵选竟陵也。今之选词亦然，习周、柳者，尽黜苏、辛；好苏、辛者，尽黜周、柳。使二者可以偏废，则作者似宜专工，何以当日有苏、辛，又有周、柳？即选者亦宜独存，何以旧选列周、柳，又列苏、辛？况苏、辛亦有便娟之调，周、柳亦有豪宕之音，何可执一以概百也。故操选者，如奏乐，然必八音竞奏，然后足以悦耳；如调羹，然必五味咸调，然后足以适口。如执一音以为乐，执一味以为羹，而谓足以适口悦耳者，断断无是理也。①

这一段文字反映了清初选政的基本情况，具有重要的史料价值。因不满于诸选本各以一己之所好而定去取的操选现象，王晫主张选本须超越操选者自身的局限性，全面地反映词风：其一，苏辛、周柳所代表的豪放、婉约两路词风并存于词史，词人不得专工，选家亦不可偏废；其二，旧选本不以苏辛废周柳，亦不以周柳废苏辛，今日选家亦不可偏取；其三，苏辛、周柳之词风并非绝对的，豪放者亦有便娟之作，便娟者亦不乏豪放之词，不可一概而论。不同于毛先舒、沈谦等人从《诗经》、六朝乐府等角度寻求外部依据，王晫主要着眼于词史和词体内部，并以音乐、饮食作比，强调“八音竞奏”“五味咸调”的词风多样化意义，欲“合苏、辛、周、柳于一堂”，使“便娟者无失其为便娟，豪宕者无失其为豪宕”②。然而遗憾的是，对于选学有如此深刻认知的王晫却未曾操选过词。

王晫族兄王嗣槐现存词学文献不多，其为徐釚所作《菊庄词引》云：

① 王晫：《与友论选词书》，《霞举堂集》卷五，康熙霞举堂刻本。
② 王晫：《与友论选词书》，《霞举堂集》卷五，康熙霞举堂刻本。

词之为体，描情写景，不嫌纤靡，而登临凭吊，则淋漓壮激，有所不免。列而论之，如王李、钟谭，互有讥评。总览诸家，求其艳而不流于靡曼，澹而不入于枯寂，亦几难之矣。徐子之词，去二家之偏，而兼擅其所长，可以前逾古人，后空来者。①

王嗣槐分词风为两种，一曰描情写景，一曰登临凭吊，前者宜于柔婉，后者宜于壮激，暂且不论这一分类是否得当的问题，仅就审美取向而言，王嗣槐亦持多元开放的审美观念。其从题材类型的角度论词风多元化问题，思路与孟称舜《古今词统序》、卓回《古今词汇缘起》尤为相近。

王晫内兄陆进少时师从朱一是，由徐士俊、沈谦、毛先舒诸人之濡染而填词，后受到宋琬等人影响，可谓转益多师。其词风密丽稍过于诸人，尝论词曰：

词有两体，闺襜之作宜于旖旎，登临赠答则又以豪迈见长，此秦、柳之与苏、辛并足千古也。②

陆进从不同题材类型入手，肯定婉媚与豪放词风各自的存在依据，其理路也与王嗣槐如出一辙。这种开放性词风主张，正是其与俞士彪合选《西陵词学》的基本宗旨，兹不重申。

陆次云是陆进的弟弟，字云士，号天涛，曾官郏县知县、江阴知县。其《古今词选序》云：

惟诗余一道，骎骎乎驾古人而上之，不见夫有专集者，往往韵轶《金荃》，香逾《兰畹》。使隐其姓氏，将新词与旧曲杂

① 王嗣槐：《菊庄词引》，《菊庄词》卷首，康熙徐氏自刻本。
② 陆进等：《柯亭词话》，姜垚：《柯亭词》卷首，康熙刻本。

书，其婉丽者皆宜付艳女红牙，雄放者并可按铜将军之绰板，莫辨其孰古孰今也。……而诗余方盛，学步之家，纷然鹊起，谓短长诸阕，专咏柔情。娇花解语，竞工桑濮之音，芳草怀人，争染勺兰之色。大雅贻讥，衰藏于盛矣。[①]

陆次云论词，也以《诗经》为准的，强调大雅元音，他从“婉丽”与“雄放”两个角度肯定了清词堪与古人相媲美的成就和价值，认为“专咏柔情”的词风观念将使大雅沦丧，是词坛兴盛背后的危机所在。但同时它又不排斥“婉丽”之风，曾自明心迹曰：“余之所斥者，惟縇绘登徒之容，刻画河间之态者耳。若空中之语，好色不淫，何敢议《闲情》为白璧微瑕，效小儿之解事哉?”[②] 其《见山亭古今词选》正是在这一认知的基础上操选的。

潘廷章，小字美含，号梅岩，海宁人，与陆嘉淑、查继佐、曹元方诸人交善，著有《渚山楼集》。其《南柯子·归山》词小序中曾自述学词历程曰：

余少年亦喜为词，然不能避《花间》《草堂》熟径，中颇厌之，因而弃去。近日词场飙起，争趋南宋，犹诗之必避少陵而趋剑南也。鄙亦不尽谓然，而故情复萌，聊以自竖犊鼻。然而昆仑琵琶，已离乐器者，几十年矣。自伊璜来筑万石窝，代为乞缘，勉强有作，后于应酬间，亦时时及之。其将按红牙板乎？抑付铁绰板乎？知其俱未有当也。[③]

潘廷章早年因不满于《花间》《草堂》之词风而废词不作，后又不满于词坛争趋南宋的风气而重操旧业，那么其理想词风又是怎

① 陆次云：《古今词选序》，《北墅绪言》卷四，康熙刻本。
② 陆次云：《古今词选序》，《北墅绪言》卷四，康熙刻本。
③ 潘廷章：《渚山楼词》，1992年上海古籍出版社《明词汇刊》本。

样的呢？所谓“其将按红牙板乎？抑付铁绰板乎？知其俱未有当也”，正透露出其不主一格、取法广泛的审美观念和词风特点。

与潘廷章总结己作不同，吴陈琰评论他人作品时亦主此论，其《浣雪词话》乃为毛际可《浣雪词钞》而作，首则即云：

> 今人作词有二病：言情之作，徒学涪翁、屯田之俚鄙，去清真、淮海之含蓄蕴藉远矣；感兴之作，徒学改之、竹山之顽诞，去稼轩、放翁之沉雄跌宕远矣。《浣雪词》独免此两失，撮有众长。①

年岁稍晚于“东江词人”的吴陈琰，字清来、宝崖，钱塘人。曾从曹溶游，又与唐梦赉倡和，与毛际可结忘年交，少年即工于词，年十七，其《剪霞词》已刊行。而此处所论，以为词坛之弊，不在于婉约、豪放之区别，而在于取法乎下，言情者不能含蓄蕴藉，感兴者又不能沉雄跌宕。其中不以婉约、豪放分优劣的多元词风观念不言自明。

即使并不擅词的陆堦，在论及词学审美时，亦深悉西陵之旨趣。陆堦乃“西陵十子”之首陆圻的弟弟。其《古今词汇序》向不为词学研究者所注意：

> 文之所掺，率分两派，豪放、婉约，各自成家。然本色当行之说起，虽贤者亦谓“宁为大雅罪人”也。……而当世目词之文者，仆疑焉，大抵柔情和媚者为正宗，而义风慷慨以外篇斥之。由此而论，《三百篇》即有《风》无《雅》，且有《郑》《卫》无《唐》《魏》矣，其于风雅何如也？②

---

① 吴陈琰：《浣雪词话》，《浣雪词钞》卷首，康熙刻本。

② 卓回、周在浚：《古今词汇》卷首，康熙刻本。

陆堦以《诗经》的多元风格为准的，驳斥婉约为宗的词风偏见，认为豪放、婉约两派各自成家，不得厚此薄彼。此论虽未必受卓回影响，但与整个西陵词坛的词学论调是一致的。

现存词作仅次于吴农祥的西陵词人仲恒，曾于卓周《古今词汇》之争时，作《满江红·同人辩论词体，即席分赋》组词表明其立场，词云：

> 愁对秋光，闲检点、破愁诗卷。还自笑，揶揄鬼市，讥评月旦。千百载传真蕴藉，二三子志胡冰炭。按红牙、字字寄商声，随征雁。　今共古，谁堪辨。青与白，还相半。任少年情绪，西园梁苑。郊岛不妨寒瘦调，苏辛翻尽风流案。唤西风、吹净碧天云，明双眼。
>
> 一派秋江，环绕着、千岩万壑。漫涵贮，乾坤上下，尽堪挥霍。鼷鼠饮河轻去就，飞鹏展翅弥寥廓。看黄河、九曲几盘旋，非涓勺。　乔松干，停孤鹤。枪榆傍，依灵鹊。纵芝田不顾，肯争剥啄。大雅元音星汉列，雕虫小伎秋云薄。怪纷纷、侈口说真传，谁穿凿。①

在“二三子志胡冰炭”的调停中，仲恒所谓的“大雅元音星汉列”“怪纷纷、侈口说真传，谁穿凿”，与卓回所谓的“天地元音应未坠，漫文言、某某传衣钵”正是同一观念，② 其针对的正是周在浚“辛似天边鹤”“叹昔今传习非真钵”的偏至论调。③ 那么，仲恒是因为不喜欢稼轩词风而有此论吗？其所谓“郊岛不妨寒瘦调，苏辛翻尽风流案”，表明所针对的并非辛派词风，而是强调“郊岛”“苏辛”各存其是的多元开放的审美观念。这一点，与卓回高度

---

① 仲恒：《雪亭词》卷十一，《清词珍本丛刊》影印手稿本。

② 卓回、周在浚：《古今词汇》卷首，康熙刻本。

③ 卓回、周在浚：《古今词汇》卷首，康熙刻本。

一致。

结合前文关于卓周之争的考察可知，卓回所代表的并非云间词派或者浙西词派的立场，在其身后，矗立着一个词学观念非常一致的独特群体。婉约、豪放并存不废的词学观念，正是西陵词坛不同于其他词派的核心价值所在。《清词史》等著作对于卓周之争的误读，并不源于对于周在浚的陌生，而源于对于卓回词学观念的误读，源于对于卓回身后浩荡的西陵词学风会的陌生。由此可见，西陵词坛研究的长期滞后，很大程度上制约了现代词学关于清初词坛格局和明清词史进程的研究推进。

三　多元审美观的立体性考察——以丁澎为例

以兼善诸体、词风多元为标准推誉词人，是西陵词人的惯用方式，尤其常见于序跋之中。如毛先舒《汪闻远填词序》曰："汪子闻远，少负颖绝，间尝为小词，若天授者，峻拔、婉媚，体无不具"[①]，《柳烟词评》中载吴仪一之论曰："昔人论屯田词宜拍红牙，东坡词宜敲铁绰，乃丹书且兼擅苏、柳之长，其较胜古人，当何如耶?"[②] 然而，诸体兼善并不是西陵词学衡量词人的不变标准，也视具体情况而定。在面对词风偏擅的词人词集时，西陵词人的评点又往往表现出其审美观念的多面性与复杂性。

西陵词人开放包容的审美主张具有立体多面性。当面对不同的词人、不同风格的词作时，出于情境和人情关系的需要，多展现其审美取向的不同侧面。因此，不少西陵词人的词风审美看起来似乎自相矛盾，尤其突出地表现为别集序跋评点与词论著作之间的矛盾、别集序跋评点与选集序跋评点之间的矛盾。如徐士俊在为沈丰垣所作的《兰思词序》中称"词之一道，多温丽柔香、缠绵宛转之致"，

---

① 毛先舒：《汪闻远填词序》，《潠书》卷一，康熙刻《思古堂十四种书》本。
② 吴仪一等：《柳烟词评》，《柳烟词》卷末，康熙红萼轩刻本。

“断以清新婉媚者为上”[①]，与其《古今词统》中的观念背道而驰；再如张台柱在《兰思词评》中亦云：“凡作词，不在争奇竞豪，惟委曲蕴藉，说得情致宛然，便是妙词”[②]，与其《词论十三则》论调不谐。此类现象在西陵词坛中尤为常见，其主要原因在于西陵词人审美观念的多元性，在别集的评点序跋时，往往因具体情境的需要而表现出不同侧面，比如词作本身风貌的限制、人情关系的干扰，等等。

彭玉平教授有言：“古人序跋、手札固自珍贵，若据为定说，则尚须谨慎，盖其中或有不得不说者、虚与委蛇者、违心而论者、言之过度者，若未能与他处之论合勘，终难令人放心。”[③] 此说甚辩，但其中也有一定区别：序跋原有总集序跋与别集序跋，所谓“不得不说者、虚与委蛇者”云云，于总集序跋中偶或不免，然为人情关系所限制者较少，撰者多能言说自如，而别集序跋评点中，这种情况尤为常见。如果不能在具体情境中作全面、立体的考察，是无法把握某些词人的审美思想的。今以丁澎词论作为个案进行考察，以呈现立体性视角在西陵词学研究中的必要性。

丁澎，字飞涛，号药园，回族，仁和人。顺治十二年进士，官礼部郎中，曾主中州试，后以科场案谪居塞外五年，文风更变。丁氏为“西陵十子”之一，又与弟丁潆、丁景鸿并称“盐桥三丁”，与汪琬、施闰章、严沆等人倡和于都门，号“燕台七子”。丁澎诗词俱擅，著有《扶荔堂诗文集》《扶荔词》等。今且看丁澎词论两则，其《梨庄词序》云：

> 古今词人无虑千百家，迨北宋为极盛。苏子瞻、陆放翁诸君特以遒丽纵逸取胜，至辛稼轩，其度越人也远甚，余子瞠乎

① 徐士俊：《兰思词序》，《古今词选》卷前，康熙吴山草堂刻本。

② 张台柱等：《兰思词话》，《古今词选》卷前，清康熙吴山草堂本。

③ 彭玉平：《倦月楼论话》，《古典文学知识》2017 年第 1 期。

后矣。三百余年以词名家者，文成、孟载而下，不可概见。钱宗伯牧斋、周司农栎园不为词，娄东、合肥诸先辈始倡宗风，皆侧身苏陆之间，于稼轩之绪，乃徐有得也。稼轩才则海而笔则山，博稽载籍，一乎己口，好学深思，多引成言，史迁之文，魏武之乐府，庶几乎似之。唐宋以来，言词必推辛，犹言诗必推杜，横视角出，一人而已。以视后人，吹已萎花而香，饮既啜醨而甘，以称塞海内。①

其《南溪词评》又云：

　　词以温韦为则，自欧秦姜史，盛极而衰。至明末，习气颓唐，迄今日而始盛，其犹诗之在开元、天宝欤？学士之词，实得《花间》绝妙之致，似有《兰畹》《金荃》之丽。②

在《梨庄词序》中，丁澎将辛弃疾的词作成就和词史地位推尊到无以复加的高度，称其才海笔山，为唐宋以来所仅有，鼓吹辛词可谓不遗余力。如果仅由此来看，丁氏似乎与《梨庄词》的作者周在浚一样，是辛派词风的追随者，但其《南溪词评》又明确宣称“词以温韦为则，自欧秦姜史，盛极而衰”，丝毫不提及辛弃疾，温韦“花间”词风与辛弃疾词风之间即使不是绝然对立的，也存在着显著的差异，两段文字之间所显示的词学宗尚大相径庭，似非出自一人之口。考曹尔堪《南溪词》现存最早刊本为康熙六年孙默留松阁《六家词》本，后有聂先、曾王孙《百名家词钞》本，丁澎《南溪词评》不早于康熙六年，《梨庄词序》作于康熙十五年左右。那么，是否是这一段时间之内，丁澎词学宗法发生了巨变呢？一个显著的事实是，丁澎顺治十五年罹科场案，谪居塞外五年时间，康熙

① 丁澎：《梨庄词序》，《扶荔堂文集》卷十一，康熙刻本。
② 丁澎：《南溪词评》，《南溪词》卷末，康熙绿荫堂刻《百名家词钞》本。

初年归来，其间所作悲慨苍凉，词风即发生了巨变。没有理由于康熙六年后再次回归《花间》《兰畹》的路径上，继而又于康熙十五年追奉辛弃疾，这么频繁的词风往复变化是不可想象的。那么，丁澎的词学取向究竟如何？作于康熙十五年的《棠村词序》较为全面地载录着其词体审美观念：

> 小令体贵纤秾，味归轻婉，如奇葩香茁，残英未飞，新篁夜舒，湿翠乍滴。冰纨锐锦之内，忽露隋珠；雕镂错采之丛，无非紫贝。长调材赡博而尚奇，气啴缓以尽变，譬之箜篌杂引，缘子建以争妍；琵琶曼声，得季伦而倍逸。[①]

小令与长调体制不同，风格取向亦因而有别，小令宜于纤秾轻婉，长调则不妨赡博尚奇，可妍丽，可俊逸。这种说法与沈谦《填词杂说》尤为相似，且与《扶荔词》的多元风貌颇为吻合。丁澎为王晫所作《峡流词序》又云：

> 今取其词而读之，大者含徵角，小者协笙竽，比之"大江东去"，不碍檀牙，"柳岸晓风"，无妨娇啭。故其声之蒨以逸者，则纂纂枣下，灼灼园中也；其声之旷以幽者，则陇山万石，秦川九回也；其声之艳以邃者，则灯前鬓影，枕背唇脂也；其声之铮宏而疏越者，则苍鹘之晨号，箜篌之夜引也；其声之悠扬而萧戚者，则樗里子之《走马》，刘太尉之《扶风》也。[②]

此序以"大江东去"与"柳岸晓风"比拟王晫词风，称誉其词

---

① 梁清标：《棠村词》卷首，康熙十五年刻本。案：此文又载于《扶荔堂文集》卷十一，题作《梁尚书棠村词集题辞》，无落款，字句稍异。

② 丁澎：《峡流词序》，《兰言集》卷十四，康熙霞举堂刻本。

风多样，“蒨以逸”“旷以幽”“艳以邃”“铮宏而疏越”“悠扬而萧戚”，不拘一格。其《三子合刻题辞》亦云：“合而论之，《留云词》若快马腾空，瞬息千里，冲风掣电，不可端倪，纵使华山騄駬，未易追及；《探酉词》若三河少年，臂鹰走犬，平原草枯，狡兔突起，殊有弓燥手柔之致；《秉翟词》若邯郸艳女，隔幔挡筝，心事如诉，不知年已五六十翁，尚游敖嬉戏如小儿状。噫，异哉！”[①] 此处亦因三部词集之不同，而表现出对于不同词风的叹美。丁澎所作《扶荔词》四卷，附录时人评语甚多，亦明显有婉艳绵丽、气势腾跃之不同。丁氏词学旨趣非常明确，原不以婉、壮分优劣。至此，则可以对《梨庄词序》和《南溪词评》之间的巨大差异有一个明确的认知。其之所以高度标举辛弃疾词，乃是为鼓荡稼轩词风的周在浚《梨庄词》所作；其称温、韦为词之正则，乃是立足于曹尔堪《南溪词》“实得《花间》绝妙之致，似有《兰畹》《金荃》之丽”的词风特征。两者看似矛盾，实则仅为丁澎词学多元审美的一个侧面而已，其词体审美的包容性与开放性正在于此。而后人不察，或以《梨庄词序》为据，称丁澎乃推举辛弃疾最得力者，或以《南溪词评》为据，称丁澎近于云间词派一路。

丁澎的例子足以说明，脱离了具体的情境与语境，孤立地看待词人的单篇文献，往往不能把握其词学观念之全貌，这种问题在西陵词人身上体现得尤其明显。并非西陵词人无法确认自己的词风取向，只是部分词序、评点中的论点，或是在特定情景下出于对象特点的需要而作的权宜之论，或为作者词风取向的一个侧面，或者径与作者平常所论有所抵牾。西陵词人所作的别集序跋评点尤其如此，而在总集序跋与独立词论著作中，因为无具体批评指向，很大程度上可以不涉及人情关系、脱离现实情境，因此显得更自由，其中所传达的词学信息也更全面、可靠。这正是西陵词学研究的复杂性和困难所在。在相应的时间维度和空间维度上对西陵

---

① 丁澎：《三子合刻题辞》，见《扶荔堂文集选》卷十一，康熙文芸馆刻本。

词人的词论文献进行立体考察，是梳理西陵词人审美观念的必要手段。

婉约、豪放并存不废、不分高下的多元审美观念，并非西陵词学的专利。同时期，又有王士禛称“词家绮丽、豪放二派，往往分左右坦。予谓第当分正变，不当分优劣”①；徐喈凤亦称：“词虽小道，亦各见其性情。性情豪放者，强作婉约语，毕竟豪气未除，性情婉约者，强作豪放语，不觉婉态自露。故婉约固是本色，豪放亦未尝非本色也”②；此后，《赌棋山庄词话续编》引张维屏论词之言称：“词家苏辛、秦柳，各有攸宜，轨范虽殊，不容偏废”，“以情胜者，恐流于弱，以气胜者，恐失于粗”③，然而此多为个体性词学观念，并未在词坛形成一定的词学共识、酝酿成词坛气候，也未曾上升到核心词学理念的高度。且王士禛、徐喈凤这种观念，多承继徐士俊、卓人月《古今词统》而来，徐氏甚至直接延袭了坊间翻刻之误——将孟称舜《古今词统序》误作陈继儒——可视作西陵词学的同路人。西陵词坛以一系列词选将这种多元开放的词风审美上升为西陵词坛的核心精神，在创作中坚守这一审美取向，并以为数可观的论著、序跋、评点等词学文献，共同推动着这种词学风气的形成，是一种集体的自觉与追求。

然而，并非西陵所有词人都认同这一审美观念，如查容、查慎行、龚翔麟、王锡等，词风取向属于浙西词派一路，更有大量偶作一二者如陆圻、陆彦龙等，本算不上词人。通过对明末清初百年间众多西陵词人的梳理与考察，从中凸显这一特殊群体的存在及其演化过程，是把握西陵词坛主流风会最有效的方式之一，对于考察西陵词风词貌、创作追求具有重大意义。

---

① 王士禛：《香祖笔记》卷九，康熙刻本。

② 徐喈凤：《绿荫轩词证》，光绪二十六年刻《绿荫轩词正续集》本。

③ 谢章铤：《赌棋山庄词话续编》卷三，光绪十年刻《赌棋山庄全集》本。

第二节 “以《三百篇》为师”的功能价值论

朱惠国先生曾撰文指出，北宋中后期“苏李之争”为词史发展的重要节点：此前，词体作为燕乐为主导的综合艺术形式而存在，即“乐本位”；此后，音乐对于词的决定性意义逐渐弱化，词逐渐成为以文学为主导的艺术形式，即“诗本位”，直至沦为案头文学。[①]由伶工之词至文人之词的作者身份的变化，在很大程度上影响了词的内容、作法、体制、风格、功能与文化定位。虽然词为小道、艳科的观念在词史上根深蒂固，但是不同时期，屡屡有词人要求从词的内容、作法、风格、功能等全方面改变词体。词体是否应当固守本色，是一个难以论定的问题，并非仅是保守与革新的简单对立：以婉媚为本色，其积极意义在于维护词体的文体独立性与独特价值，使之与诗、曲保持一定的区别，这一点在词乐流失的文化环境中关系着词体本身的存亡；其消极意义在于限制了词体艺术的表现范围、审美品格与价值定位。反对固守婉媚本色，其积极意义在于拓展词体的表现范围、丰富词体的审美风貌、提升词体的审美品格与价值定位；而消极意义在于淡化甚至消解词体本身的艺术特性和文体独立性。经过长期的探索，古人以“比兴寄托”“美人香草”等理论克服这一悖论，在保持词体本色特征、维持其文体独立性的同时拓展词体的表现范围，提升词体的品格、价值功用。在理论上，尤以清代常州词派的处理策略最为完善，常州词派的寄托理论在保持了词体表层里巷风谣的语言、男女哀乐的内容的同时，注入了贤人君子温柔敦厚的诗教思想。然而，这一切离不开众多清初词人艰难而

---

① 朱惠国：《“苏李之争”词功能嬗变的迷局与词学家的困惑——兼论宋代词论的两种基本观点及其演化方向》，《第五届宋代文学国际研讨会论文集》，暨南大学出版社 2009 年版，第 467—475 页。

卓有成效的探索。

作为一种传统观念，以词为小道、末技的认知在明末清初很长一段时间内依然占据着词坛主流。陆次云曰："盖诗余为技小"[①]，吴农祥亦云："词为小技"[②]。但是顺治年间就有词人不满足于词体的这一定位，力求改造并推尊词体。尤其到了康熙初年，要求改变词体艺术品格与价值功能定位的词人与恪守小道观念的词人之间产生了越来越强烈的冲突，词是否应由"小道""艳科"逐渐向"诗教"系统靠拢，已经成为一个时代性的大命题。

一　"词虽小道，固接迹于《三百篇》者也"

在西陵词坛中，沈毛之争是关于这一命题的一次代表性大讨论。毛先舒在为汪鹤孙所作词序中称："余因思古人有志者，未有不期千古者也，特屈于力者，每更愤发。……至若文士不然，一吟一咏，微词雅谑，不大声色，而皆能坐致千古。"[③] 而沈谦视词为小道，认为"不朽有三，琐词不足语耳"[④]。毛先舒又称："填词虽属小道，然宋世明堂封禅、虞主祔庙之文皆用之。比于周汉《雅》《颂》、乐府，亦各一代之制也。既巨典攸存，故毋宜轻置矣。"[⑤] 也就是说，宋代用词于明堂郊庙，正说明词于宋代正如《雅》《颂》之于周，乐府之于汉，皆为一代之制，不可等闲视之。而沈谦则认为里巷鄙音不足以贡天子，宋室设大晟乐府，以其当雅乐之用，致使郑声乱雅，是无识之举。针对同样的问题，沈毛二人分歧如此之大，正在于其对于词体的价值期待和定位不同。沈谦以词为小道艳科，但并不因小道而舍弃之，更直言不惧为此堕犁舌地狱。毛先舒则相反，

---

① 陆次云：《古今词选序》，《北墅绪言》卷四，康熙刻本。

② 吴农祥等：《柳烟词评》，《柳烟词》卷末，康熙红萼轩刻本。

③ 毛先舒：《汪闻远填词序》，《潠书》卷一，康熙刻《思古堂十四种书》本。

④ 沈谦：《答毛稚黄论填词书》，《东江集钞》卷七，康熙十五年刻本。

⑤ 毛先舒：《填词名解略例八则》，《填词名解》卷首，《四库全书存目丛书》影康熙十八年刻《词学全书》本。

其《与沈去矜书三首》曰："子昂好画马，恐堕马身，后更而画佛、菩萨像。吾与足下多作绮语，今须有以忏之，不然恐泥犁亦是大畏途也"[①]，一方面表示以绮语为畏途，另一方面又不满足于沈谦对词体的价值定位，故而其所作《平远楼外集》"弗敢淫，弗敢多。男女之际，有执手之义，金罍之思，上宫闲馆，罔置喙焉，是弗敢淫也；约其什，不盈数十，是弗敢多也"[②]。

"小道"与"艳科"的词体定位，分别是指词作为雕虫小技的价值定位与绮靡淫冶的审美定位，是一个问题的两个方面。不难发现，沈谦坚守词体的传统价值定位，一定程度上也是为了维护词体固有的审美定位，维护词体的本色传统。但这一观念对词体创作的制约，不可避免地引起词人越来越强烈的不满。王晫曾总结当时词坛风气曰："近填词家，如云涌泉流，日新月盛，然一出于淫冶纤靡之音，几令见者欲呕。"[③] 而毛先舒反对词体"小道""艳科"的定位，从艺术审美与价值功用两个层面改造词体，本质上是将词纳入到《诗经》所代表的诗教文化系统中。

这一主张在西陵词坛非常具有代表性。丁澎曾明确声称："词虽小道，固接迹于《三百篇》者也。"[④] 陆堦亦云："词称诗之余，实古乐府之遗而《三百篇》所由肇也。"[⑤]

那么，作为一种时代需求，词何以接迹《三百篇》呢？西陵词人的理据和说辞主要有数种：其一，情感表达的相通性；其二，文学层面的流变：词为《诗》之余、《诗》之变；其三，音乐系统的承继；其四，长短句之艺术形式。

早在明末，卓人月即承袭王世贞《艺苑卮言》和《曲藻》中的观点，将词与《诗经》联系起来，指出："《三百篇》亡而后有骚

① 毛先舒：《与沈去矜书三首》，《潠书》卷六，康熙刻《思古堂十四种书》本。
② 毛先舒：《平远楼外集自序》，《潠书》卷一，康熙刻《思古堂十四种书》本。
③ 王晫：《方文虎倚和词跋》，《霞举堂集》卷十，康熙霞举堂刻本。
④ 丁澎：《叶司训浮玉词序》，《扶荔堂文集选》卷四，康熙文芸馆刻本。
⑤ 陆堦：《古今词汇序》，《古今词汇》卷首，康熙刻本。

赋，骚赋难入乐，而后有古乐府，古乐府不入俗，而后以唐绝句为乐府，绝句少委蛇，而后有词，词不快北耳而后有北曲，北曲不谐南耳而后有南曲，凡皆同工而异制，共源而分流。其同焉、共焉者情，而其异焉、分焉者时。”① 王世贞曾从音乐流变的层面指出，词产生的原因乃是出于音乐的需要，由于绝句入乐的局限性而产生长短句。而卓氏在此基础上融入了“主情”理论，把“情”作为核心线索贯穿于《诗经》至词曲的序列中。他虽没有明确提出“词为《诗经》之余”“词为《诗经》之变”的说法，但是其意旨已近。清代西陵词人明确提出词为《诗经》之变体，乃由《诗经》屡变而成，但已不仅仅如卓氏立足于“情”的视角，而是注重挖掘《诗经》与词之间的各个层面的流变关系。

康熙十四年，陆进《西陵词选序》也转录了王世贞的说法：“《三百篇》亡，而后有骚赋，骚赋难以入乐，而后有古乐府，古乐府不谐俗，而后以唐绝句□乐府，绝句少宛转，而后有词。”② 但是不同于卓人月主“情”论的视角，陆氏着眼于词的“体格”：

> 词者诗之余，诗之三言，夏侯湛始也；四言，韦孟风、楚王戊始也；五言，苏武、李陵始也；六言始于谷永，七言始于汉武帝柏梁□□□□□发于《三百篇》。故词之格，犹有古诗之遗焉。③

陆进从长短句的形式，分别探讨了各种句式的起源，最终因其而得出“故词之格，犹有古诗之遗”的结论。

除了形式上的联系以外，陆进同时又从古今音乐传承的角度将词上接《诗经》：

---

① 卓人月：《圣明杂剧二集序》，《蟾台集》卷二，崇祯刻《卓珂月先生全集》本。
② 陆进：《西陵词选序》，《西陵词选》卷首，康熙十四年刻本。
③ 陆进：《西陵词选序》，《西陵词选》卷首，康熙十四年刻本。

夫《诗》□于乐，《诗》固乐章也。子夏曰：“始奏以文，复乱以武。治乱以相，讯疾以雅，修身及家，平均天下”，此古乐也；“奸声以滥，溺而不止，及优侏儒，獶杂子女，不知父子”，此新乐也。今或恶新乐之弊，而□词为优侏儒之习。嗟乎，此非词之过，作词者之过也。学者反情以和其志，比类以成其行，奸声乱色不留聪明，淫乐慝礼不接心志，则溯流穷源，谓古诗不亡可也。[①]

陆进跳出了词乐系统，在整个音乐史的范围内溯流穷源，视《诗三百》为古乐的代表，视词为新乐的代表，由此呈现了词与《诗经》之间深刻的内在关系。

毛先舒则从韵文的角度提出：“谐韵之文屡变，而极于词曲，要皆本源于《三百篇》。”[②] 又称：“古经不得已而变《风》《雅》，古诗不得已而变六朝，近体不得已而变中晚。中晚，诗之末也，填词抑末也。”[③] 毛先舒梳理《三百篇》屡变而为词曲的线索，尤其重视这种变化的必然性，这是其将二者联系起来的理论基础。“天地之开人以文章也，有不得不开之势，故文人之趋于变也，亦有不得不变之势。善论文者因势以为功，不善论文者反之。”“夫文章之日开而趋于变也，天也。孔子且不能违天，而必因乎世，今之善论文者，亦知之邪?”[④] 毛氏反复强调文章之变的必然性，从更深层面肯定了词曲等后世文学与《诗经》等先世文学之间无法回避的联系。

陆次云也称：“自《风》变而骚，骚变而赋，赋变而词，词再变而为南北调，滥觞极矣”[⑤]，同样是从文学流变层面立论的。

---

① 陆进：《西陵词选序》，《西陵词选》卷首，康熙十四年刻本。
② 毛先舒：《东苑文钞》卷上，康熙刻《思古堂十四种书》本。
③ 毛先舒：《平远楼外集自序》，《潠书》卷一，康熙刻《思古堂十四种书》本。
④ 毛先舒：《丽农词序》，《潠书》卷一，康熙刻《思古堂十四种书》本。
⑤ 陆次云：《古今词选序》，《北墅绪言》卷四，康熙刻本。

相对于毛先舒、陆进等人，丁澎以词接迹《诗经》的观念尤其系统：

词者何？诗之余也。诗至《三百篇》，尽矣，曷为乎余？曰：诗虽尽于《三百》，而不尽于《三百》也，是□□□何余乎尔？自采风之使废而诗亡，诗亡□□□亡者存，则余者仍诗也。何以不曰“诗”，而名之以“词”？曰：以其变也。夫有正必有变，犹□□□□□雅，有变雅，递变而为词也。其变也□□□□□而体愈繁，体愈繁而声弥变，或流为骚，或流为艳，或流为歌曲，皆诗之余也。[①]

丁澎将“诗余”作“《诗经》之余”解，并认为《风》有正变，《雅》有正变，而其一变再变即为骚、赋、艳、词曲，此皆为“《诗》之变”“《诗》之余”。这样，不仅“诗余”这一概念的原有内涵被消解，即骚、赋、艳、词曲等无不纳入新的“诗余”概念中。而“余者仍诗”，故因词曲之存，而《诗经》不亡。对此，丁氏在《东白堂词选序》中阐释得更为细致：“古者国有采诗之官，别其声以播乐，藏于有司，而用之宗庙朝廷，下至乡人聚会。”[②] 此后失其传而《诗》亡；至汉武帝立乐府、魏晋失其音而诗再亡；六朝元音不存，隋置清商府，至唐，能合管弦者仅有八曲，而诗三亡。然而《诗》虽亡而犹有未亡，因“有尽者辞，无尽者声也。凡叶其调，则谓之辞；度其辞，则谓之声。歌行主人声，引、操、吟、弄被丝竹。有声必有词矣，词则未有不歌者也，此诗余之肇于唐而盛于宋者，所以补乐章之散佚，以续古诗之亡乎！”[③] 在这里，丁氏又从音乐的角度，抛出“有声必有词”的观点，进而指出诗余的产生，正

① 丁澎：《西陵词选序》，《西陵词选》卷首，康熙十四年刻本。
② 丁澎：《东白堂词选序》，《扶荔堂文集选》卷二，康熙文芸馆刻本。
③ 丁澎：《东白堂词选序》，《扶荔堂文集选》卷二，康熙文芸馆刻本。

是因为古乐章散佚不存，一方面肯定了词之于《诗经》“补亡”的意义，另一方面也肯定了词产生的必然性。丁澎对这种因相流变的必然性的认知，正如毛先舒所谓“不得已”者，陆进所谓“夫诗之不得不变而为词者，其势也”①，也是此意。

与陆进相似，丁澎也曾于康熙十四年从长短句的形式角度论证其“词虽小道，固接迹于《三百篇》者”的观点：

> 然则词果有合于《诗》乎？曰：按其调而知之也。《殷雷》之诗曰：“殷其雷，在南山之阳”，此三五言调也；《鱼丽》之诗曰：“鱼丽，于罶鲿鲨”，此二四言调也；《还》之诗曰：“遭我乎猺之间兮，并驱从两肩兮”，此六七言调也；《江汜》之诗曰：“不我以，不我以”，此叠句调也；《东山》之诗曰：“我来自东，零雨其蒙，鹳鸣于垤，妇叹于室”，此换韵调也；《行露》之诗曰：“厌浥行露”，其二章曰：“谁谓雀无角”，此换头调也。凡此烦促相宣，短长互用，□□后人协律之原，岂非《三百篇》实祖祢哉？□□□汉无词，晋魏亦无词，迨六朝以靡丽相□□□《望江南》《长相思》独传，不知《房中》《铙歌》《横笛》《相和》等曲，试按节循声，出风入雅，被管□□□□□不犹乎今之诗余也哉？吾党论词，深悉厥旨。②

不同于陆进由古诗中寻觅各种句式的起源以间接附会词体于《诗经》的策略，丁澎采取了更为直接的手段，从《诗经》各章节中选取三言五言、二言四言、六言七言、叠句、换韵、换头等各种句式和调式组合，以证实《诗经》作为词之祖祢的观点，并称相和歌词等在入乐歌唱、接续风雅的意义上，与诗余是一致的。所谓“吾党论词，深悉厥旨”亦表明这种观念乃当时西陵论词之共同取向。

---

① 陆进：《东白堂词选序》，《东白堂词选》卷首，康熙十七年刻本。

② 丁澎：《西陵词选序》，《西陵词选》卷首，康熙十四年刻本。

二　“作词者当以《三百篇》为师”

西陵词人一方面承认词为小道，另一方面又不满于此，从音乐流变、文体流变、句式体格等层面，将词源追踪至《诗经》，乃至尧舜古歌谣，其目的和意义主要有三点：其一，为维护婉约、豪放并存不废的多元审美观张本；其二，以《诗经》为准的，改造词的思想内涵和社会功用；其三，提高词体品格与地位。关于以《诗经》为据，维护婉约、豪放多元审美观念，已详论于前。而改造词的内涵和品格，提高词体地位是同一个问题的两个方面，并不能截然分开。

在西陵词坛上，明确提出“作词者当以《三百篇》为师”的主张的是陆次云，时在康熙十四年：

> 余曰：“作词者当以《三百篇》为师，选词者亦以《三百篇》为法，使不失四始、六义之旨，则得矣。词选具在，子曷不读而见之乎?”子衡低徊卒业，悠然久之，曰：“得之矣！先生所录《短衣》《孤剑》诸篇，非《蓼莪》之孝思欤！而《北山》之意，则为子死孝，为臣死忠，诸词有之。若夫《缁衣》之好，见夫扬旗击鼓之言。而八十一年之句，在所不删，宛然《巷伯》矣。其间与《雅》《南》相匹者，不可胜数。而犹有疑者，既斥淫哇，何以多存艳曲，将无益薪而止沸欤?”余曰：“余之所斥者，惟绾绘登徒之容，刻画河间之态者耳。若空中之语，好色不淫，何敢议《闲情》为白璧微瑕，效小儿之解事哉?”子衡曰：“有是哉，请梓悬国门，以为风教之助!”①

陆氏选《见山亭古今词选》，明确以“四始”“六义”为准的，所选各篇章亦以《诗经》为比，诸如“为子死孝，为臣死忠”等伦

① 陆次云：《古今词选序》，《北墅绪言》卷四，康熙刻本。

理观念渗透于作者对于词作的认知中。根据此段文字，陆次云操选的目的非常明确，即将词作情感纳入到诗教系统中来，强调词作厚人伦、美教化的社会功用。其出发点原在于救治词坛靡荡无归、宣淫导欲的风气，就此而言，所谓“作词者当以《三百篇》为师，选词者亦以《三百篇》为法”，具有显在的积极意义。但陆次云的超脱之处在于其对“绮艳”之风的认识，他并不排斥绮艳婉媚词风，在审美上仍然坚守着包容、多元的取向，只是在词体的思想内涵、价值功用层面做了较大的调整，充分肯定有所寄托、好色不淫的“空中之语”。陆次云这种包容、开放的审美取向，与其将词体情感纳入诗教规范中的取向并不矛盾，且二者恰是针对明代以来词风取径较窄而词旨淫靡、词品卑下几大弊端而发的。

陆氏的观念在西陵词坛具有广泛的代表性，所谓“作词者当以《三百篇》为师，选词者亦以《三百篇》为法”，可以视作对康熙十年后西陵词坛词体价值观的高度概括，与“婉约、豪放并存不废”非功利性的审美观互为表里。结合卓人月、徐士俊在主情论基础上提出的多元审美主张来看，西陵词人在词学方向经历了一个深层次的调整。但并不能据此认为西陵词人放弃了主情论调，因为将词体纳入到诗教规范下，正是通过词体情感的“诗教”化来实现的，而不是否定情感对于词体文学的基本价值。康熙间的西陵词论中，诸如“发乎情，止乎礼义”[①] “反情以和其志”[②] “四始六义，关风雅之盛衰，五声八音，本性情之哀乐”[③] “怨而不怒，乐而兼哀”[④] “写丽情以贞性”[⑤] 之说，俯拾即是，此即“诗教”规范下的新型“主情”说，并未在根本上改变卓人月所提出的“情之所近，其诗最真”的主情论调，这也是西陵词人与浙西词派的重要区别之一。

---

① 陆堦：《古今词汇序》，《古今词汇》卷首，康熙刻本。

② 陆进：《西陵词选序》，《西陵词选》卷首，康熙十四年刻本。

③ 吴农祥：《姜亶贻池上楼诗余序》，《梧园诗文集》，稿钞本

④ 陆繁弨：《沈御冷诗余序》，《善卷堂四六》卷二，乾隆刻吴自高注本。

⑤ 吴仪一：《评兰思词》，《古今词选》《兰思词钞》卷前，清康熙刻本。

丁澎作为西陵少有的出仕清廷的词人之一，尤其强调词体的文化内涵与社会功用。其作于康熙十七年的《东白堂词选序》云：

> 《三百篇》皆可歌，而讽喻美刺之意，悉寓于悠扬婉约，是义存而声存也。《小星》，惠妾御也，而“肃肃宵征，夙夜在公”，其义则慰劳臣之行役；《葛生》，伤国人也，而“予美亡此，谁与独处”，其义则悯攻战之非时。矧诗余为缘情之作，志贞而体逸，如征人思妇之愁叹，非必有其闺帏边戍也；禽鱼草木之连类，非必其夕露晨风也。一调之中，固有婉其声而义自见者，使淘滥噍杀，义舛则声乖，以求协乎古诗之正声，岂可得乎？①

此处以《小星》《葛生》为例，强调《诗经》的美刺讽喻意义，强调其悠扬婉约背后的现实寄托。在以词接迹《诗经》的基础上，自然过渡到对于词体现实功用的强调，过渡到对于词体“志”贞、“义”正的强调，即对于“征人思妇”“禽鱼草木”背后的寄托讽喻内涵的强调，因此，“淘滥噍杀”“义舛声乖”等不符合温厚平和之旨者皆在排斥之列。正是在这个意义上，丁澎在《西陵词选序》中称“孔子删诗，古诗三千，仅存三百，其遗风余韵□□□世用之不衰”②，赞誉《东白堂词选》“义合声和，以备古采风入乐之旨，歌之无淫哇，奏之无繁乱”“宣八风而平六气”③，评价不可谓不高。

然而，丁澎反对“淘滥噍杀”“义舛声乖”之词，并不意味着对于绮艳婉媚之风的排斥。这一点，与陆次云是一致的。其《叶司训浮玉词序》云：

---

① 丁澎：《东白堂词选序》，《扶荔堂文集选》卷二，康熙文芸馆刻本。

② 丁澎：《西陵词选序》，《西陵词选》卷首，康熙十四年刻本

③ 丁澎：《东白堂词选序》，《扶荔堂文集选》卷二，康熙文芸馆刻本。

> 客问曰："词以秦、黄为正派，率多艳章绮句，此非入于圣人之教也。"而予曰："不然。孔子不删《溱洧》之诗，如美人香草，《离骚》著以为经。惟诗亡而后有乐府，乐府亡而后有词。词虽小道，固接迹于《三百篇》者也。"①

因词接迹于《三百篇》，而孔子删诗，尚且不废《溱洧》，屈原著《离骚》亦托旨于"美人香草"，故词何必废绮艳之风？秦黄之词亦非有悖于圣人之教者。至此，可见丁澎论词，并非要求彻底改变词体风貌，而是以温厚和平之诗教大义提高词体品格，规范词之情感内涵，强调"美人香草"、比兴寄托之法的意义。虽然丁澎并未明确提出如后世常州词派一样系统的"寄托"理论，但其基本意指已初步具备。

相较于称词为《诗经》之余，丁澎曾更直接地将词视为"德业之余"。其《定山堂诗余序》曰：

> 文章者，德业之余也。而诗为文章之余，词又为诗之余。然则天下事何者不当用其有余者哉？……于是诗为有律之文，而非匏笙之辞曲矣。其近乎乐而可谱以八音者，莫善乎诗余，然则诗余者，《三百篇》之遗，而汉乐府之流系也。其源出于诗，诗本文章，文章本乎德业，即谓诗余为德业之余，亦无不可者。②

丁澎指出"诗余者，《三百篇》之遗"，源出于诗，而诗本文章，"为文章之余"，"文章本乎德业"，为"德业之余"，故而词为"德业之余"。经过这一系列推演，词就突破了文学的界限，与道德

---

① 丁澎：《叶司训浮玉词序》，《扶荔堂文集选》卷二，康熙文芸馆刻本。

② 丁澎：《定山堂诗余序》，《定山堂诗余》，民国二十六年开明书店《清名家词》本。

功业发生直接的关系。这种观念是对“诗余者，《三百篇》之遗”的高度提炼，是丁澎功利性词学观的高度概括。这种词学观念的提出，固然是以《定山堂诗余》作者龚鼎孳作为“人伦宗鉴”“国朝柱石”的威望与地位为背景的，出于对龚氏文章德业的鼓吹需要，离开了这一背景而单独解读这一思想会产生一定的偏差。但它作为一种功利性的词学观念，本质上与“诗余者，《三百篇》之遗”是一致的，其区别主要在于“德业之余”说显得更为直接和极端。这种艺术观念固然有助于强化词体的社会功用和价值定位，扩大其影响，但它显然存在着审美上的缺失，将会造成词体功利性价值对于审美价值的挤压，这一点是毋庸讳言的，深刻体现在丁澎对于部分词集词作的认知上。如本序称“世之读是编者，性情以是正焉，风会以是醇焉，房中正始之音以是传焉，宁仅曰诗之余而已哉”[1]，再如《叶司训浮玉词序》称其“将有裨于一国之风，其兴致所托，岂仅与浣花、玉樵辈争高下哉?”[2] 本质上皆是一种功利性批评，而非词体审美价值的认定。

除了陆次云、丁澎以外，毛先舒及其弟子洪昇也秉承同样的功利性词体观：

> 有韵之文昉于乐，或曰乐昉于有韵之文，要之两者皆互以相成也。虽然，乐之文必以韵，将以求其依永而和声也。长言不足，而又比诸钟鼓管弦，故入人深，而能以移风易俗也。同郡洪昇，从余游，性近韵学，往辄穷其源委，以为韵文滥觞于《三百篇》，而放于《骚》，六义而外，楚人其在《国风》《小雅》之间乎？且古人所以为诗者，以其发乎情，能止乎礼义也，于是后之人传之。非是，则古人不作，后人亦弗传。是以章必

---

① 丁澎：《定山堂诗余序》，《定山堂诗余》，民国二十六年开明书店《清名家词》本。

② 丁澎：《叶司训浮玉词序》，《扶荔堂文集选》卷二，康熙文芸馆刻本。

句，句必韵，韵必谐于声而后已，将使依永和声，而有以移风而易俗，故足贵也。[①]

毛先舒从依永和声之说，重点指出韵文与音乐相配合而产生动人至深、移风易俗的效果。又由于词曲乃是从《三百篇》屡变而来的韵文，而后者厚人伦、美教化的功用须赖词曲相传，所以词曲需要以《三百篇》为师。“填词变而为曲，曲变而为吴歌、为《桂枝》，流荡极矣，而终有所不能废”[②]，也就是说，不能因词体后起而自甘堕落，需要“因势以为功”“由孙追祖”[③]，需要像《三百篇》一样通过美刺讽喻实现移风易俗、教化人心的价值。正是基于这种认知，毛先舒曾高度肯定邹祗谟《丽农词》：“风刺揄扬，隐而微中，使人留连焉，惝恍焉，其意义视《三百篇》何以异哉?”[④] 并总结其所自作《平远楼外集》“弗敢淫”，即使其中不乏绮艳语，亦多有寄托：“是托也，非志也。夫人衷有所隐，而辞有弗能已，则更端以达之。《离骚》之志，美人目君，张衡《四愁》，非直为错刀、绣段而已也。”[⑤] 在上文所引《诗骚韵注序》中，毛先舒称其弟子洪昇亦以为韵文滥觞于《诗经》，古人之作所以能流传，在于其“发乎情，能止乎礼义”，有助于风俗教化，故足矜贵。这一说法在洪昇本人的文字中也可以得到印证，其《定峰乐府题辞》曰：“《二十一史》中理乱兴亡、纲常名教之大，往往借帏房儿女、里巷讴谣出之，令读者欲歌欲舞，或叹或泣，不能自已”[⑥]，强调的正是以儿女之情寄寓纲常伦理之大义。

与毛先舒、洪昇从韵文的角度入手不同，陆进从填词本身的问

① 毛先舒：《诗骚韵注序》，《潠书》卷二，康熙刻《思古堂十四种书》本。
② 毛先舒：《四子西湖竹枝序》，《潠书》卷一，康熙刻《思古堂十四种书》本。
③ 毛先舒：《四子西湖竹枝序》，《潠书》卷一，康熙刻《思古堂十四种书》本。
④ 毛先舒：《丽农词序》，《潠书》卷一，康熙刻《思古堂十四种书》本。
⑤ 毛先舒：《平远楼外集自序》，《潠书》卷一，康熙刻《思古堂十四种书》本。
⑥ 洪昇著，刘辉辑：《洪昇集》卷四，浙江古籍出版社 1992 年版，第 579 页。

题入手来为这一诉求张本。上文所引其《西陵词选序》，已指出词之内容、品格并不由词体本身决定，而是由作者决定的。词之淫哇卑下，“非词之过，作词者之过也”①，正是作词者固守的小道观念，导致词体无法摆脱“倡优之习”。陆氏否定传统的词体体性，转而将矛头直接对准词人，在明清词学语境中，确实一针见血。为了摆脱这种“倡优之习”，陆氏又指出词不当与《三百篇》以来的文学有别：

《三百篇》而下，汉魏质胜于文，六代华浮于实。□□□之中，备风人之体，其唯唐乎！词亦何独不然？内有温厚和平之旨，外为风华绮丽之章，岂徒以舞衣歌扇称艳一时哉？②

陆氏要求词人摒奸声乱色，改造淫哇滥溺之陋，在风华绮丽的外在风貌之下，反其情，和其志，以温柔敦厚的诗教大义为归，呈现更深刻的精神内涵。

吴农祥论词，亦以《三百篇》为准的，其作于康熙十五年的《张景隆诗余序》曰：

陈隋以后，乐府渐亡，降为对偶，才调飚发，事会云属，赋体繁而比兴少矣。……自此意澌灭殆尽而诗余作焉，言不出于闺闱，情不离于色笑，纤艳并驰，寒暑交作，动心谐耳，入骨中肌，是岂工游冶之谭，逞狭邪之态已哉？太白栏杆伫立之嗟，即北门雨雪之遗也；飞卿玉炉红蜡之咏，即角枕锦衾之寄也；希文碧云黄叶之怀，即东山西悲之续也；子瞻蜗角蝇头之感，即蟋蟀良士之思也；介甫澄江翠峰之赋，即黍离不知之伤也；幼安玉环飞燕之什，即简兮彼美之托也，何尝不原本风雅，

① 陆进：《西陵词选序》，《西陵词选》卷首，康熙十四年刻本。
② 陆进：《西陵词选序》，《西陵词选》卷首，康熙十四年刻本。

追始《三百》耶！……于是旗亭角胜，杯酒相劳，而诗余始盛。韦相庄、薛侍御昭蕴、和学士凝等，短章小语，残膏剩馥，虽皆目挑心招、遗簪坠珥之作，而隐有榛苓之幕，釜鬵之好焉。古语云："悲歌当哭，远望当归"，其此之谓乎?①

此序将近代词之品格不高、溺于纤艳狭邪，归因于"赋体繁而比兴少"，并以李白、温庭筠、范仲淹、苏轼、王安石、辛弃疾、韦庄、薛昭蕴、和凝诸人词作比拟于《诗三百》各篇章，以见唐宋词人"比兴寄托"笔法及其背后"原本风雅，追始《三百》"的大旨。姑且不论吴氏的比拟是否得当，但就这种词学论调而言，显然有意将词纳入到诗教规范中，以比兴寄托之笔法，改造词作的思想内蕴。

就连与清廷有不共戴天之仇的陆堦、陆繁弨叔侄论及词学问题时，对于官方宣扬的正统诗教大义也极为认可。陆堦仲兄陆培曾官明行人司行人，于顺治二年清兵下杭州时殉国，遗孤繁弨从乃叔陆堦学，终成一代骈文大家。叔侄二人俱不善词，而论及词体时，亦与西陵词人同一口吻。陆堦曾云：

盖词称诗之余，实古乐府之遗而《三百篇》所由肇也，其旨要有三：一曰情，一曰文，一曰声。《虞书》曰："诗言志，歌永言。"卜子夏曰："情发乎声。""声成文"所从来，然矣！……仆又窃见古昔词家氏籍矣，其间贞臣义士、理学事业、豪杰隐逸，莫不有所吟咏，抒写胸情，其肯喔咿嚅唲以事妇人乎?②

此亦以《诗经》《楚辞》说词，以"贞臣义士、理学事业、豪杰隐逸"之胸情咏写，打破"宁为大雅罪人"的旧说，从思想内容和精神品格层面，突破传统的冶艳卑下格局，正与其"《诗》有正

① 吴农祥：《梧园诗文集》，稿钞本。

② 陆堦：《古今词汇序》，《古今词汇》卷首，康熙刻本。

变，体不单行”[1] 的多元审美观念相一致。故而又称：“《花间》《草堂》不啻《离骚》，一卷便成名士也。溯李唐迄于今，代有作者，岂曰壮夫不为哉?”[2] 其以《风》《雅》《离骚》论词，提高词体品格与价值的期待不言而喻。陆繁弨亦同乃叔之论，其《汪雯远诗余序》云：

> 原夫小令滥觞于隋唐，长调扇芳于赵宋。山陬海澨，悉播新声；思妇劳人，各形雅唱。要皆乐府之附庸，而风人之别子也。……而且文虽近于变声，义不诡乎正雅。玉钗罗袖，均有指归，杜若江蓠，并深比兴。所谓治世之音安以乐，非必辞人之赋丽以淫也。[3]

此序以词为乐府附庸、风人别子，认为其文辞与“变风”“变雅”为近，皆需深有比兴寄托，故义旨不当悖于大雅。这种词体认知与丁澎、陆次云、毛先舒诸人皆深相契合，并非一种偶然。

在诸多西陵词人中，吴仪一的词论个性尤其鲜明。《付雪词三集序》载其康熙十九年秋与陈维崧京师论词曰：

> 因更忆在燕邸，同阳羡陈迦陵论填词，时雨过骤凉，垂帏篝灯，迦陵言南北宋词人正变妍媸，较如数指上文。而予谓：“以宋求词，词勿工也。夫词，必裁之《风》《骚》，以洁其体；参之汉、魏、六朝乐府，以通其情；采之初、盛，以和其声而张其气；熟之中、晚，以安其字。至金、元人曲、剧，逗秦、柳二七之余波者不可不知而避之。若以宋，师《片玉》者，仅得尧章，学白石者，流为浩澜，格斯下矣。”迦陵掀髯大笑起

① 陆堦：《古今词汇序》，《古今词汇》卷首，康熙刻本。
② 陆堦：《古今词汇序》，《古今词汇》卷首，康熙刻本。
③ 陆繁弨：《汪雯远诗余序》，《善卷堂四六》卷二，乾隆刻吴自高注本。

舞，予披帷视日，已照西阤，屋内灯犹荧荧也。[①]

吴仪一所谓“以宋求词，词勿工也”，乍见之下，确为惊人之论。然其所谓裁《风》《骚》、参汉魏云云，正与明清以《诗经》《楚辞》、乐府论词之风尚相契合。其意在要求词取法乎上，尤其是“裁之《风》《骚》，以洁其体”，所谓“体”者，当指内在“体性格调”而言，非指外在之体“文辞风貌”，观其“熟之中、晚，以安其字”即可知。吴仪一强调以《诗经》《楚辞》之风雅，涤荡词体淫靡变荡的品性，以《国风》之丽而不淫、《离骚》之忠爱缠绵改造词体，提高词体格调。吴氏词学文献留存极少，其为沈丰垣所作《兰思词评》有云：“人皆言沈子工于言情，予更喜其止乎礼义，如《生查子》‘不肯上秋千，解道东墙近’，写丽情以贞性也；《踏莎行》‘瑶琴元不是知音，一床夜月吹羌笛’，付柔情于怨艾也，皆有风人之遗”[②]，所谓“裁之《风》《骚》”者，即此之谓。

丁澎、陆次云皆出仕清廷，一任京官，一任地方官，其强调词体的社会风俗、政治教化功用，倒是符合其身份的；而毛先舒、吴农祥，一无仕进意，一求仕进而不得，皆无袍笏加身，终老林泉；甚至陆堦、陆繁弨与清廷有家国血海之仇，也如此看重词体之于社会现实的积极功用，正可见此乃时代风会所在，并非偶然而已。其他如徐旭旦《流香阁唱和词引》所谓“词学肇兴，即当《卷阿》《穆如》之颂；元声未坠，堪媲《山榛》《彼美》之篇”[③]，许田《屏山词话》“言情绮丽，原本风骚，然雅俗要须有辨”等[④]，以及《西陵词选》的“以俟采风”之说，[⑤]《见山亭古今词选》的“作词

① 吴仪一：《付雪词三集序》，《巢青阁集付雪词·红么集·悼亡词》，康熙刻本。
② 吴仪一：《兰思词评》，《古今词选》《兰思词钞》卷前，清康熙刻本。
③ 徐旭旦：《世经堂初集》卷八，康熙五十一年刻本。
④ 许田：《屏山词话》，《屏山春梦词》卷首，清刻本。
⑤ 俞士彪：《西陵词选序》，《西陵词选》卷前，康熙刻本。

者当以《三百篇》为师，选词者亦以《三百篇》为法”之说，[1]《古今词汇》“今之选辞，与昔之删诗，圣凡殊域，旨趣同归”之说，[2] 皆是这种诗教观念下的词学论调。就连天启、崇祯以来主“情”论的代表词人徐士俊，在康熙年间作《浮玉词初集序》时，亦偶有“安定，先经术而后词章，今且因词章而卜经术”之论，[3] 作为亲历启祯顺康四朝的词人，徐氏词学思想虽未真正皈依儒家诗教中，但亦为此等论调，故知风尚所在，能逃出者少之又少。沈谦作为重要词人，于康熙九年辞世，并未赶上这一风会，又另当别论。

不仅西陵词坛如此，以词上接《诗经》《楚辞》，要求将词纳入到诗教系统中，从创作方式、题材内容、审美风格、价值功用、文化定位等全方面改造词体，已成为一种时代的集体呼声。这种风尚背后存在着非常深刻而复杂的原因：一是在明末清初词体复兴的背景下，创作主体的词体观念的变化。严沆称：“明国史《经籍志》，穷搜及于佛老殊域之书，乃词集独不载。盖一代之风尚所好不存，而解者遂鲜其人，宜已”[4]，又称“比年以来，海内骚雅之士多肆意于词”[5]，陆堦亦称“近世谈风雅者类及之”[6]，不仅揭示了明清两代对于词体的不同重视程度，更在一定程度上揭示了清代词作者的身份与学养问题。这类鼓吹风雅的文士大量投入到词的创作中，自然促使诗教观念向词体的渗透，明代“小道”“艳科”的词体定位及其作品品貌显然不符合清代主流词人的词体认知，也不能满足清代词人的价值期待。二是经过易代战乱，社会逐渐趋于稳定，将新政权正统化、合理化的需求引起满族统治者对于道统、治统的重视，促使其改变对汉族文化和汉族士人的态度与策略。尤其是康熙亲政

① 陆次云：《古今词选序》，《北墅绪言》卷四，康熙刻本。
② 卓回：《古今词汇三编凡例》，《古今词汇三编》卷首，康熙刻本。
③ 叶光耀：《浮玉词初集》卷首，康熙刻本。
④ 严沆：《古今词选序》，《古今词汇》卷首，康熙刻本。
⑤ 严沆：《古今词选序》，《古今词汇》卷首，康熙刻本。
⑥ 陆堦：《古今词汇序》，《古今词汇》卷首，康熙刻本。

后，一改重满排汉的民族政策，鼓吹休明，重视文教，钦定修撰的《历代诗余》《钦定词谱》等即显示出统治者对于文化的掌控已经深入到词体领域。在这种大文化背景下，词体由小道向大雅的归附就显出它的必然性了。丁澎有云："我兴朝建鼎，崇尚正雅，郊歌庙颂，厘定中声。时名臣卿大夫，以及草野微贱之士，靡不竞倡中和之响以应之。于是，填词之盛，轶南唐、北宋而上"①，可见，当时词人对于朝廷之鼓吹与文士之响应两层原因皆有清醒的认知。

第三节　多维度的填词技法论

随着创作的复兴，创作经验的总结与传授，讨论与切磋，逐渐成为一种群体性需求。一方面，明清词人继承了宋代词人重视填词技法的传统，从两宋词学和词作中汲取营养，进行新的探讨和延伸；另一方面，明清词人与两宋词人所处的词学环境不同，不仅面临着词的诗化问题，也面临着词的曲化等问题，使得明清词人的填词技法论又呈现出一些明显的不同。尤其是全面性与系统性方面，明清词论尤其突出。西陵词人尤其热衷于词体规律的全方位总结，字法、句法、章法、笔法等填词技法论是西陵词学的重要内容之一，作为清初词学复兴最具体的成果而存在。但受到现代学术观念的影响，今日论及各词派的词学，往往重视发掘其思想性的理论观念，而对于作为传统词学重要内容的填词技法、词作评点等不甚措意。现代词学认知与古典词学认知之不同，学人论词与词人论词之不同，此为一大端。

一

诗、词、曲作为不同文体，各有其不同的艺术特性与价值定位。

---

① 丁澎：《东白堂词选序》，《扶荔堂文集选》卷一，康熙文芸馆刻本。

相对而言，在传统的文学价值序列中，产生越早的文学样式，价值意义越重大，品格、定位越崇高。由《诗经》而《楚辞》，而乐府，而古体，而近体，而词，而曲，呈现一种价值递降的关系。一般意义上的认知是，由后以追前，可以提高文体的价值和品格，相反，若由前而趋后，则会降低该文体的品格与价值，不符合创作的价值追求。朱一是在《答方庵论诗书》中提出"前体后句""后体前句"之说，即是此意：

> 古今诗统，每降而愈下。其体格画然有别，不可混焉。……为前体而杂后句，则见其劣，为后体而杂前句，则增其优。故《三百篇》、乐府不可兼古诗，古诗可以兼《三百篇》、乐府；古诗不可以兼近体，近体可以兼古诗。初、盛不可兼中、晚，中、晚可以兼初、盛；中、晚不可以兼宋、元，宋、元可以兼中、晚。大都自升而将，人存乎升之见，则摘其句之降以为衰飒；自降而升，人存乎降之见，则喜其句之升以为近古。诗品高下，随时代气运而分，人情亦因之分欣、厌焉。①

在这种文体观念中，作为小道末技的词，如果要提高品格、价值和地位，需要借助诗乃至经史，以改造自身。"佳山堂六子"之一徐林鸿在《柳烟词评》中曾说："词有神境，有绝调，有本色，上可参乐府，下不堕元曲，镂金错采，凿冰雕琼，皆无预于神韵兴象也。"② 所谓"上""下"正是就先后尊卑的文体序列而言的，徐氏关于词可以向上参拟乐府而不能向下堕入元曲的观点，与朱一是所论之文体价值序列吻合。这种观点在明末清初文人的观念中，非常具有代表性。

但这种取向也存在着一定的问题，不同文学样式之间，各有独

① 朱一是：《为可堂初集》卷一，顺治十四年补崇祯刻本。
② 徐林鸿等：《柳烟词评》，《柳烟词》卷末，康熙红萼轩刻本。

特的文体特征，尤其是词曲等入乐之作，更有本色当行之义。因此，部分词人不满词体的诗化取向，十分注重维护词体的本色特征。著名的“诗庄词媚”一说，因见载于《古今词论》而广为流传，今考其源，实出于钱塘李式玉《词源》。其中第二条云：“诗庄词媚，其体制元别。然不得因媚辄写入淫亵一路，媚中仍存庄意，风雅庶几不坠。”① 以“庄”和“媚”概括诗词之别，是一种相对准确并且广被认可的说法。但作为一位长于曲学的作家，李式玉更深刻的地方在于，他深知妩媚者易滑入淫冶一路，故而又强调“媚”与“淫艳”“淫亵”的区别，词虽取媚，但须防范淫冶之习，媚而不失庄意，宁稍近于诗，也不能堕入曲体。

卓长龄《羡门臆说》亦云：“情词亦有大佳处，劳人思妇，缠绵宛转，寄托自深。即至闺襜喁喁，何伤大雅？但勿涉淫亵。宋人有偶为之者，俚鄙，非可传之文。”② 卓氏观点与李式玉大同小异，亦称词不妨描写闺襜，不妨婉媚，此为词风之一种，并不为病，但不可淫冶、鄙俗，需有所寄托。这种观点是西陵词坛在以诗教精神净化词体情感过程中依然坚守其多元审美主张的具体表现。

沈谦兼精于诗学、词学和曲学，其《填词杂说》云：“承诗启曲者，词也，上不可似诗，下不可似曲。然诗、曲又俱可入词，贵人自运。”③ 其子沈圣昭又曰：“先子有言：词称诗余，又不可类乎诗，然非深于诗者不能尽词之巧。”④ 沈谦虽强调词与诗、曲的不同之处，但与一般的认知不同，他同时强调填词需要以诗学功力为基础，深于诗学有利于作词。并且认为诗、曲皆可入词，但需要作者准确把握其中的分寸。沈谦的前期创作染有曲化的色彩，晚年亦认为曲并非不可入词，只是需要词人独具慧心的领悟和特殊的技巧。

---

① 李式玉：《词源》，《巴余集》卷八，康熙十五年刻本。

② 卓长龄：《羡门臆说》，康熙十八年刻本《古今词汇》本。

③ 沈谦：《填词杂说》，《词话丛编》第一册，中华书局 1986 年版，第 629—635 页。

④ 沈圣昭等：《柳烟词评》，《柳烟词》卷末，康熙红萼轩刻本。

至于具体如何操作，有什么尺度，他并没有明确解释。沈圣昭又称："昭先于趋庭之暇，喜填小词，间因诗学未就，恐易心手，不欲多作，然亦不欲自恕也。"[①] 这种作词有妨诗格的创作心理，在清代文人中非常具有代表性。如吴陈琰曾称："往，曹秋岳司农寄余书谓：'辛稼轩本能诗，后以词名世，而诗不复作。宝崖，词坛巨手也，当解颐斯语。'然余故不敢当稼轩，亦未尝以词废诗也。十年以来，则又以诗废词矣。"[②] 诗词创作方式的不同，需要一定的创作功力才能把握，这就是沈谦所谓"贵人自运"之意。清初以词废诗者，或不多见，而以诗废词者，则不罕睹。除了作者自身因素以外，这种现象与诗词体性、价值、功能之区别有很大的关系。

二

不仅词与诗、曲体制、体性不同，即词内部，亦因调式、体制的不同，而有所不同。"词有三法，章法、句法、字法，有此三长，方可称词"[③]，然而，小令与慢词亦稍有区别，创作经验丰富的西陵词人深谙此道。张台柱曾说：

> 凡作词，第一须论体裁。如调自十四字起，至二百三十余字止。短调须取意，如一丘一壑，安置得宜，其间烟云变幻，令人寻绎无穷；长调须取势，如长江大河，安流千里，遇风生澜，随势转折，而不失自然之妙，斯得之矣。[④]

乃师沈谦亦称：

> 小调要言短意长，忌尖弱；中调要骨肉停匀，忌平板；长

① 沈圣昭等：《柳烟词评》，《柳烟词》卷末，康熙红萼轩刻本。
② 吴陈琰：《浣雪词话》，《浣雪词钞》卷首，康熙刻本。
③ 袁于令语，见徐釚《词苑丛谈》卷一，康熙刻本。
④ 张台柱：《词论十三则》，《东白堂词选》卷首，康熙十七年刻本。

调要操纵自如，忌粗率。能于豪爽中著一二精致语，绵婉中著一二激厉语，尤见错综。[①]

杨守斋《作词五要》称作词“第一要择腔”[②]，因为不同声腔有不同的声情特点，择腔乃是据不同情感的表达需要而进行的。但在词乐失传的情况下，将选择词调作为填词的第一步，虽为无奈之举，也是本于作者情感表达的需要，张台柱所言“第一须论体裁”即是此意。小令与长调体制不同，作法亦有别，他认为“短调须取意”，含蓄凝练而意味深永，寻绎无穷，此即沈谦“言短意长”之意。又称“长调须取势”，平稳中忽见转折，随势而动且不失自然。小令、长调这种做法上的不同，显然与其体制的不同、审美风貌的不同是相应的。但是沈谦并未胶着于此，其所谓“豪爽中著一二精致语，绵婉中著一二激厉语，尤见错综”，以及肯定“小令、中调有排荡之势者”“长调极狎昵之情者”有“偷声变律之妙”等[③]，又可见其对这一问题的灵活把握。李式玉称：“小令叙事须简净，再著一二景物语，便觉笔有余闲；中调骨肉宜停匀，语有尽而意无穷，斯属高手；长调切忌过于铺叙，遇对仗处必须警策，方能动人，设色既穷，忽转出别境，乃不窘于边幅。”[④] 所持观点与张台柱、沈谦大同小异而已。

沈谦所谓的“错综”之法，在西陵词论中屡见不鲜。它并不仅仅是一个笔法问题，也涉及句法问题。王晫有言：

词家之妙，在平处著警语，淡处著浓语，方是神境。如柳亭《满路花》，前七句皆平叙，忽云“弄舌流莺，一声惊起无那”，又《东风第一枝》，前七句皆淡语，忽云“想去年烂醉，

① 沈谦：《填词杂说》，《词话丛编》第一册，中华书局 1986 年版，第 629 页。

② 张炎：《词源》卷下，《词话丛编》第一册，中华书局 1986 年版，第 267 页。

③ 沈谦：《填词杂说》，《词话丛编》第一册，中华书局 1986 年版，第 630 页。

④ 李式玉：《词源》，《巴余集》卷八，康熙十五年刻本。

来时谁折，小梅轻打”，新奇警策，爽目动魂，真得汴宋人遗法者。①

毛先舒亦云：

> 词家刻意、俊语、浓色，此三者皆作者神明，然须有浅淡处、平处，忽著一二乃佳耳。如美成《秋思》，平叙景物已足，乃出“醉头扶起寒怯”，便动人工妙。②

作品忌平庸，故须有警策、动人处，但如果处处超拔、处处浓挚，便无所谓超拔，无所谓浓挚。且一首作品，处处皆妙是很困难的，诚如张炎所云：“词中句法，要平妥精粹。一曲之中，安能句句高妙？只要拍搭衬副得去，于好发挥笔力处，急要用功，不可轻易放过，读之使人击节可也。”③ 王晫、毛先舒所论正是此意，二人强调词句的参差变化，于平稳处忽著一警策之句，浅淡处偶出一浓挚之语，便能动人，获取出奇制胜的效果，所谓“汴宋人遗法”，于张炎《词源》等处，信而有征。张丹《掞天词序》云：

> 词虽小道，第一要辨雅俗，结构天成而中有艳语、隽语、奇语、豪语、苦语、痴语、没要紧语，如巧匠运斤，毫无痕迹，方为妙手。④

这段文字首要观点在于强调词句须雅，而其对于词之句法与章法问题亦有与以上诸人相同的见解。所谓“艳语、隽语、奇语、豪语、苦语、痴语、没要紧语”等，多为明代词学评点中的常见术语，

---

① 王晫等：《兰思词话》，《古今词选》《兰思词钞》卷前，清康熙刻本。

② 毛先舒：《诗辩坻》，康熙十八年刻《古今词汇》本。

③ 张炎：《词源》卷下，《词话丛编》第一册，中华书局1986年版，第258页。

④ 王又华：《古今词论》，康熙十八年刻《词学全书》本。

是由创作和阅读经验中总结而来的。张丹强调词作整体的“结构天成”，言下之意，亦指不同词句的配合运用须“毫无痕迹”，不能刻意拼凑。那么，词句错综有没有规律可循？对此，张台柱有较深刻的见解：

> 一须论句。句自一字起，至九字止，其中有如四言诗句，五言诗句，六言诗句，七言诗句，九言诗句。四言有一三句；五言有一四句；六言有三三句；七言有一六句、三四句；八言有三五句；九言有三六句、六三句。凡此俱宜细辨，不得混用。有顺句，有拗句。一调之中，通首皆拗者，遇顺句必须精警；通首皆顺者，遇拗句必须极熟。此句法之要也。①

张氏此处“顺句”“拗句”，乃是从句式规范角度而言的，虽与以上所谓“警语”“浓语”等概念着眼点不同，但皆须符合“错综”之法。如果通首皆拗，那么其中顺句即为关键之处，须出以警策之句以免滑脱；如果通首皆顺，那么拗句即为关键之处，须出以纯熟之句以免滞塞。这种“顺句必须精警”“拗句必须极熟”的观点与沈谦“僻词作者少，宜浑脱，乃近自然。常调作者多，宜生新，斯能振动”② 的观点颇有几分相似。《莲子居词话》转录《频伽词话》云：“词有拗调、拗句，须浑然脱口，若不可不用此平仄声字者，方为作手”③，也表达了同样的意思。

与“错综”之法相关，西陵词人尤其重视一首词的关键之处对于作品的意义，如吴仪一所谓“虚”、卓长龄所谓“隙”、沈谦及张台柱等人所谓“结”，等等。吴仪一有云：

---

① 张台柱：《词论十三则》，《东白堂词选》卷首，康熙十七年刻本。

② 沈谦：《填词杂说》，《词话丛编》第一册，中华书局1986年版，第630页。

③ 吴衡照：《莲子居词话》卷三，嘉庆刻本。

> 作小令须留意在虚处，方有一唱三叹之妙。如柳亭《荷叶杯·秋怨》起云“看到芙蓉憔悴，心碎”，玩“看到”二字，则芙蓉未憔悴时之心可知矣。说芙蓉，便是江南风景，故接云“秋雨暗江南，凄凉风景不曾谙”，秋雨凄凉，正与芙蓉憔悴相关，语似拓开而意实连缀。结又因“不曾谙”转为设问之辞曰：“堪么堪，堪么堪”，叠二句，口气恰好，尚有许多不堪之情余在纸尾，且能反照上“心碎”二字。神理一片，法脉井然，读此种词，正当寻味于行墨之外耳。[①]

此所谓“虚处”，当是从字义上立论的，近于张炎所谓“虚字”。张炎称“词与诗不同，词之句语，有二字、三字、四字，至六字、七、八字者，若堆叠实字，读且不通，况付之雪儿乎！合用虚字呼唤，单字如‘正’‘但’‘任’‘甚’之类，两字如‘莫是’‘还又’‘那堪’之类，三字如‘更能消’‘最无端’‘又却是’之类。”[②] 然而，张炎立论与吴仪一又有别，张炎注重的是虚字运用之于“清空”词风的意义，而吴仪一则着眼于虚字贯穿意脉的章法意义。张炎又云：“若尽用虚字，句语又俗，虽不质实，恐不无掩卷之诮”[③]，卓长龄亦持相同的观点：“用虚字呼唤，有钩魂摄魄之妙，玉田论之详矣。然一阕中亦不宜数用，恐过多则易邻于曲。词与曲之迥异，于此有微辨”[④]，基本内容不出于张炎所论，而立脚点却在词曲之辨，并非“清空”与“质实”之别。吴仪一、卓长龄与张炎之离合，亦可稍见西陵词人与浙西词派词学观念之区别。

卓长龄曾提出“隙”字的概念，与“虚”稍有不同：

> 一题一调，须视其隙，隙者，正容我讨好处也。故分题拈

---

① 吴仪一：《评兰思词》，《古今词选》《兰思词钞》卷前，清康熙刻本。
② 张炎：《词源》卷下，《词话丛编》第一册，中华书局1986年版，第259页。
③ 张炎：《词源》卷下，《词话丛编》第一册，中华书局1986年版，第259页。
④ 卓长龄：《羡门臆说》，康熙十八年刻本《古今词汇》本。

> 调必知题之隙在某字，调之隙在某句，得此要领，则攻坚捣瑕，可随笔锋之所至矣。①

“隙”有“题隙”“调隙”，所谓“容我讨好处”者，当指词人可以借以伸展、纵横的题字或词句，或即张炎所谓“好发挥笔力处”。至于可以发挥的“隙”何在，视结构而定，还是视内容而定，由于缺乏更进一步的文献材料，暂不可考。然而，毛先舒曾有一段词论，之于“隙”较有参考的价值，其《诗辩坻》曰：

> 尝论词贵开宕，不欲沾滞，忽悲忽喜，乍远乍近，斯为妙耳。如游乐词微须着愁思，方不痴肥。李《春情》词本闺怨，结云：“多少游春意，更看今日晴未”，忽尔拓开，不但不为题束，并不为本意所苦，直如行云，舒卷自如，人不觉耳。②

所谓“不为题束”之处或即“题隙”，“不为本意所苦”者或即“调隙”，二者皆在我发挥。词虽不能离题，然而亦不能沾滞，“直如行云，舒卷自如”，使人不知我之离合，故词贵开宕。

沈谦、张台柱师徒在论词法时，尤其关注词之结句，此为其“好发挥笔力处”之所在。沈氏有云：

> 填词结句，或以动荡见奇，或以迷离称隽，著一实语，败矣。康伯可“是销魂时候也，撩乱花飞”、晏叔原“紫骝认得旧游踪，嘶过画桥东畔路”、秦少游“放花无语对斜晕，此恨谁知”，深得此法。③

---

① 卓长龄：《羡门臆说》，康熙十八年刻本《古今词汇》本。

② 毛先舒：《诗辩坻》，康熙十八年刻本《古今词汇》本。

③ 沈谦：《填词杂说》，《词话丛编》第一册，中华书局1986年版，第630页。

沈谦称词之结句或以新奇见胜，或以隽永见胜，不可太实，实则无味。应当说，这种认知是有一定道理的，然而并不如其弟子张台柱的认知深刻，张台柱云：

> 词之前后两结，最是要紧，通首命脉，全在于此。前结如奔马收缰，要勒得住，还存后面余地，仍有住而不住之势；后结如众流归海，要收得尽，足完通首脉络，仍有尽而不尽之意。①
>
> 词有两结，是通篇紧要处，如前半一顿，乃山龙之过脉也；后一总结，乃尽龙结穴也。如两结少懈，则全首索然。柳亭词前后两结，警策者力挽千钧，开宕者妙入三昧，佳句甚多，不能枚举，在读者自击节耳。②

此就双片词调而言，张氏认为，在全篇结构中，前、后两结句皆为章法结构之关键所在。前结须收得住，但又须留有余地以启后片，后结又要收得尽，但又须言有尽而意无穷，有隽永之味。张氏以同门沈丰垣《兰思词钞》为例，分结句为“警策者力挽千钧”“开宕者妙入三昧”两种，显然来自于其师“动荡见奇”“迷离称隽”之说。

除了结句以外，张氏对于词之起句亦相当重视：“词之警策，虽全在前后两结，然起句若登高而呼，百谷响应”③，此与“山龙过脉”“尽龙结穴”相对观，可见张氏词学章法理论之全貌。

如果说以上所论字法、句法、章法皆为词体横向层面的技法论，那么构思的层次性、立意的深刻性则是部分西陵词人在纵向层面的创作追求。卓长龄曾云：

---

① 张台柱：《词论十三则》，《东白堂词选》卷首，康熙十七年刻本。

② 张台柱等：《兰思词话》，《古今词选》《兰思词钞》卷前，清康熙刻本。

③ 张台柱等：《兰思词话》，《古今词选》《兰思词钞》卷前，清康熙刻本。

> 词贵典确，然硬填故实，纵对偶精工，与《事类赋》何异？大抵意胜则曲，词胜则直，意胜则灵活，词胜则呆板，意胜则转折靡穷，词胜则铺排易尽，此名手与俗笔高下之殊也。①

王晫称“填词家浅者既伤径尽，深者又苦暗涩”②，“深者”即卓氏“意胜则曲”之意，“浅者”即立意浅薄、不以构思见长者，言之无物行而不远，故伤于“径尽”，卓氏所谓“词胜者”即属于这一类。此处将词人分为两种，并称“意胜”者转折无穷，灵活多变，“词胜”者径直、呆板，缺少变化与纵深感，二者有高下之分。

同样是从言与意的角度来看待这一问题，相比于卓长龄将二者对立起来，毛先舒则立足于二者的关系，其观点显得更为深入而全面。毛氏《鸾情词话》追求有层次、有深度的构思出之以自然浑成之语：

> 词家意欲层深，语欲浑成，然意层深语便刻画，语浑成意便肤浅，两难兼也。或欲举其似，偶拈永叔词“泪眼问花花不语，乱红飞过秋千去”，此可谓层深而浑成，何也？因花而有泪，此一层意也；因泪而问花，此一层也；花竟不语，此一层也；不但不语，且又乱落，飞过秋千，此一层也。人愈伤心，花愈恼人，语愈浅而意愈入，而绝无刻画之迹，谓非层深而浑成耶？然作者初非措意，直如化工生物，笋未出土而苞节已具，非寸寸为之也。若先措意，便刻画愈深愈堕恶境矣。即此等解，一经拈出后，便当扫去。③

填词与诗文一样，语言为外在层面，立意居内在层面，辞以表

---

① 卓长龄：《羡门臆说》，康熙十八年刻本《古今词汇》本。
② 王晫：《吴山草堂词话》，《霞举堂集》卷十，康熙霞举堂刻本。
③ 毛先舒：《鸾情词话》，康熙十八年刻《古今词汇》本。

意，敷意成文。若构思过于深僻，表达时不得不着意刻画，则下语难以畅达；若文辞流畅通达，或又难以表现深思邃绪，故兼之为难。但意忌浮浅，语忌雕琢，以自然浅近的语言，表现具有纵深性的构思和立意，自然是最理想的艺术形态。而毛氏更深刻的地方在于，不仅强调了意层深而语浑成的理想作品形态，更指出了具体的操作技巧：即立意虽以层深为贵，但创作时不可先存此念，有意营造立意的层深效果，需在创作中自然形成。此论深得创作之甘苦，屡为当时词论家所称引。

西陵词坛创作中，最能得此法之妙者为沈丰垣，吴仪一曾在《评兰思词》中称："《兰思词》多天然妙语，如'独怜春草不成花，看尽晚云都做水'，为徐野君拈出；'怪底窥人莺不语，绿杨枝上微微雨'为沈去矜拈出；予尤赏'画屏飞去潇湘月'，直臻神境。盖屏画潇湘、月照屏上，及至月落屏虚，有无数层折，而一语浑成如此，真难得也。"①

字法、句法、笔法、章法、立意、构思与语言表达等，作为最基础的填词技巧，是在丰富的创作经验和阅读经验基础上提取的。西陵词人不仅结合自己的创作经验总结出丰富的填词技法，也常由这些角度进行词集的评点，对于解读词人作品具有重要的指示意义。

余　论

西陵词人的词论内容十分丰富，无论是审美风格论、价值功用论，还是填词技法论，有因承传统词论的一面，亦表现出一定的革新意识。其中，作为西陵地域词学核心精神的，也是最具地域特色和革新色彩的，是其不偏不倚、包容开放的词体审美观念。

---

①　吴仪一：《评兰思词》，《古今词选》《兰思词钞》卷前，清康熙刻本。

从崇祯年间至康熙年间，婉约、豪放并存不废、不分高下的词学审美主张，逐渐由个体性主张成为西陵词坛一定范围内的共识。在这一过程中，西陵词人的词学观念亦经历了由主“情”论向诗教说靠拢的深刻变化。也就是说，自崇祯年间徐士俊、卓人月至清康熙年间诸词人，婉约、豪放并存不废的开放性审美在西陵词坛虽然未曾中断过，但是这一审美观念所依赖的现实环境与所根植的理论土壤发生了深刻的变化。所谓现实环境的变化，是指明清易代的乱世向康熙治世的演进过程。所谓理论土壤的变化，主要是指由主情思潮向诗教精神的皈依。具体而言，在崇祯乃至康熙十年以前，徐士俊、卓人月和沈谦、毛先舒等人的词体观念多根植于“主情”理论，诸人的创作尤其重视“情感”“性情”及其感染力之于文学作品的意义。尤其是徐、卓二人，更是从情感、性情的角度为婉约、豪放并存互济的词风主张建立理论根据。但是到了康熙十年前后，词学风会发生了重大转移，大量词人试图以大雅元音、温柔敦厚等诗教理论对词体进行规范，本书关于诸词选、词论的研究亦明确体现了这一变化。在诗教观念的作用下，词人或以孔子删诗“不废《小戎》”为据，抵挡婉约派对于豪放词风的冲击，或以“《诗》三百篇，妇人女子列其首”①“《国风》好色，不见斥于孔公”② 抵抗对于婉约词风的非难，或以“诵十五国风□□异，好尚亦殊”③“《诗》有正变，体不单行”④ 兼顾两者。会稽人金镇序卓回《休园长短句》时所谓“非正，无以端温厚和平之风，非变，亦无以尽纵横磊落之致，诗与词一也”⑤，正是对这种诗教观念下的多元审美观的高度概括。

将词接轨于《诗经》，以儒家诗教观念改造词体思想、品格，以

---

① 徐士俊：《兰思词序》，《古今词选》卷前，康熙吴山草堂刻本。

② 陆繁弨：《沈御冷诗余序》，《善卷堂四六》卷二，乾隆刻吴自高注本。

③ 俞士彪：《西陵词选序》，《西陵词选》卷首，康熙十四年刻本。

④ 陆堦：《古今词汇序》，《古今词汇》卷首，康熙刻本。

⑤ 金镇：《休园长短句序》，《古今词汇》卷首，康熙刻本。

及对于“比兴寄托”之法的重视，是在清顺、康年间的政治、文化、社会环境中孕育而成的，是整个词坛普遍存在的一种大型词学风尚。但是在这一词学生态中，西陵词坛具有自己独特的思考与坚持。由于对明代词坛流弊的不同认知以及对词体的不同认知等原因，同样是由小道向诗教靠拢，同样是鼓吹大雅元音，西陵词人与其他流派词人在这一潮流中的目标和策略均有所不同。

以浙西词派为例，浙西词派对于明词的主要不满在于“鄙俗”，故以“雅”为词学核心精神和理论旗帜，并具体落实到姜张“清空骚雅”之风，主张创作盛世元音，最终顺应了康熙盛世的需要，成为牢笼一代的词派。而西陵词人对于明词的不满，主要有二：其一，词风单一；其二，淫冶卑下。陆次云所谓“诗余方盛，学步之家，纷然鹊起，谓短长诸阕，专咏柔情。娇花解语，竞工桑濮之音，芳草怀人，争染勺兰之色。大雅贻讥，衰藏于盛矣”[①]，综合两种问题于一体，非常鲜明地代表了西陵词人的认知。康熙年间西陵词坛非常强调“大雅元音”之于词体的意义，创作和批评亦有趋雅的倾向，然而由于一直以来的开放多元的审美观念，这种趋雅倾向并不落实在具体的某种词风上，而是强调以诗教精神涤荡词风，改造词体的精神内涵、品格和社会功用。

西陵词人在审美上追求“婉约、豪放并存不废”，强调词风的多元性；在价值取向上追求大雅元音的教化意义，强调词体的社会功用。并且以前者为词学核心精神，在追求词风多元化的前提下，借助比兴寄托等手段实现诗教观念的内在传达，不以大雅元音落实到具体的词风问题上，即不损害词风审美的多元性。地理位置与行政区划上，西陵虽属浙西，但其词学基本精神和核心宗尚相去之远，一至于此。

西陵词人独特的词学风尚，不仅有力地冲击着明代词坛的僵化局面，更为清初词学的演化开拓了自由广阔的空间和多重可能性。

---

① 陆次云：《古今词选序》，《北墅绪言》卷四，康熙刻本。

在清初新词风形成气候之时，又能清醒地保持其词学立场的独立性，在一定程度上防范着词风走向新的独尊局面。虽然随着浙西词派的崛起，这种努力以失败告终，但是西陵词学观念的独特性价值，西陵词人的词坛地位，及其之于清代词史的贡献，不能简单地以成败论定。

第四章

西陵词人词作研究

启、祯、顺、康四朝百年间，西陵词风之盛最重要的体现在于涌现出了400多位词作者，结成词集140种以上，现存词作远超10000首。丁澎云："我西陵之词遂彬彬冠海内焉！"[①] 偌大词坛，并无作为核心和领袖的词家或词论家，也不存在一种鲜明的主导风格。其根本原因，在于西陵词坛独特而鲜明的词学主张。从明末卓人月、徐士俊开始，西陵众人即倡导多元并存、开放包容的词学风尚，几代人各以其创作和理论，努力营造一种婉约与豪放并存不废的词坛氛围。部分见识卓著的词人对于坛坫林立、门户纷争、流派迭代的词坛现象有深刻的认知与高度的警觉。但这一过程并非一蹴而就的，其中伴随着西陵词人与其他词人的外部争锋，如卓、周之争；伴随着西陵词坛的内部交锋，如沈、毛之争；伴随着个体词人创作与批评的离合，如徐士俊、沈谦；伴随着词人创作进程中的自我调整与尝试，如丁澎等。但是整体而言，词学批评上的包容开放与创作风貌的多元并存，正是西陵词坛最核心的词学精神。

在这种极具开放性的词坛氛围中，西陵词人能够相对更自由地进行创作，由自身的才情禀赋、境遇遭际及创作意向主导其词作风格，各词人的作品风貌又因此不能不有所偏重。但西陵词人的词风

---

① 丁澎：《西陵词选序》，《西陵词选》卷首，康熙十四年刻本。

呈现并非完全自在自然的，部分词人积极寻求词风多元化、多样性的创作目的非常明确，如徐士俊、卓人月以稍显幼稚的创作，尝试以步韵苏辛等方式突破婉媚词风的笼罩；再如词风发生转变的后期，沈谦积极在壮词长调中偶著小令式的柔昵语，在小令中亦时作疏放语；如丁澎、王晫、俞士彪等人的创作，皆明确呈现为两路词风并进；更有吴仪一，曾明确地记载自己每部词集的不同风格取向。诸如此类，皆是与多元化词风主张相一致的创作表现，是西陵词人的特色之一。

方象瑛称："数十年来，词学盛于西陵，余所见诸贤所作，莫不人擅苏辛，家工周柳，其未经寓目者，不知柳浪新声，更何若也。"[①] 俞士彪也称："其间学为周、秦者则极工幽秀，学为黄、柳者则独标本色；或为苏、辛之雄健，或为谢、陆之萧疏。……可谓各擅所长，俱臻其极者矣。"[②] 今天看来，在创作成就上虽有过誉之嫌，但就作品面貌而言，以上描述是恰如其分的。

蒋平阶有云："今日填词之家何肩相摩、趾相接也！然众人工之，尤者出焉。"[③] 旨哉斯言！百年间西陵词坛虽无领袖群贤的词家，亦无相对明确一致的创作风貌，但并不意味着词坛无大家。西陵之工词者众，名声大噪者非西陵顶级词家，而成就卓著者亦非词坛耆宿。其间出类拔萃者如沈丰垣、吴仪一，其创作成就远高于其名声，慧眼独具者视之为清代第一流词人，而不识者却罕闻其名。但更多的词人创作水平有限，包括一些久负盛名的词家，菁芜并存，泥沙俱下，甚至创作态度也不严肃，这是一代风会形成过程中的必要代价，无需讳言。因此可以说，西陵词人不主一格的审美取向与词坛多元并存的创作局面，既是西陵词学的优点，也是西陵词学的缺点。

---

① 方象瑛：《诸虎男茗柯词序》，《健松斋集》卷三，康熙二十六年刻本。

② 俞士彪：《西陵词选序》，《西陵词选》卷前，康熙刻本。

③ 蒋平阶：《空翠集序》，《清词序跋汇编》，据康熙刻本王倩《空翠集》排印。

这种特殊的词坛风尚，很大程度上决定了西陵词人并不会对某种特定风格表现出一致的批评态度，也不会因某词人的突出成就而共同推举之。因此，庞大的词人群体，领袖者无其人，群起而效其尤者亦无其人。即使个别词人曾得到郡内、郡外的某些极端评价，也不会成为西陵词坛内部的集体共识。这是西陵词学批评的突出特点，也是西陵词坛内部构造的突出特点。这就意味着，其他流派所具备的群体效应与名人效应，是西陵词人所不具备的。其他流派代表词人的经典化进程也很难发生于西陵词人身上。故而，与其他词派相比，百年西陵词坛无经典词人立于词史。这一系列连锁效应，深刻限制了现代词学研究对西陵词坛创作成就和词史定位的有效判断。

西陵词风宗尚奠基于明末，而其硕果结成于康熙十年以后，其间积累与酝酿，远非一代之功，其间波折与动荡，遵循着词学演化的内在规律，同时也受到时代与个人的双重影响。本章拟择取于西陵词学风会有关键影响者及成就卓越者分而考之，以呈现西陵词坛的创作风貌、成就及其演进过程。

第一节　卓人月、徐士俊的多元探索

万历四十二年（1614），徐士俊随祖父由十里外的落瓜里迁居塘栖，与卓人月同村而居，中隔“二十有余家”，屡见而不相知。天启五年（1625），卓人月偶读徐士俊文章，惊叹之余，延之于家，于卓氏相于阁等地填词倡和，因成《徐卓晤歌》，所谓“两人无事细平章，花月壶觞”，正为此事写照。[①] 据王庭所言，当其时，海内以词闻者，不过武塘王屋、嘉兴王翃、王庭数人而已。

① 徐士俊：《画堂春·与珂月对酌》，《雁楼集》卷十三，康熙五年刻本。

此后虽远游他方，二人依然酬答不断，“书问拳拳”[①]，直至卓人月下世。徐士俊跋《西月留痕卷》云：“余与卓子若左右手，每有所得，互相拈示。正如牵一发而通身都动。”[②] 诚如前文所论，徐、卓二人资性不同，徐氏温和、卓氏凌厉，一笃于情、一精于论。故其倡和之作，有含蓄与发露的区别，而其倡和本身，又有共同的价值取向。二人的创作具有强烈的探索和尝试意味，虽然成就并不算太高，但是对于突破明代词坛格局，拓展词体审美，开辟一代风会具有重要意义。

一

卓人月（1606—1636），小字长耳，更字珂月，号蕊渊，仁和塘栖人，明忠贞公卓敬之后，卓发之长子。天资颖发，识见卓越，“十六七时，读书石人坞、水一方之间。论说世出、世间之文，一往便欲蹴蹋古人，踞其巅顶。自六经迨秦汉以下，如游霄汉之上，俯视万物而衡量之，与人间月旦迥别”[③]，因个性突出，“道旁之人，爱者半，骂者半”[④]，早负才名而久困场屋，有医俗之志而终不得便，故而胸中多牢骚而笔下多奇气。仅于崇祯八年拔副贡，崇祯九年礼部试及秣陵秋试又连连报罢，当年八月二十二日由乃父南京清凉山袚园返回塘栖，病疟疾，因用药过猛，于九月二十九日卒，享年三十一，有子卓天寅、卓长庚。乃父伤之，称其为“古今文人第一流也，当世实未有深知者”[⑤]，并云：“‘郊寒岛瘦’，古今谓之不祥，汝既涤荡一世之尘垢，而负玉苗琼蕊之姿，复罗列万象于毫端，以成山龙黼黻之象，乃复为不祥之征耶。岂所称‘千人所指，无病而

① 徐士俊：《祭卓珂月文》，《雁楼集》，康熙五年刻本。
② 徐士俊：《雁楼集》卷二十二，康熙五年刻本。
③ 卓发之：《丙子十月十五日告大儿文》，《漉篱集》卷二十，崇祯传经堂刻本。
④ 徐士俊：《卓子创调序》，《雁楼集》卷十五，康熙五年刻本。
⑤ 卓发之：《与长孙大丙书》，《漉篱集》卷二十三，崇祯传经堂刻本。

死’者，独令汝当之？”[①] 身后，卓发之及卓天寅辑其遗作为《卓珂月先生全集》，包括《蕊渊集》十二卷、《蟾台集》四卷。

卓人月词作，存于《蕊渊集》者85首，其中包括《徐卓晤歌》中的作品。另有《寤歌词》十二卷，今不传。与徐士俊倡和时，卓人月年仅20岁，《徐卓晤歌》诸作，风格不一，有婉约柔昵之作，亦有雄肆奇崛之作。其《相见欢·即事》云：

> 亭亭花畔娇娘。可怜妆。但见氤氲花气杂肌香。　自多闷，自多恨，不关郎。试问花枝憔悴，为谁行。[②]

《三字令·暮春》云：

> 花一片，不禁吹。过墙西。侬有意，愿随伊。暖风轻，幽恨重，未能飞。　临宝镜，唤鸳眉。画相思。身倦矣，怕披帏。梦常逢，醒又别，赚人啼。[③]

以上词作，或以旁观的视角描摹女性，或者模仿女性口吻，皆不出传统手法之外，且其纤艳之风荡漾行间字里，一派明词旧习。其他更有浸淫曲体者，《如梦令》两首云：

> 娘问为何不去，爷问为何不去。背地问檀郎，难道今朝真去。郎去，郎去，打叠离魂随去。
>
> 今日问郎来么，明日问郎来么。向晚问还殷，有个梦儿来么。痴么，痴么，好梦可如真么。[④]

---

① 卓发之：《丙子十月十五日告大儿文》，《漉篱集》卷二十，崇祯传经堂刻本。

② 徐士俊、卓人月：《徐卓晤歌》，崇祯刻本。

③ 徐士俊、卓人月：《徐卓晤歌》，崇祯刻本。

④ 徐士俊、卓人月：《徐卓晤歌》，崇祯刻本。

这组词从情境到用语，俨然一股民歌味道，俚俗之气，与曲无异。其他如“揭帐唤郎郎不理。郎将花外指，有甚花枝如你”（《应天长·春闺》）、“梦醒后，问香肌。恰无多，刚一捻，不胜衣”（《三台令·暮春》）[1]，皆为同类作品。这一方面与卓人月深于曲学有关，另一方面也饱受词坛风气的浸染，体现了卓人月词风中较为保守的一面。

正如《古今词统》委曲、雄肆并存不废的选旨，卓人月早年亦多有纵横恣肆、兀傲奇崛之作。在栖水倡和前后，卓人月倾心于“三李”（李白、李煜、李清照）之词，不仅颜其书房曰“三李斋”，更作词纪之。而其创作中却屡和苏轼、辛弃疾等人词，体现出对于豪放词作的青睐。《满江红·拜鄂王祠追和王韵》为其代表作：

> 臣罪当诛，对明圣、恩波未歇。稽谥法、南阳同志，汾阳同烈。恨极冰天啼冻雨，忧来潭水吟寒月。向宵灯、长梦战胡儿，抽刀切。　牌上字，冤难雪。背上字，痕难灭。叹未成一篑，为山功缺。七日红枯荆客泪，三年碧尽周人血。请千秋、卖国巨奸来，瞻宫阙。[2]

词人一下笔便陡然拔起，突兀奇峭，而结句又突发奇想，以“巨奸来瞻”收束，极具张力。中间运笔又屡变：先由谥号入手，以孔明、郭子仪比拟岳飞之“忠武”，再化用宋徽宗句“泪雨冰天洪皓祭”、岳飞句“潭水寒生月，松风夜带秋”状其悲愤，[3] 继以岳母刺字、秦庭泣血、苌弘化碧等典故突出其忠义。通篇气势腾跃，不少懈怠，所用故实皆深切岳飞情事与词作题旨。故王士祯评曰：“仆幼读珂月此词，以为可与沈、文二阕并垂天壤，正以无义不包、无

① 徐士俊、卓人月：《徐卓晤歌》，崇祯刻本。
② 徐士俊、卓人月：《徐卓晤歌》，崇祯刻本。
③ 见该词后注文。徐士俊、卓人月：《徐卓晤歌》，崇祯刻本。

字不确，不仅仅激昂顿挫之为美也”[①]，而《徐卓晤歌》之《眉批》亦云：“是史家羽翼，亦是诗肠鼓吹”[②]，卓发之评曰：“豪恣而不粗浮”[③]。《虞美人·咏虞美人花》亦颇有壮气，其一云：

> 大王绝世之英勇。才子而情种。悲歌数阕羽声高，那得红颜不陨、尚须刀。　史迁更不书姬死。剩与评花史。要之虞也几曾亡，试看情条意蕊、万年香。[④]

此词为响应柳州魏学濂等人同题倡和而作，原有十首，此为其一。以虞姬故实咏虞美人花，而出以慷慨之音，上下两片之末句，皆寓深情于议论，盖为其后期所作，生硬之弊虽未能尽除，而较早年诸词更趋圆融。这组《虞美人·咏虞美人花》及《虞美人·咏虞美人花影》，充分体现了卓人月词作的变动趋向，柔昵之色大减，而寓淋漓疏宕之气于深情艳语之中，如“当时恨不如苌楚，情以多为苦”“生生死死车轮运，一点情难尽”“半千精爽落谁边，何似香魂一缕幻为千”“八千垓下军情变，曾否香踪东转”[⑤]，等等，皆无柔靡之气。正如卓发之所云：“诸词体擅二奇：一幼安之奇快，一易安之奇艳。”[⑥]

卓发之所谓“奇”字，直揭珂月词之要旨。不管是婉约之作还是豪放之作，卓人月的填词创作，都具有鲜明的尚奇尚新的取向。事实上，在明末，卓氏父子无论才情还是文风，正以一“奇”字鸣当世。魏学洢称：“卓珂月负奇性，自称其文有刀剑之气。骤读之，

---

① 王士祯、邹祗谟：《倚声初集》卷十五，顺治十七年刻本。
② 徐士俊、卓人月：《徐卓晤歌》，崇祯刻本。
③ 卓人月：《蕊渊集》卷十二，崇祯刻《卓珂月先生全集》本。
④ 卓人月：《蕊渊集》卷十二，崇祯刻《卓珂月先生全集》本。
⑤ 卓人月：《蕊渊集》卷十二，崇祯刻《卓珂月先生全集》本。
⑥ 卓人月：《蕊渊集》卷十二，崇祯刻《卓珂月先生全集》本。

刻画峻峭，洵有类刑名家者。”[1] 其词亦然。以上组词作于晚期，而其早年与徐士俊夜坐相于阁中，“冲寒搜险句”[2]，已具有这种意识。《清平乐·青楼夜话》一词即以构思新奇见长：

> 星明月黑，光被红颜夺。楼下春波天一色。楼似天边船只。 携手共笑楼窗。独怜邻女凄凉。他若要寻双影，除非两点银缸。[3]

写女性孤寂，本为词中常见主题，而该词妙在末句，想象奇特，传情隐微。但通首来看，虽时欲出奇，而终不能如末句之畅达。他如《玉联环·夜景》“群峰未许寒潮退，周遭相碍”、《鹊桥仙·儿子病亟，夜分不寐，次乩仙韵》“命里阴阳相轧。回生除是异人来，殷七七和陶八八”、《鹊桥仙·同友人看花和方秋崖韵》“七弦去四，八仙除一”[4] 等，虽不落窠臼，而生硬有余，情味不足，殊非佳制，盖为其早年尝试之作，不足传也。其尤可传者，如《踏莎行·秋夜》一词：

> 雨宿高峰，烟拖远沚。山川亦似相思矣。情怀萧索怕闻秋，梧桐故遣秋风起。 闷送飞鸿，闲情双鲤。想来只恨长江耳。徐吹玉笛破寒云，唤将月色来窗里。[5]

该词虽未必新奇，而风神淡荡，自然畅达，饶有韵味，是卓氏不可多得的作品。其父卓发之评曰：“此亦稼轩得意笔。”[6] 再如

---

① 魏学洢：《卓珂月稿序》，《茅檐集》卷五，崇祯元年刻本。
② 徐士俊：《同卓珂月相于阁夜坐》，《雁楼集》卷六，康熙五年刻本。
③ 徐士俊、卓人月：《徐卓晤歌》，崇祯刻本。
④ 徐士俊、卓人月：《徐卓晤歌》，崇祯刻本。
⑤ 徐士俊、卓人月：《徐卓晤歌》，崇祯刻本。
⑥ 卓人月：《蕊渊集》卷十二，崇祯刻《卓珂月先生全集》本。

《瑞鹧鸪·湖上上元》“城中火树落金钱。城外凉波起碧烟。夜夜夜深歌子夜，年年年节庆丁年”①，亦疏荡有致。可知，卓人月并非不能作圆熟之体，而其孤介不群的才情特点及其求新求变的创作动机很大程度上影响了其词作风貌与水平。

卓人月的填词创作带有强烈的尝试意味，一方面尚未摆脱明词缛艳之习，另一方面又因才气凌厉和求变意识而表现出尖透之弊，故而其词冶艳变荡者有之，辛辣恣肆者亦有之，而才情发露处，一往无余。王士祯称“尖仄是珂月本色”②“极词家之变态”③“神韵兴象，都未梦见”④，沈雄《古今词话》云：“王言远曰：蕊渊于词家有意出新，独辟生面，但于宋人蕴藉处，不无快意欲尽之病”⑤，皆能直抉卓词之要害，而于其求新意识之成因，或不能了然。

二

徐士俊（1602—1681），原名翙，字野君，一字三有，自号紫珍道人、若耶溪老、湘蕤馆主人，仁和落瓜里人。“少奇敏，于书无所不读。发为文，跌宕自喜，好为乐府诗歌古文词。”⑥ 卓人月称：“野君善为多情语。然见冶色，则泊然无所著。及闻一多情之言，见一多情之事，又未尝不咨嗟留连于其人也。”⑦ 崇祯二年同入复社，⑧“五战棘闱而不遇”，甲申鼎革之后，“绝意仕进”⑨。野君为人，乐

---

① 徐士俊、卓人月：《徐卓晤歌》，崇祯刻本。

② 王士祯、邹祗谟：《倚声初集》卷七，顺治十七年刻本。

③ 王士祯、邹祗谟：《倚声初集》卷三，顺治十七年刻本。

④ 王士祯：《花草蒙拾》，顺治十七年刻《倚声初集》本。

⑤ 沈雄：《古今词话》之《词评》卷下，康熙刻本。原文为“王庭曰：蕊渊于词家独辟生面，但于宋人蕴藉处，不无快意欲尽之病。然《词统》一书，为之规规而矩矩，亦词家一大功臣也”。

⑥ 王晫：《今世说》卷三，康熙二十二年霞举堂刻本。

⑦ 卓人月：《徐野君诗集序》，《蟾台集》卷二，崇祯传经堂刻《卓珂月先生全集》本。

⑧ 参见陆世仪《复社纪略》卷一，清钞本。

⑨ 王晫：《徐野君先生传》，《霞举堂集》卷四，康熙刻本。

于奖掖，“所至逢迎恐后，争礼为上宾”“有徐广之风，曾遇异人鲁云阳，授以导引法，年近八十，苍髯丹唇，颜面鲜泽如婴儿”[①]。徐士俊久为西陵文坛之耆宿，至康熙五年左右，已“高步词苑中五十余年”[②]“西子湖上，学者宗之为西陵师焉”[③]“远方闻名相思，阅其书，往往目为隆、万时人，或以其人犹在，翻大骇异，盖先生之名，得之早而享之最久”[④]。其为文以情为本，毛先舒称其所作“大略以标举性灵为宗，能使舌如我心，而笔如我舌”[⑤]。其事另见王嗣槐《紫珍道人传》。著有《徐卓晤歌》《雁楼集》《雁楼文逸》《雁楼诗逸》《云诵词》等。

作《徐卓晤歌》时，徐士俊年仅 24 岁，其词作风格较为多样，不仅有柔媚、豪壮之作，亦有孤清、俊逸之作，诸词风味较卓人月为胜。其中柔媚者居多，如《诉衷情·本意》：

一痕心缕欲成烟。飞出向欢前。思量那时风味，同作凤楼仙。　花委地，草黏天。惨无言。羞红长晕，恨黛轻描，泪颗空穿。[⑥]

又如《蝶恋花·艳曲》：

攫取情根和泪种。嶚峭风多，吹得春波冻。昨夜玉人来入梦。暗香疏影偏浮动。　翠羽啾啾枝上弄，睡稳鸳鸯，不怕霜华重。何日好音云外送，琴心翻作凰求凤。[⑦]

---

① 王晫：《今世说》卷三，康熙二十二年霞举堂刻本。
② 毛先舒：《雁楼集序》，《雁楼集》卷首，康熙五年刻本。
③ 姚佺：《雁楼集序》，《雁楼集》卷首，康熙五年刻本。
④ 王晫：《徐野君先生传》，《霞举堂集》卷四，康熙刻本。
⑤ 毛先舒：《雁楼集序》，《雁楼集》卷首，康熙五年刻本。
⑥ 徐士俊、卓人月：《徐卓晤歌》，崇祯刻本。
⑦ 徐士俊、卓人月：《徐卓晤歌》，崇祯刻本。

这种软丽柔香的作品，在徐士俊词作中占据很大的比重，然而与卓人月同类题材的作品稍有不同，徐氏词虽不乏女性体态的细致描摹，但更着重动作、心理、神态与情境的勾画，整体而言，柔丽而不狎昵。其《秋波媚·赠妓》《河满子·怀春》《菩萨蛮·咏镜》《忆秦娥·催绣》《虞美人·别恨》《南乡子·纪艳》等皆以女性为题，而其中如"檀板敲残，玉箫吹彻，星眼微朦""衾儿冷，秦楼梦破红窗影""雁字十三楼，翠袖笙簧彻曙休"等句①，多柔而不昵，丽而不淫。

与这种从虚处着笔的写法互为表里，徐士俊词作韵味稍胜于卓人月。部分词作味永神足，允称精品。如《踏莎行·秋夜和珂月韵》：

> 采采蒹葭，茫茫白沚。荒村历乱敲砧矣。啼螿已是不能辞，今宵又听哀鸿起。　漏滴铜龙，书裁金鲤。凄风刮损离人耳。灯前泪落耿无眠，此时露湿芙蓉里。②

此词于砧声、虫声、鸿声、漏声中着一离人，不言相思，而相思已极，孤清之味，荒寒之境，在随手点染中愈见浓郁隽永。又如《卜算子·次坡公悼超超韵为寒氏悼亡》：

> 香谢玉无烟，调改弦俱静。巧画秋眉没处看，柳外婵娟影。红泪几时消，素约谁人省。不寐缘何得梦来，一束蘅芜冷。③

这种孤清冷隽的气息，不仅是卓人月词作中所没有的，与当时词坛的主流审美与创作风貌也有较大的出入。其《渔家傲·渔父》

---

① 徐士俊、卓人月：《徐卓晤歌》，崇祯刻本。

② 徐士俊、卓人月：《徐卓晤歌》，崇祯刻本。

③ 徐士俊、卓人月：《徐卓晤歌》，崇祯刻本。

一词，更是风神流美之作：

> 雨笠云簑风景爽。年年泊向芦花港。山影倒垂随着桨。频击榜。渔歌赛得鸣珂响。　夺利争名徒扰攘。明湖不动平如掌。闲处更添捞月想。贪结网。生来做了烟波长。①

该词立意高远，风神俊逸，音调圆美，与释正岩《点绛唇》词同一格调，洵为杰作，而历来赏音稀少，特表而出之。

效法苏辛等人作壮词，也是徐士俊早年与卓人月倡和的主要内容之一。但徐氏性情偏内敛，才气更秀润，其壮词并无卓人月蹈扬湖海的气势，亦少其生硬之弊，而沉厚之处，则非卓人月所能及。《水调歌头·歌席》为其代表：

> 无限不平事，醉眼觑吴钩。世上升沉离会，东海一浮沤。聊尔擎杯按拍，梦想草茵花径，莺燕语啾啾。愿得知音者，齐上十三楼。　绿朝云，青玉案，破闲愁。曼声长啸，惊起落叶不胜秋。试问钱塘苏小，捣取梅花香汁，点染墨痕留。天下伤心处，都付与歌头。②

该词以“歌席”为题，又以“草茵花径”“钱塘苏小”等软丽意象点缀其间，似非壮词作法。而徐氏竟于此情境中，连发人生浩叹，贯穿全篇：“无限不平事”“世上升沉离会，东海一浮沤”“曼声长啸，惊起落叶不胜秋”“天下伤心处，都付与歌头”，全词无纵横捭阖之势，而立意高远，慷慨深沉，胸中磊落之气出以超逸之言，于明丽清和之景中作“曼声长啸”，越无理越见其“醉”态，越无

---

① 徐士俊：《雁楼集》卷十三，康熙五年刻本。

② 徐士俊、卓人月：《徐卓晤歌》，崇祯刻本。

端越见其深厚。《徐卓晤歌》眉批评云："直能喝月，何况停云。"[1]又如《满江红·拜鄂王祠追和王韵》云：

> 刘岳张韩，问谁个、英风不歇。收拾去、忠魂秋草，于今为烈。骨肉回头惊露电，娇娃弹指沉星月。葬空山、常听浙江潮，悲心切。　翻旧案，花如雪。忆旧梦，烟如灭。借莫须有事，轻分圆缺。送罢残红多少恨，归来望帝犹啼血。再修成、青史灭强胡，文还阙。[2]

与卓人月《满江红·拜鄂王祠》相比，此词气势稍逊，而沉劲之力寓于悲愤之中，为徐词中较为激烈者，《徐卓晤歌》评之曰："英雄语，文士语，非儿女子语。"[3] 其他如《水调歌头·次坡公中秋韵》"云气敛何处，万里郁蓝天"、《百字令·次坡公赤壁韵檃括〈前赤壁赋〉》"可惜英雄今在否，都向暮烟尘灭"、《百字令·再次坡公韵檃括〈后赤壁赋〉》"虎豹虬龙攀欲堕，谁问冯夷兴灭"[4]，虽极意作壮语，而有句无篇。

徐士俊早年词作，时有立意不高、饾饤琐屑以及过于圆熟之病。相对而言，《雁楼集》中所收词作更醇，词艺更老。《雁楼集》为其康熙五年以前作品，共录词184首，包括《徐卓晤歌》已收录者。《云诵词》结集于康熙十三年左右，为其最后一部词集，与以上两集不重合，惜已不存。徐士俊长年坐馆，一度授女弟子，其《云诵词》时以闺阁女子为预设读者，尤得女子之喜爱，《雁楼集》中亦有为女子而作者，如《沁园春·赠祝兰生（名蕙）》即为其女弟子而作。然该集中亦不乏雄壮之词，如《望海潮·钱塘观潮作》《一剪梅·赠曹秋岳先生屯兵山右》等，不更引证。

---

① 徐士俊、卓人月：《徐卓晤歌》，崇祯刻本。
② 徐士俊、卓人月：《徐卓晤歌》，崇祯刻本。
③ 徐士俊、卓人月：《徐卓晤歌》，崇祯刻本。
④ 徐士俊、卓人月：《徐卓晤歌》，崇祯刻本。

需要指出的是，徐士俊同卓人月效苏轼、辛弃疾等人而作壮词，与后来二人编选《古今词统》致力于提高壮词地位、为苏辛翻案的做法息息相关。二人对于其时词坛风气的不满，对于豪放词风的重视，正是在其创作过程中形成并逐渐获得自觉的。

与卓人月为求新求变而作奇思僻想，甚至牺牲词作的艺术性不同，徐士俊词作在构思上的创新力度并不突出，除了部分壮词以外，其得力处在于笔法与韵味。观其论词，亦以神髓为重，尝称："词与诗虽体格不同，其为摅写性情，标举景物一也。若夫性情不露，景物不真，而徒然缀枯树以新花，被偶人袨服，饰淫靡为周柳，假豪放为苏辛，号曰诗余，生趣尽矣，亦何异诗家之活剥工部、生吞义山也哉?"① 又云："《卫风·硕人》篇之次章，若手、若肤、若领、若齿、若首、若眉，拟诸柔荑、凝脂、蝤蛴、瓠犀、螓蛾之属，可云美矣，备矣。而不得'巧笑倩''美目盼'二语，则亦不过琢玉堆金，略无生动之趣。乃知'巧笑倩兮，美目盼兮'，忽然咏叹摇曳，固诗人传神处也。传神之妙，不贵其多，一字刺心，遂成活现。惟词亦然。"② 如此论词，与其词作正合。周庆云称其词"绵渺幽咽"③，可谓的评。

然而，由于《云诵词》已佚，以上皆就康熙五年以前所作而言，其后十五年间词风词貌，今不可考。

余论

王庭称卓人月与徐士俊："栖水倡和，有《晤歌》诸篇什，迄今倚声之学遍天下，盖得风气之先者。"④ 沈松勤先生称："徐卓二人通过调寄小令与长调的倡和模式，共同昭示了多元化的词学主张，

---

① 徐士俊：《绿荫轩词序》，《绿荫轩词正续集》，光绪二十六年刻本。

② 徐士俊：《岸舫词序》，《岸舫词》，《清词珍本丛刊》影康熙刻本。

③ 周庆云：《历代两浙词人小传》卷五，方田校点，浙江古籍出版社2012年版，第95页。

④ 沈雄：《古今词话》之《词评》卷下，康熙刻本。

这一主张便成了崇祯年间他们合选《古今词统》的宗旨”，栖水倡和“目的在于改变以往词坛唯《花间》《草堂》是尊的单一局面，透露了词风新变与词坛转型的信息，所以王庭称之为‘得风气之先者’”①。于婉媚为尚的明末词坛，徐卓二人率先以倡和的方式探索豪放词的创作，呼吁婉约、豪放并行不废，或者致力于作品内蕴的深入探索，或者为构思创意而硬语横出，皆体现了二人尝试突破词坛风气笼罩的自觉意识。

二人的填词创作，带有鲜明的尝试与探索意味，也保留了明代词风的许多旧习，各有得失。要之，卓人月词，构思新奇处，纵横捭阖之处，皆远过野君。而徐士俊词之风神掩映处，意味隽永处，实为珂月所不能到。若论识见与持论，自以珂月为优，若论词作水平，则以野君为胜。但事实是，二人的创作并未取得足够的成就以振起词坛，且屡为后人所诟病，这是无可非议的。

但徐卓倡和的成败得失，也是一个时代的得失，受制于个人创作才能，同时也是风会之必然。因此，其作品虽不足以为一代效法，但其创作活动本身及其指明的词学方向，对于明代词坛风会的突破与变革意义，对于新一代词风的探索与引导价值，不能被无视。如果说，陈子龙等人从艺术格调和艺术水准上实现了对明词的新突破，而稍早的卓人月、徐士俊则从内容到风格等方面，为清初词坛拓展了更丰富的可能性与更自由的创作空间。至少，西陵一郡开放包容、多元并存的词坛风会，是由二人奠基的。

有明二百余年“花”“草”之风盛行，词坛靡靡不振，正需慧眼绝才不惜余力以振起之。卓人月生当其时，有蹈扬湖海、称量天下之气魄与识见，议论之间能直抉词坛要害，惜其早卒，有志未遑驰骋，若假以天年，其“词场之上，遂荡荡乎辟两径”② 的理想局

① 沈松勤：《明清之际词坛中兴史论》，上海古籍出版社 2018 年版，第 131 页。

② 卓人月：《古今诗余选序》，《蟾台集》卷二，崇祯传经堂刻《卓珂月先生全集》本。

面，或不仅仅限于西陵一地。徐士俊性情儒雅，与人不忤，寿届八十，久为耆宿，而于《古今词统》后，尝言："夫有统之者，何患其亡也哉？倘更有上官氏者出，高踞楼头，称量天下，则余二人之为沈为宋，是未可知耳"①，言语之中有功成身退、以沈宋自期之意，"起而任之"的担当与行动力已不复存，② 故此后创获有限。性情、识力之于才人，才人之于风会，其意义于此可见。

第二节　"变徵之音"：遗民词人的词风新变

在长期以婉媚为尚的明代词坛，即使是卓人月这样孤介磊落、不可一世的词人，所作亦以温丽柔香者居多。壮词之难，一在于创作与批评氛围之压力，二在于创作技巧和经验之匮乏。以徐、卓为代表的明末词人，选择步韵苏辛的方式作壮词，亦非偶然。

而到了明清之交，山河易主、民族沦陷的一系列变化及其后续影响，新统治集团的打压如剃发令、科场案、通海案、文字狱等，对于文人士子思想和心理造成的剧烈冲击，在群体层面与个体层面激荡起巨大的情绪波动，民族命运、家族命运、个体命运的变化所带来的民族认同感、文化归属感等自我定位的选择及困惑、气节的保全与性命的苟全等个体生存的选择及困惑，以及在高压政策下的惶恐与煎熬、对于时局的幻想及其破灭等，一系列复杂的情绪震荡，为词风多元化，尤其是豪放词风的激荡，提供了强大的现实推动力。

徐士俊、卓人月主张打破唯婉媚为尚、提高豪放词的地位以使二者并存不废的词学主张，恰逢其会地顺应这一历史潮流而得以广泛传播。伴随着词学风气的开化，创作经验的积累，比于明代词坛，清初坚守传统婉媚作风者固然仍大有人在，但变徵之音成为词坛一

---

① 徐士俊：《古今词统序》，《古今词统》，明崇祯刻本。
② 徐士俊：《古今词统序》，《古今词统》，明崇祯刻本。

股新崛起的力量，词人或庚相迭唱，或独自耽咏，各擅其能，词风的多元化成了清初词坛的突出特征。

随着地缘、血缘和学缘以及其他因素在词学风会中的影响逐渐推进，词坛逐渐形成了几大地域性词派及众多小型词人群体，审美取向与创作风貌趋近，有望风归附者，亦有以一己之见衡诸他人者。词坛百派纷呈、风格各异。但随着流派规模与影响的壮大，各以一派之所得而求诸他人，乃至于求定于一尊，遂使门户之见、流派之争纷起。对此，卓人月等人早有透辟的分析与示诫，部分西陵词人对此亦有高度的警惕。保持词风的多元性、审美的开放性与批评的包容性，是西陵词坛的主要特征，也是部分西陵词人的主要共识，以一己之见求诸一统的声音在西陵词坛是极为罕见的。得益于这种健康的词学氛围，西陵词人的创作呈现出作者最本真的状态，词人各以其性情之真成就其风格之正。

一　曹元方《淳村词》

曹元方（1606—1687），字介皇，号耘莲、耘庵、槜李遗民，明兵部侍郎曹履泰之子，从吴太冲学，祖籍海盐。万历三十四年（1606）八月十五日生于杭州，崇祯十六年进士。甲申后，曾依弘光政权，拒绝马士英笼络，授常熟知县。弘光覆灭后，短暂归隐旧里。以心系国事，与父又依隆武政权，授吏部文选司主事，升吏部验封司郎中。顺治三年，与清军对战中，见“隆武君臣积与相猜恨”①，预料事将败，于溃兵中逃匿僧舍，嗣后，其父亦至。顺治四年渡钱塘而其父卒于家，遂还海盐淳风里。顺治十五年（1658）前后，隐居于海宁硖石村，筑东山草堂，遨游山水间三十年，与陆嘉淑、潘廷章、关键、吴农祥等人倡和。康熙二十六年（1687）卒，享年82岁，著有《淳村集》。

---

① 汪琬：《前明吏部验封司郎中曹公墓志铭》，《尧峰文钞》卷十二，《四部丛刊》影林佶写刻本。

《淳村词》向以抄本传世，流传不广，赵尊岳以张氏涉园藏抄本为底本，[1] 校以他本汇入《明词汇刊》，分上下两卷。《淳村词》虽以其海盐旧里“淳风里”为名，而观其词，乃隐居硖石以后所作，晚至康熙十七年前后，[2] 故知曹元方虽年辈较长而作词较晚。兴亡之感、黍离之悲与村野闲居之愁是曹元方词的两大主题。或谓其“家国之感，间有流露，闲居之趣，辄以自娱”[3]，《续修四库全书总目提要》亦同此说。然通观斯集，家国之哀多，而幽游之乐少，每于端居、游冶处发愁思。所谓“闭户数兴亡，花晨月夕，有影随形”[4]，其端居、幽游之时，意不在“自娱”，而是别有怀抱。悲愤与愁绪，是《淳村词》的主要情感基调，二者在本质上是相通的，皆来自于故国沦亡之遭遇。其长调设色古雅苍拙，气势遒劲，短调亦时有苍秀之色，不作浮词艳想，呈现出与花草之风完全不同的艺术风貌。

“愁”是弥漫于《淳村词》中最浓郁的一种情绪，与传统词作中的闲愁不同，曹元方的愁绪带有深厚的身世之感，所谓“丹心无用，空教弄月吟风”[5]，正是这种愁绪的本质。《长相思·愁字调》别有风味：

---

① 见张元济《致赵叔雍》，《张元济全集》第10卷，商务印书馆2010年版，第425页。

② 《淳村词》末有《祝英台近·送吴庆百北上》《江神子·第二体，送吴庆百》，有云“此行云里，帝城玉阶徐步，撇草堂月痕空住”“天颜有喜为君开，对初谐志难埋”“莫斗雕虫小技也，六朝业，哪堪怀”，今考吴庆百北上，当为康熙十六、十七年应博学鸿词科；又有《满江红·挽王绥山》《□□□·往唁王绥山》词，今考王绍隆，字绥山，顺治三年举人，六年成进士，顺治十七年春由南京兵备道卸任，归隐杭州十八年，至康熙十六年卒。《全清词》录唐梦赉《贺新凉·客寓吴山》词有注云：“丁巳同游，王绥山已作古人矣”，丁巳即康熙十六年。

③ 赵尊岳：《淳村词跋》，《淳村词》卷末，上海古籍出版社1992年《明词汇刊》本。

④ 曹元方：《满庭芳·张待轩》，《淳村词》卷上，上海古籍出版社1992年《明词汇刊》本。

⑤ 曹元方：《高阳台》（兰馆浮瓜），《淳村词》卷上，上海古籍出版社1992年《明词汇刊》本。

春也愁。秋也愁。不是春秋更觉愁。羞说万端愁。　接新愁。换旧愁。非旧非新别样愁。打叠许多愁。

离也愁。会也愁。相逢相隔总是愁。生来惯倚愁。　醒也愁。梦也愁。是真是假一般愁。长眉占断愁。

闹里愁。静里愁。半腔难著许多愁。推去共郎愁。　送长愁。迎短愁。信得郎真越要愁。何处倩人愁。①

这组词算不上曹元方的上等之作，但其借爱情中女性的娇羞喻写有口难言的闲居愁绪，是《淳村词》的常用手法，所写愁绪也是《淳村词》中的典型愁绪。其他如《鹧鸪天》“才入春来一派愁，东风黑雾雨丝柔”、《南乡子》“栏外好花香入幕，新愁。蓦地怀人遍倚楼”“人在碧天芳径外，悠悠。相隔千山一样愁”、《江城子》“多情少妇惯含愁。况离忧。正清秋”、《高阳台》“有甚闲愁，锁得世外眉峰”、《一萼红·谒于忠肃公墓》“满天愁。正无从埋寄，又到古荒丘”、《青玉案·梁冶湄令君招饮西湖，时汪蛟门、周屺公、吴庆公同集》“乱红依旧桃花路。愁不尽，江南赋”等，皆是这种闲居、游冶的愁绪。其《一剪梅·壬子除夕》云：

渺渺身如不系船。得也愀然。失也悠然。百年忧患似朝烟。爆竹声连。椒酒杯连。　庭树萧萧气象妍。伫立檐边。凝望河边。春符不帖醉衰颜。正是荒年。却胜丰年。②

此词作于康熙十一年（1672）除夕，其时天下久归清朝，虽时有动乱，而恢复无望，词人仍念念不忘故国。“渺渺身如不系船。得也愀然。失也悠然”，词人将历史大潮中自身的无可奈何与无归宿感，置入爆竹、椒酒的喜庆氛围中，愈见其格格不入的孤寂与苍凉，

① 曹元方：《淳村词》卷上，上海古籍出版社1992年《明词汇刊》本。
② 曹元方：《淳村词》卷上，上海古籍出版社1992年《明词汇刊》本。

所谓“正是荒年，却胜丰年”，不仅仅是实录，更是对世人忘却国仇家恨的谴责与嘲讽，此正可见曹元方闲居、游冶之时的别样怀抱。

亡国之痛与身世之悲，是曹元方词作最核心的主题，悲愤是《淳村词》另一种情感基调。尤其是长调中，这种情绪表现得更痛快淋漓，沉郁壮阔。如《金缕曲·三月十九日》两首：

> 荆棘铜驼冷。黍离离、江山如昨，九疑路梗。龙驭堪嗟斑竹雨，孤剑芒寒无影。呼酒浇愁日暮醒。野哭吞声秋草白，见魂归、徙倚梧桐井。夜台寂，天街静。　汉陵唐寝同荒岭。转盼间、空阙灰飞，旌旗罢整。战马不还鼙鼓涩，城角乌啼霜径。叹四海遗黎薄命。蟋蟀堂开军国误，问卢龙、寨卖争辞佞。奸臣血，饮难罄。
>
> 石马嘶烟冷。恨悠悠、藜藿空传，宵衣土埂。早夜龙泉鸣匣底，思截尽黄巾影。三十年来梦未醒。怪道忧勤逊揭竿，寻玉衣、不见目眢井。天意渺，干戈静。　南迁若肯移钟岭。亘长江、铁锁重坚，楼船堪整。竖儒寡谋持成论，遂使豺狼满径。赤子茕茕谁请命。慷慨天家逊社稷，看新膺、特闲夸三佞。削竹书，罪难罄。①

明崇祯十七年（1644）三月十九日，李自成攻入京师，崇祯帝崩于煤山。此二词约作于明亡后三十年即康熙十二年（1673）之崇祯祭日。词人虽有意“截尽黄巾影”，但并不认为“揭竿”而起的闯军是社稷倾覆的罪魁祸首，“南迁若肯移钟岭”，重整旗鼓，则仍有挽救时局的希望。三十年后作者仍作此想，其不甘之情，可想而知。但怎奈“竖儒寡谋”，奸臣当道，以至于社稷崩颓、天子蒙难、

① 曹元方：《淳村词》卷上，上海古籍出版社 1992 年《明词汇刊》本。案：此二首于《钦定词谱》诸体均有出入，今参考叶梦得《贺新郎》“睡起流莺语”一体点断，前词“问卢龙、寨卖争辞佞”，后词“赤子茕茕谁请命”“看新膺、特闲夸三佞”不合。

“豺狼满径”、生灵涂炭。词人身处新朝，而破口大骂，长江天堑不守而“豺狼满径”，其无畏的胆魄与悲愤之情可见一斑，或许这正是《淳村词》久未刊行的原因所在。蟋蟀堂、卢龙寨，正以南宋典故影射奸臣误国以至败退之现实。词人另有《念奴娇》一首，表达了悲愤至极后的寂灭感：

> 江流无尽，洗不净、胸中愁绪千结。许大山川成幻影，那惜家徒四壁。干将苔生，鹔鹴尘满，茆屋篱边雪。渔樵作伴，漫说中无英杰。　天涯旧恨心头，百杯桑落，耳热狂歌发。人远梦随老马倦，但看浮云生灭。杨柳丝长，芭蕉心卷，白昼冲冠发。旧恩未报，惭愧五湖烟月。①

此词似次东坡“赤壁怀古”韵，而首韵不同，体式不同，用的是张炎《念奴娇》（行行且止）体。偌大山河，已尽属他人，家徒四壁，又何足惜？但旧恩未报，新恨频添，虽栖身渔樵之间，但面对昔日河山，又怎能无愧于心？“漫说中无英杰”“白昼冲冠发”，词人虽有心报国，但无力回天，“但看浮云生灭”，一种寂灭感油然而生。

对于清廷的仇恨、对于故国的眷恋、对于山河易主的无奈，在曹元方隐居后的三十年生活中，化作漫天愁绪，无论是端居，还是冶游，皆无法摆脱，故其心境皆不同于一般的闲愁。这种情绪或激烈动荡而喷薄以出，或绵绵无尽而借女子口吻娓娓道出，致使《淳村词》或激昂慷慨，或绵渺幽咽。

至情至性是《淳村词》最突出的优点，同时也在一定程度上造成了其主要缺陷：由于情绪过于浓郁，曹元方词主要用力在传情达意上，而于词体规范多有乖违，或平仄不谐，或句读出入，甚至同时同地同调同题之作如《金缕曲 · 三月十九日》两首，其句读亦不

---

① 曹元方：《淳村词》卷上，上海古籍出版社 1992 年《明词汇刊》本。

尽相同。赵尊岳称其“音律多谬”[1]，是非常准确的。

二　“冰轮二陆”：陆嘉淑与陆弘定

陆嘉淑（1620—1689），初字孝可，更字冰修，号射山、辛斋，陆钰长子，查慎行岳父。明万历四十八年（1620）庚申生，顺治二年六月，清兵克杭州，乡人四窜，九月三十日，陆钰绝食十二日而卒，卒前曾对嘉淑云：“子已食禄四年矣，勿谓君臣之义未定也。”[2]嘉淑遂弃诸生，与弟弘定一生不仕清，布衣终老。后曾数次旅居京师，长者约三四年之久。自称“尝效仿梅尧臣日课一诗，成万余首”，“诗中不欲存名士达官姓氏”[3]，其格高如此，然相与唱酬者皆一时硕彦名公，如与王士祯、施闰章等，名震一时。康熙十七年前后，有荐其应博学鸿词科者，终不为所动。康熙二十七年（1688）病于京师，婿查慎行陪同还乡，次年二月卒。著有《带星堂诗》《带星堂二集》《辛斋遗稿》《须云阁词》《射山诗余》等。道光年间，同邑蒋光昫辑其遗著成《辛斋遗稿》二十卷。

吴骞称陆嘉淑诗：“沉博古艳，气调高浑，有嘉隆七子之遗，又多经历患难，其幽愁忧思，抑塞磊落之概，往往见诸言外。”[4]其词亦感慨无端、慷慨悲凉，这种气韵的形成与其特殊的心境有密切关系。明亡时，陆嘉淑年二十五，仅为诸生，对明廷未必怀有超越普通读书人的强烈情感，但是其父陆钰绝食殉难、临终叮嘱，不仅在人格和气节上深刻影响着他，更在情感上强烈刺激着他。今检陈确《乾初先生遗集》，其首卷首篇有《与陆冰修书》：“两浙贤豪无不啧啧诵冰修之义，然某窃掩耳不忍闻是言，伏波《诫子侄书》不可不深省也。某非忘情世道者，然窃观今日事势，自闭户读书而外，他

---

① 赵尊岳：《淳村词跋》，《淳村词》卷末，上海古籍出版社 1992 年《明词汇刊》本。

② 王简可、崔以学：《陆辛斋先生年谱拟稿》“崇祯十五年”条，清钞本。

③ 陆嘉淑：《自序带星堂诗》，《辛斋遗稿》卷首，道光海昌蒋氏刻本。

④ 吴骞：《陆辛斋先生遗集序》，《愚谷文存续编》卷一，嘉靖十九年刻本。

无可为者。况吾兄斩然衰绖之中，尤宜以先王之礼，过自束缚，不可不慎也。……愿且闭门谢客，深思前过，大养其有用之身，待时而动，勿浮动以贻所生忧，幸甚!”① 此书作于陆嘉淑守丧期间，所谓前过，不详何事，但“待时而动”似乎与复仇有关，陆氏的处境与心境是显而易见的。国仇家恨，使陆嘉淑不太可能与清廷合作，但是其内心深处却是不甘于碌碌无为的。陆嘉淑《北游日记》载其顺治十四年五月二十九日于燕台所作《短歌与胡卫公、潘百申》，诗云：“十年闭户意不得，千里舟车更南北。披裘大泽何所求，丈夫安能久拘游”②，不甘于一生苟且，荒老田园，又不愿走入仕途为清廷效力，参与反清复国的斗争更不现实。而比这种人生困境所带来的痛苦更为痛苦的是，在或仕或隐的文人士子中，这种心境只可自知，不能轻易为外人道。

正是由于这一原因，有苦难言，是陆嘉淑词作的突出情感特征。这种复杂的心迹，在一定程度上使嘉淑词呈现出感慨无端、寄意窈深的特质。《鹊桥仙·七夕雨和陈子厚奕培》有云“经年心事一宵论，是愁泪、漫漫如许”③，“泪”和“心事”是其常用的意象，而“心事”为何而生，“泪”为何而起，词人却常常避而不言。《醉春风·与子卿》一词最得此旨：

> 歌舞筵前意。语笑尊前味。泪如铅水傍谁收，记。记。记。却已烦君，盈盈翠袖，拭英雄泪。　衰病看憔悴。心事成离背。玉琴弦绝夜初寒，睡。睡。睡。独自怜予，许多情绪，有何人会。④

此词创作时地暂不可知，“子卿”亦不知何人。而于歌席舞宴之

---

① 陈确著，陈敬璋编：《乾初先生遗集》卷一，清餐霞轩钞本。
② 陆嘉淑：《北游日记》不分卷，《历代日记丛钞》影咸丰管庭芬重抄本。
③ 林枚仪：《陆嘉淑词辑校》，《中国文哲研究通讯》2006 年第 1 期。
④ 林枚仪：《陆嘉淑词辑校》，《中国文哲研究通讯》2006 年第 1 期。

场，突然“泪如铅水”，所谓“许多情绪”究竟何来，亦未明言，“有何人会”，似乎深有隐情，而不能自言。“却已烦君，盈盈翠袖，拭英雄泪。衰病看憔悴，心事成离背”，词人欲言又止，耐人寻味。“英雄泪”在陆词中不止一次出现，《曲游春·与查伊璜继佐，即用其客珠江〈曲游春〉原韵》原有三首，其一云：

> 问牡丹开未。正乳燕身轻，雏莺声细。共听霓裳，看为云为雨，胡天胡帝。与君行乐处，猛回首、依稀都记。携来丝竹东山，几度尊前杖底。　鼙鼓东南动地。见下濑楼船，旌旗无际。未免关情，对楚岭春风，吴江秋水。暗洒英雄泪。更莫问、年来心事。又是午梦惊残，歌声乍起。[①]

查继佐家畜声伎，每于友朋之会搬演助兴，故词中有云“携来丝竹东山，几度尊前杖底”，据词题，此词应作于顺治十六年查继佐由粤归海宁硖石东山以后。查氏曾参与抗清，失败后隐居硖石，与陆嘉淑等人倡和。所谓“英雄泪”显然与时局有关，而“更莫问、年来心事”，再一次欲言又止。其第三首云：“竖子成名，念英雄难问，夕阳流水。独下新亭泪。尽寂寞、闲居无事。谁论江左夷吾，关西伯起”[②]，词中以东汉杨震（字伯起）、东晋王导（有“江左夷吾”之称）相许，所谓“独下新亭泪”[③]，词人心系故国之意甚明，而只能“尽寂寞、闲居无事”（或兼指查继佐），坐看岁月迁流。则前所谓“英雄泪”“心事成离背”“更莫问、年来心事”等，终于在同样心系故国、隐居的友人面前痛快道出了。况周颐著《蕙风词

---

① 林枚仪：《陆嘉淑词辑校》，《中国文哲研究通讯》2006年第1期。

② 林枚仪：《陆嘉淑词辑校》，《中国文哲研究通讯》2006年第1期。

③ 刘义庆：《世说新语·言语》：“过江诸人，每至美日，辄相邀新亭，藉卉饮宴。周侯中坐而叹曰：‘风景不殊，正自有山河之异’，皆相视流泪。唯王丞相（导）愀然变色曰：‘当共勠力王室，克复神州，何至作楚囚相对？’”（《四部丛刊》影明袁氏嘉趣堂本）

话》，于这一组词推崇有加。

陆嘉淑《贺新郎·同胡彦远介送曹秋岳先生溶》词有云：“匹马征尘随绝障，重借中朝裴李。看坐镇、雄边万雉。棨戟期门烽堠静，洗兵氛、倒挽银河水。男子事，当如此。”[①] 据曹秀兰《曹溶词研究》等材料，顺治十四年，曹溶由粤返乡，康熙元年八月至十月前后，与朱彝尊等人过杭州，曹溶时将行役云中，“赴山西大同兵备任，作《念奴娇·将赴云中留别胡彦远兼戏其卖药》”[②]，胡介作有《贺新郎·曹秋岳侍郎外补云中过旅堂话旧赋别》一词，陆嘉淑此词与《念奴娇·和曹秋岳溶别胡旅堂介韵》当作于同时。词中所想象“洗兵氛、倒挽银河水”，虽为曹溶而言，而“男子事，当如此”，也透露了陆嘉淑本人的人生观，但曹氏乃为大清备边，与词人政治态度截然不同，故该词中丝毫不及自身处境与心境。《念奴娇·送魏叔子禧之江东》乃康熙元年或二年左右为送别同样以遗民自居的魏禧而作，[③] 词中有云：“萧条万里，问江山风景，何如畴昔。故国离宫旧都草，几见铜驼荆棘。楚尾吴头，燕南越北，处处迷羌笛”[④]，故国之哀，表露无遗。对待不同的友人，陆嘉淑词作中的心绪表达，也存在着显著的差异。但身处新朝，这种复杂而微妙的心境，更多时候只能作为一种隐秘的情结，欲言又止，故而显得哀感无端，情不知何起，陆嘉淑词作的独特情韵很大程度上正得益于此。

---

① 林枚仪：《陆嘉淑词辑校》，《中国文哲研究通讯》2006 年第 1 期。

② 曹秀兰：《曹溶词研究》，安徽大学出版社 2010 年版，第 250 页。

③ 魏禧，字叔子、冰叔，江西宁都人，工于文章。明亡后弃举业，授徒为生。后有流寇将至，移居金精山翠微峰，筑“易堂”，即词中所谓“天外虔南，翠微缥缈”“对结衡扉讲易”者。邵长蘅《侯方域魏禧传》（康熙刻本《青门剩稿》卷六）称魏禧：“年四十，乃出游，涉江、逾淮、游吴越，思益交天下非常之人，闻有隐逸士不惮千里造访。”案，魏禧四十岁当康熙元年至二年左右，曾游扬州、苏州、江宁、杭州等地。《魏叔子文集外篇》有《与高云客》一札，云：“去夏客西陵时，海宁陆冰修闻弟为江右宁都人，特过湖庄访所谓‘易堂’者”。（魏禧《魏叔子文集外篇》卷七，易堂刻《宁都三魏全集》本）此词当作于是时，词中“渐江”，即“浙江”之别称。

④ 林枚仪：《陆嘉淑词辑校》，《中国文哲研究通讯》2006 年第 1 期。

羁旅之苦与身世之感，是陆嘉淑词作的另一情感特征。《汉宫春·客中九日》一词，堪称陆嘉淑的代表之作：

> 极目平原。见疏林萧飒，远水弥漫。举头一声哀雁，别泪空弹。秋容惨淡，但心伤、行路艰难。何况是、重阳时节，天涯风景凄然。　长恨征途憔悴，叹敝裘风雨，疲马关山。为问故园黄菊，知有谁看。风吹破帽，漫凭高、一醉尊前。浑未解、远游何意，白云回首江天。①

频繁出游与长年客居，是陆嘉淑人生的常态。据王简可编、崔以学修订的《陆辛斋先生年谱拟稿》，陆嘉淑顺治十二年与张丹寓居吴门，十三年游扬州，十四年游燕，十六年客南京，康熙元年客嘉兴、客苏州、游京口，六到七年客燕，十六年至十九年客燕，二十年游匡庐，二十三年客燕，游南京，二十四年再客燕，二十六年还。此词不知作于何年何地，而词中“但心伤、行路艰难”“长恨征途憔悴，叹敝裘风雨，疲马关山”确实是词人生活处境的真实写照。词人形容枯槁、神情惨淡，眼前一片衰飒，雁叫长空，闻声落泪，风吹破帽，把酒登高。作者落魄江湖而不归故园，已令人费解，竟自己反道“浑未解、远游何意”，其失望与落寞，全在此一句自问与自嘲中，继以“白云回首江天”作结，尤称冷隽。其《水龙吟·和稼轩与吴临奇□》“转眼秋风，江南江北，经年游子。笑平生踪迹，萍飘匏系，浑不解、吾何意”②，与此词同一旨趣。

陆嘉淑词集中也有一些侧艳之作，《采桑子》云：“封侯只是寻常事，那抵春闺。镇日追随。玉镜台前笑画眉”③，其他如《望江

---

① 林枚仪：《陆嘉淑词辑校》，《中国文哲研究通讯》2006 年第 1 期。案：陆嘉淑另有《汉宫春·同陈山人六岸、严西台柱峰、胡山人卫公同赋》一词，与此字句互有异同。

② 林枚仪：《陆嘉淑词辑校》，《中国文哲研究通讯》2006 年第 1 期。

③ 林枚仪：《陆嘉淑词辑校》，《中国文哲研究通讯》2006 年第 1 期。

南》八首、《蓦山溪·和百旃赠郭录事香韵》《蓦山溪·沉疴小愈，鸡骨支床，乃复作艳语，叠前韵自解，真足一笑》等，多绮艳之风。

况周颐《蕙风词话》云："射山词《虞美人》云：'可怜旧事莫轻忘。且令三年无梦到高唐'，余甚喜其质拙。《一斛珠》云：'挑灯且殢同君坐。好向灯前，旧誓重盟过'，《醉春风》云：'泪如铅水傍谁收，记。记。记。却已烦君，盈盈翠袖，拭英雄泪'，《一络索》云：'一尊衔泪向人倾，拚醉谢，尊前客'，皆佳句。"[①]

陆弘定（1629—?），后避乾隆讳，书作"陆宏定"，字紫度，号纶山，一作"轮山"[②]，陆钰次子，海宁接济里人。其父殉难时，年仅十七岁，从其兄嘉淑学诗，诗名颇著，并称"冰轮二陆"。顺治十二年蜜香楼失火，陆嘉淑著述及所藏书画煨烬者十之七八，弘定遂请朱一是、陆圻删订其稿，刻成《爰始楼诗删》。毛奇龄赠其诗有云："陆贾自无干帝语，毛苌空受献王诗"[③]，陆圻称其诗"连臂踏地，指兼雅怨，音中铿锵"[④]。词集有《凭西阁长短句》，与徐之瑞、吴农祥等人时有倡和。

陆弘定词风与乃兄嘉淑迥异，其间因由复杂，而主要在于二人志趣怀抱大有不同。"紫度少无宦情，尝有栖逸之操"[⑤]，其父殉国时年未弱冠，故无其兄舍身雪恨之志，郁塞磊落之怀，词中黍离之感、沦落之愁远不若乃兄之深切。其词可分为前后两期，前期侧艳

---

① 况周颐著，屈兴国笺注：《蕙风词话辑注》，江西人民出版社2000年版，第231页。

② 案：林枚仪先生考证认为其号应为"轮山"，"纶山"为误。今考其顺治刻本《爰始楼诗删》，其《自序》署"纶山人陆弘定识"；又，卷中收《病中书怀》一诗，序云："丽京云：庚寅春日，过一草堂，纶山出病中诗一帙见示，犹记《玉兰》《杜鹃》诸篇，咏物既工，序柄俱丽，今悉弃去，不能无憾云"，则其号"纶山"无疑。"轮山"之号，集中未一见。

③ 毛奇龄：《寄酬海昌陆宏定》，《西河集》卷一百七十六，文渊阁《四库全书》本。

④ 陆圻：《爰始楼诗删序》，《爰始楼诗删》卷首，顺治刻本。案：此序又见于陆圻《威凤堂集》钞本卷一，题作《陆紫度诗序》。

⑤ 陆圻：《爰始楼诗删序》，《爰始楼诗删》卷首，顺治刻本。

者居多，风格以轻倩绵渺为主，多作相思语，时有山林隐逸、天上仙人之想。后期哀婉多风，或悼亡，或伤老，情愈浓挚，较前期为胜。《罗敷媚·梅里归舟》一词带有其一贯的柔丽特点，情境尤为突出：

> 烧烟一带云零乱，柔橹轻舟。急涨回流。落日青山远黛收。如钩新月盈盈上，何处凭楼。短笛悲秋。惹著羁人一片愁。①

刻画这种细腻绵渺的情感是陆弘定所擅长的。其《浪淘沙·之荐福》词笔自然流动，而寓情深至绵婉，颇见功力：

> 十里蓼花滩，才泊溪湾。旧时庭榭尽颓垣。三十年前曾到地，不禁凄然。　修竹自姗姗。掩映林端。夜来风雨正潺湲。孤雁一声云散后，略近栏杆。②

词人行经故地，目睹一片颓败的景象，悲从中来，不能自已，而结句“孤雁一声云散后，略近栏杆”，看似不经意，尤见深情，有不尽之意余于言外。

《凤凰台上忆吹箫·凤凰山怀古》是陆弘定较为特殊的一首词，其中山河易主之痛、激楚苍茫之风，有似乃兄：

> 地枕寒江，山回湖面。凤凰一派秋烟。忆偏安宫阙，也自衣冠。何处铜驼荆棘，披苜蓿、劫焰烧残。荒苔畔，数声鸣鸩，几队啼猿。　凄然。山川变矣，望阴阴松杏，山后山前。更谁家城郭，画槛雕栏。回首西陵孤冢，流不尽、血泪潺湲。君休

---

① 林枚仪：《陆宏定词辑校》，《中国文哲研究通讯》2006 年第 2 期。

② 林枚仪：《陆宏定词辑校》，《中国文哲研究通讯》2006 年第 2 期。

讶，无边风雨，犹似当年。[1]

凤凰山位于仁和县南与钱塘县交界处，乾隆《杭州府志》之《府署图说》载："府治自汉以后旧在武林山，自隋以后在凤凰山，及宋南渡时，即其地为行宫。"[2]《杭州府署》载："高宗南渡，改为临安府，因筑行宫于凤凰山。"[3]"无边风雨，犹似当年"一句，说明此词正是借南宋之事伤悼时局。在上片衰煞残败的荒凉景象，与下片"阴阴松杏""画槛雕栏"的新景象的鲜明对比中，词人以"回首西陵孤冢，流不尽、血泪潺湲"控诉着新世界，一句"山川变矣"，饱含无尽凄楚。

赵尊岳极赏二陆词："十国蕃艳之中，南唐二主独以至情见著。北宋柳缛贺疏，周雅秦秀。南宋吴密姜苍，张俊周丽。元则遗山天颖，惟以雄胜。明仅二陆沈著可诵。"[4]赵尊岳因况周颐得读《射山诗余》与《凭西阁长短句》，而此论一举将二陆推向明词的高峰，虽未必允当，但发前人所未发，对于后世因文献不足等问题而产生的认知偏见，无疑具有纠偏意义。西陵并不缺优秀词人，但如曹元方、陆嘉淑这样的遗老遗少，词集中违碍之处所在多有，其传播与影响严重受制于清代文网，正须有识之士如况周颐、赵尊岳者为之发覆、揄扬。

第三节　沈谦词风的嬗变

沈谦（1620—1670），字去矜，仁和人，家临平，即古"东江"旧地，因自号东江子、东江渔者。"九岁能为诗，度宫中商，投

---

① 林枚仪：《陆宏定词辑校》，《中国文哲研究通讯》2006年第2期。

② 郑沄、邵晋涵：《杭州府志》卷一，乾隆刻本。

③ 郑沄、邵晋涵：《杭州府志》卷十二，乾隆刻本。

④ 赵尊岳：《填词丛话》卷二，《词学》第三辑，华东师范大学出版社2009年影印合订本，第177页。

《颂》合《雅》，其天性然也。”[1] 崇祯十五年，补诸生。其父曾参与抗清，人称游洋将军，失败后隐于医。沈谦亦托迹于岐黄，绝口不言世事，与毛先舒、张丹倡和于自家南楼，称“南楼三子”。又因《西陵十子诗选》而与陆圻、柴绍炳、吴锦雯、张丹、孙治、毛先舒、丁澎、陈廷会、虞景明称“西陵十子”，为西陵诗坛代表人物。康熙九年卒，享年五十一岁。沈谦为人孝友，子弟、门生众多，生平著述甚富，尤其精于词学、曲学、韵学，所著《词韵》《词学》《词谱》等皆无力刊刻。生前曾自选作品，编为一集，身后其子为刊《东江集钞》《东江别集》。词集有《云华词稿》《云华馆别录》《东江词》。前两种已佚，后世所谓《东江词》即《东江别集》中词，共三卷。

沈谦是西陵词名最盛的词人，以本色当行享誉一方。前文论及，沈谦少年即已染指词学，因读明代词谱，见其十有八九皆言情之作，故学之，由此奠定了其一生的词学基本观念：以言情为核心。此时，其填词并无常师，好学李煜、柳永、晏殊、秦观、黄庭坚、周邦彦、李清照诸家。此后，尤倾心于柳永，其词情真意切，不避冶艳，亦同于耆卿。后引来毛先舒规劝之书，前已论及。顺康之际，其词风发生转变，尤其是所作长调，多有慷慨之气、奇肆之姿。

《东江别集》中诸作，不以时序为先后，而以字数多少列调，早年之作与晚年之作参差互见，其中不能系年者尤多。而就其可考者来看，其早年词风以柔艳婉昵、绵丽香弱为主，正如北宋小词风格，或摹写女性柔艳娇弱的体貌和愁病娇羞的情态，或摹写自身闲愁、苦闷。《望江南·晚思》为其较有情致者：

> 天已晚，还自怕登楼。山底淡云轻似梦，灯前春雨细如愁。人问懒抬头。[2]

---

① 陆圻：《东江集钞序》，《东江集钞》卷首，康熙刻本。

② 沈谦：《东江别集》卷一，康熙刻本。

其《浪淘沙·春怨》词云：

> 河柳尽含颦。也学愁人。隔窗莺语泥斜曛。满眼落花多似泪，终日纷纷。　宽带小腰身。怕煞黄昏。月来还共影寒温，最是今年情兴好，睡过三春。[①]

前者以男子作闺音的传统写法结构而成，后者则以柳之风姿、情态比喻女性情态，其情趣、其韵味皆是北宋小词中常见的类型，在沈谦早期作品中具有一定典型性，当得起其所谓“生香真色”者，[②] 是较为成功的一类作品。

《云华词稿》为沈谦早年词集，毛先舒因读此稿而开始着力作词，并称其“妙丽缠绵”[③]，以柳七为师法。康熙五年末或六年初，沈谦于《倚声初集》中得读俞汝言咏耳词，及董以宁咏鼻、咏肩词，因撰词十六阕，遍咏美人，汇为《云华馆别录》，并序云：“彼美人兮，处空谷，隔云雾，予迫之使出，得无讶其唐突乎?”[④] 今《东江别集》中有《美人耳》《美人鼻》《美人肩》《美人颈》调寄《点绛唇》，另有《美人眉》《美人目》《美人手》《美人足》调寄《青玉案》，《美人发》《美人面》《美人口》《美人腰》调寄《沁园春》，应为《云华馆别录》中原作。试观其《点绛唇·美人颈》一首：

> 捏粉搓香，烟鬟斜亸蝤蛴嫩。绣床垂顿。半为东风困。不许轻搂，意拗心原顺。低声问。齿痕偷印。又道多情狠。[⑤]

此词描写女性心理情态细致入微，而其风格香弱，有冶荡之气，

① 沈谦：《东江别集》卷一，康熙刻本。
② 沈谦：《填词杂说》，《词话丛编》第一册，中华书局1986年版，第629页。
③ 毛先舒：《与沈去矜论填词书》，《毛驰黄集》卷五，清初《毛氏七录》本。
④ 沈谦：《云华馆别录自序》，《东江集钞》卷六，康熙十五年刻本。
⑤ 沈谦：《东江别集》卷一，康熙刻本。

艳俗之病，《东江别集》中的同题材词作多不免于此。如其《青玉案·美人手》“轻翻小镜，暗题密字，蓦把魂灵捏”、《美人足》“半夜潜踪因底事”①，等等，皆堕黄柳恶道，出以口语、俗语、冶艳语，与曲体为近。

沈谦早年词作并非皆如此，亦有许多构思新奇者，《浪淘沙·夜怨》“带围宽尽沈郎腰。到得见时卿试比，不让苗条”②、《清平乐·罗带》“要识春来腰更细。剩得许多垂地”、《鹊桥仙·喻风》“漫将金斗比东风，熨不醒，两眉长皱”③、《鹊桥仙·咏轿》“常将飞燕比身轻。敢归路、愁多增重”④、《鹊桥仙·春恨》“春蚕春柳本无情，也学我、三眠三起”⑤，诸如此类，在艳词丽句中见巧妙构思，亦为沈谦早年创作的特征之一。沈谦曾在《鹊桥仙·杜鹃》一词中自明心迹曰：“年年含血骂东风，恰似我呕心奇句”⑥，亦明确表达了其词作之追求。然而，刻意经营之病，时或不免，其后期亦曾自省。

沈谦早年创作染有浓郁的明词风气，并不以艳语为病，面对堕犁舌地狱之说，坚持以黄庭坚“空中语”自解。谢章铤认为这类作品“实非雅调，不得以黄九、柳七藉口”⑦，可谓一语中的。沈谦虽一生不仕，但于名节德业，亦自持甚严，只是他将词品与道德功业分得非常清楚，作两种互不相妨的事物看待，以为绮艳之词不足以累及人品、德业。其《与俞士彪》一札云：“淮海、历城垂名万古，岂非词坛之盛轨？然二子并有功德可称，不专以此事见长也。吾欲足下先其难者，则月露风云，不能复为笔墨之累。试观《闲情赋》《香奁》诗、博南乐府，其人果何如哉？足下勉之矣”⑧，《填词杂

① 沈谦：《东江别集》卷二，康熙刻本。
② 沈谦：《东江别集》卷一，康熙刻本。
③ 沈谦：《东江别集》卷一，康熙刻本。
④ 沈谦：《东江别集》卷一，康熙刻本。
⑤ 沈谦：《东江别集》卷一，康熙刻本。
⑥ 沈谦：《东江别集》卷一，康熙刻本。
⑦ 谢章铤：《赌棋山庄词话》卷八，光绪十年刻《赌棋山庄全集》本。
⑧ 沈谦：《东江集钞》卷七，康熙刻本。

说》亦云："山谷喜为艳曲，秀法师以泥犁吓之，月痕花影，亦坐深文，吾不知以何罪待谗谄之辈。"[①] 若不能理解沈谦这一心理，便无法对其早期的绮艳词风有准确的认知和评价。

沈谦词作中亦有情致绵渺而无艳色者，尤具特色。明清战乱之际，沈谦曾经历过一定的羁旅生活，在顺治七年甚至一度逃乱至寒山寺。《东江诗余》中亦多羁旅之作，情感以羁旅之苦为主，而其中念念不忘者，常有一闺中女子形象不去于胸中。如果说沈谦早期艳词，是将美人作为欣赏的对象进行细致描摹的，那么对于羁旅中的沈谦而言，深闺佳人乃其思想慰藉与精神寄托之所在。如果说早年的沈谦，表现的主要是词作中固有的类型化的闲愁情绪，那么羁旅中的沈谦，词作情感则以其切身感受、真正个体化的情感为主。且看其《夜飞鹊·嘉兴晓发》：

> 前汀月初上，喧动邻舟。渔火远映津楼。从来客睡不曾着，况听旅雁啾啾。征衫露华暗满，恨孤身冲晓，衰鬓惊秋。吴歌欸乃，动离情，一样声柔。　宛转寒溪数里。回首见孤城，宿雾徐收。遥忆兰闺昨夜，残灯攲枕，也恁闲愁。苦无消息，拟缄书、又怕沉浮。奈鸳鸯湖水，再三嘱咐，不肯西流。[②]

此词将羁旅行役之愁、岁月迁流之感与相思之苦揉为一团。同样的女性主题，于此词中已经淡化为一种虚化的存在，脱去了对女性体貌情态的细致描摹，而注重对其情感的把握，故而早期词作的艳色已然淡化，而呈现出一种婉转绵渺的情致。再如《牡丹枝上祝英台·武原舟中值雪》：

---

① 沈谦：《填词杂说》，《词话丛编》第一册，中华书局1986年版，第634页。

② 沈谦：《东江别集》卷三，康熙刻本。案：此词与诸谱不合，据《钦定词谱》《唐宋词格律》，上片"征衫露华暗满"尾处多一仄声字。

漠漠湖云白。卷起浪花千尺。独倚孤舟，满袖泪珠偷滴。可堪冻雪凝须，层冰堕指，甚时候，要人行役。　有何益。漫把芳年掷。淹留水村山驿。还记佳人拥衾，此际怜惜。料应为我情痴，柔肠萦损，恹恹地，懒将笙炙。①

此词亦将冰雪严寒的行役情境，通过想象，与闺中的温馨情境相对比，在“满袖泪珠偷滴”的凄凉无助中，通过闺中女性形象获得心灵的慰藉。此处亦脱去了女性的柔昵情态，而重点呈现闺中情境，故而无冶艳之态，而有清远之致。此类词作又如《玉楼春·旅情》上片描写“愁来不断水如云，梦去仍回云似墨”的羁旅况味，而下片转入对深闺的想象：“玉窗人背孤灯泣。泪洒榴裙应变色。子规啼罢鹧鸪啼，终日踌躇楼上立。”② 由于沈谦行役的起止时间暂不可遽定，此等词作尤不易系年，观词中念念不忘闺中女性，或许为其丧妻之前所作。

顺治十七、八年前后，邹祗谟、王士祯合操《倚声初集》，邹氏于扬州遥征沈谦词作，沈谦自选词集寄之，并附词《万峰攒翠·沈氏词选成，寄常州邹程村（新翻曲，画堂春用仄韵）》一首，云：

春暖玉屏风细，兰畹幽香如醉。唱遍新词空洒泪。旁人不会。　烟波何处，毗陵楼外，斜阳又坠。人不南来愁却至。万峰攒翠。③

今检《倚声初集》所选，皆为沈氏婉艳之作，此选一定程度上扩大了沈谦艳词的影响，历代对沈谦词风的认知，多局限于艳词一路，亦与此深有关系。而据该词“唱遍新词空洒泪。旁人不会”之

① 沈谦：《东江别集》卷一，康熙刻本。
② 沈谦：《东江别集》卷一，康熙刻本。
③ 沈谦：《东江别集》卷一，康熙刻本。

说，其所选艳词中自有所寄托，一往情深而不为人所知，故不当仅仅作艳词观。沈氏一向视邹祗谟、董以宁为词学知己，因邹氏征其词以入选，故有此词以自明心迹。对于沈谦的冶艳之风，当时词人评价尚且褒中有贬，如《倚声初集》云："去矜诸词，率从屯田、侍制两家浸淫而出，言情浓挚，不欲多留余秘。意得处直欲据秦、黄之垒。"[1] 而后来评价，则以贬为主，至于其中的寄托所在，依然是"旁人不会"。

沈谦并不专以艳词见长，尤其是后期词风发生较大转变，感慨良深，时有纵横之姿，磊落之致，可惜历来不为人所注意。早在顺治八年与毛先舒论辩的时候，沈谦仍然坚持"艳体之尚，由来已久"的观点，但这次辩难对于沈谦词学观念的影响是非常深刻的，本书词论部分已经做了相关阐述。而在创作上，沈谦对这种变化亦有明确的自觉认知。康熙五年末、六年初，其《与邹程村》札中云："仆童年刻意过深，时多透露，前蒙登拔，皆其少篇。近亦幡然一变，将尽扫《云华》之旧，不知足下之许我否也?"[2] 也就是说，《倚声初集》所录，皆沈谦早年所作。而此时，沈谦已不满早年"刻意过深，时多透露"之习，所谓"幡然一变《云华》之旧"者，于《东江别集》中信然有征。

那么，这种词风变化是否有迹可循呢？今据部分可以系年的作品来看，至迟在顺治十八年前后，这种变化已然达到了相当强烈的程度。顺治十七年，王士祯任扬州推官，其后，邹祗谟、彭孙遹先后来到，王士祯作《沁园春·偶兴与程村、羡门同作》。约在十八年前后，沈谦作《沁园春·寄赠王扬州阮亭即用其〈偶兴〉韵用蒋胜欲体》二首，词风已迥别于《倚声初集》所选诸篇少作，其一云：

不断长江，滚雪翻云，日夜东流。怪万里烟花，终沉伍剑，

① 王士祯、邹祗谟：《倚声初集》卷八，顺治十七年刻本。
② 沈谦：《与邹程村》，《东江集钞》卷七，康熙刻本。

三分明月，先照隋钩。郡县劳人，文章绝世，斗大如何困一州。偏豪迈，在词中拜将，醉里封侯。　琼华寄我难酬。奈水满芜城夜色浮。道执卷跨牛，其中有乐，腰钱骑鹤，此外何求。素札空传，玉箫谁教，泛泛还同沙际鸥。虚名误、但浓斟玉液，暖披貂裘。①

此词上片盛称王士祯才高，下片自言甘贫乐道，而中缀连诸多典故，一气呵成。开篇纵横上下古今，气象阔大，结尾又风流恬淡，不粘不滞，与早年作品大异其趣。其中“偏豪迈，在词中拜将，醉里封侯”云云，远非与毛先舒辩论之前的沈谦所能道。再如其《六州歌头·凤凰山吊南宋行宫》：

烟销艮岳，一马却浮江。南渡事，真草草，寓钱唐。正苍黄。怎爱湖山秀，新歌竞，离宫起，将二帝，冰天苦，竟相忘。恸哭朱仙，三字成疑狱，自弃封疆。反半湖灯火，蟋蟀当平章。播越堪伤。遂销亡。　空余五寺，山钟歇，悲辇路，草荒荒。子规叫，精灵出，景凄凉。泪沾裳。回忆骑驴笑，崖山远，断归航。西湖上，却依旧，奏笙簧。闻道鹤归华表，城郭是，人去何方。恨东风一夜，吹变几沧桑。满地斜阳。②

杭州凤凰山为南宋行宫所在地，前已论及。沈谦此词以汴京艮岳沦陷、二帝被俘、岳飞朱仙镇退兵、莫须有罪名、贾似道蟋蟀堂、陆秀夫崖山跳海等诸多典故，完整勾勒了南宋历史，用事贴切，法脉井然。又与今日“西湖上，却依旧，奏笙簧”相对比，张力十足，悲愤之情，奔突行间，而殿以“恨东风一夜，吹变几沧桑。满地斜阳”，于抚今追昔之际，发兴亡之悲、盛衰之感，沉郁苍凉，允称上

① 沈谦:《东江别集》卷三，康熙刻本。
② 沈谦:《东江别集》卷三，康熙刻本。

品。入清即弃诸生、隐于医道的沈谦被认为曾于顺治年间参与过反清斗争，但由于缺乏足够的证据，今不取资。而此词托古讽今，虽一言一字不及时事，而其所指，昭然若揭。怀古词在沈谦词作中极其少见，而此类境界阔大、感慨深沉的词作，却是沈谦后期词作中常见的，其他如《宣清·重晤潘德延述感》《空亭日暮·寄洪昉思时客蓟门》《倦寻芳·饮合涧桥酒楼同诸虎男暨及门张台柱》，等等。其中，《厌金杯·吴山望雪》较有特色，亦不失为佳构：

山接荒城，沙昏断浦。倚危栏，江天欲暮。六花粉绕，扑面更沾衣，难挥去，似我离情最苦。　兽烟不断，貂锦添寒，恰又是、潮生风怒。素车白马，人道子胥魂，公莫舞。一醉愁销万古。①

沈谦此词立意之高远，境界之阔大，色调之苍莽，情绪之厚重，皆不同早年之作。尤可注意者，其中又缀以“六花粉绕，扑面更沾衣，难挥去”，宏大中见细节，厚重中见轻巧，此类手法正乃其《填词杂说》所谓“错综”之法。《庆春宫·答徐野君》一词，亦能体现其晚期独特的创作手法：

烟草沉山，蘋风蹙水，天涯又是残春。唤友莺儿，寻家燕子，那堪花雨纷纷。心惊物候，空目断、江东暮云。愁来不见，梦去仍迷，此地逢君。　那堪踪迹沉沦。豪气成虹，短发如银。名重词坛，春波妙曲，几番吹雪萦尘。凄凉旧事，漫提起、教人断魂。只须付与，月底红牙，掌上青樽。②

西陵词坛两位以婉媚词风见长的著名词人异地相逢而作此词，

① 沈谦：《东江别集》卷二，康熙刻本。

② 沈谦：《东江别集》卷三，康熙刻本。

其出语下字、构景结境，皆脱去了柔脂腻粉之气，非传统意义上的本色词。于一片萧疏空阔、令人断魂的情境中，上片穿插莺燕花雨等娇俏意象，下片又勾勒了“豪气成虹”的白发老人形象，对比鲜明。作者所谓“于豪爽中著一二精致语，绵婉中著一二激厉语”者，[①] 于此可见。

后期沈谦并非无柔婉之作，而情感愈见浓挚。如《江城子·春日感旧》：“玉楼深雨湿兰荃。记当年。倚香肩。髻堕偏荷，犹戴夜飞蝉。白日泥人常自病，和泪语，最堪怜。　愁魂零落瘗荒原。草如烟。听啼鹃。剩粉残脂，寄不到黄泉。万缕千红江畔柳，都学我，恨绵绵。”[②] 此为悼亡之作，情深意婉，“剩粉残脂，寄不到黄泉”一句，最是伤情欲绝。又如情致缠绵的《青玉案·幽期用贺方回韵》“望中渺渺相思路。便咫尺、难来去。幽梦虽轻吹不度。画堂南畔，玉栊西面，谁是无人处”[③] 等，今不赘述。

沈谦后期词作，构思上的刻意过深之弊已不明显，而奇崛横肆者，又不免突露筋骨之嫌。如其《鹊桥仙·五日对酒作》：“吾老矣，癫狂如此”“茂伦喻布，恐群比肉，毕竟谁非谁是”[④]、《念奴娇·用彭羡门韵留别毛玉斯》“沦落天涯俱是客，应笑季鹰思脍。露白荒城，枫青古岸，夜出含沙鬼”[⑤]、《东湖月·己酉生日潘生云赤以自度曲寿余览次有感依韵答之》“甚钟灵，便珊瑚百丈老重溟”[⑥]、《踏莎行·述怀兼呈金振公》“愁时蝶梦苦难轻，老来姜性偏增辣”“蜀山雪亮坠猢狲，钱唐风晦惊罗刹”[⑦] 等，安得概以冶艳相訾毁？沈谦后期创作中，俗艳之弊得到了一定程度的净化，谢章铤称其

---

① 沈谦：《填词杂说》，《词话丛编》第一册，中华书局 1986 年版，第 629 页。
② 沈谦《东江别集》卷二，康熙刻本。
③ 沈谦：《东江别集》卷二，康熙刻本。
④ 沈谦：《东江别集》卷一，康熙刻本。
⑤ 沈谦：《东江别集》卷三，康熙刻本。
⑥ 沈谦：《东江别集》卷三，康熙刻本。
⑦ 沈谦：《东江别集》卷一，康熙刻本。

“时时阑入元曲”[①]，严迪昌先生称其“以曲家手眼填词，与明人的不同只是俗而见其雅”[②]，就前期词作而言，此二说固无疑义，但恐为后期沈谦所不受。另外，言情浓挚，是沈谦词作的主要特征，而其病亦坐此。部分词作吐露唯恐不尽，惜少余味。

那么，沈谦词风的变化，动因何在？

西陵多元词学氛围的熏陶是重要的外部原因。顺治八年的沈毛之争表明，沈谦词风的转变与明清的易代鼎革并不同步。但是，这次争论中，毛先舒所代表的词学论调，作为一种外在风气深刻影响着沈谦，与毛先舒、丁澎、王晫、陆进诸人之间彼此倡和酬答，互相拈示、讨论以及评点，在沈谦周围营造了一种多元开放的词学氛围。同时，《与邹程村》以及与王士祯等人的倡和之作，也在一定程度上显示出这种转变与《倚声初集》所代表的开放词学观念息息相关。这种氛围的熏陶，在沈谦词风和词体审美观念的变化中起到了重要的引导作用。

个人遭际、心性、情感的变化是其主要内部原因。一方面，沈谦的羁旅行役生活使其词作在一定程度上跳出了靡艳之习，词中女性形象和作品情感呈现出绵渺隽永的特质，词风获得一定程度的净化。另一方面，沈谦入清后弃诸生，决意仕进，长年隐于医，不以功业为念。其《答潘云赤》一札云：“士以博学为饱，蜚声为温。丰此而吝彼，天所衡量。既富于德，焉辞饥冻乎？”[③] 寄望于学问、德行与名声之意甚明。其父卒后，沈谦穷困益甚，连遭丧母、丧子、丧妻之痛。诸如此类，岂能不有所郁结于胸中？其子沈圣昭《先府君行状》曰：“先母徐氏亡，先君心益苦。顾诸儿幼弱，欲娶继室，恐虐前子，因置侧室江氏。”[④] 再一方面，沈氏屡经战乱，处境、心境皆有变化。曾于顺治七年避难寒山，半夜舟中遇“流尸触船，披

① 谢章铤：《赌棋山庄词话》卷八，光绪十年刻《赌棋山庄全集》本。
② 严迪昌：《清词史》，人民文学出版社 2011 年版，第 23 页。
③ 沈谦：《东江集钞》卷七，康熙刻本。
④ 沈谦：《东江集钞》附录，康熙十五年刻本。

衣起视，悲怆欲绝”[①]，顺治十二年丧子、丧母皆在避乱西湖之际。诸如此类，怎能容得沈谦一味沉浸于早年温香软玉、依红偎翠的情调之中？前所引“吾老矣，癫狂如此”及“老来姜性偏增辣”云云，可见其性情、心境的剧烈变化，对于坚定的主“情”论者沈谦而言，怎能不引起其词作情感风貌、情调的变化？其《鹊桥仙·五日对酒作》“一樽无处酹灵均，也只合当年醉死”[②] 正是这类情绪在特殊情景下的宣泄。《东江别集》词中羁旅之苦、穷愁之悲、老大之哀，以及偶尔透露出寄情酒杯、及时行乐等思想，多为其早年所无。沈谦词风之变，实有不得不变者存于其中。

沈谦是西陵词学风会演进过程中的一个缩影，其词学观念与创作风貌的变化，意义绝不仅限于一人之变化。更重要的是，这一变化深刻影响了其门下诸位东江词人，有力地推动了西陵词坛多元格局走向成熟。

第四节 “东江词人”的创作成就

沈谦门下士子众多，沈丰垣、俞士彪、张台柱、洪昇、潘云赤、王绍曾、唐弘基、王昇有“东江八子”之称，而沈、俞、张、洪、潘五人皆工于词，各有专集，可称“东江词人”。吴熊和先生所谓西陵十子的“门人后劲”，半在东江门下。其中，沈、俞、张三人继承了乃师沈谦以“情”为本的创作观念，而情感的深度与厚度有过乃师，创作成就尤为卓著。西陵词坛经过数十年的酝酿，到康熙中前期，在东江词人手中达到了创作的高峰。而诸人又有所不同：沈丰垣沿着沈谦早年的路子，情深语淡，得其婉丽而去其俗陋，更趋精妙。而其血泪并流之处，纳兰而外，同代罕有其匹；俞士彪、张台

① 朱蔚：《题沈东江先生手书诗卷》，《两浙𬨎轩续录》卷三十一，光绪刻本。
② 沈谦：《东江集钞》卷一，康熙刻本。

柱则沿着乃师后期的路子，婉丽与雄健毕具，取径之广，胜于沈丰垣。其中，俞士彪之慷慨沉郁者，非沈谦所能梦见，而柔昵者与乃师为近，能去其尽露之弊，而不能去其俚俗之失；张台柱亦能兼其所长，慢词慷慨沉郁，时有英雄气、风云气，小令韵味绵长，能去其尽露与俚俗之弊，而时有侧艳之气。

厉鹗曾云："本朝沈处士去矜号能词，未洗鹤窗余习，出其门者波靡不返，赖龚侍御蘅圃起而矫之"[①]，此论深切沈谦之弊，而于其门下诸子，则诚非公论，盖以其欲拔浙西词派龚翔麟而故抑东江词人。前文曾论及，沈谦卒于诗教风会吹拂西陵词坛之前，若能躬逢此会，不知所作是否依然不避冶艳俗昵。但其弟子皆为此风会中人，张台柱、俞士彪又曾于词论中申言诗教大义。[②] 其所作，今未能详次时序，整体而言，虽未能尽去乃师之病，而要非同一色调，词体情感、品貌皆较乃师更纯净。西陵词坛前后两期之风会变化，于东江一门之创作中，亦有迹可循。

一　佯狂词人沈丰垣

沈丰垣，字遹声，号柳亭，生卒年不详，仁和人[③]，清初著名医家沈亮宸弟，应㧑谦弟子沈士则兄。《郭西小志》称遹声为沈谦之侄，今未见他据。遹声之生平，并其词名皆不彰，《历代两浙词人小传》一语不及其情事，今据诸家零篇断简之记载考述如次。遹声多愁善感，才情富艳，室俞瓛、侧室杨琇皆能诗词。瓛字宜宜，为俞士彪姊妹，琇字倩玉，与遹声有中表之谊。厉鹗称其"少为诸生，

① 厉鹗：《吴尺凫玲珑帘词序》，《樊榭山房集》卷四，《四部丛刊》影振绮堂本。

② 张台柱：《词论十三则》："风流蕴藉而不入于淫亵，绵婉真致而不失之鄙俚"（《东白堂词选》卷首，康熙十七年刻本）；俞士彪《西陵词选序》："词原于诗，诗起于里巷之谣，诵十五国风□□异，好尚亦殊，孔子删诗，及老臣贤士□□□人之作，必采录焉。……不为搜辑编次，以俟采风，则邦国何赖乎？"（《西陵词选》卷首，康熙十四年刻本）

③ 康熙刻本《兰思词钞》各卷作"钱唐"。

学于临平沈去矜，最工为词”[1]，亦曾从毛先舒问学。康熙十一年，与吴仪一、俞士彪、张台柱等人结词社。

少年时，遹声与杨琇一见倾心，两情相悦，遂定私盟，而不见容于杨母。杨琇时年十三四，遹声年亦相若。其后，遹声远游，及归时，杨母已许倩玉于他人。在康熙四年到八年间，二人曾效相如文君私奔，杨琇改王姓，即“王倩玉”，匿于袁枚祖父袁锜家中。杨母告于官，杭州知府戈斑卖倩玉于驻防旗下，[2] 倩玉披发佯狂，自啖其溺，始得自保。遹声辗转以赎归，终纳为妾，三年而卒，时年二十七左右，遗子沈躬锡刚满半月，[3] 至此，二人相恋已十三年。陆进所谓“心已许君，遂祝三生之石；身请为妾，同攀百合之花”，“奈何鸿书易订，鹣会难寻，情甘共死，屡啼碧玉床前，义不独生，几堕绿珠楼下”者，[4] 正指此事。遹声备受打击，颓唐自废，惝恍如痴，遂寄兴于词，以抒长恨，其词由二人初见写到天人永隔，再到两鬓斑白，盖由其终身不能忘怀之故也。据陆进“既而建封即世，燕子空愁，沙吒云亡，柳条似旧”等，[5] 可知在赎归之前，杨母所许之人，或已去世。王士祯《香祖笔记》、王昶《西崦山人词话》、厉鹗《东城杂记》、袁枚《随园诗话》载其事，多语焉不详而时有舛误。仲九章《小重山·为柳亭悼亡姬》“少小独情钟。风波无限事，得重逢。鸳鸯梦醒太匆匆。魂断处、枕上一声钟”[6]，即为纪实

---

[1] 厉鹗：《东城杂记》卷下，清刻《粤雅堂丛书》本。

[2] 按《浙江通志》及《杭州府志》，戈斑任杭州知府，时在康熙四年至八年，则此案当在这一期间。

[3] 一说遗有一女，今考《兰思词钞二集》卷上，有《丑奴儿令·携躬锡扫亡妾墓》：“儿生半月卿亡矣，十载分离。两载相依。怀抱当年只自知。”卷下有《满江红·与内子》“三载妾，埋荒草。三日子，依怀抱。赖生成顾复，十年啼笑。”可知，沈躬锡乃杨琇所生。至于是否另有一女，今且存疑。

[4] 陆进等：《兰思词话》，《古今词选》《兰思词钞》卷前，清康熙刻本。

[5] 陆进等：《兰思词话》，《古今词选》《兰思词钞》卷前，清康熙刻本。

[6] 仲九章：《小重山·为柳亭悼亡姬》，《东白堂词选》卷三，康熙十七年刻本。陆浣作有《林下美人来·为沈柳亭悼杨倩玉》，《东白堂词选》卷五。吴仪一《潇湘逢故人·慰沈遹声悼亡姬杨倩玉》，《西陵词选》卷七。

之作。《瑶华集述》称："顾舍人梁汾极口沈遹声丰垣，或有于人前短遹声少年事者，舍人辄切齿"[①]，所称即为此事。洪昇有词《满江红·送沈遹声之吴门》云："君去吴门，正卷地、杨花如雪。历几载、牢愁激楚，对谁堪说。宝剑空留身肮脏，黄金散尽人离别"[②]，其境遇与心境可知。

沈丰垣著有《兰思词钞》二卷、《兰思词钞二集》二卷，不仅是沈谦门下创作成就最高的词人，亦是西陵词坛最优秀的词人之一，其成就足称清词大家，远超乃师沈谦。沈谦论词，主于深情，又主自然，而所作时有曲体之俗、之艳，意伤尽而味不足，不能符其所论，卒乃于沈丰垣词作中见之。遹声尝以乃师为知音，乃师亦曾以邹祇谟不得见《兰思词钞》为恨，洪昇又以乃师不得读《二集》为恨，[③] 如此种种皆可见其词之价值。

《兰思词钞》四卷最突出的特点是情深欲绝而语淡如话，凄婉出以自然。青梅竹马的爱情屡遭变故，娇弱的爱人饱受摧残，欲学绿珠之堕楼而不得，甘守尾生之信而不能，再加上长期羁旅的孤独，以及世人的唾骂，最后是爱人夭折，幼子在抱，让多愁善感的词人一蹶不振，长期生活在追忆中，由此构成了《兰思词钞》绵渺幽咽的特点。高式青有云："沈子遹声天生绣腕，自负情痴，乃红叶方题，而桃花浪恶，以无限之悲凉，寄幽怀于雅调，故其词发乎情，情本乎真，镂冰雕雪，不假丹铅，沁骨铁心，一言一泪，其婉丽清新，即求之《兰畹》《花间》，亦为仅构。余尝取《兰思词》供炉烟碗茗，涵咏玩索，乍而寒烟淡月，景物伤心；乍而秋水螺峰，幽窗静对；乍而藕丝蜡泪，情致缠绵；乍而地北天南，离怀寸断。凡欲

① 蒋景祁：《刻瑶华集述》，《瑶华集》卷首，康熙二十五年刻本。

② 佟世南、陆进、张台柱：《东白堂词选》卷十，康熙十七年刻本。

③ 《兰思词话》载洪昇语："昔东江沈先生与余札有云：'《兰思词》精思殊采，不愧淮海、屯田，惜不令程村见之。'今沈先生宿草矣，而遹声词益进，使东江读是编，其击节又当何如？钟期已逝，流水空弹，言念赏音，为之太息。"（《古今词选》《兰思词钞》卷前，清康熙刻本）

悲欲泣，皆其可歌可传者也。”[1]

洪昇称《兰思词》：“语绵婉则‘看着垂杨忆鬓丝’，语新奇则‘销魂桥畔销魂树’，以至‘究竟徒成虚愿’几作谶词，‘灞桥欲折何曾’竟成实录，章台情事隐跃行间。”[2] 此说尤为允当。词作与词作之间存在故事线索，将情事隐于情语之中，是沈丰垣爱情词作的突出特色。而这一故实与写法，正是《兰思词钞》情感内涵、艺术品貌的关键成因。《生查子·美人》为《兰思词钞》开篇第一首，词云：

纤纤柳让眉，袅袅烟萦鬓。细语乱莺声，拂袖翻花粉。不肯上秋千，解道东墙近。日日倚朱栏，可有相怜分。[3]

本词上片描写女性容貌情态，一派“花间”色调，而下片摹写女子情窦初开时矜持而矛盾的心理，细致入微。此词写词人与倩玉初见时期，刻画女性春心萌动、情窦初开的情态。厉鹗极赏此词，称“‘不肯上秋千，为怕墙东近’之句，虽古人无以过之”[4]。作为浙派宗匠，厉鹗所作、所论以雅为归，高度称誉沈丰垣此句，原因即在其言情雅正合度，即吴仪一当年所谓“写丽情以贞性”“有风人之遗”[5]。《玉楼春·春晚》亦为沈氏名篇：

韶光九十今余几。坊曲愔愔飞燕子。独怜春草不成花，看尽晚云都做水。 绿江千里鱼沉字。永日香销帘幕闭。镜中不见舞鸾人，试问东风多少泪。[6]

---

① 高式青等：《兰思词话》，《古今词选》《兰思词钞》卷前，清康熙刻本。
② 洪昇等：《兰思词话》，《古今词选》《兰思词钞》卷前，清康熙刻本。
③ 沈丰垣：《兰思词钞》卷上，康熙刻本。
④ 厉鹗：《东城杂记》卷下，清刻《粤雅堂丛书》本。
⑤ 吴仪一：《兰思词评》，《古今词选》《兰思词钞》卷前，清康熙刻本。
⑥ 沈丰垣：《兰思词钞》卷上，康熙刻本。

与《生查子·美人》不同，此词并不通过人物情态摹写心理，而是以隐喻的方式呈现一种隐微的感觉，以春光流逝暗托相思而不得见的虚度之感，以春草、晚云隐写爱情的虚幻与难以捉摸，看似无理而自然神妙。吴仪一称："《兰思词》多天然妙语，如'独怜春草不成花，看尽晚云都做水'，为徐野君拈出，'怪底窥人莺不语，绿杨枝上微微雨'为沈去矜拈出，予尤赏'画屏飞去潇湘月'，直臻神境。"①《清平乐》词云：

小庭深院。花拂盈盈面。携手不须重眷恋。话被晚风吹断。一帘月浸冰壶。下阶那得相扶。记取丁宁万遍，莫教别后生疏。②

此词作于二人定情以后，迫于外力不得不分别之前。夜晚庭院中，两情缱绻，凄然话别，又被晚风吹断。"记取丁宁万遍，莫教别后生疏"，毫无刻画痕迹，而爱情的殷切与患得患失之感自然托出。此后，两人相隔两处，难通一问，只能在相思中消磨永日。《琵琶仙·东苑有感》有云："又谁道、蓦地相逢，纵朱户无人话难说。待把玉笺传与，怕小鬟轻泄。空记得、幽期密约，夜沉沉，扇扑灯灭。"③ 此情此景，词人焉能不患得患失？事实也证明，这种担忧虽然于事无补，但却不是多余的。不久后，遹声远游长松，待归来时，已物是人非，其《贺新郎》云：

沈子归来矣。渡长江、萧然依旧，半肩行李。相顾何为皆错愕，还似孤帆影里。悔不住、吴头楚尾。一笑又嫌归太晚，有丁宁别语须频记。人去后，易抛弃。　阿谁见罢先留意。便

---

① 吴仪一：《评兰思词》，《古今词选》《兰思词钞》卷前，清康熙刻本。
② 沈丰垣：《兰思词钞》卷上，康熙刻本。
③ 沈丰垣：《兰思词钞》卷上，康熙刻本。

如今、妆台重到，懒窥云髻。是我误他他负我，毕竟当初儿戏。枉费尽、闲愁闲气。碎擘瑶琴呼斗酒，想题桥、司马浑多事。沉醉后，且酣睡。①

远游归来后，词人与倩玉相见，相顾皆错愕。此时，前盟已毁，词人既追悔归来太晚，又因佳人不能守盟而耿耿于怀，故有“是我误他他负我”之问，此处“有丁宁别语须频记。人去后，易抛弃”恰与“记取丁宁万遍，莫教别后生疏”的临别赠语相对，故而又有“毕竟当初儿戏”的反讽。词人无意于情境的渲染，而其无奈与伤悲全在此一句反讽中。结句“沉醉后，且酣睡”，不言悲，不言忿，而悲愤无极。所谓“题桥司马”，据相如故事，遹声此次远游，或为功名之事奔波。

沈丰垣词作最为动人者为悼亡词，椎心泣血，缠绵凄绝，足与纳兰悼亡之作并称清词悼亡双峰。《清词史》称：“现存《饮水词》中题目明标‘悼亡’的有七阕，此外，虽未标题而词情实是追思亡妇、忆念旧情的尚有三四十篇，占纳兰性德词创作的总体的比重相当大，也是历来词人悼亡之作最多的。”② 严先生显然没有注意到《兰思词钞》《兰思词钞二集》。遹声的悼亡持续了半生，行立坐卧之间，多不能去怀。二人共度仅两三年光景，倩玉病卒多年后，遹声曾携其子于倩玉坟上写道：“儿生半月卿亡矣，十载分离。两载相依。怀抱当年只自知”③，其情怀况味如此，令人难以卒读。《踏莎行》是沈丰垣的悼亡名篇：

星移物换，人世皆虚，梗逝蓬飘，吾生靡定。是以求现学佛，群笑为迂，饮酒被纨，元非过激。聊蛰龙而伸蠖，或呼马

---

① 沈丰垣：《兰思词钞》卷上，康熙刻本。

② 严迪昌：《清词史》，人民文学出版社2011年版，第290—291页。

③ 沈丰垣：《丑奴儿令·携躬锡扫亡妾墓》，《兰思词钞二集》卷上，康熙刻本。

以应牛。仆本有情，兼遭多难，秋风大泽，情殊屈子之悲；春水横桥，恨学尾生之信。双珠待握，一剑惊飞，王孙之草徒芳，姊妹之花半死。天高离恨，总唤奈何，乡老温柔，翻为醉梦。佯狂自废，啼则襟袖都淹；恍恍如痴，笑则冠缨欲绝。然而佳人不再，淑俪难双，未曾断藕，莲复生心；纵是枯杨，絮还惹恨。但使小家碧玉，终嫁汝南；赵国才人，不归厮养。则虽荜门陋巷，敌金屋之繁华；泌水流泉，胜琼浆之隽永。夜窥石镜，朝起蘖床，宁怀犊鼻之惭，岂下牛衣之泣？无如薄命，空复多愁，肠无瓶绠，侵晓还牵；腹有车轮，何时不转？书空靡益，说鬼偏宜，且寄兴于小词，即征歌于长恨。

积雨埋红，沉烟漾碧。小楼春信催寒食。踏青斗草总无心，自家憔悴谁怜惜。　枉裂香罗，虚劳黛笔。东风笑杀多情客。瑶琴元不是知音，一床夜月吹羌笛。①

词人于寒食之日，面对亡魂，追念往昔，自明心迹。小序中透露出词人离恨天高、愁肠百结的情感状态和啼笑无常、如痴如狂的精神状态，而吐露于词作中，却只是斗草无心、自怜憔悴而已，似平淡无奇、不风不浪，而其情已极，所谓“枉裂香罗，虚劳黛笔”正是“总唤奈何”之意。词人虽然不甘心，依然幻想“但使小家碧玉，终嫁汝南；赵国才人，不归厮养。则虽荜门陋巷，敌金屋之繁华；泌水流泉，胜琼浆之隽永”，但现实依然是现实，正如《十二时·旅夜》所云：“倦眼朦胧，归魂迢递。刚到香闺梦里。晓鸦惊梦断，依然身在客邸。”② 梦里的安慰终究是易断的，回顾眼前，“瑶琴元不是知音，一床夜月吹羌笛”，凄怨之情，而出之以平淡之语，中正平和。再如以双关笔法隐寄悼亡之意的《满庭芳·鹦鹉墓吊张大家》：

---

① 沈丰垣：《兰思词钞》卷上，康熙刻本。

② 沈丰垣：《兰思词钞》卷上，康熙刻本。

兰萎荒阶，莲依瘦石，阴阴竹径苔青。偶来祠畔，细雨坐空庭。莫道钟情我辈，难消受、一顾三生。枫林外，青山重叠，留得证鸳盟。　曾经歌舞地，几番遗恨，谁似芳名。但寄向、斜阳远树啼莺。喜得双娥共志，还堪念、鹦鹉多情。微闻处，沈郎不死，夜月唤卿卿。①

此词应作于康熙十四年以后，名为吊古人，而实乃悼念亡妾，盖由张大家典故与作者经历高度相似之故。张大家即宋元之际张玉娘，因富于才情，时人比之于班大家，故有“张大家”之誉。鹦鹉墓，即明人孟称舜顺治十三年前后为张玉娘建贞女祠之处，历来吟咏甚多。《奁史》载王诏《张玉娘传》曰：“玉娘字若琼，松阳女子也。生有殊色，敏惠绝伦，及笄，字沈生佺，与玉娘为中表。未几，张父有违言，佺与玉娘私相结纳，不忍背负。佺疾革，张折简于沈，以死矢之。沈嘘唏长潸，遂瞑以死。张托疾隐几，忽烛影下见沈郎，属曰：‘若琼宜自重，幸不寒夙盟，固所愿也。’张泣曰：‘所不与沈郎者，有如此烛。’语绝不见，张悲绝，久乃苏，曰：‘郎舍我乎？’遂得阴疾以卒。父媪哀其志，与沈合窆于附郭之枫林。”② 张沈为中表亲，二人私盟而为家人所阻，又不忍背弃，其一人先卒，另一人伤情欲绝，诸如此类，皆与遹声、倩玉同一遭遇，而微有不同者，张玉娘殉情而亡，而词人仍苟活。遹声吊张玉娘，显然乃自托身世，词上片“莫道钟情我辈，难消受、一顾三生”，乃是兼二人之事而言，下片所谓“沈郎”，既指沈诠，也是自指，“微闻处，沈郎不死，夜月唤卿卿”一语，是对张玉娘的安抚，同时也是对爱妾亡魂的告白，借古人之酒杯，浇胸中之块垒，一语双关，看似毫不用力，而沉痛至极。其季弟沈士则曾作《青玉案·寄兄遹声时在长

---

① 沈丰垣：《兰思词钞》卷下，康熙刻本。

② 王初桐：《奁史》卷五，嘉庆刻本。

松》云："不记当年鹦鹉墓。寒原枯草，斜阳败叶，却是关情处"[1]，所咏即此事。《满江红·感悼》是词人多年后的作品，词云：

痛哭浮生，真不解、有生有死。忽惊怪、银蟾影暗，好花红委。天上雨云原变幻，世间得失空悲喜。便沧桑、历尽几何时，谁知己。　伤爨下，焦桐尾。算我辈，终如此。叹十年离合，总成逝水。儿女英雄当日恨，朱颜白发须臾事。但磁州枕内肯留人，长拚睡。[2]

词人回顾一生，感叹悲欢离合的无可奈何，感悼世事沧桑，人生易老。"算我辈，终如此。叹十年离合，总成逝水"，心有不甘而又不得不接受，在人生的喟叹中抒写悼亡之思，更显深沉与厚重。《鹧鸪天·忆倩玉》词云：

羞见霜华两鬓新。十年心事向谁论。移将月影翻棋局，强把花容对酒樽。　山敛黛，柳含春。独怜玉骨化清尘。临风拟说新来恨。只恐重消地下魂。[3]

此词以流动之笔写沉痛之思，已无早期"杜鹃夜夜哭东风，泪积满山花重"[4] 的悲不可遏，而代以"强把花容对酒樽"的内敛厚重，沉郁之气过于前者。

《兰思词钞》中以悼亡为题者不足十首，而悼亡情绪却贯穿于半部词集中，如《一络索·重见》作于词人行经二人初见之地，《江城子·对画上美人》写词人对倩玉遗像呼唤归来，《洞仙歌·哭》回顾二人相识到盟誓。再如《贺新郎》"泉下有灵应不朽，玉骨冰

---

① 陆进、俞士彪：《西陵词选》，康熙十四年刻本。
② 沈丰垣：《兰思词钞二集》卷下，康熙刻本。
③ 沈丰垣：《兰思词钞二集》卷下，康熙刻本。
④ 沈丰垣：《西江月·感悼》，《兰思词钞》卷上，康熙刻本。

肌空忆”[①]，《虞美人·重过长兴忆旧》“玉人久矣乘鸾去。暮作潇湘雨”[②]，《鹧鸪天·地下》“十年地下空追忆，销尽雄心说可怜”[③]，《鹧鸪天·十三》“乳燕雏莺如不如。也知恰是十三余。难将心事传毫素。赖有娇憨慰索居”[④]。又如《满江红·遣闷》“蕙草宿，情犹恋。蘅芜烬，魂难唤。忆玉台前约，只消长叹”[⑤]，于平常索居中伤倩玉之魂；《摸鱼儿·醉后和卓苍涛》“空惆怅，赋尽《招魂》不至。新恨系。君莫问，兰思旧恨从何起。自增憔悴。任醉写乌丝，只添萧瑟，地下可知未”[⑥]，于会饮之时发悼亡之思；《满江红·与内子》“三载妾，埋荒草。三日子，依怀抱。赖生成顾复，十年啼笑”，于正室面前直书悼亡之痛。诸如此类，皆不以悼亡为题，而实系悼亡之作。

《兰思词钞》四卷，悼亡为最主要的主题，他人丧妇，或一时作词数十首以结悼亡之集，或于回想之际偶作数词以悼之，而《兰思词钞》之悲情苦语，多为悼亡而作。这种寓悼亡于日常的写作，与沈氏自身的精神状态和生活状态有关。倩玉卒后，遹声一蹶不振，颓唐自废，长期生活在回忆里，或醉或睡，表现出一种不愿清醒的状态。早年尝言：“求现学佛，群笑为迂，饮酒被纨，元非过激。聊蛰龙而伸蠖，或呼马以应牛”，晚年又云：“海水桑田几变更。疏狂心性自生成。百年瞬息浑如醉，千古彭殇旧有名。 聊尔尔，莫卿卿。多情那必怨无情。寻常不作花间梦。无奈模糊过此生。”[⑦] 沈丰垣一生为情所误，然而词人晚年仍不曾后悔，在一定程度上，倩玉亡魂正是其一生的精神所系。悼亡，对于沈丰垣来说，并不是一时

---

① 沈丰垣：《兰思词钞二集》卷上，康熙刻本。
② 沈丰垣：《兰思词钞二集》卷上，康熙刻本。
③ 沈丰垣：《兰思词钞二集》卷下，康熙刻本。
④ 沈丰垣：《兰思词钞二集》卷下，康熙刻本。
⑤ 沈丰垣：《兰思词钞二集》卷下，康熙刻本。
⑥ 沈丰垣：《兰思词钞二集》卷上，康熙刻本。
⑦ 沈丰垣：《鹧鸪天·生成》，《兰思词钞二集》卷下，康熙刻本。

一地之事，正所谓“一去似商参，坐叹愁吟”①，行立坐卧间皆寓悼亡之思，正是词人一生的主要生活状态。

爱情的打击，与“疏狂心性自生成”的性格，促成遹声“无奈模糊过此生”的消极生活态度。据徐釚《词苑丛谈》载，沈丰垣曾因倩玉被放黜，与《踏莎行》词序“秋风大泽，情殊屈子之悲”暗合，而具体细节，今已不可考知。倩玉亡后，遹声又长年远游，漂流在外，所谓“十年落拓一狂生”②“远游笑我痴情误”③皆为其自我写照。《兰思词钞》中的羁旅之作亦写得凄清幽隽，饶有韵致。作于与倩玉定情而遭阻之后的《满江红·客中》云：

> 冷雨凄风，都做了客中憔悴。又还是、黄昏独自，怎教成睡。一盏孤灯全不亮，三杯薄酒如何醉。更无端、窗外响芭蕉，心儿碎。　空床影，那堪对。单枕梦，谁相慰。便别时有约，动经年岁。青镜应知添白发，翠绡犹记缄红泪。却嗔他、一夜玉箫声，真无谓。④

词人于旅夜中对孤灯单枕，不能成眠亦不能成醉，虽有盟约在前，而两人迢递重隔已有年，相思越深，则愁绪越浓，以至于竟作痴语，青镜有知、翠绡能记，又做嗔语，怨及箫声。词人因羁旅之愁苦而痴狂的形象，至此神完气足。相对此词的孤清隽永，《十二时·旅夜》则呈现出一种荒寒入骨、凄唳煞异之气：

> 夜深沉，冷风穿壁，灯暗鼠窥檐际。正羁旅、终宵无寐。渐渐寒侵孤被。哀狖啼霜，征鸿叫月，待不听无计。欹枕久、

① 沈丰垣：《兰思词钞二集》卷上，康熙刻本。

② 沈丰垣：《临江仙》，《兰思词钞二集》卷下，康熙刻本。

③ 沈丰垣：《满江红·五日感怀寄洪昉思》，《东白堂词选》卷十，康熙十七年刻本。

④ 沈丰垣：《兰思词钞》卷上，康熙刻本。

恼杀愁心，那更小溪，引到潺湲流水。　天不明，披衣坐守，没个更筹催起。万籁欲清，如何槛外，虫叫厌厌地。约略时夜半，临鸡早是聒耳。　细听来，秋声无数，总是凄凉滋味。倦眼朦胧，归魂迢递。刚到香闺里。晓鸦惊梦断，依然身在客邸。①

孤冷荒寒的客舍中，秋声此起彼伏，词人辗转难眠，披衣起坐，凄凉无比，待到欲睡，终于能够摆脱眼前的嘈杂凄唳，梦回香闺，但还未安稳，又被鸦声惊醒，依然身处荒寒客舍中。此词风格诡异荒怪，在遹声词中并不具代表性，但极尽羁旅之苦，正是词人内心的真实写照。洪昇极赏此词，曾云："柳亭《十二时·旅夜》词以'秋声无数'句作骨，故前后鸿、狖、鸡、虫，壁风、溪水，竟将叶声杂叙。中用'没个更筹'一语，反势横截，又起云'羁旅中宵无寐'，末云'依然身在客邸'，奇变、缜密一阕兼有，章法至此全以神行，在长调中不多得也。"②《千秋岁·旅夜》亦是《兰思词钞》中的羁旅佳构：

客亭遥夜。懒听秋虫话。眠未得，愁还惹。芭蕉疏雨滴，杨柳轻烟挂。鸿影过，碧天露冷秋如画。　风透纱窗罅。摇曳残灯灺。又戍鼓，敲初罢。梦回青琐阁，泪在红罗帕。人欲起，万山晓月闻嘶马。③

此词清雅幽怨，于戍地秋声秋景中梦回香闺，相思更助羁旅之愁，羁旅更添相思之苦。

此外，遹声羁旅词亦常寓岁月蹉跎之感、世事浮沉之悲，如

① 沈丰垣：《兰思词钞》卷上，康熙刻本。
② 洪昇等：《兰思词话》，《古今词选》《兰思词钞》卷前，清康熙刻本。
③ 沈丰垣：《兰思词钞》卷上，康熙刻本。

《踏莎行·重过括苍》:“青山不改旧时容,征人未老头先白”、《双双燕·客思》:“苍茫一片江波,身似断萍难系”[①],等等。

沈丰垣词作,精思丽采尚不足奇,其足称奇者在于用情至深,令人魂断,出语之淡,有如天成。如《清平乐·东风》“东风何力。吹梦无踪迹”[②]、《蝶恋花》“万事消除无过酒。悠悠世路难回首”[③]、《江城子·秋夜》“两点眉儿,藏得许多愁。纵使侬如清夜月,能几度,到妆楼”[④]、《清平乐·秋夜》“记得梦中行处,非云非雨非烟”[⑤]、《菩萨蛮·秋夜》“一雁度南楼。楚江无限秋”[⑥] 等,皆朗朗上口,一一可传。

关于词学宗法,沈丰垣曾作《鹧鸪天·偶作小词示躬锡》以自道:

> 赋就新词亦惘然。丝丝寒雨半晴天。前身可是秦淮海,学武还期晏小山。山突兀,水潺湲。晓风残月柳屯田。名场不用争声价,带减腰围酒量宽。[⑦]

《兰思词钞》四卷用情至深,感人肺腑,而下语浅淡,若出自然,确实与柳永、秦观、晏几道为近。洪昇称:“遹声有天然情语,不假雕镂者,如‘相逢足一生’,如‘枕儿相伴人儿去’,如‘人是异乡人,月是伤心月’,如‘一片有情芳草地,都属思量’等句,由其笔墨才情自有天授,故语浅而意深,词淡而味永,若劣手效之,未有不流于率易者矣。”[⑧] 厉鹗《东城杂记》亦称其“缠绵处似柳屯

① 沈丰垣:《兰思词钞二集》卷上,康熙刻本。
② 沈丰垣:《兰思词钞》卷上,康熙刻本。
③ 沈丰垣:《兰思词钞》卷下,康熙刻本。
④ 沈丰垣:《兰思词钞》卷上,康熙刻本。
⑤ 沈丰垣:《兰思词钞》卷上,康熙刻本。
⑥ 沈丰垣:《兰思词钞》卷下,康熙刻本。
⑦ 沈丰垣:《兰思词钞二集》卷下,康熙刻本。
⑧ 洪昇等:《兰思词话》,《兰思词钞》卷下,康熙刻本。

田，清稳处似赵仙源”[1]。谭献曾云：“沈遹声倚声柔丽，探源淮海、方回，所谓层台缓步，高谢风尘，有竟体芳兰之妙”[2]，并将其列入清词“前七家”：

戴园独居，诵本朝人词，悄然于钱葆馚、沈遹声，以为犹有黍离之伤也。……嘉庆时，孙月坡选《七家词》，为厉樊榭、林蠡槎、吴枚庵、吴谷人、郭频伽、汪小竹、周稚圭，去取精审。予欲广之为前七家，则辕文、葆馚、羡门、渔洋、梁汾、容若、遹声，又附舒章、去矜、其年为十家。后七家则皋文、保绪、定庵、莲生、海秋、鹿潭、剑人，又附翰风、梅伯、少鹤为十家。词自南宋之季，几成绝响。元之张仲举，稍存比兴，明则卧子，直接唐人，为天才。近代诸家，类能祧南宋而规北宋，若孙氏与予所举二十余人，皆乐府中高境，三百年所未有也。[3]

谭献未见《兰思词钞》，仅于《瑶华集》《昭代词选》移录8首入《箧中词》，而赏誉如此。谭氏之于沈丰垣，无异于异代知己，尤其是在数百年冷遇的背景下，显得尤为难得。《施蛰存先生编年事录》“一九六二年十二月十二日”条载：

先生读《复堂词话》。“复堂盛称陈卧子、沈丰垣。明清之际，卧子自属大家，人无闲言；沈丰垣则知之者少。《兰思词》复堂亦未见，殆已佚矣。予尝辑录数十阕，得复堂一言，自喜眼力未衰。”[4]

---

① 厉鹗：《东城杂记》卷下，清刻《粤雅堂丛书》本。

② 谭献：《箧中词·今集》二，光绪八年刻本。案：“沈遹声”原刻误作“沈遹骏”。

③ 谭献：《复堂日记》，《词话丛编》第四册，中华书局1986年版，第3997—3998页。

④ 高建中：《施蛰存先生编年事录》上册，上海古籍出版社2013年版，第707页。

施先生对于谭献之说，亦心有戚戚焉。其于沈丰垣词作水平的认知，亦因得谭献之论而更自信。然而，可惜的是，施先生仅得其词数十阕，亦未能获睹全帙。今《全清词·顺康卷》据《百名家词钞》《西陵词选》等录得其词二百余阕，而《兰思词钞二集》二百余阕尚在其外，何其波折而不幸也！

清词史上，纳兰性德词亦以情深语淡闻名，与沈丰垣词风最近，且二人曾相识，与顾贞观皆为知己。康熙二十四年（1685），纳兰卒时，遹声曾作《菩萨蛮·遥哭成容若》："相知自古称难得。于君何意虚相忆。北望暮云长。潇潇恨白杨。 神交曾未面。有梦应难见。何处寄愁思。唯今《侧帽词》。"[①] 但两位词风相近的词人，两部椎心泣血的词集，一名震词史，一湮没无闻，传与不传之间，谁能得而言之？

二 天涯荡子俞士彪

与沈丰垣凄婉清丽的词风稍有不同，俞士彪、张台柱的创作取径更近于后期沈谦，词风多元，兼备婉约、豪放之体。而其情真意切，并洒血泪，亦不负乃师之教。

俞士彪（1645？—?），一名珮，字季瑮，号潜庄，钱塘人，监生，俞美英弟，沈丰垣室俞璥兄。方象瑛《俞季瑮玉蕤词钞序》称其："家贫，善读书，与兄璥伯（俞美英字）齐名，诗古文辞皆能超出侪辈""论文卓绝，有宿师硕儒所未及者""年近三十，数奇不偶，每掩卷遐思，慷慨若不能已"[②]。方象瑛康熙十三年（1674）卜居杭州后才结识俞士彪，作此文时季瑮"年近三十"，则季瑮当生于顺治二年（1645）以后，与沈丰垣、洪昇相若。陆进称："吾友俞子季瑮，有经营四方之志，屡困场屋，俯就一官，既谒选，而怆然赋七律十章。……感赋数章，亦平昔肮脏之气，偶触而为之。其长

① 沈丰垣：《兰思词钞二集》卷上，康熙刻本。

② 方象瑛：《健松斋集》卷三，康熙二十六年刻本。

才大略，雌伏而雄飞，吾望之久矣。”① 康熙三十八年（1699），季璎官崇仁县丞，四十二年（1703），官金溪知县，其时已年近五十九岁。

季璎少年即能作长短句，年十六即从沈谦学词，康熙十一年与吴仪一、沈丰垣等人结社倡和。十二年至十四年，与陆进合选《西陵词选》，十七年前后，入京师，作《贺新郎·京师杂感》题旅壁，为毛奇龄、徐咸清所激赏。著有《潜庄诗钞》《玉蕤词钞》。方象瑛称：“《玉蕤词》风期秀上，兼苏、辛、周、柳之长。”②

季璎憔悴风尘数十年，少时即已浪游江湖，而负才不偶，有志难伸，奔走四方，漂泊无定。身世浮沉之感、壮志难酬之痛、羁旅思乡之哀一发之于词。《玉蕤词钞》之羁旅词，慷慨淋漓，肮脏悲劲，风神跌宕，韵味厚重绵长，有沈谦词之真挚，而无其尽露。《汉宫春》一词约作于其客兖州期间，词云：

> 匹马天涯。渐看看日暮，投宿谁家。荒原数行衰柳，几缕残霞。金风萧飒，叫寒云、雁阵横斜。有谁见、病躯劳瘁，帽檐积满尘沙。　自念奔驰南北，把玉颜已缁，难换乌纱。堪悲弃繻投笔，事事都差。山村水驿，赚征人、送了年华。抬望眼，仰天悲啸，剑镡冷浸霜花。③

一个骑马佩剑浪迹天涯的游子，满身风沙，疲惫而憔悴，日暮时分，投宿无门，回顾前尘往事，感叹年华皆在征途中流去，而一无所成，不禁仰天悲啸。此词将不遇之痛、羁旅之感、老大之悲融为一体，词气苍劲，慷慨有力，感人至深。

① 王嗣槐：《俞季璎感怀诗引》，《桂山堂诗文选》之《文选》卷七，康熙青筠阁刻本。

② 方象瑛：《健松斋集》卷三，康熙二十六年刻本。

③ 南京大学中国语言文学系《全清词》编纂研究室：《全清词·顺康卷》第八册，中华书局2002年版，第4410页。

康熙十七年博学鸿词科前夕，在完成了《东白堂词选》第十二卷的审阅之后不久，俞士彪再次踏上北征之路。此行目的极有可能为求举荐，但终未果。在良乡北旅店中，曾作词题壁，毛奇龄《西河词话》载其事：

予赴京师，路遇徐仲山，欣然同行。曾于良乡北旅店，见题壁词，迥出恒辈。其词曰：

"洒尽穷途泪。看少年、一番行役，一番憔悴。雨雪霏霏泥滑滑，上马屡愁颠踬。又况值、金轮西逝。屈指离家能几日，早行来、已是三千里。嗟岁月，似流水。　蒙茸渐觉羊裘敝。怎当他、朔风凄紧，裂肤堕指。莽莽长途谁是主，灯火前村近矣。只无奈、望门投止。沽得浊醪聊破冷，向灯前、独饮难成醉。天未晓，又催起。"

特不署姓氏，不知为何人作。及到京，钱塘俞季瑮投以词，名《京师杂感》，共九章，皆《贺新郎》调，其首章即是词也，但牢愁盈纸。仲山怫然曰："甫来京，而得是词，其能顷刻留此地耶?"后仲山应试失第，不彀资斧，每依其同姓官京师者，仍不得归去。尝过予饮，曰："予初赏季瑮词，今恍自道，然予究薄季瑮去留怏然，何必尔尔耶。"予因询之，仲山举其第六首前截曰：

"抚剑悲歌罢。望长天、惊风飂戾，横河倾泻。有客访予予已醉，且自坐、君床下。有至语、语君休讶。餐菊纫兰徒自洁，看夷光未字无盐嫁。非诡遇，贱工也。"

第九首后截曰：

"襟怀岳岳和谁语。笑卞和、楚庭泣玉，徒多悲苦。我有草堂东郭畔，管乐何妨自许。且抱膝、长吟梁甫。有志男儿非困顿，彼扫门、魏勃何须数。不似意，且归去。"①

① 毛奇龄：《西河词话》卷二，《词话丛编》第一册，中华书局1986年版，第581—582页。

徐仲山即徐咸清，与毛奇龄相善。这组词代表了季瑮羁旅词的典型风貌，词人落拓江湖，颠沛流离，抚剑悲歌，望天长啸，生出“莽莽长途谁是主”“嗟岁月，似流水”的浩叹。但回到现实，日暮途穷之际，词人于三千里外投宿于孤灯冷壁之间，愁绪无边，夜不能寐，一句“天未晓，又催起”，道尽无限凄楚。但同时，词人又不甘心效仿魏勃扫门于权贵之前，愿如诸葛亮抱膝而吟《梁甫》，“有志男儿非困顿”，但“诡遇”而致显达，则不为词人所取，其气节如此。谢章铤称诸词“极肮脏可喜”[1]，并以其未登《词综》《昭代词选》《国朝词雅》为憾。

词人生于顺治年间，原非遗老遗少，又有经营四方之志，而其词作中，却时时流露出历史性的宏大思考，时有兴亡之感、黍离之思。这与其家世息息相关：其祖父俞起蛟，字芝云，清兵南下，守兖州，被俘，不屈而死，其父俞文辉亦因此拒绝入仕，自己又落拓江湖，进退不得。《念奴娇·九日同钱右玉、陈调士、吴璨符、陆冠周、吴长龄、端公、徐紫凝、兄瓛伯登南高峰感赋》即是这一主题的杰作，词云：

繁华无定，问西湖、今日阿谁为主。闲约酒徒寻胜迹，直上南峰高处。城郭依稀，江山冷落，系马闲凝伫。振衣长啸，划然声动林树。 回忆南宋遗宫，寒鸦飞尽，麏麚鸣荒戍。黄菊紫萸长似旧，笑杀英雄尘土。落日当杯，西风吹帽，醉把青萍舞。天生我辈，烟霞未许归去。[2]

钱右玉即钱璜，陈调士即陈廷会嗣子陈调元，吴璨符即吴仪一，陆冠周即陆圻子陆寅，徐紫凝即徐昌薇，瓛伯即词人兄长俞

① 谢章铤：《赌棋山庄词话》卷四，光绪十年刻《赌棋山庄全集》本。

② 南京大学中国语言文学系《全清词》编纂研究室：《全清词·顺康卷》第八册，中华书局2002年版，第4425页。

美英，皆是与词人年辈相若的西陵闻人，余二人未详。此词作于重九登西湖南高峰之时，上片写今日，下片写南宋，在今昔对比中，发江山冷落、英雄无觅之感，此即起句“繁华无定”之意。在“寒鸦飞尽，觱篥鸣荒戍”的萧森衰飒中，感叹物是人非，而结句“天生我辈，烟霞未许归去”，又悄然振起，在历史中思考自我出处问题，有不尽之意余于言外。《望海潮》云：“叹江山冷落，人物萧条。仰问苍苍，为须有地置吾曹”①，亦同一手法，同一旨趣。词人另有《多丽·西湖春暮》一词，旨趣相同，而所用手法截然不同：

> 怪东风，吹得韶华无几。只留他、残红一朵，美人头上摇曳。叹西湖、风光非昔，向登临、谁会深意。前度桃门，旧时燕巷，重来瞻眺，暮云叠翠。六桥外、斜阳芳草，是我断肠地。游人散、青帘无恙，且自沉醉。　又何况繁华如梦，眼前多少憔悴。淡烟中、孤城半掩，万骑骄骢饮春水。内院新声，后庭遗曲，只今犹自在人耳。算惟有、两峰千古，曾也见兴废。黄昏后，月上女墙，谁忍凝睇。②

此词开篇即感叹韶华所剩无几，由此引出今昔之感，繁华易逝之悲，继而回到眼前，风物憔悴，孤城半掩，万骑饮水，亡国遗曲犹然在耳，只有南、北两高峰犹在，阅见兴废。所谓“深意”，所谓“断肠”者，即是在历史的穿插交错中，糅合古今盛衰、物华荏苒与个人生命的感喟于一体的复杂情感。

俞士彪尤其擅长写这种深沉厚重的人生主题，每多警句与佳构。如《金菊对芙蓉·客中怀张景龙》“渺渺征途，劳劳倦客，此生长

---

① 南京大学中国语言文学系《全清词》编纂研究室：《全清词·顺康卷》第八册，中华书局2002年版，第4428页。

② 南京大学中国语言文学系《全清词》编纂研究室：《全清词·顺康卷》第八册，中华书局2002年版，第4428页。

在他乡”[①]、《浣溪沙·北征》“匹马轻装事远游。寒霜点点落吴钩。平沙尽处一回头”[②]、《虞美人·元宵》“眼前风景不争多。只奈此身长在异乡何”[③]、《浪淘沙·客东明县别袁杜少东明即古漆园地》“笑我少年人。憔悴风尘。惭他栩栩梦中身”[④]、《二郎神·辛亥秋妓馆感赋》“冶叶倡条都相识，似成了、天涯浪子”[⑤]、《浪淘沙·送春》“断送少年成白首，雨雨风风”[⑥]、《水龙吟·过松阳县石佛岭寺追哭马龙伯先生》“叹斜阳逝水，寒沙乱石，无情物，长千古”[⑦]，等等。

《玉蕤词钞》亦多柔婉细腻之作，以相思、惜别为主题，虽亦偶露羁旅之愁，然而却呈现出与其羁旅词截然不同的艺术风貌。陆繁弨《汪雯远诗余序》之“俞季瑮之微云疏雨”者，[⑧] 盖此之谓。整体而言，季瑮柔丽之作，不如其慷慨之作成熟，时时侵入曲体，俗词俚语每不能免，与乃师沈谦同一品貌。而其佳处亦能婉转温丽，韵味绵长。《浪淘沙》堪称其中杰作，词云：

> 才得话绸缪。又说离愁。匆匆携手下红楼。眼底泪珠都滴尽，莫唱伊州。　兰桨逐东流。帆影悠悠。江花江草见凝眸。

---

① 南京大学中国语言文学系《全清词》编纂研究室：《全清词·顺康卷》第八册，中华书局2002年版，第4427页。

② 南京大学中国语言文学系《全清词》编纂研究室：《全清词·顺康卷》第八册，中华书局2002年版，第4410页。

③ 南京大学中国语言文学系《全清词》编纂研究室：《全清词·顺康卷》第八册，中华书局2002年版，第4416页。

④ 南京大学中国语言文学系《全清词》编纂研究室：《全清词·顺康卷》第八册，中华书局2002年版，第4449页。

⑤ 南京大学中国语言文学系《全清词》编纂研究室：《全清词·顺康卷》第八册，中华书局2002年版，第4415—4416页。

⑥ 南京大学中国语言文学系《全清词》编纂研究室：《全清词·顺康卷》第八册，中华书局2002年版，第4449页。

⑦ 南京大学中国语言文学系《全清词》编纂研究室：《全清词·顺康卷》第八册，中华书局2002年版，第4421页。

⑧ 陆繁弨：《善卷堂四六》卷二，乾隆刻吴自高注本。

最是无情风与水，惯送行舟。①

此词上片写与恋人的短暂相聚与话别，下片写再次踏上征途之际的送别情境，有情花草岸头凝望，无情风水催送行舟，不言人而人自在其中，情致婉转，韵味绵长，堪称小令上品。《苏幕遮》一词，将传统的伤春主题与羁旅主题相融合，尤为别致，词云：

槭阴微，池草细。才说春来，打点伤春意。花暖昼长浑似醉。没甚心情，镇日和衣睡。　到如今，思往事。江南江北，都是伤心地。几曲阑干频徙倚。断尽柔肠，只在东风里。②

此词上片写伤春闲愁，似有类型化的倾向，而下片一转，点出愁之所起，原在于长年落拓江湖而一事无成，回顾前尘，所到之处，皆为伤心之地，不免有卧归之想。故上片伤春闲愁，原有其具体鲜活的情感内涵在，“没甚心情，镇日和衣睡”或为多年颠沛风尘之后的自我疗救，或为“经营四方之志”幻灭后的落寞与倦怠。《点绛唇》一词构思巧妙，有出人意表之趣：

冷雨欺人，夜深只向纱窗打。可怜瘦也。门外梨花谢。侵晓临妆，眉黛无心画。还堪讶。谁家骄马。系在垂杨下。③

《减字木兰花》一词亦写得情致绵渺：

---

① 南京大学中国语言文学系《全清词》编纂研究室：《全清词·顺康卷》第八册，中华书局2002年版，第4449页。

② 南京大学中国语言文学系《全清词》编纂研究室：《全清词·顺康卷》第八册，中华书局2002年版，第4439页。

③ 南京大学中国语言文学系《全清词》编纂研究室：《全清词·顺康卷》第八册，中华书局2002年版，第4441页。

含颦送酒。欲别无言空执手。回顾松亭。不见王孙草自青。如今归去。野店黄昏风弄雨。纵隔千山。难隔离人梦往还。[1]

前者写相思女子身处空闺中，无心梳妆，而忽见门外有垂杨系马，但行笔至此戛然而止，是否为征人归来，词人并不点破，留有无限遐想空间；后者写征人回忆离别情景，归心似箭，人未到而梦先还。二词皆小巧精致，言短意长，为《玉蕤词钞》中的佳构。此外，如《蝶恋花》"谁说春风能似剪。闲愁缕缕何曾断"[2]、《浣溪沙》"心里只应常有恨，人前还似不知情。背拈钗子画银屏"[3]"见时无语但含悲"[4]、《苏幕遮》"剩酒残脂，和泪浇花片"[5]等，皆细腻真挚，含蓄蕴藉。

相对而言，柔婉之作并非季瑮所长，其中每有俚语、俗语，未臻精纯。如《蝶恋花》"伊作繁花侬作蝶。恋着芳春，到也风流杀"[6]、《玉楼春》"手将金枕细叮咛，今夜梦儿好做"[7]、《青玉案·送春》"着意留春春不住。莫教到得，明年今日，又说人虚度"[8]等，趣味、品格皆不高。而其中，《荆州亭》之"夜短愁长难睡。

---

① 南京大学中国语言文学系《全清词》编纂研究室：《全清词·顺康卷》第八册，中华书局2002年版，第4448页。

② 南京大学中国语言文学系《全清词》编纂研究室：《全清词·顺康卷》第八册，中华书局2002年版，第4445页。

③ 南京大学中国语言文学系《全清词》编纂研究室：《全清词·顺康卷》第八册，中华书局2002年版，第4430页。

④ 南京大学中国语言文学系《全清词》编纂研究室：《全清词·顺康卷》第八册，中华书局2002年版，第4431页。

⑤ 南京大学中国语言文学系《全清词》编纂研究室：《全清词·顺康卷》第八册，中华书局2002年版，第4439页。

⑥ 南京大学中国语言文学系《全清词》编纂研究室：《全清词·顺康卷》第八册，中华书局2002年版，第4422页。

⑦ 南京大学中国语言文学系《全清词》编纂研究室：《全清词·顺康卷》第八册，中华书局2002年版，第4440页。

⑧ 南京大学中国语言文学系《全清词》编纂研究室：《全清词·顺康卷》第八册，中华书局2002年版，第4441页。

泪与灯花俱坠。街鼓一声声，好似打人心里。　累得翠娥憔悴。难道没些番悔。检出小榴笺，抹杀鸳鸯两字”① 一词，尤为沈谦所赞赏。故知二人词作，并不以俗语、俚语为病，盖由其以“情”为本的词学观念及其曲学经验的影响所致。

三　马上词人张台柱

张台柱，一名星耀，字砥中，生卒年不详，钱塘人。父张戬、母傅静芬皆能词。《中国词学大辞典》《全清词》称其“官内阁中书”②，误，盖与直隶武强人张星耀（曾由内阁中书迁宁波知府）混为一人。张台柱从沈谦游最晚，而资质警敏，下笔成章，长年远游亦如俞士彪。沈谦曾寓书曰：“闻年来车辙马迹尝在千里之外，吾谓远游故能开豁胸襟，然颇悖于‘百工居肆’之训。或云龙门之文、少陵之诗，游而益奇，然必有二公之学，则可耳。否则，登陟应酬，反致失时旷业，下帏自励，亦以董子为师也”③，其疏旷性情可见一斑。康熙十七年春，游吴归来，与佟世南、陆进合选《东白堂词选》，继而北上燕台。徐昌薇《清波小志》载其生平尤详：“少时喜大言，力能挽三百钧弓，临文绝不苦思，而稿已脱手。尤工填词，著有《洗铅词》数百首，语多香艳，而亦有沈著老练之处。师事沈东江谦，与洪稗村齐名。甲寅从军，授招抚教谕职衔。总督姚忧庵雅推重之，旋以不检被斥。中年游侠江淮，踪迹靡定。后入婺州太守幕，挟其家人而窜，逻者捕得之，置狱中年余，撰《万人敌》《八宝刀》乐府数种，中丞金公鋐怜其才，将释之。”④ 后婺州使君

① 南京大学中国语言文学系《全清词》编纂研究室：《全清词·顺康卷》第八册，中华书局2002年版，第4447页。

② 马兴荣、吴熊和、曹济平等：《中国词学大辞典》，浙江教育出版社1996年版，第208—209页；南京大学中国语言文学系《全清词》编纂研究室：《全清词·顺康卷》第八册，中华书局2002年版，第4470页。

③ 沈谦：《与张台柱》，《东江集钞》卷七，康熙刻本。

④ 徐昌薇：《清波小志》卷下，民国二十五年商务印书馆据《读画斋丛书》排印本。

忽为家奴所弑，又牵连入狱，遇恩赦得还，继遭仇家报复，缳首于钱塘。今考，金鋐，字冶公，奉天宛平人。康熙二十五年至二十七年任浙江巡抚，其救张台柱之事，当在此一时期内。康熙二十六年年末，太皇太后前孝庄皇后病笃，康熙帝大赦天下，张台柱或为此时被赦，其卒或在此后不久。

《洗铅词》今已佚，数百阕词作，于《西陵词选》《东白堂词选》等选本中尚幸存百余首。张台柱词风亦兼婉丽、雄健两路，风貌与俞士彪同中有异，成就相当。

在清代词人中，张台柱称得上一位奇人。清初词坛的稼轩追随者甚众，张台柱虽不专学辛弃疾，而其负戟跨马，志在征战沙场，气度、词风颇有稼轩神韵。陈成永许其“年少学从军，真堪异”“弓如霹雳，马如流水。醉里挥毫能草檄，席前借箸多奇计”①。洪云来亦称其“才子英雄，正年少、翩翩自得”“悬弧志，谁能及。穿杨技，今无敌。想龙旗麾处，先教草檄”“词坛拔帜，人人辟易”②。

相较而言，俞士彪是一位积极用世而不得志的多病文人，而张台柱则是一位力挽千钧、下笔不休的文武兼备之才，尽管其德行不纯。但二者共同的命运是沦落风尘，落拓不偶，有家不归且有志难酬。俞士彪《南乡子·旅夜怀张砥中》云“我已天涯流落也，愁君。亦作东西南北人”③，即此之谓。这些相似与相异之处，很大程度上造成了二人词作主题高度相近而词风又有所不同：由壮志难酬之忿、身世浮沉之悲与古今兴亡之感所构成的慷慨悲亢之风，是二人相似处，而《玉蕤词钞》于沉郁悲怆中偶有健气，《洗铅词》则沉郁悲劲中时露英雄之气。例如，在惯写沙场生活的砥中词中，“戈

---

① 陈成永：《满江红·登南山怀张砥中》，《东白堂词选》卷十，康熙十七年刻本。

② 洪云来：《满江红·送张砥中从戎》，《东白堂词选》卷十，康熙十七年刻本。

③ 南京大学中国语言文学系《全清词》编纂研究室：《全清词·顺康卷》第八册，中华书局2002年版，第4417页。

戟”是征战的气魄与胆识，而在《玉蕤词钞》中，“剑”更多是一种志向的象征。《满庭芳·燕山道上和洪昉思》一词，可见其与俞士彪之相似风格，词云：

> 易水风悲，卢沟月冷，行人暂住征鞍。燕昭何处，荒草满平原。不见黄金台馆，空赢得、骏骨如山。疏林远，高陵望断，落日黯无言。　年年。尘土里，输他白发，换却朱颜。指长安宫阙，多在云端。昨夜漫天飞雪，朔风起、吹满燕关。家乡杳，浪游倦矣，萧瑟敝裘寒。①

上片感慨燕昭不在，明主难求，下片又自伤年华易逝，潦倒他乡。此词气象阔大，慷慨多风，尤其是“不见黄金台馆，空赢得、骏骨如山”一句，悲凉奇峻，厚重深沉。

《满庭芳·寓目》一词描写戍军情境，尤为震撼，可据以窥其与季瑮词之不同处：

> 鼓杂潮声，旗翻云影，行营暂住江皋。苍鹰黄犬，小队逐鸣镳。海日风吹欲堕，尘沙起、暗满弓刀。秋天迥，绣盔金铠，万弩射银涛。　前朝。曾见说，江东子弟，并是英豪。恁金汤灰灭，楼橹烟销。珠玉故宫仍在，山满目、难返征轺。天涯外，王孙饮恨，觱篥乱寒宵。②

此词上片描写征讨军营戍地，气势恢宏，境界阔大，而下片笔锋一转，聚焦于南明王朝的溃败，故宫虽在，而江东英豪却无回转之力，结语一声戚叹：“天涯外，王孙饮恨，觱篥乱寒宵”，流露出对王朝溃败于海峤的遗憾，全词于刚健中见沉郁，于雄阔中寓悲慨。

---

① 佟世南、陆进、张台柱：《东白堂词选》卷十，康熙十七年刻本。
② 佟世南、陆进、张台柱：《东白堂词选》卷十，康熙十七年刻本。

此种气象与风貌为季瑮《玉蕤词钞》所无。《满江红·感怀》一词亦于深沉慷慨中见凛凛风骨，亦为其与季瑮相异处：

西楚东吴，笑几载、风尘鞍马。依然是、青衫破帽，利名虚话。长铗归来游倦矣，断猿啼处魂销也。料汉宫、应自悦倾城，无媒嫁。　谁酬取，明珠价。羞长寄，人篱下。看江山依旧，笑人衰谢。国士空垂淮水钓，酒徒同入高阳社。问吴钩，何处着雄心，寒光射。①

此词首句即《满江红·客感》“奔走风尘，销尽了半生英气。堪笑是、青衫破帽，年年如此”② 之意，词人自负有国士之资，如美人有倾城之貌，怎奈四处奔走而一无所得，徒增寄人篱下的辛酸与岁月蹉跎之恨，一腔壮志无处安放，结句“问吴钩，何处着雄心，寒光射”，冷峻凛冽，悲感无限。

砥中词虽常自伤怀抱，但亦如季瑮词能将个人身世浮沉融入盛衰兴亡的宏阔背景中思考，时时流露出对于现实的深刻关怀以及黍离之哀。《玉蝴蝶·金陵怀古用吴璘符昭关怀古韵》云：

可惜江山胜地，何人断送，王气成空。还望南来消息，海峤难通。暮云深、沉埋鸿雁，秋水阔、冷落鱼龙。恨难逢。伯符兄弟，空老英雄。　忡忡。感今吊古，新亭独上，泪洒何穷。六代韶华，景阳犹听旧时钟。绕清溪、空余残垒，依碧巘，何处离宫。夕阳中。寒蝉噪晚，落叶西风。③

康熙十三年，三藩之变起，砥中曾投笔从戎，授招抚教谕职衔。

---

① 佟世南、陆进、张台柱：《东白堂词选》卷十，康熙十七年刻本。
② 佟世南、陆进、张台柱：《东白堂词选》卷十，康熙十七年刻本。
③ 佟世南、陆进、张台柱：《东白堂词选》卷十一，康熙十七年刻本。

此词却明确表现出对于朱明王朝覆灭的痛惜之情。“还望南来消息，海峤难通”，更明确地指向了隆武政权与台湾郑氏诸时事人物。词人空怀抱负，可恨不逢慧眼明主，只能空老。下片俯仰今昔，独下新亭之泪，六朝钟声依旧，而离宫何在，只剩夕阳残垒，落叶西风。在王朝盛衰之感、山河破碎之痛中抒写个人的壮志难酬、蹉跎空老，情调悲凉，气韵沉郁。

砥中壮词情感深沉厚重，词风慷慨悲凉，有英雄气、风云气，意蕴醇厚，且每多佳句，如“戈戟依然横楚豫，烟沉回首迷京洛”①“半生回首如春梦，封侯者、谁是英雄。掉头归去，空山独卧，夜雨疏钟”②“雁横天，云满塞。客共秋风，同到天涯外”③，等等，或以境界取胜，或以意蕴取胜，或以思致取胜，正是得益于其对于词体风貌、意蕴、构思、章法的重视，《词论十三则》所总结的填词技法，在砥中词作中有非常鲜明的体现。

与此同时，砥中亦有许多柔婉之作，其上者韵味绵长，风致淋漓，其下者则不免堕香艳柔昵之地，不能如其壮词一样精纯。《浪淘沙·不寐》是一首非常精妙的相思小调：

> 昨夜梦魂中。翠袖轻笼。月华低照锦香丛。若使伊家同此梦，也算相逢。　今夜却惺忪。好梦无踪。孤帏寂寂听寒蛩。一点漏声千点泪，月挂疏桐。④

此词以喜衬悲，以乐写哀，虽然两地遥隔无由相见，但“若使伊家同此梦，也算相逢”，自欺欺人，聊作安慰。此句精妙绝伦，深

---

① 张台柱：《满江红·留别娄水诸同人》，《东白堂词选》卷十，康熙十七年刻本。

② 张台柱：《金菊对芙蓉·赠冯德之》，《东白堂词选》卷十一，康熙十七年刻本。

③ 张台柱：《苏幕遮·客怀》，《东白堂词选》卷八，康熙十七年刻本。

④ 佟世南、陆进、张台柱：《东白堂词选》卷五，康熙十七年刻本。

情苦语而出之以轻快，愈见哀怨；更哀怨的是，今夜好梦无踪，孤寂难眠，“一点漏声千点泪，月挂疏桐”，凄清旷怨，感人至深。《清平乐·客怀》也是一段构思精巧的小品：

> 浪游落魄。是处风波恶。人似浮云无定着，吹落江天一角。春归应共人归。梅花曾与相期。只恐春光无赖，背人先到西溪。①

砥中家居雷峰塔附近白莲洲，距西溪不远。词人自伤漂泊，恰似浮云，身无定着，原拟于春日归家与心上人相会，却不想春到时依然漂泊在外。此词构思之精巧，言情之微妙，在于正话反说，不直言归家无期之愁，而反怨春光无赖，负约独自先归。如此女性化的细腻思致，居然出自一个“铁马金戈战未休”② 的马上词人，是以知沈谦所谓“才人伎俩，真不可测”③ 者，不独稼轩一人而已。

张台柱柔婉之作与其慷慨之作一样，一反乃师尽露之弊，语多隽永，味道醇厚。“孤影。孤影。满地月和花冷”④ “君唱鹧鸪侬起舞，夜色苍凉”⑤ “记得玉纤扶上马，夕照犹红”⑥ “马上韶光愁里度。久别情怀，转觉相逢苦”⑦ 等等，皆隽永有致。

然而砥中亦时有香艳柔昵之作，未能脱乃师之习气，其咏美人组词《拟艳》《发》《颊》调寄《风流子》，《腰》《指甲》《足》《耳》《臂》调寄《沁园春》，与沈谦《云华馆别录》诸词同一风貌。今录《沁园春·臂》一首，以见其概：

---

① 佟世南、陆进、张台柱：《东白堂词选》卷三，康熙十七年刻本。

② 张台柱：《南乡子·感怀》，《东白堂词选》卷五，康熙十七年刻本。

③ 沈谦：《填词杂说》，《词话丛编》第一册，中华书局 1986 年版，第 629—635 页。

④ 张台柱：《转应曲·夜怀》，《东白堂词选》卷一，康熙十七年刻本。

⑤ 张台柱：《浪淘沙·感怀》，《东白堂词选》卷五，康熙十七年刻本。

⑥ 张台柱：《浪淘沙·忆旧》，《东白堂词选》卷五，康熙十七年刻本。

⑦ 张台柱：《蝶恋小桃红·间阻》，《东白堂词选》卷九，康熙十七年刻本。

弱拟垂杨，嫩如新藕，相携暗怜。正芳春初透，守宫化碧，东风欲暮，金镯生寒。帘底唱垂，花前慵举，何事频频倚画栏。堪羞处、是眠时勾颈，绣枕长闲。　倦来长道多酸。更凭案、浑如月半弯。道符能续命，彩丝初绾，舞堪欺雪，翠袖频翻。金鸭香消，纱窗月冷，抱得银筝不忍弹。何时也，可握将云雨，梦入巫山。[①]

这首咏物词刻画美人臂，形神兼备，但前后两结尤其香艳柔昵，全词也无深意可言，艺术品格不高。又如"一见又销魂。真堪叹，柔肠误人"[②]"扶鬓轻翻翠袖，踏花不露弓鞋。欲教相近恐人猜。觑着含情无奈"[③]"腰儿袅袅如春柳，那不逢人说可怜"[④]"蛾眉锁，云鬟亸。和衣自卷衾儿卧"[⑤]等等，皆柔昵无骨，远非上品。

徐昌薇称"《洗铅词》数百首，语多香艳，而亦有沈著老练之处"，今因《洗铅词》不传，故不能知其所论当否。然而，就现存一百余首词作而言，柔婉与悲壮者参半，大致不差。

西陵词坛能兼小令与慢词之长，雄壮与婉约之长者，张台柱、俞士彪较为突出。张台柱词尤其注重韵味的缔造，丽词饶富风情，韵味绵长，壮词慷慨多风，有英雄气，与其《词论十三则》所谓"词贵蕴藉"之说颇合，能去乃师尽露之弊，而时堕于香艳之地；俞士彪长调亦肮脏慷慨，小令情致婉转，韵味绵长，亦能去乃师尽露之弊，而不能去其俚俗。二人言情浓挚，皆能得乃师之训而愈见深厚。至于肝肠寸断、血泪并流，则非沈丰垣不足以当之。

东江词人中，潘云赤与洪昇虽不以词名，但其词作亦有思致。

---

① 张台柱：《东白堂词选》卷十四，康熙十七年刻本。
② 张台柱：《太常引·无题》，《东白堂词选》卷四，康熙十七年刻本。
③ 张台柱：《西江月·佳人》，《东白堂词选》卷四，康熙十七年刻本。
④ 张台柱：《鹧鸪天·题酒楼》，《东白堂词选》卷五，康熙十七年刻本。
⑤ 张台柱：《钗头凤·秋闺》，《东白堂词选》卷七，康熙十七年刻本。

潘云赤，字夏珠，仁和人，生平不详，能自度曲，著有《月轩诗集》《桐鱼新扣词》。其《浪淘沙·清明》一词写得情真意切，尤为动人。词云：

> 花外鸟初鸣。蓦地心惊。轻寒轻暖又清明。尽惜韶华游赏遍，我在愁城。　强步出林坰。泪雨先倾。可憎荒草太无情。才是芳泥埋玉骨，转眼青青。①

此为悼亡之作，起笔便于无心处惊心，结句尤其惊警凄怨，意味绵长。《桐鱼新扣词》今不存，《全清词》于《东白堂词选》《西陵词选》等处辑存16首，多柔丽之思。

洪昇（1645—1704），字昉思，号稗村、稗畦，以《长生殿》闻名海内。昉思亦能诗词，而为曲名所掩，所著《啸月词》已佚，《西陵词选》存其词13首。《念奴娇·秋暮怀弟》云：

> 金风驱雁，正重阳初过，篱开黄菊。回忆清秋征棹去，烟际晓江澄绿。不敢凝眸，强拚掩面，吞吐愁千斛。临歧挥涕，翻无一语相嘱。　谁料北去燕台，经年契阔，难把归期卜。自分有情多恨别，何况天涯骨肉。月白芦洲，霜丹枫岸，秋影飞孤鹜。关山迢递，梦魂谁伴幽独。②

此词于秋景中写骨肉相思之苦，萧旷清怨，尤其是“不敢凝眸，强拚掩面，吞吐愁千斛。临歧挥涕，翻无一语相嘱”，言情深至，令人动容。另外，《满江红·送沈遹声之吴门》《声声慢·江干观射》亦有骨力，余则多柔婉之作。

---

①　佟世南、陆进、张台柱：《东白堂词选》卷五，康熙十七年刻本。

②　陆进、俞士彪：《西陵词选》卷六，康熙十四年刻本。《东白堂词选》亦选录此词，字句稍异，而题作《秋暮怀古》，显然有误。

余　论

相对而言，明末即已染指倚声的词人往往承袭更多明代词学的习气，带有更浓厚的小道观念，词学思想多根植于明代以来的主“情”论，创作亦染有更浓重的“艳科”色彩。徐士俊、卓人月等人即是如此，其创作带有明确的尝试性意味，虽然在突破明词风尚的层面上取得了一定的进展，但是并未能成功摆脱明词习气，此项工作，尚待后人推进。然而徐、卓二人主动求变的创作，具有重大词史意义，其所倡导的婉约、豪放并存不废的多元词风，通过《古今词统》的传播，在清初词坛产生了广泛的影响，并且在西陵词坛逐渐酝酿成一股词学风会。此后的诸多词家，如丁澎、王晫、陆进、诸匡鼎、吴仪一、吴农祥诸人，虽不乏婉艳柔昵之作，而亦能雄健开宕，两路词风分飙并进，相较于徐士俊、卓人月的尝试性创作，显示出长足的进步，成为清初词坛上一支颇具影响的词学力量。如曹尔堪称王晫《峡流词》“自小令以至长调，皆称合作，欲并辛苏周柳为一家”①，丁澎亦称《峡流词》“大者含徵角，小者协笙竽，比之大江东去，不碍檀牙，柳岸晓风，无妨娇啭”②。梁清标称丁澎《扶荔词》“写闺房之委曲，摹旅况之萧森，畅叙樽垒，流连赠答，事存乎闾巷妇子之微，而情系乎君臣友朋之大，寄寓闳而托兴婉”③，刘体仁称其《摊破浣溪沙·渤海道中》“柔情中别具一副苍骨，正见雅人品格”④，严迪昌先生亦称“丁澎的《扶荔词》，小令

① 曹尔堪:《峡流词序》,《峡流词》卷首,《清代诗文集汇编》影还读斋刻《霞举堂集》本。

② 丁澎:《峡流词序》,《兰言集》卷十四，康熙霞举堂刻本。

③ 梁清标:《扶荔词集序》,《扶荔词》卷首，康熙刻本。

④ 丁澎:《扶荔词》卷一，康熙刻本。

工旖旎愁肠，曲近纤艳之思，长调多寄慨悲凉，气势腾越”①。方孝标称陆进《悼亡词》“意谊缠绵，音调宏瞻，殆兼苏、辛、周、柳之长”②，丁澎序陆进《付雪词》亦称“能为少陵之沉郁，必能为辛陆之亢爽，能为太白之清俊，必能为周柳之绵渺，兼有其余者，殆陆子乎”③。方象瑛序诸匡鼎《茗柯词》曰：“晓风残月，固自靡靡动人，即使铁板按歌，亦复慷慨淋漓。”④诸如此类，不能一一例举，亦无烦逐条统计。诸词人不仅在一定程度上逐渐摆脱了明词冶艳粗鄙的习气，更在情感的深刻性、词风的多样性、填词技巧的丰富性等层面，远超越于徐卓栖水倡和。

与此同时，沈谦也逐渐由惟婉约为尚的褊狭路径上投身到西陵词坛多元词风的大风尚中，创作风貌渐趋多元。这又深刻影响了其门下数位东江词人，沈丰垣沿着其前期的创作路径，取其所长去其所短，以柳永、晏几道、秦观为师法，情深欲绝而语淡如话，自然凄婉。俞士彪、张台柱则沿着沈谦后期的多元路径进行开创，壮词肮脏悲慨，而丽词柔婉蕴藉。同时又有徐昌薇、吴农祥、仲恒、沈御泠诸词人相倡和。

明末清初，西陵词坛创作十分繁盛，词风多元，成就不一。较有影响以及较为突出者，除本章列入专题者以外，尚有张丹、丁澎、陆进、陆次云、王晫、吴农祥、钱肇修、徐吴昇等人。

然而，浙西词派的崛起，从康熙中期到康熙末年，对西陵词坛产生了持续性的影响。部分西陵词人从一入手便走上浙西词派的路径，比如海宁词人查容、查慎行、查嗣瑮等，再如王锡、许田、许昂霄等，与西陵词学联系极有限的龚翔麟，以及年龄更小的厉鹗，自不必说。这一部分词人与本书所论各主要词人原非同一群体，故而不论。还有部分词人早年与西陵诸词人相唱酬，填词路径本近于

---

① 严迪昌：《清词史》，人民文学出版社 2011 年版，第 22 页。

② 方孝标：《巢青阁集题词》，《巢青阁集付雪词 · 红么集 · 悼亡词》，康熙刻本。

③ 丁澎：《付雪词序》，《巢青阁集付雪词 · 红么集 · 悼亡词》，康熙刻本。

④ 方象瑛：《诸虎男茗柯词序》，《健松斋集》卷三，康熙二十六年刻本。

西陵一脉，而后期逐渐转入浙西词派中，其中最具有典型意义的是徐昌薇。徐昌薇，一名徐逢吉，字紫凝、子凝、紫山、紫珊，本为张丹的弟子，早年与俞士彪、张台柱、沈丰垣、洪昇诸子相倡和，晚年交厉鹗而一反早年之习，皈依浙西词派。其《樊榭山房集外词题辞》曰：

> 余束发喜学为词，同时有洪稗村、沈柳亭辈尝为倡和，彼皆尚《花庵》《草堂》余习，往往所论不合。未几，各为他事牵去，出处靡定，不能专工于一。今二君已化为宿草，余犹视息人世，闲作倚声之歌，几无一人可语者。去腊，于友人华秋岳所读樊榭《高阳台》一阕，生香异色，无半点烟火气，心向往之。新年过访，披襟畅谈，语语沁入心脾，遂相订为倡和之作，共得题如干，并注以调名。乃不数日，两家已各成其半。会余适有白门之役，孟夏解缆，羁留吴苑者二旬，又足成之。顷，寓秦淮，樊榭书至，知前后俱削稿，复合以平时所作，付之梓人。先以首卷刻成者寄示，回环读之，如入空山，如闻流泉，真沐浴于白石、梅溪而出之者。噫！舍紫山而外，知此者亦鲜矣。独余沉酣斯道，几五十年，未能洗净繁芜，尚存故我，以视樊榭壮年，一往奔诣，宁不有愧乎？①

此文作于康熙六十一年，被视作西陵词人转入浙西词派的重大标志之一。徐昌薇作为与两大词学群体皆有交集的词人，所说显然具有非常强的说服力。但此论站在浙西词派的角度或者说以浙西词派的审美风尚观照当年的西陵词人，称沈丰垣尚《花庵》《草堂》余习，显然是非常粗糙的认知。洪昇词存者少，今不可定其当否。至于二人“往往所论不合”，当无疑义。所论不合，实为西

---

① 徐昌薇：《樊榭山房集外词题辞》，《樊榭山房集外词》卷首，上海涵芬楼《四部丛刊》影印振绮堂刊本。

陵多元词风主张的重要特征之一，岂止此二人而已？重点在于，本文昭示了徐昌薇对于自己早年词风的不满，一洗繁芜，而青睐于“无半点烟火气”的浙派清雅词风。然而，由于其早年词集《春晖堂词》与晚年词集《黄雪山房词稿》皆不传，今仅见其早年词作二十余首，晚年词风无由得窥，故其创作上的变化过程，暂无词作可佐证。

结　　语

学界关于西陵词人的一个核心争议，暨本书所面对的一个终极问题是：在派别林立的明末清初词坛，是否存在着“西陵词派”？西陵众词人是一个词学群体，还是一个词学流派？

基于以上考察，结合实体形态和理论形态来说，西陵词坛中存在着一个实体形态有所欠缺而理论形态较为完备的词学准流派。它是一个以仁和、钱塘为中心，以余杭及海宁部分地区为外围，由天启至康熙约百年间的百余位词人组成的，无宗主的，以婉约、豪放并存不废的多元词风主张为理论和创作旗帜的词学共同体。

严迪昌先生提出的词派四要素“具有强大凝聚力的领袖人物为宗主”“颇著影响的人数可观的作家群落”“较为一致的共同追求的审美倾向”以及“类似流派宣言式的选本或作品总集中”体现出的“群体性的艺术观念或大体相近的审美主张”①，其中领袖与作家群落属于实体存在形态层面的问题，一般的非流派性质的词学群体也或兼有，创作上的审美追求和群体性的艺术观念是属于理论形态层面的问题，是词派之所以为“流派”的核心内涵所在。以此四标准为准绳，结合西陵词坛的特殊性，以下将从词派的核心内涵到外在形态，逆着严先生的四标准，对西陵词坛的流派色彩和非流派色彩进行逐一辨析。

第一，以婉约、豪放并存不废为核心精神的选本系统和审美

① 严迪昌：《阳羡词派研究》，齐鲁书社1993年版，第4—5页。

宗旨。

西陵词学的思想基础经历了由“主情”论向“诗教”系统嬗变的过程，这一嬗变发生的节点在康熙十到十四年左右，然而西陵词人诸选本以及词论文献，昭示着这一思想基础之上的词学核心精神即婉约、豪放并存不废的包容性词学审美并未曾动摇。

天启末或崇祯初，仁和卓人月率先操选《古今诗余选》，“并存委曲、雄肆二种，使之各相救”“选坡词极少，以剔雄放之弊，以谢词家委曲之论；选辛词独多，以救靡靡之音，以升雄词之位置。而词场之上，遂荡荡乎辟两径云”[①]。

崇祯六年前，仁和徐士俊与卓人月合作，“二人渔猎群书，裒其妙好”[②]，增选苏轼词至47首，《古今诗余选》易名为《古今词统》，“曰幽曰奇，曰淡曰艳，曰敛曰放，曰秾曰纤，种种毕具，不使子瞻受‘词诗’之号，稼轩居‘词论’之名”[③]，一举奠定了西陵词学的理论核心。《古今诗余选序》与《古今词统序》以“主情”论为思想根基提出婉约、豪放并存互济的多元审美观，对于西陵词学而言无异于理论宣言。

顺治八年，仁和毛先舒与沈谦论词，规劝道：“乃若词句参差，本便旖旎，然雄放磊落，亦属伟观”“今南北九宫，犹多鼙铎之响，况古创兹体，原无定画，何必抑彼南辕，同还北辙，抽女儿之狎衷，顿壮士之愤薄哉?”[④] 毛先舒所代表的西陵词学多元审美宗尚与沈谦所代表的以婉媚为本色的传统审美宗尚发生激烈交锋，是西陵词坛的一次内部争锋。

顺治十二年，钱塘吴农祥作《姜亶贻池上楼诗余序》，不满于“剑拔弩张，则时好奋掷龙蛇之曲；脂融粉腻，则每矜呢喃莺燕之

---

① 卓人月：《古今诗余选序》，《蟾台集》卷二，崇祯传经堂刻《卓珂月先生全集》本。

② 徐士俊：《古今词统序》，《古今词统》明崇祯刻本。

③ 徐士俊：《古今词统序》，《古今词统》明崇祯刻本。

④ 毛先舒：《与沈去矜论填词书》，《毛驰黄集》卷五，清初刻《毛氏七录》本。

词。两家之壁垒俱高，群帅之旌旗有在。于是将军横槊，指细弱为偏师；公子鸣筝，目粗豪为笨伯”的偏见，认为“情以真而始协，格因变而逾工。譬则钟鼓竽笙，偕入赏音之座；亦若柤梨橘柚，共登知味之筵”[①]。吴农祥“情以真”之说，再次重申了“主情”论作为多元审美宗尚的理论基础。

顺治十八年至康熙九年间，仁和沈去矜作《填词杂说》，一改其早年“艳体之尚，由来已久”之说，肯定婉约、豪放皆能移情，同为至文：“词不在大小浅深，贵于移情。‘晓风残月’‘大江东去’，体制虽殊，读之皆若身历其境，惝恍迷离，不能自主，文之至也。”[②] 沈谦词学路径的转变，是西陵多元审美宗尚演化过程中最重要的转折点之一，是多元审美宗尚之于传统本色论调的重大胜利。

康熙十三年，钱塘王嗣槐为徐釚作《菊庄词引》，分词为两种：“描情写景，不嫌纤靡，而登临凭吊，则淋漓壮激，有所不免”[③]，一定程度上重申了孟称舜《古今词统序》的主张。

康熙十二至十四年，余杭陆荩思、钱塘俞季瑮编《西陵词选》，合“一郡之观”“以俟采风”，呈现西陵“学为周秦者则极工幽秀，学为黄柳者则独标本色，或为苏辛之雄健，或为谢陆之萧疏”[④] 的多元风貌，不仅是西陵多元词风的一次集中成果展示，同时也昭示着作为多元审美宗尚的思想基础的“主情”论被纳入到诗教系统规范中。

康熙十三至十四年，钱塘陆云士、余杭章天节不满于“学步之家，纷然鹊起，谓短长诸阕，专咏柔情”的偏见，合操《见山亭古今词选》：“合古今而一之，彰其盛，抑以杜其衰”“其婉丽者皆宜付艳女红牙，雄放者并可按铜将军之绰板，莫辨其孰古孰今”，并要

---

① 吴农祥：《姜亶贻池上楼诗余序》，《梧园诗文集》，稿钞本。

② 沈谦：《填词杂说》，《词话丛编》第一册，中华书局 1986 年版，第 629 页。

③ 王嗣槐：《菊庄词引》，《菊庄词》卷首，康熙徐氏自刻本。

④ 俞士彪：《西陵词选序》，《西陵词选》卷前，康熙刻本。

求词人创作当“以《三百篇》为师”“不失‘四始’‘六义’之旨”[1]。陆次云与陆进、俞士彪不约而同地将“主情”论纳入到诗教规范系统中净化而后作为多元审美观的思想基础，《见山亭古今词选》正是以此为核心宗旨，对古今词史的一次重新建构。

康熙十七年，余杭陆进、钱塘张台柱、三韩佟世南合编《东白堂词选》，以继《西陵词选》之后，合明清于一选，合婉约、豪放为一选。张氏曰：“词有四种，曰风流蕴藉，曰绵婉真致，曰高凉雄爽，曰自然流畅。风流蕴藉而不入于淫亵，绵婉真致而不失之鄙俚，高凉雄爽而不近于激怒，自然流畅而不流于浅易，斯皆词之上乘也。”[2]《东白堂词选》可以称作是继《西陵词选》之后又一次在多元审美观主导下对西陵词风的集中呈现，整部词集中西陵词占据一半。

康熙十六年至十八年，仁和卓回邀大梁周在浚合编《古今词汇》，后因不满周氏以辛弃疾为“词法真钵”的选词宗旨而发生争论，卓氏认为“香奁自有香奁之本色当行，吊古诸题自有吊古诸题之本色当行”[3]，并隐晦地斥责道：“辞调风气聿开，拘士扁心，专尚香奁，弊流鄙亵。于是英人俊物、襟怀宕往者起而非之，悬旌树帜，聚讼不休，余以为皆非也。夫矜奇负气，舍稼轩、坡老安仿？缠绵温丽，舍清真、花庵奚归？然苏、辛未尝乏缠绵温丽之篇，黄、周时亦露矜奇负气之句，大要不失‘绝妙好辞’四字宗旨耳，此可令两家扪舌者也”[4]，此后，愤而脱离周在浚的协助，由南京回到杭州，借助子侄友朋之力完成《古今词汇三编》。《古今词汇》之争，是西陵多元审美宗尚与稼轩风之间的争锋，是西陵词坛与郡外词坛的一次外部争锋。

康熙十八年孟夏，钱塘陆堦作《古今词汇序》，以“文之所掺，

---

① 陆次云：《古今词选序》，《北墅绪言》卷四，康熙刻本。

② 张台柱：《词论十三则》，康熙十七年刻《东白堂词选》本。

③ 卓回：《古今词汇缘起》，《古今词汇》卷首，康熙刻本。

④ 卓回：《古今词汇三编凡例》，《古今词汇三编》卷首，康熙刻本。

率分两派，豪放、婉约，各自成家”[1] 之说支持卓回。在此前后，钱塘仲道久作《满江红·同人辩论词体，即席分赋》，以“郊岛不妨寒瘦调，苏辛翻尽风流案”[2] 之说支持卓回。

康熙三十四年以前，钱塘俞美英评郑景会《柳烟词》曰：“填词体制不一，有香艳者，有秾丽者，有娟秀者，有柔昵者，有豪放者，有雄壮者，欲其诸体兼美，亦难之矣”[3]，对西陵多元审美观进行了具体的解读，本质上仍不出婉约、豪放两路词风。

康熙某年，陆进评姜尧《柯亭词》云：“词有两体，闺襜之作宜于旖旎，登临赠答则又以豪迈见长，此秦、柳之与苏、辛并足千古也”[4]，再次呼应了孟称舜《古今词统序》、王嗣槐《菊庄词引》、卓回《古今词汇缘起》的说法。

康熙某年，钱塘王晫因不满词坛选政的乱象，作《与友论选词书》，曰：“今之选词亦然，习周、柳者尽黜苏、辛，好苏、辛者，尽黜周、柳，使二者可以偏废，则作者似宜专工，何以当日有苏、辛，又有周、柳？即选者亦宜独存，何以旧选列周、柳，又列苏、辛？况苏、辛亦有便娟之调，周、柳亦有豪宕之音，何可执一以概百也。故操选者，如奏乐，然必八音竞奏，然后足以悦耳；如调羹，然必五味咸调，然后足以适口。如执一音以为乐，执一味以为羹，而谓足以适口悦耳者，断断无是理也。”[5] 王晫此说是西陵多元审美观在选本领域的又一次宣言式的大总结。

从天启末崇祯初到康熙中期，西陵词坛《古今词统》《西陵词选》《见山亭古今词选》《东白堂词选》《古今词汇》诸选本婉约、豪放并存不废的基本选旨是一以贯之的，且其背后有相当规模的词人持同样的审美观念。这种审美观念是西陵词坛的主流风气所在，

① 卓回、周在浚：《古今词汇》卷首，康熙刻本。

② 仲恒：《雪亭词》卷十一，《清词珍本丛刊》影印手稿本。

③ 俞美英等：《柳烟词评》，《柳烟词》卷末，康熙红萼轩刻本。

④ 陆进等：《柯亭词话》，姜垚《柯亭词》卷首，康熙刻本。

⑤ 王晫：《与友论选词书》，《霞举堂集》卷五，康熙霞举堂刻本。

是西陵独特的词学生态，也是西陵词人的基本词学精神和核心词学理念。而其背后的思想根基则经历了由“主情”论向诗教系统皈依的潜在变化过程，这一过程也是明清词学递嬗最基本、最核心的理路。

第二，基于个人性情、情感和才情的差异性而形成自然无伪的个体风貌以及基于个体词风的差异性而形成多元并存的群体风貌即是西陵词人“共同追求的审美倾向”。

西陵词坛强调婉约、豪放并存不废的审美观念是如此明确而独特，那么西陵词人的创作是否正如严迪昌先生所谓的“这个作家群落尽管各自有一已独擅的艺术风采和个性特点，但从群体形态上却有着较为一致的共同追求的审美倾向”① 呢？

这一问题，仍需要从西陵词人多元审美观念的思想基础谈起，即“主情”论和“诗教”观念。就“主情”论来说，第二、三章的考察情况显示，西陵词人从作者的才情和情感的多样性角度强调多元词风的合理性和不同词风的同等价值，强调不为风会所趋而展现词人的真实性情和情感，主张各据其性情之真而成其自然无伪之词风，即卓人月《徐卓晤歌序》所云：“情之所近，其诗最真。拟作何等语，为何等格，未有不失真者。今人争尚豪壮，几于村中老塾，喜为剑气之歌，使人匿笑不止。若夫无艳情而为艳语，无岑寂之气而裁岑寂之章，其病类然。我辈率真而已，无意于高，无意于下，亦无意于问时俗，又何不快然自娱之有？”② 然而不同词人的性情、情感特点多不相同，故而词风亦因之而不同。就“诗教”观念来说，西陵词人强调大雅元音，乃是在新的政治文化环境中对于明词情感的驳杂不纯与品格卑陋的一次反拨。卓人月所称“我辈率真而已，无意于高，无意于下”的纯粹主情论，存在一个明显的理论缺陷，即但论情之真伪，不论情之品格，纯美和雅之情与淫鄙俚俗之思皆

---

① 严迪昌：《阳羡词派研究》，齐鲁书社 1993 年版，第 4—5 页。

② 卓人月：《蟾台集》卷二，崇祯刻《卓珂月先生全集》本。

得以流露于词，不以粗野淫哇为病，这种问题不仅体现在卓人月、徐士俊和早年沈谦身上，同时也体现在明末清初诸多词人的创作中。康熙朝社会相对安定，文教大兴，西陵词人如丁澎、陆进、陆次云、吴仪一、吴农祥等，多主张以诗教教义净化词体情感，提高词体品格，这是徐士俊、卓人月当年始料未及的。诚如前文所言，所谓“发乎情，止乎礼义”①“反情以和其志”②“四始六义，关风雅之盛衰，五声八音，本性情之哀乐”③“怨而不怒，乐而兼哀”④“写丽情以贞性”⑤者，在康熙年间的西陵词论中俯拾即是，此即“诗教”规范下的新型“主情”说，并未在根本上改变卓人月所提出的“情之所近，其诗最真”的主情论调，这是西陵词学始终坚守的核心价值，也是西陵词人与浙西词派的重要区别之一。

也就是说，无论是早期以“主情说”为思想基础，还是后期以“诗教”规范下的新型“主情”说为思想基础，基于词人情感、性情特征而尊重其词风的个性化特征，正是西陵多元审美精神的应有之义，是维护婉约、豪放并存不废的多元审美的正当方式。

除了性情和情感的个体差异以外，西陵词人也从个人才情、才分的差异性充分肯定多元词风的合理性。“人才资性不同”⑥“填词体制不一”“欲其诸体兼美，亦难之矣”⑦“才分所近，宜就其所优，劘而切之，纵不大合，渐臻上境。若矫枉而出，磨炼虽工，性情愈远。此学邯郸者，曾未得仿佛，复失故步，当必匍匐而归耳。大凡体姿舒秀者，饶逸曼之容，骨制耸踧者，多清劲之响。斯合则双美，离亦独妍。设必务揽兼长，沉雄与清俊并举，是欲令西楚之喑哑裂

① 陆堦：《古今词汇序》，《古今词汇》卷首，康熙刻本。
② 陆进：《西陵词选序》，《西陵词选》卷首，康熙十四年刻本。
③ 吴农祥：《姜亶贻池上楼诗余序》，《梧园诗文集》稿钞本
④ 陆繁弨：《沈御冷诗余序》，《善卷堂四六》卷二，乾隆刻吴自高注本。
⑤ 吴仪一：《评兰思词》，《古今词选》《兰思词钞》卷前，清康熙刻本。
⑥ 卓回：《古今词汇三编凡例》，《古今词汇三编》卷首，康熙刻本。
⑦ 俞美英等：《柳烟词评》，《柳烟词》卷末，康熙红萼轩刻本。

瞋，向琐窗中喁喁作儿女子语，不笑英雄欺人哉！”[①] 也就是说，追求词风的多元并存，并不要求落实在每个词人的创作中，并不意味着每位词人都需要具备多元风格的创作能力。所以，任何以多元词风为标准来判断某一词人是否属于西陵词派的研究方式，都是对于西陵多元审美观念的误读。但与此同时，西陵词坛也不乏主动追求婉约、豪放多元词风并举的词人。尤其是徐士俊、卓人月早年的豪放词创作，带有明确的尝试性意味，其动机正在于拓宽明末词风单一、僵化的局面。而随着明清易代战乱所带来的个体情感、家族情感、民族情绪的波动，对于部分词人来说，多元创作成为一种内在的情感需要，而失去了早年的尝试性意味。词作情感的饱满充沛，词风的多元化在这种背景下乃是水到渠成、顺理成章的事情。西陵词坛兼善二体者尤多，如隐居遗老曹元方之激昂与绵渺，忽坠青云的丁澎之旖旎风流与悲凉深厚，天涯荡子俞士彪、马上词人张台柱之肮脏慷慨与温丽缠绵，他如陆进、王晫、吴农祥、仲恒等等，风格多样且能一往情深，真挚动人。可以说，徐士俊、卓人月所提出的多元审美主张在一定程度上正是借助了时代风云的推动，才在西陵词坛深入扎根，并最终酝酿成一地风尚的。恰如卓人月当年所设想，西陵词人各以其性情之所近而成其自然无伪之词风，一定程度上规避了某一流行风气对于词人创作个性的影响。西陵词人的创作个性与创作自由得到了相对完好的保护，如道骨仙风的徐士俊词缠绵温丽，隐痛难言的陆嘉淑词幽咽沉着，佯狂自废的沈丰垣词凄切自然等，皆为其中佼佼者。

强调个体风貌的自然真实和群体风貌的多元并存，在西陵词人的创作和理论中，其实是一码事。更准确地说，尊重个体风貌的自然真实，正是西陵词人标举婉约、豪放多元词风并存的根本原因所在。这不正是严迪昌先生所谓“这个作家群落尽管各自有一己独擅的艺术风采和个性特点，但从群体形态上却有着较为一致的共同追

① 丁澎：《与九弟潆》，《扶荔堂文集选》卷七，康熙文芸馆刻本。

求的审美倾向”[1] 的完美体现吗？多元并存的开放性词风是西陵词人共同的创作追求，尊重不同词人创作个性的自然真实也是西陵词人的共同追求，只是这二者在其他词派那里并非是统一的关系，甚至是矛盾的关系，而到了西陵词学中，二者完美统一了。西陵词人强调词人性情、情感对于其词风的主导意义，强调创作个性的真实无伪，必然要反对词风的单一化，反对词坛的僵化，反对门户偏见，反对流派斗争，反对因为趋赶风会而为风会所趋，反对某种具体词学风尚的裹挟遮蔽掉词人的真情感、真性情。故而可知，西陵词人并非是为反对流派而反对流派，而是对流派偏见和门户斗争所带来的弊端持有高度的警惕和戒备。第二章所引卓人月《选文杂说》和毛先舒《答孙无言书》即是此意。

那么，一个新的问题诞生了：婉约、豪放并存不废的多元审美观，是一种流派性质的“审美倾向”吗？

如果所谓“审美倾向”，仅专指对某一种风格的偏爱和追摹，那么这种审美倾向显然是与西陵词学基本精神背道而驰的；如果“审美倾向”是指一种共同的审美追求，那么显然西陵词坛是明确具备的。西陵词人以婉约、豪放并存不废的多元化风格为审美追求，本质上与云间词派以婉丽为审美追求、阳羡派以豪壮为审美追求、浙西词派以醇雅为审美追求是一样的，都是一种明确的审美理论主张。区别在于西陵词人追求的并不是某一种具体的审美风格。不主一格的审美主张，不正是一种明确的主张吗？反对偏见而不偏不倚、持衡守中的审美风尚，何尝不是一种“审美倾向”？它们在本质上正是追求创作的自然无伪，西陵词学的特殊性正在于此。

第三，以钱塘、仁和为中心，以余杭、海宁部分地区为边界的词学聚落。

从天启到康熙四朝约百年间，西陵词坛四百余位词人、一百多部词集、数十种词学著作，十分庞杂，显然并不能笼统地作为一个

---

① 严迪昌：《阳羡词派研究》，齐鲁书社 1993 年版，第 4—5 页。

词学流派来认定。但不可否认的是，在这个庞大的词坛中，切切实实存在着一个词学思想一致、审美追求一致、联系紧密、创作兴盛的词学聚落，同声相应，同气相求，具有鲜明的流派色彩。笔者以为，学界所谓“西陵词派”应用以专指这一群体，不应包括西陵词坛的所有词人，也不必尽依《西陵词选》的选阵，该选并非为开宗立派而选，前文已有论证。

那么，如何认定它的主要人员构成，并借以凸显与派外词人、其他流派的区别呢？西陵词坛基于个体情感、性情和才情而倡导的多元审美追求，直接决定了西陵词人的创作风貌具有千人千面的特色，不具有某一种主导风格，其人员构成是无法单纯由作品风貌来判断的，而应该参酌其审美追求、交游情况、填词路径及其嬗变过程。其中具有决定性意义的要素，首先在于是否认可西陵词学核心精神，即婉约、豪放并存不废的多元审美观；其次，是否为西陵词人；最后，在天启至康熙朝。以此三要素为标准，可基本廓清这一流派的主要人员构成：包括但不限于仁和卓人月家族、徐士俊家族及门弟子、毛先舒家族及门弟子、后期沈谦及其家族和门弟子、关键及其子关仙渠与关仙圃、严沆家族、沈捷、丁澎家族、张丹家族及门弟子、陆进与陆次云家族、章昞、陆嘉淑家族、王晫、王嗣槐家族、俞美英与俞士彪兄弟、张台柱家族、吴仪一、吴农祥、吴陈琰、仲恒家族、张竞光及其孙张景隆、诸九鼎与诸匡鼎兄弟、徐汾与徐吴昇父子，等等。传世词集有徐士俊与卓人月的《徐卓晤歌》、徐士俊《雁楼词》、王晫《峡流词》三卷、《千秋雅调》一卷、毛先舒《鸾情集选》、沈谦《东江别集词》三卷、丁澎《扶荔词》四卷、曹元方《淳村词》两卷、陆嘉淑《辛斋诗余》《射山诗余》若干卷、陆弘定《凭西阁长短句》、陆进《巢青阁词》《付雪词》《付雪词二集》《付雪词三集》《悼亡词》共若干卷、沈丰垣《兰思词钞》四卷、俞士彪《玉蕤词钞》两卷、吴农祥《梧园词》三卷、徐吴昇《蕊珠词》、仲恒《雪亭词》十六卷，以及《古今词统》《西陵词选》《见山亭古今词选》《古今词汇》，等等。

然而，隶籍西陵或者入选《西陵词选》的词人并非都服膺多元审美的词学理念。这一现象在海宁州尤其明显，海宁距离杭州府治较远，而与嘉兴府接壤，词学氛围与仁和、钱塘稍异，多元审美的词学理念在海宁词人中并未取得绝对优势。如查氏一族的查慎行、查嗣瑮及查容，词学取径更接近于浙西词派。其中查慎行虽然是陆嘉淑门生兼第三婿，查嗣瑮还入选了《西陵词选》，但查氏一门的填词创作主要受其中表朱彝尊等人的濡染。查慎行尝自称："少不喜填词，丁巳秋，朱竹垞表兄寄示《江湖载酒集》，偶效颦焉。已而偕从兄韬荒（即查容）楚游，舟中多暇，遍阅唐宋诸家集，始知词出于诗，要归于雅，遂稍稍究心。自己未迄癸亥，五年中得长短句凡百四十余阕。"①

另外，沈谦虽然在《西陵词选》中入选量很大，其后期词学取向和词风也较为开放、多元，但其早年词学取向颇为保守，与西陵词坛的多元化取向颇有不合。仁和王锡为毛先舒的门人，然而其填词路径亦属浙西词派。许田词作，在坚守西陵多元词风的同时又济之以浙西雅化之风。至于龚翔麟、厉鹗，以及康熙六十年以后的徐昌薇，自不必说。其他有暂不能定者，如海宁陈氏家族之陈豑永、陈仲永、陈成永、陈慈永、陈皖永、陈之遴、徐灿、陈之暹、陈洁等，钱塘顾氏、黄氏、钱氏诸姻族之顾若璞、顾若群、黄鸿、顾之琼、钱元修、钱肇修、钱来修、钱静婉、钱凤纶、林以宁、顾长任、顾姒、顾豹文、黄弘修、黄敬修、黄罗扉，柴氏、沈氏姻族之柴贞仪、柴季娴、沈用济、沈沣，钱塘徐旭旦、徐旭升、徐旭昌昆仲等。

纵观西陵词坛，词人主要集中于钱塘、仁和、余杭三县和海宁州。而临安、于潜、昌化、新城、富阳等县区，词学氛围较弱，词人较少。这一地域布局，虽与自然、经济、交通、文化等条件存在一定的关系，但主要是由婉约、豪放并行不废的核心词学理念的传播路径所决定的。并由此形成了以钱塘、仁和境内三大水域为中心

① 查慎行：《余波词题识》，《敬业堂集》卷四十九，《四部丛刊》影康熙刻本。

的词坛格局：栖水、西湖、东江。三大水域的词人交往密切，无法强分，且在不同时期内各有起伏。在沉寂已久的明末词坛，西陵词学氛围的苏醒与词学气候的形成，主要得力于徐卓二人栖水倡和以及《古今词统》引领创造的词学生态。这也是卓人月去世后，徐士俊长久地被当地“学者宗之为西陵师”① 的重要原因之一。徐、卓二人皆仁和人，其倡和亦在栖水，婉约、豪放并存不废的词学风会，最早即由此辐射开来，而此时，西湖、东江周边的词学氛围颇显寂寥。至顺治、康熙前期，这种多元审美观传播到西湖，毛先舒、张丹、陆进、王晫、王嗣槐、吴仪一诸人崛起，成为多元词风的践行者与鼓吹者，词风蔚起。与此同时，东江沈谦在与诸人的交游、倡和甚至辩难中深受濡染，词学取径发生重大转折，并将这种多元审美观带回东江，其门弟子即在这种词学氛围中强势崛起。在这一系列过程中，宋琬宦浙，并与王士禄、曹尔堪湖上倡和，颇有鼓吹之力。康熙中期以后，随着沈谦、毛先舒、王嗣槐等老一辈词人的凋零，以及陆进、吴仪一、沈丰垣、张台柱、俞士彪等中生代词人宦游或者流落四方，西湖与东江周围的词学氛围逐渐趋于消沉，而栖水卓令式、卓长龄、卓松龄与金张、丁介等人的倡和却异常活跃，成为康熙中后期杭州词学活动最兴盛的所在。婉约、豪放并行不废的核心词学理念最后又退到了它的发源地，在浙西词派强势扩张时，不可避免地走向了衰落。

第四，西陵词坛无宗主。

从理论精神层面来说，西陵词人各以其性情之真成其风格之正的创作追求，多元开放的词学精神和婉约、豪放并存不废的审美主张，从根本上决定了西陵词坛不太可能同其他词派一样产生一位具有绝对威望的领袖人物作为宗主。早年间卓人月即宣称：“世人不能自出手眼，每因时为趋。夫时不可见，见于选文者之书。然选文者亦不过为时所使，非能为时也。乃群然而宗之，谓若人功。宗之而

① 姚佺：《雁楼集序》，《雁楼集》卷首，康熙五年刻本。

弊不可胜言，复谓若人罪，良可笑矣。……夫天下之自具手眼者，必不能听人指挥，其俯首而听人指挥者，吾又何乐于取而指挥之？故惟选文时，不作一指挥天下之想，乃可不任天下之功罪。……若夫但求其真，不一其类，人不得望我之标而赴焉，然后可以各求诸心，我未尝设标以招焉，然后可以不贻自悔。如五音错宣，大成斯集，百川入海，何所不容？斯则余有志焉而未逮也。余是选，祈以自喻适志，非争文坛于天下也。且文章小技，原不足争，文章公器，又何可争？文章与时变迁，又争之而无益。"[1] 此虽为其文选而作，但与《古今词统》及西陵词学观念的基本精神是一致的。对文学风气的始盛终衰如此透彻的认知，对于流派宗主的弊端如此透彻的认知，正是婉约、豪放并存不废的多元词学观念的基础，二者之间存在着深刻的内在渊源与逻辑关系。因此，西陵词人的词学精神和词坛氛围本身是不需要宗主的，甚至是反宗主的。

从现实层面来说，卓人月在《古今词统》刊行后的第三年即去世，没有条件成为号召词坛的领袖。而徐士俊年高、德劭、望重，且奠定了一代风气，是最有望成为西陵词坛一代宗主的人物。但他在完成《古今词统》时曾称："诗余兴而乐府亡，歌曲兴而诗余亡，夫有统之者，何患其亡也哉？倘更有上官氏者出，高踞楼头，称量天下，则余二人之为沈为宋，是未可知耳。"[2] 言下之意，亦以开律体风气的沈佺期、宋之问自期，功业留待后人称量，并不怀有主盟词坛的期待。因此，在卓人月去世后，徐士俊数十年间再无词学上的重大建树，与人论及词学时，亦称"弟与珂月旧有《词统》一书，颇堪寓目。近闻仁兄亦已购得，竟作案头怪石供可也"[3]，其眼光并不如卓人月犀利而长远。在顺、康年间多元审美风气的推进过程中，徐士俊长年坐馆，并未积极主动地借用其威望而发挥重要影

① 卓人月：《选文杂说》，《蟾台集》卷三，崇祯传经堂刻《卓珂月先生全集》本。
② 徐士俊：《古今词统序》，《古今词统》卷首，明崇祯刻本。
③ 徐士俊：《与邵于王》，《雁楼集》卷二十，清康熙五年刻本。

响。徐士俊既不为盟主，且又长寿，谁又能在郡内越过他登高一呼而居领袖之位呢？徐士俊而外，西陵词坛最具词学影响的当属沈谦，但他是在毛先舒等友人的影响之下，才渐渐由晚明主流词学的影响中摆脱出来，接受婉约、豪放多元并存的西陵词学精神的，且又于康熙九年早早病卒，也不具备成为词坛领袖的现实可能性。此外，并无其他词人具有足够的词坛威望和影响能成为一呼百应的词坛宗主。

因此，无论从词学理论精神层面来说，还是从现实条件来讲，启、祯、顺、康百年间的西陵词坛，并不会诞生也没有诞生一位词派宗主。从某种意义上可以说，词派宗主一旦出现，就意味着西陵词坛的词学审美与创作取向将面临严重的威胁或已遭到深重的破坏。

以词派宗主、词人群体、创作追求、审美主张作为四个维度来考察西陵词坛，可以得出一个清晰的认知：第一，西陵词学的审美主张和艺术观念是非常明确的，即婉约、豪放并存不废；第二，西陵词坛的集体创作追求也是非常明确的，以个体风貌的真实自然实现群体风貌的多元并存；第三，西陵词坛的群体规模相当稳定，其内部以家族、血缘、学缘和论辩、评点、唱酬为纽带连接起来，虽然由于文化环境、军事环境、地理环境与交通条件等因素，西陵词人游外以及外地词人游杭颇为频繁，但始终存在着一个大致稳定的词学团体。尤其是身居湖墅孔道的王晫、陆进等极少离杭的重要词人，以及隐居栖水孔道的金张与卓氏兄弟等人，通过长期互相赠答以及接往迎来，在变迁中确保了西陵词坛的稳定与持续；第四，西陵词坛不存在宗主。婉约、豪放并存不废的基本词学主张和艺术观念，以及多元并举的开放性创作追求，共同决定了西陵词坛的无宗主特征。前二者表明西陵词人具备了作为文学流派的理论形态，虽然这种理论本身具有反流派的特殊性；但后二者表明，西陵词人在文学流派的实体形态上有所未备。

这种特殊性，正是其在现代词学规范内无法被准确界定的主要原因。现代学术的群体研究范式，似乎很难提供处理这种特殊文学现象的直接经验。已有的研究在面对西陵词坛这样的文学群体时所表现出来的尴尬也是显而易见的。严迪昌先生将西陵词人视作一个词学群体是有依据的，但它所具备的比一般的词学群体更鲜明的审美倾向性与理论排他性就会被遮蔽掉。如依吴熊和先生的提法将西陵词人视作一个词学流派也是有依据的，且严迪昌先生在界定词学流派四要素时曾指出："不同的历史阶段，流派现象殊有差异，不能划一以规矩，机械地定方圆"[1]，但西陵词学的理论包容性以及反流派意味也会被遮蔽掉。应该如何理解并准确界定这种特殊的群体，不仅对于西陵词坛，对于整个文学史的研究，都是一个非常棘手但颇有意义的问题。如果悬置这一问题，西陵词学研究将重复之前的纠葛，未来也不得不在经历众多不必要的口舌之争后重新回到这一问题。从本质上来讲，西陵诸词人是一个词学流派还是词学群体，并不完全是一个历史存在问题，更主要的是一个学术建构的问题。与其削历史存在之足以适学术话语之履，远不如以新的称谓权且代指这种特殊的文学现象，或在既有的学术概念中进行协调。

结合理论形态和实体形态而言，以开放包容的多元审美取向为主导并曾持续活动于西陵这一特殊词学生态中的词人，事实上已经构成了一个相对明确的准流派性质的西陵词学共同体。无论将其称作西陵词学共同体，还是视作准西陵词派，并不是问题的核心，只是用以标识西陵诸词人介于词学群体的松散性与词学流派的严密性之间的特殊组织属性，既可避免遮蔽它的审美一致性与理论排他性，又可避免遮蔽其组织形式的不完整性和反流派意味。如此虽为权宜之计，但可最大限度地尊重西陵词坛的客观情况，避免无谓的争端，原非为了标新立异，与前辈时贤争短长。

这一词学准流派是一个以仁和、钱塘为中心，以余杭及海宁部分地区为外围，由天启至康熙约百年间的百余位词人组成的，无宗

① 严迪昌：《阳羡词派研究》，齐鲁书社1993年版，第5页。

主的，以婉约、豪放并存不废的多元词风主张为理论和创作旗帜的词学共同体。它的演化经历了两个时期，约以康熙十四年《西陵词选》和《见山亭古今词选》的刊刻为节点，前此是以主情论为思想基础的多元审美阶段，后此是以诗教规范下的新型主情论为思想基础的多元审美阶段。第二阶段之于第一阶段的区别在于词体情感的净化与词体品格的升华，显示了明代词风向清代词风的过渡。这一准流派产生与嬗变的重要节点分别具有明确的历史表征：天启五年徐士俊、卓人月定交及栖水倡和，初步孕生了西陵词学共同体的创作和理论取向；崇祯六年《古今词统》的刊行标志着这一词学共同体的问世，卓人月《古今诗余选序》与徐士俊、孟称舜的《古今词统序》即为其理论宣言；顺治八年毛先舒与沈谦的词学辩难，本质上是明末婉媚词风取向与西陵多元词风取向长期交锋的典型表达，是西陵词人共同体建构过程中极富标志意义的事件。康熙十二年至十七年《见山亭古今词选》《西陵词选》《东白堂词选》的陆续问世，标志着西陵词学共同体的整体繁荣；康熙十六年至十八年卓周之争，标志着西陵多元审美风貌受到稼轩风冲击时的强力反击；同时，四部词选共同揭示了多元审美取向的思想基础主情论思潮正在经历儒家诗教思想的净化与改造，是浙西词派崛起的先兆，也是西陵词学在新的思想文化环境中的自我改造。康熙中后期丁介、许田、许昂霄等人的创作与理论标志着西陵词人向浙西词派的大规模滑动；康熙六十年徐昌薇下交厉鹗并俯首皈依，则标志着西陵词人共同体基本退出了历史舞台。

西陵词人共同体是比云间词派奠基更早，且以鲜明的理论旗帜与云间词派、浙西词派、阳羡词派等鼎立于清初词坛的大型词学共同体。其群体特殊性在于审美和创作追求的开放包容性，其群体独立性在于它与其他词派的基本词学精神、核心词学理论不相容。婉约、豪放并存不废之主张，虽包容开放，然亦非无所边界：废豪放而专主婉丽者，不能容于西陵词人共同体，西陵内部沈、毛之争因此而起；废婉丽而专主豪放者，亦不能容于西陵词人共同体，词坛外部卓、周之争因此而起。两大争论即表明婉约、豪放并存不废，不主一格，切切实实是一种鲜明的主张，具有独立自成性与排他性，此即西陵词学精神的独特属性所在。

然而，多年以来西陵词人共同体隐而不彰，原因有五：

因其词学旨趣之开放包容，不偏不倚，兼容并蓄，故而具有多面性、多元性、多层次性，于不同情境、不同场景需求下，常有不同之表现：于婉约词人之前，畅言婉约，于豪放词人之前，畅言豪放，甚至于此言婉约而又于彼言豪放，相关考察已见于前文。文献庞杂，又多湮没，搜辑且不易，识之尤不易，故久不为词坛所知，而遭摸象之人：摸耳为扇，摸腹为墙，摸腿为柱，或以之为云间词派，或以之为浙西词派，或以之为西陵词派，或以之为西陵词人群体，此其一也。

因其词学风会之形成，实有渐进之过程，于词人身上本有迹可循。如沈谦由专主婉媚一路，既来毛先舒之规劝，晚年取向渐趋多元。若仅见其前期，则以之入云间词派；若仅见其后期，则知其为西陵词学之典型；若首尾皆见而不能贯通，则沈氏似乎自相矛盾，不可理喻；若排比其时序，考其理路，厘其脉络，则顺理成章，水到渠成。东江门人及其他词人，亦有此过程，而文献多湮没，无从稽考者尤多，此其二也。

因其词学旨趣的开放包容性，与其作品风貌的多元性，本为一体之两面。若以词作切入研究，必然如入五里雾中，所见纷杂，不知从什么维度展开考察；若由词论切入，以其词学旨趣鉴照其创作取向，则知其门径之所在，风貌之成因。而作品本位的思维定式，使由词论切入之策略，常为人所不取，此其三也。

因西陵词坛无宗主，反门户偏见，与现代学术流派的认知不合。若有领袖者在西陵，而又不能不因其才情、遭际而使作品风貌有所偏取，群起而效之，则又因一人之偏而成群体之偏，则势必不能容于西陵也，此意已为卓人月所发。故西陵词坛无宗主。西陵词人所反对者，并不在于流派，而在于流派偏见、门户之争，此一点最容易遭致误解，此为其四也。

因以往研究受政治史分期之影响，过于强调明清词之对立，明归明，清归清，西陵词人共同体之开创者与其主体人群被割裂；明末清初词史一脉相承的联系于近年研究中渐获重视，但目前仍属于词史研究的薄弱环节。西陵词学前后一脉贯通的演化过程被割裂，首尾异处，《古今词统》与《西陵词选》《见山亭古今词选》《东白堂词选》《古今词汇》等一脉相承的关系长期隐而不彰，[①] 此其五也。

坐此五因，而西陵词人共同体之不彰遂至于今，西陵词派之争议亦未能休。

西陵词人深以自高门户、争盟词坛为恶道，时贤亦不以之为词史中兴之舵手，无知小辈如笔者安敢大言不惭，面折时彦而厚诬古人？其一点初心仅在考求西陵百年词业，及其群体性质、词史位置，以就教方家。若蒙不弃，俯救我失，必当感铭！倘能作引玉之砖，又其厚幸也！

---

① 刘琴《〈古今词统〉与明清词学中兴》（浙江大学2008年硕士学位论文）将《古今词统》与《西陵词选》做了对比研究，是较少能够注意到《古今词统》在西陵词坛内部的传承问题的研究成果。

附录

明末清初西陵词坛年表[1]

1577 年　万历五年　丁丑

冯梦祯（字开之，号具区、真实居士，秀水人）成进士。

杨启元（字兆开，杭州人）生。

1578 年　万历六年　戊寅

三月，卓明卿（字月波，号澂甫，卓尔康、尔昌、尔臧、尔寿父，仁和塘栖人）访王世贞。八月，王世贞序其《卓澂甫诗集》。

严调御（字印持，晚名缶，号废翁，严武顺、严敕长兄，严渡父，余杭人）生。

1580 年　万历八年　庚辰

闻启祥（字子将，钱塘人）生。

1583 年　万历十一年　癸未

严敕（字无敕，严调御、严武顺三弟，严津父，余杭人）生。

① 一、本表年月日，采用阴历；二、本表中不能系月系日者，原则上置于本年尾部，已知在某时以前者除外；三、本表年龄推算及标注，悉据虚岁；四、本表人物字号、里贯，原则上以括号附注于各人物首次出现处。

杨兆开连丧父母。

1584 年 万历十二年 甲申

李维桢（字本宁，湖广京山人）游杭。七月，访卓明卿，序其《卓澂甫诗续集》。

1586 年 万历十四年 丙戌

八月二十五日，卓明卿作《南屏社序》。

1587 年 万历十五年 丁亥

八月十八日，卓发之（一名能儒，字左车，号莲旬，法号广偡，仁和塘栖人）生。

杨兆开丧祖父，依外父闻汝东。

1588 年 万历十六年 戊子

闰六月二十八，黄茂梧（字东生，黄汝亨长子，顾若璞夫，仁和人）生。

1591 年 万历十九年 辛卯

黄汝亨（字贞甫、贞父，号寓斋，仁和人）、姚文蔚（字养谷，钱塘人）中举。

1592 年 万历二十年 壬辰

姚文蔚、沈朝焕（字伯含，沈楠子，沈宗埼父，仁和人）中进士。

六月，顾若璞（字和知，顾友白女，黄茂梧妻，仁和人）生。

1596 年 万历二十四年 丙申

卓发之读汤显祖制艺，服膺汤氏之学。

卓尔昌请曹子念选其父卓明卿诗文为《卓光禄集》三卷。

1598年　万历二十六年　戊戌

黄汝亨中进士。

冯梦祯去南京国子监祭酒职，归隐西湖，领袖一方。

十一月初二，吴之鲸（字伯霖，号德公，钱塘人）集冯梦祯、黄汝亨、杨中麓、虞长孺等为放生会。

本年至万历三十二年，方应祥（衢州西安人）随师冯梦祯久客杭州，与门人杨启元、闻启祥、邹之峄（字孟阳，仁和人）、郑之煌及严调御、严武顺（原名敏，更武顺，字忍公，晚字讱公，别号余人，余杭人）、严敕举小筑社，方应祥主其事。

1599年　万历二十七年　己亥

黄汝亨任江西进贤令，子黄茂梧随宦。

1600年　万历二十八年　庚子

一月二十三日，冯梦祯、黄汝亨至塘栖，会卓去病、卓稚穀、胡胤嘉（字休复，仁和人）。

杨启元成诸生。

1601年　万历二十九年　辛丑

七月四日，查继佐（字伊璜、敬修，号东山，海宁人）生。

卓发之从乃师黄汝亨处读汤显祖《牡丹亭》。

1602年　万历三十年　壬寅

春，方应祥寓飞来峰，与小筑社同人讲习举业。徐孺子卒于闻启祥家。

六月一日，徐士俊（原名翙，字三有，一字野君，号紫珍道人，别署湘蕤馆主人，仁和落瓜里人）生。

沈捷（字子逊，号大匡，一作字大匡，甲申归隐后号石园，仁和人）生。

胡贞开（字循蜚，仁和塘栖人）生。

1604 年　万历三十二年　甲辰

秋，方应祥离杭，屏迹里门。小筑社选刻新集《小筑近社》。

十一月，杨启元卒，享年二十八。严调御有女未生，许其幼子人骐。

江浩（字道暗，号蝶庵，法号月用大师，仁和人）生。

徐灏（字大津，号莼园，徐士俊从弟，徐潋生同父异母兄，徐介父）生。

1605 年　万历三十三年　乙巳

十月二十三日，冯梦祯卒，享年五十八。

1606 年　万历三十四年　丙午

四月十二日，卓人月（小字长耳，长字珂月，号蕊渊，仁和塘栖人，卓发之长子，葛寅亮弟子）生。

八月十五日，曹元方（字介皇，号耘莲，曹履泰子，海盐人，一作海宁人）生。

黄茂梧补博士弟子员，娶顾若璞。

1607 年　万历三十五年　丁未

沈宗墒（字以冲，号定山，仁和人）生。

卓发之开始长年远游。

卓回（字寒氏，一字方水，号休园，卓明卿孙，卓尔昌子，卓令式父，仁和塘栖人）生。

1610 年　万历三十八年　庚戌

三月八日，关键（字六铃，号蕉鹿，一号鸫客）生。

1611 年　万历三十九年　辛亥

五月，李流芳（字长蘅，祖籍歙县，嘉定人）、方回访张懋良于云居寺。

十月，卓发之携妻北游入燕，卓人月依祖父母。

卓发之致书汤显祖，汤氏有“秣陵三株树”之誉。

1612 年　万历四十年　壬子

一月一日，卓发之客居燕京。

黄灿（字维含，黄茂梧、顾若璞长子，黄汝亨孙，钱塘人）生。

黄汝亨讲学西湖，寻起为南京工部尚书郎。子黄茂梧下第，省父于南京。

1613 年　万历四十一年　癸丑

一月一日，卓发之客曲江。

春，胡胤嘉成进士，选庶吉士。

闻启祥、方应祥、胡胤嘉、李流芳在京师，访萧士玮。

1614 年　万历四十二年　甲寅

正月初九，章士斐（字淇上，号南庵，章戡功、章藻功父）生。

正月，卓发之居南京清凉山裓园，室洪氏归杭州，此前后得痫疾，一病不起。

九月五日，陆圻（字丽京，号景宣、讲山、谁庵，陆运昌长子，钱塘人）生。

徐士俊随大父由仁和落瓜里迁十里外的塘栖。

张竞光（字又竞，号觉庵，钱塘人）生。

黄炜（黄茂梧、顾若璞次子，黄汝亨孙，钱塘人）生。

本年前后，胡胤嘉卒。

1615 年　万历四十三年　乙卯

徐继恩（字世臣，法号俍亭，徐汾、徐邺父，钱塘人）生。

应㧑谦（字嗣宾，号潜斋，钱塘人）生。

1616 年　万历四十四年　丙辰

二月初六，胡介（初名士登，字彦远，号旅堂，翁桓夫，翁汝遇婿，钱塘人）生。

春，方应祥中进士。

八月二十八日，吴百朋（字锦雯，吴思穆子，钱塘人）生。

黄汝亨、方应祥、闻启祥等校刻冯梦祯遗著《快雪堂集》于南京。

1617 年　万历四十五年　丁巳

严沆（字子餐，号颢亭，严武顺子，余杭人）生。

陆培（字鲲庭，陆圻弟，陆运昌次子，钱塘人）生。

黄汝亨任江西学宪。

1618 年　万历四十六年　戊午

一月二日，卓发之集同人于水一方，作《戊午岁朝次日雪霁，集水一方，代丁叔潜赠姬人》。

五月，顾豹文（字季蔚，号且庵，钱塘人）生。

汪沨（字魏美，钱塘人）生。

1619 年　万历四十七年　己未

二月十五日，黄茂梧卒，享年三十二。妇顾若璞抚两幼子。冬，父黄汝亨始归家。

三月六日，孙治（字宇台，号鉴庵、西山樵者）生。

八月十五日，张丹（原名纲孙，字祖望，号秦亭山人，张蔚然孙，张光球子）生。

1620年　万历四十八年（八月至十二月为泰昌元年）庚申

正月十九日，沈谦（字去矜，号东江，仁和人）生。

六月，陆嘉淑（字孝可、更字冰修，号射山，晚号辛斋，陆钰子，海宁洛塘接济里人）生。

十月十五日，毛先舒（一名骙，字稚黄，改字驰黄，毛媞父，钱塘人）生。

陆堦（字梯霞，陆圻弟，陆运昌三子，钱塘人）生。

王嗣槐（字仲昭，号桂山，钱塘人）生。

卓人月读书水一方，初露才华，与父卓发之聚处，结识金台法师。

1621年　天启元年　辛酉

卓人月读书石人坞、水一方之间，与父卓发之聚处。受知于孙昌裔（字凤林）、洪承畴（字亨九，时任浙江提学道），名声大噪，毁誉参半。

秋，钱谦益等典试浙江。卓人月第一次乡试下第，张次仲（字元岵，号待轩，海宁人，钱谦益门生）中举。

杭州大火，毛先舒家遭焚毁。

1622年　天启二年　壬戌

三月，丁澎（字飞涛，号药园，丁景鸿、丁潆兄，仁和回族人）生。

春，卓发之、卓人月、钟天均（字小天，仁和人）读书西溪石人坞。

夏秋之间，卓人月始作诗。

李式玉（字东琪，号鱼川）生。

闻启祥与李流芳上京师，闻警而返。

1623 年　天启三年　癸亥

秋，卓发之赴南京。

十月十二日夜，孩儿巷大火，至昼不息。

十月下旬，陈祚明（字胤倩，号稽留山人，陈潜夫弟，仁和人）生。

冬，卓发之移家桃叶渡，并种桃花。

1624 年　天启四年　甲子

秋，卓人月第二次下第。

1625 年　天启五年　乙丑

二月，卓人月作文黏壁，谢绝访客。

三月二十五日，傅感丁（字雨臣，号约斋，仁和人）生。

端午，卓发之、卓人月等人集于南京，作《五君咏》。

初冬，卓人月与贵池吴应箕等孤山社集。

除夕，卓人月作《乙丑除夕》。

本年，徐士俊、卓人月定交，倡和以成《徐卓晤歌》。

1626 年　天启六年　丙寅

正月十五前，卓人月与卓回联句倡和。

正月十五日，卓人月客海宁。

十一月十五日，查遗（原名崧继，字杜青，入清更名遗，字逸远，号学圃，查慎行、查嗣瑮、查嗣珽父，钟韫夫，海宁人）生。

卓人月读孙策故事，赋诗自伤，并作《一剪梅·读〈三国志〉》。

卓人月编选《无可奈何集》，撰《选文杂说》。

卓回娶沈兰音。

林璐（字玉达，号鹿庵，钱塘人）生。

本年，徐士俊客南京。

1627 年　天启七年　丁卯

年初，徐士俊、徐天石同游虎丘。

徐士俊与弟徐天石南京鸡鸣山中备举业。

七夕，卓发之、徐士俊、吴颖（字见末，号长眉，江苏溧阳人）等十九人于金陵桃叶渡举种花社。

秋，卓人月（第三次）下第，徐士俊由南京归杭相慰，同隐山中。

秋，吴太冲（字默寘，号若谷，吴农祥父，海宁人）中举。

卓回得女，夭亡。后过继卓人月一子。

1628 年　崇祯元年　戊辰

本年春或明年春，徐士俊、卓人月会于西湖。

正月末二月初，卓天寅（初名大丙，字火传，号亮庵，卓人月子，仁和人）生。

严渡（字子岸，调御子，余杭人）与张溥定交于京师，归而弥合浙中诸社。

胡介补诸生。

本年或次年，卓人月作《千字中兴颂》以美崇祯之政，名声大噪。

1629 年　崇祯二年　己巳

张溥合天下诸社为复社。虞宗瑶（字仲皜，虞淳熙次子，钱塘人）、闻启祥、陆运昌（原名陆铭勋，字梦鹤，钱塘人，陆圻父）、吴太冲、冯延年（字千秋，原籍秀水，钱塘人）、赵德遴（字公铨，钱塘人）、陆鸣煃（字梦文）、陆鸣时（字善明）、俞时笃（字企延，钱塘人）、孟应春（字长民，号阆庵）、林泰业（字阶平）、陈濬（字行无）、沈濬思（字子羽）、徐士俊、卓人月、卓霜回（字寒民）等人复社。

秋，卓人月持《古今词统》过访其友会籍孟称舜，孟序之。

陆弘定（字紫度，号纶山，陆钰子，陆嘉淑弟，周蓥夫，周明辅婿，洛塘接济里人）生。

卓回与崇德孙爽（字子度，号容庵）定交于西湖。

1630 年　崇祯三年　庚午

四月十二日，卓人月作诗自寿。

卓人月寓西湖之僧舍，备举业，（第四次）下第。

初冬，卓回丧妇沈兰音。卓人月作《寒氏妇沈传》。

冬末，练江程暗仙携诗词乐府等访卓人月、徐士俊、卓回。

张坛（字步青，张蔚然子，张昊父，张丹从叔，仁和人）生。

1631 年　崇祯四年　辛未

正月，卓回将入燕省亲，以悼亡诗示兄卓人月。卓人月作《辛未初正寒氏示我悼亡诗为之酸鼻时寒氏将省亲于燕因次其韵以送之》，徐士俊作《为卓寒氏悼亡和珂月韵》五首，徐卓并作《卜算子·次坡公悼超超韵为寒氏悼亡》《西江月·次坡公悼朝云韵为寒氏悼亡》。

春，徐士俊、张子羽、沈大声、张重明、许某、王某六人皋亭山赏桃花。

春，吴太冲成进士，选庶吉士。

五月，严津、徐士俊、卓人月、卓彝（字朗鉴、辛彝，号密岩，《栖里景物略》作静岩，卓海幢禺子，卓子孟麟异父，仁和塘栖人）、吕昭世、徐明礼、沈有声、金时观、俞允和、范璨、范士穗、张开先、张拱极、徐嘉绮十四人社集于摩挲堂。

五月，陆云龙词菁成，作《词菁序》。

六月一日，徐士俊三十初度，卓人月作《赠徐野君二十韵》。

八月，卓人月为友人沈梯生作寿诗。

九月二十四日，沈家恒（字汉仪，号巨山，沈公趾子，沈六飞父，钱塘人）生。

秋，卓回入燕省亲，于燕齐间作《秋怀诗》。

暮秋，卓人月游西湖。

冬，卓发之寓扬州，市中购承露盘。

1632 年　崇祯五年　壬申

秋，陈子龙访闻启祥于吴山寓所。

冬，卓发之访叶灿，以承露盘相赠。

吴农祥（字庆百，号星叟、大涤山樵，吴太冲子，钱塘人）生。

关仙渠（字槎渡，一作查度，关键子，钱塘人）生。

1633 年　崇祯六年　癸酉

初春，卓人月作赠伎诗《赠沙凤》。

二月，徐士俊于湘蕤馆序《古今词统》。

五月，杭城暴雨。卓人月在西湖，作《雨甚水溢惧而作歌·癸酉五月湖上作》。

秋，柴绍炳、陈廷会（字际叔、瞻云，陈向荣三子，钱塘人）定交。

秋，徐士俊（第三次）、卓彝报罢。查继佐中举。

陆培（字左城，陆圻弟，陆运昌第六子，钱塘人）生。

秋冬，黄宗羲寓杭，与读书社张岐然、江浩、虞宗玫、虞宗瑶、冯悰诸子及前小筑社闻启祥、严调御等会集。

本年，陆圻始与陆彦龙（字骧武，吴任臣外父，钱塘人）定交，开启西陵复古诗学。

吴伟业游杭州，作《癸酉同僧弥游韬光己丑初夏重来遇慧光禅师屈指十八年矣为赋此诗僧弥已亡不胜今昔之感》。

1634年 崇祯七年 甲戌

正月初一，卓人月作《甲戌元日次仲父韵》。

二月，丁汝驯（字习仲，丁韵含、丁楣父，卓人月岳父）六十寿诞，卓人月上寿诗。

春，徐灏中进士。

春，陆运昌中进士，授永丰令。

春，查继佐会试下第。

春夏间，阮大铖结群社于南京，卓人月入社。

五月十三日，卓发之、卓人月游燕子矶，以诗倡和。

六月，徐士俊读书表叔郭小白百巢楼。

去年冬至本年夏，卓人月搜辑乃父卓发之文字，得数卷，编为一集。

卓回数年间历江淮、齐鲁、燕赵，下南京过焦山而还杭。九月，孙爽和成《秋怀倡和诗》。

秋，徐灏任武陵尹，徐士俊从之历吴游楚，作《大津弟尹武林赋赠》，卓人月作《徐大津赴任武林其兄野君与之俱索诗为别》二首赠行。

是年，卓人月癸酉、甲戌两年诗稿遗失路途，作诗纪之。

徐士俊以新刻三种邮寄南京，请正于卓发之。

秋，卓回东园别业卖于邻人吴宏文（新安学使吴邦相犹子），作《别东园》自伤。吴鼎芳、卓人月、孙爽、沈洪芳（一名淇芳，字椒羽、子旋，仁和塘栖人）、沈宗垓作诗相慰。

除夕，卓人月自焚本年诗文稿，并作诗纪之。

除夕，徐士俊客武陵署寓，作《甲戌除夜》。

詹夔锡（字允谐，号容庵，章昞内兄，钱塘人）生。

吴本泰授官暂归杭州，与智一禅师游西溪秋雪庵。

吴应箕游杭州。

1635 年　崇祯八年　乙亥

春，卓人月重晤卓回，作《和寒氏枯杏再花诗》二首，并序其《秋怀倡和诗》。

四月，卓人月作七古《男儿三十歌·乙亥四月》，自道苦闷。

初夏，卓发之、阮大铖等人集于南京卓氏裓园。

崇祯帝诏举茂才异等，卓人月拔贡。

查继佐读书西湖南屏山。

陆繁弨（字拒石，陆培子）生。

章昞（字天节，詹夔锡妹婿，余杭人）生。

柳葵（字靖公，仁和人）生。

1636 年　崇祯九年　丙子

初春，卓发之由南京归乡为父入斋先生、婶母沈令人祝寿，与子卓人月游西湖、霅水。十余日后，卓人月拔贡入京。应礼部试，因当政阻挠，报罢。与宋琬定交，会饮京师。

三月十日，王晫（初名棐，字丹麓，号木庵、松溪子，钱塘人）生。

秋，卓发之、卓人月（第五次）、徐士俊（第四次）南京乡试，皆报罢。卓人月病疟。

八月十八日，卓发之五十初度，作《五十乞言诗》，以示潜心向佛之意。卓人月于南京裓园螺髻庵中为父诵经礼忏。

八月二十二日，卓人月于南京清凉山裓园辞别其父卓发之，买舟还杭。

九月廿九日，卓人月卒，享年三十一。徐士俊作《祭卓珂月文》，戴澳作《挽卓珂月》。室丁楣（字云想，丁汝驯女）抚二子卓天寅、卓长庚及一女（名未详，后字沈维垣）。

十月二日，陆嘉淑娶顾素昉。

浙中同学吴昌时、陆运昌等请为卓人月立祠，事未遂。

1637 年　崇祯十年　丁丑

初春，卓发之由南京归杭州，吊亡子卓人月，携子卓人目就试。四月七日，卓人目入泮学。八日，卓人目母智华（原名高霞，字霞秀，真州人，受戒后名智华，卓人月后母）病逝于杭州家中。

三月二日，徐士俊、李济之同游太湖别峰。

春，闻启祥应好友卓发之之请，评次并序卓人月诗集遗稿。

五月，邵远平（初名吴远，字吕璜、戒三、戒山，号蓬观子，邵锡荫、邵锡荣、邵锡章、邵锡光父，仁和人）生。

七月，吴应箕自严江来游杭州。

秋，闻启祥卒，享年五十八。嗣后，严印持亦卒，享年六十。

诸匡鼎（字虎男，号橘叟、锁石山旅人，钱塘人，诸九鼎弟）生。

1638 年　崇祯十一年　戊寅

正月，沈谦入祝文襄之门。

春，卓发之由南京归杭州，子某卒。

八月十六日，卓发之卒，享年五十一。

沈谦娶徐氏。

李式玉补郡学诸生。

吕愿良会江浙千余人举澄社。

1639 年　崇祯十二年　己卯

四月，柴静仪（字季娴，柴世尧三女，柴贞仪姊，沈镠室，沈用济母，钱塘人）生。

徐士俊读书西湖芙蓉园，与骆仁兆、张仲谋及婿姜云将游处。

严曾榘（字方贻，号篗庵，严沆长子，余杭人）生。

海昌朱一是、范骧的观社与徐邈思、沈文大的晓社发生分歧，查继佐归里，合而成旦社。

张丹与孙治定交。

毛先舒与沈谦定交。

关键、汪沨、严沆中举。

本年，陆彦龙、柴绍炳、徐继恩、吴锦雯、陈廷会、陆圻、陆培、陆堦、孙治等结登楼社。

1640年 崇祯十三年 庚辰

闰正月十五，徐士俊作《长相思》《凌波曲》《一剪梅》《菩萨蛮》《兰陵王》诸词。

春，沈捷成进士。

春，陆培成进士。四月，陆彦龙修书致贺并论诗文。

春，查继佐、关键会试下第。

夏，京畿、山西、陕西、山东、河南旱灾，流寇四起，查继佐作《流民歌》。

八月，云间陈子龙司理绍兴。嗣后，毛先舒、柴绍炳得其奖掖。

沈圣旭（沈谦长子，临平人）生。

是年至次年，浙东西遇旱灾，昭庆寺大火。

1641年 崇祯十四年 辛巳

二月，钱谦益游杭州，与卓尔康、江浩、吴培昌（仁和县令）、汪明然等游，尝集胡胤嘉故宅。

孙治始馆于临平赵元开家，历五载。

春，陆圻至常熟访钱谦益。

七月，江浙蝗灾，岁荒。

孙爽举征书社。

陆运昌卒，陆圻假田四十亩于挚友赵元开以糊口，十八年后始归还。

陆圻代替祝文襄坐馆沈谦家，授以陈子龙诗，沈氏诗风为之一改。

毛先舒卧病，结集《井干轩诗集》，柴绍炳作序。

1642 年　崇祯十五年　壬午

十月，卓人月祖父卓槫卒，享年七十四。

曹元方、朱一是、丁澎、王舟瑶、吴锦雯、姜图南（字真源，钱塘人）中举。

秋，徐士俊（第五次）报罢，两年后鼎革，绝意仕进。

秋，陈潜夫（字玄倩，又作元倩，榜名朱明，陈祚明兄，仁和人）与陆培之同党口斗三日，震惊两浙。

九月初二，张丹丧父（名光球，字稚青，号志林）。本年，始学诗。

暮秋，祝文襄、陆彦龙、陆圻、孙治、郎季千宴集于沈谦章庆堂。

十月二十七日，太仓张溥葬，陆圻往吊之。

本年，沈谦补仁和诸生。

詹夔锡、章昞定交，自此莫逆五十年。

柳葵、王晫同塾读书。

杭州同知厅事、布政司厅事先后失火。

1643 年　崇祯十六年　癸未

去年或本年，智一法师访吴本泰。

三月，沈谦始撰《临平记》。

沈宗埴、曹元方、关键成进士。

五月五日，章戬功（字服伯，章士斐子，钱塘人）生。

盛夏，陆圻游江西。

秋，葛徵奇（字无奇、轮以，号介龛，海宁人）及门人吴本泰序李因（字今是、今生，号是庵、龛山逸史，葛徵奇副室，钱塘人）《竹笑轩诗》。

九月二十日，张郕曾（字鲁唯，号栖崖，一字莐臣，张丹子）生。

汪鹤孙（字梅坡，号雯远，汪汝谦孙，汪玉立长子，钱塘人）生。

沈谦因两兄所居南园被焚，割宅于两兄。

林璐、沈开先始应童子试。

李自成陷潼关，孙传庭战死，张献忠入川。林璐作《癸未拟诣阙上弥盗书》。

1644 年　崇祯十七年暨顺治元年　甲申

关键除丹徒知县。

沈捷除武进知县，仅六月，弃官归隐。

三月十九日，李自成攻陷北京，崇祯帝崩。

五月三日，福王朱由崧监国于南京，十五日即帝位，年号弘光。

五月，金张（字介山，号岕老、妙高道人，又称张介山）生。

十月初一，爱新觉罗福临登极，改元顺治。

十一月，祝文襄至临平，与沈谦论《临平记》。十二月，《临平记》成书。

查培继馆于陆氏带星堂，与陆嘉淑、陆弘定交。

卓胤域（字永瞻，卓天寅子，人月孙，仁和塘栖人）生。

张昊（字玉琴，号槎云，张坛女，胡文漪室）生。

钱凤纶（字云仪，钱开宗、顾之琼女，黄式序室，仁和人）生。

查继佐始撰《明书》（即《罪惟录》）。

顾豹文、林璐以文相交。

江浩闻崇祯帝崩，投崖，未死，始遁隐参禅。

陈廷会、柴绍炳、孙治弃诸生。

卓麟异娶钱蕡（字淑仪，钱朝彦女，卓长龄、卓松龄、卓璨母，钱塘人）。

1645年　顺治二年暨弘光元年　乙酉

去年或本年，卓回成恩贡。

关键不满于马世英、阮大铖弄权，辞官归里。

卓天寅赴南京，上书请诛马世英，不果。

四月，清兵克扬州，屠城十日，渡江南下。扬州卓氏暂迁居杭州。

五月，清兵克南京，弘光帝出奔，被执。

六月，清兵克杭州，乡人四窜。杭州同知王道焜、钱塘知县顾咸建、临安知县唐自綵死难。

六月，陆培自缢死难，享年二十九。陆圻、陆堦奉母偕幼迁居河渚。嗣后，圻逃往瓯闽，堦继迁省城，授徒为生。陆彦龙至闽，同陆圻有“钱唐两陆生”之称。

闰六月，清廷下剃发令，不屈而死者甚众。

闰六月，郑芝龙、黄道周等拥唐王朱聿键监国于福州，七月一日改元隆武。

七月初一，洪昇（字昉思，号稗村）生。二日，其妇黄兰次生。

七月，鲁王监国于绍兴。查继佐投鲁，领职方。

九月三十日，陆钰绝食殉国。子嘉淑弃诸生，与弟弘定绝意仕进。

江浩剃度出家（法名济斐，字月用，后更名弘觉，号梦破）。

卓天寅结识宋琬于南京。

毛先舒丁母忧。

本年前后，胡士登更名胡介，弃诸生，由河渚迁居杭城西北一亩田。

1646年　顺治三年　丙戌

元旦，徐士俊与叔父徐嘉绮倡和，作《丙戌元旦歌》。

七月十六日，吴本泰作《秋雪庵碑记》。

秋，沈士则（字天益、志可，仁和人，沈丰垣季弟）生。

清军攻打隆武朝廷，曹元方及其父仓皇逃离，寓居浦城僧舍。

郑芝龙降清，缉至北京，后被杀。

闽破，冬末陆圻由闽还乡，过蒲城，被执，得赵明镳解救。至杭，访孙爽。辑殉节诸公遗卷为《孤忠遗翰》。此后，行医为生。

乱兵为祸乡里，查继佐作《从军行》三首以讽之。

本年前后，俞士彪（一名珮，字季瑮，俞文辉子，俞美英弟，钱塘人）生。

1647 年　顺治四年　丁亥

春，卓彝成进士。

夏，曹元方丁父丧，由浦城经钱塘回海盐。

八月二十四日，吴仪一（初名逸，字瑹符，一字舒凫，号吴山、吴人、芝坞居士，行四，又称吴四郎）生于钱塘松盛里。

孙爽及弟子诸人被捕，嗣后放归，弟子吕宣忠被杀。

本年，吴本泰卜居河渚。

1648 年　顺治五年　戊子

二月十五日，沈圣旦（沈谦举第四子，仁和临平人）生。

六月，金介山丧父，随母依外祖父张遂辰。

秋，丁景鸿、傅感丁中举。

秋末，吴本泰序郭浚《虹映堂诗集》于河渚。

十二月二十日，江浩卒。

浙江巡抚萧启元奉命圈地，增筑驻防旗营。

毛先舒撰成《唐人韵四声表》《南曲正韵》；柴绍炳撰《古韵通》；沈谦撰《沈氏词韵》。后括略为《韵学通指》。

陆嘉淑、潘廷章、沈寅工、查继佐等卜邻倡和。

卓天寅室卒。

本年，王晫补钱塘县学生员。

1649 年　顺治六年　己丑

四月，吴伟业游杭州韬光寺。

王绍隆（字圣则，号绥山，海宁人）、姜图南成进士。

十月十九日，毛先舒三十初度，作诗自寿。

秋，毛先舒、沈谦、张丹、郎季千、沈圣清夜集沈氏南楼分赋。

冬，陈之遴诠次其妻徐灿词作百首，结成《拙政园诗余》。

毛先舒丧幼女。

本年，陆进在徐士俊、毛先舒、沈谦濡染下始学填词。

本年，清廷为笼络人心，诏赦明朝旧臣顺治五年以前叛乱之罪。

1650 年　顺治七年　庚寅

初一，毛先舒作《庚寅元夕二首》。

二月至三月，顾景星游杭州。

四月二十三日，沈谦避兵寒山，见流尸触船，悲从中来，编辑本年五律四十四首，聊以当哭。

五月，丁澎自金华还里。

夏至，陈之遴序徐灿《拙政园诗余》。

毛先舒、柴绍炳选《西陵十子诗选》成。自是，“西陵十子”之名风行海内。

八月，沈谦父士逸患痎疟，十二月二十一日，卒。

杭州驻防旗营竣工。

陆圻行医于京师。

查慎行（原名查嗣琏，字夏重，更名慎行，字悔余，号他山、初白，查遗、钟韫长子，查嗣瑮、查嗣珽长兄，陆嘉淑三婿，海宁人）生。

1651 年　顺治八年　辛卯

三月，徐士俊离家，六月初一诞辰，同卓彝由毗陵赴梁溪。

春，钱谦益游杭州。

八月，吴本泰辑成《西溪梵隐志》并序。

秋，俞灏（字殷书，号可庵，仁和人）、程光禋（字奕先，钱塘籍新安人）、徐旭龄（字元文，号叔庵，徐德音父，钱塘人）、赵吉士（字天羽，号恒夫，仁和籍休宁人）中举。

冬，潘廷章由陆里还硖石。

毛先舒、沈谦书札往还，讨论词学。

本年前后，王嗣槐与沈家恒交。

1652 年　顺治九年　壬辰

二月花朝节，陆弘定等人始结白社。

二月二十九日，查嗣瑮（字德尹、朗山，号查浦、晚晴，查遗与钟韫次子，海宁人）生。

三月十八日，景星杓（字亭北，号菊公，仁和人）生。

春，毗陵恽寿平（名格，字寿平、正叔，号南田）至灵隐寺。

傅感丁、查培继、金渐皋（字梦蜚，徐士俊表弟，仁和人）成进士。

五月十一日，钱肇修（字石臣，号杏山，钱塘人，林开宗、顾之琼子）生。

五月二十八日，孙爽卒，享年三十九。

五月，沈谦与师祝文襄游海盐，祝为序《东江集钞》。

九月，徐士俊、卓彝二人北上京师。

十一月，徐士俊作《昭君怨·忆家》。

冬，沈宗塙卒，享年四十六。

丁澎与尤侗偶遇京师道中。

本年，诏征前朝废员。

1653 年　顺治十年　癸巳

去年至本年，西陵十子与云间蒋平阶诸人文酒高会，声气相通。

本年或次年元日，徐士俊作《瓜茉莉·帝城元夕》。

正月初三，吴颖寿辰，徐士俊作诗称觞。

正月初七，陆弘定与白社同人雅集。

二月二十四日，徐士俊与咸阳韩圣秋、芜湖葛福雪会集于吴颖燕邸。吴颖删定徐士俊《雁楼集》，得六七百纸，并作序。

二月，邵远平丧母。

三月，钱谦益游杭州。

三月三日上巳，复社两大分支慎交社、同声社合盟于虎丘，调和两社纷争。

四月，同声社、慎交社再次合盟于嘉兴鸳湖，是为“十郡大社”。陆圻为慎交社中人，亦赴会。

四月，徐士俊送表弟金渐皋出京。

夏，毛先舒病剧，戒杀生。

春，宋德宜游湖上，交卓天寅，为文酒之会。

秋，徐士俊与纪映钟会于京师。

冬，胡介应恩师王永吉之招入京。

陆圻母裘孺人六十寿诞，圻欲征文，陈确（原名道永，字乾初，海宁人）止之。

本年或次年始，俞士彪随父俞文辉习音律之学。

1654年　顺治十一年　甲午

胡介寓慈仁寺，暴病。与吴伟业、龚鼎孳、曹溶、周亮工、吴颖、魏裔介交。

一月或二月，纪映钟致书徐士俊，有西陵之约。

二月一日，徐士俊序陆进《巢青阁诗余》。

二月，徐士俊、王璐（字又韩）定交于京师，同作《凤凰台上忆吹箫》相倡和。王子彪拜入徐门下。

三月四日，徐士俊、王璐离京还杭。徐作书寄卓彝。

春，胡介由京师南还，出《河渚图》索题，辇下诸公有诗送之。

三月，过邢台，养病金渐皋署中。

五月六日，徐士俊受邀访张之鼒横潭草堂。

秋，王璐于小孤山舟中序徐士俊《雁楼集》。徐士俊随王璐赴麻城任，客居三载，再游楚地。

秋，顾豹文、关仙渠中举。

卓天寅拔贡入国子监。

1655年　顺治十二年　乙未

胡介辞别金渐皋，南还。

春，毛先舒序沈谦《东江集钞》。

春，丁澎、严沆、顾豹文成进士，沆选庶吉士。

夏初，柴绍炳离杭北上，八月抵京。

五月十一日，林以宁（字亚清，林纶之女，钱肇修室，钱塘人）生。

五月，查继佐兄继伸（号毅斋）卒。

六月，张丹、陆嘉淑倡和于苏州。

夏，沈谦避乱至西湖。七月，丧子沈圣旦。本年，丧母。

十一月，陆氏蜜香楼、须云阁火灾，陆嘉淑诗稿焚毁殆尽。

毛先舒访吴仪一，吴年九岁，已遍读十三经。

1656年　顺治十三年　丙申

正月初七，汤右曾（字西崖，仁和人，汤颐和与陆瑶英子，陆运昌外孙）生。

三月初，丁澎抵京。

七月，王嗣槐访卓天寅传经堂。

七月，佑圣观火药局失火。

九月初七，章藻功（字岂绩，章士斐子，章戡功弟，钱塘人）生。

九月，曹元方由杭州归葬其父。

九月，邓汉仪客西湖，与张竣、张坛兄弟定交。

秋杪，柴绍炳离京南还，丁澎作诗送别。

除夕，丁澎卧病京师。

严沆任兵科给事中。

徐昌薇（改名逢吉，字紫凝、子凝，号紫山、紫珊）生。

沈用济（一名漢，字方舟，沈镠、柴静仪子，朱柔则夫，沈沛兄，钱塘人）生。

陆嘉淑客游扬州。

本年前后，徐士俊丧偶。

本年或次年，俞士彪始学词。

本年至次年前后，严沆、丁澎、陈祚明与莱阳宋琬、宣城施闰章、阳武赵宾、大梁张文光以诗文相倡和，有“燕台七子”之称。

1657 年　顺治十四年　丁酉

正月初一，张丹作诗戒子张郕曾。

二月初六，陆弘定剧病中作《西江月》词。

四月，陆嘉淑北游燕地，陆弘定作诗《送伯兄北行》。五月十九日抵顺天，晤严沆、严曾榘、陈祚明等。五月二十一日作《苏幕遮·与胤倩》，二十九日作《百字令·和胤倩谒谢公绪祠》。六月初五，访丁澎、王鹤山、包枢臣、史及超，本月返程。

七月，严沆典试山东。

八月，胡山迁居武原，陆嘉淑有诗送之，并访沈横槎。

秋，查遗客居南京长干寺，与钱澄之游。

秋，黄沁、丁澎典河南乡试，违例以墨笔更添榜首诸卷数字。

秋，方犹、钱开宗典江南乡试，受贿，时人作《万金记》以讽之，朝野哗然。

十月，北闱案发，刑科给事中任克溥参劾吏科给事中陆贻吉为士子贿通顺天闱考试官李振邺、张我朴。

十一月，南闱案发，主考方犹（字壮其，浙江遂安人）、钱开宗

（字亢子，仁和人）因受贿取士，物议沸腾。给事中阴应节参劾之，诏解入京，着郎廷佐、方拱乾严查。

卓天寅遭南闱科场案殃及，下第，以征讯入京。

十二月，给事中朱绍凤参劾河南乡试主考黄沁、丁澎，诏革职察究。

本年，徐士俊丧继母，客居麻城三载而还，与王晫定忘年交。

陆进邀徐士俊访巢青阁，审定其集。

查继佐入粤，曾晤金堡（今释澹归，杭州人）于羊城。

1658 年 顺治十五年 戊戌

二月，丁澎科场违例鞠实，革职问罪。

三月，顺治帝亲自复试江南闱举人。

四月，黄宗羲寓杭州昭庆寺。钱谦益来游，相遇过从。

五月六日，徐士俊为吕律作《系槎记》，追忆近年履迹，并本年坐馆吕家之事。

七月，诏准刑部议，丁澎流放尚阳堡。

中秋，张丹四十初度，作《戊戌中秋予四十初度泊舟黄河古城夜坐望月》二首。

秋，张丹、诸九鼎、姚佺等于淮南邱象随西轩雅集。

重阳，徐士俊与门生吕澄兄弟会饮。

十一月初十，王绍隆任江宁道参政。

十一月，江南科场案决，诏准刑部议，钱开宗绞死。家产及妻顾之琼、子钱元修、钱肇修、钱来修、女钱静婉、钱凤纶等俱籍没入官。

卓天寅科场案中脱身，归杭后杜门不出。

诸匡鼎闻毛先舒论诗。

袁于令（字令昭，号箨庵、幔亭，苏州吴县人）游杭，晤毛先舒。

陈之遴流放尚阳堡。

卓长龄（字九如，号蔗村，卓麟异长子，卓松龄、卓鹤龄、卓璨兄，仁和塘栖人）生。

曹元方隐居海宁硖石村，筑东山草堂。

沈圣旭娶姚氏。

1659年　顺治十六年　己亥

二月二十九日，沈谦室徐孺人卒。

上巳，严沆奔丧还乡，陈祚明送行。

三月八日，关键五十寿辰。毛先舒作《为关六钤先生五十赋》。

春，陆嘉淑客江宁道参政王绍隆幕；四月，归；冬，寓居硖石。

初夏，陈祚明馆胡兆龙家，开始操选《采菽堂古诗选》。

夏，郑成功北伐，克镇江，围南京，望风归附者众。七月，郑军大败。

秋，关仙渠落榜归乡，陈祚明作诗送行。

吴陈琰（一作吴陈炎，初字清来，更字宝崖、芋町，一字海木）生。

查继佐由粤归里，行前与金堡有诗赠答。本年，有《脱囊》诗九首苦七弟。

陈晋明、胡介与邱象随有诗赠答。

除夕，徐士俊作《己亥除夕》诗。

本年，张坛入北京国子监。

1660年　顺治十七年　庚子

正月初一到初七，曹元方招陆嘉淑、潘廷章、沈亮采等为诗酒会。

正月，顺治帝颁布罪己诏，大赦天下。

正月，以杨雍建奏请，朝廷严禁结社订盟。

三月初八，王绍隆由江宁道参政任上引疾归，结小圃曰“蛛隐”。

春，朱一是引疾移居硖石。

三月，曹元方、陆嘉淑观查继佐家妓。

三月，胡介苏州途中初逢邱象随，偕金渐皋、姚山期游苏州。

三月，邱象随从胡介经嘉兴还西陵，寓居胡氏旅堂，与严沆、孙治、陆圻、李渔、毛先舒、朱九鼎、释正岩等时相唱酬。

春，姜宸英等人访王晫，留宿王晫丹楼。

六月，陆嘉淑四十一初度，作《初度日》自寿。

夏，钱谦益游杭州。

秋，吴复一（字元符，号心庵，吴仪一兄，仁和人，山阴籍）中举。

秋，张坛中举。

秋，南昌王于一来寓西湖。

秋末，严沆除服回京。初冬，陈祚明始由胡兆龙京邸改馆于严沆邸。

十月，丁澎徙居威远东冈。

杭城大火，灾数万室。

1661 年　顺治十八年　辛丑

立春，丁澎作《辛丑立春》诗于东冈。

正月，邹祇谟客游杭州。

春，宋琬任浙江按察使。自此，倡为小词，杭人和之。

春至夏，施闰章客居西湖。

春，施闰章、宋琬、林嗣环、王于一、袁于令、王士禄、邹祇谟、孙默、徐缄、罗弘载、诸九鼎、王豸来、陆进、陆嵋、陆售诸人多次宴集。

宋琬上任未足月，遭侄宋一柄挟私诬告涉于七谋反案。冬，北解京师。

夏，钱谦益、曹溶、周亮工、施闰章、邹祇谟、朱彝尊、王猷定、袁于令、胡介、张杉、祈班孙、诸九鼎再游西湖，览《西湖竹枝词》。

四月至五月间，邹祇谟晤谈徐士俊、毛先舒。

五月十九日前后，陆进、陆售与施闰章、邹祇谟、徐缄、王猷定、罗弘载会饮王晫霞举堂。

六月三十日，徐士俊六十寿诞，作《同寅同甲歌》。

六月，顾若璞七十大寿。

夏，钱谦益游杭州。

七月，陆圻母裘孺人卒。陆圻、陆堦等自顺治二年奉母隐居至今。

七月，陆嘉淑、姜图南、孙治、诸九鼎与周亮工、林嗣环宿集胡介旅堂。

九月初一，周亮工访卓天寅传经堂。

九月，张坛客扬州，与宗元鼎、邓汉仪等人交。

秋，陈祚明由严沆京邸暂南还。

秋，陆嘉淑寓西湖。本年，作《浪淘沙》（翠镜压珠奁）、《一斛珠·为友人吉夕》。

初冬，徐士俊、周亮工集陆进延芳堂。

袁于令再来杭，毛先舒访之，为作《袁箨庵七十寿序》。

毛先舒与王猷定定交。

王士禛作《菩萨蛮·咏清溪遗事画册》组词八首，和者甚多。沈谦作《菩萨蛮·戏和王阮亭使君题清溪遗事画册》。

徐继恩出家，法号俍亭。

杭城大火。

沈捷六十寿诞，次同人贺诗韵，成《庚寿倡和篇》，吴农祥作序。

诸匡鼎娶江氏。

本年，四辅臣当政，奏销案起。

本年或次年，俞士彪入沈谦门下。

1662年 康熙元年 壬寅

正月，陆嘉淑客禾中，二月里居，后又曾客居苏州。

二月，陆进、徐士俊、邵斯扬诸人举南湖之会。

二月，王猷定客死西湖。陆圻、严津、毛先舒、查继佐诸人为治丧，周亮工辑梓其集。

春，庄廷鑨明史案发。陆圻送葬王猷定，闻讯与查继佐、范骧俱遭史案殃及，遂访查继佐相商。嗣后，合牒检举。

春，胡介访邱象随。上巳日，集张鞠存东溪草堂，将归西陵，邱作诗送之。

七月十九日，陆圻赴天台，十月十四日，归杭。

七月，陈祚明卜居吴山。

春，胡介病疽。九月，邱象随、张养重（字斗瞻，号虞山，江南山阳人）访胡介。

十一月中旬，查继佐、陆圻、范骧被逮入狱。十二月初，押解北上。

冬，邱象随南游归来，再宿旅堂，与胡介营救陆圻。

冬，曹溶、朱彝尊等人过杭州，将备兵云中。曹氏作《念奴娇·将赴云中留别胡彦远兼戏其卖药》，胡介作《贺新郎·曹秋岳侍郎外补云中过旅堂话旧赋别》，陆嘉淑作《贺新郎·同胡彦远介送曹秋岳先生溶》《念奴娇·和曹秋岳溶别胡旅堂介韵》，徐士俊作《一剪梅·赠曹秋岳先生屯兵山右》。

冬，陆嘉淑游京口，登北固山。

徐昌薇迁居清波门学士港。

本年，查慎行从师栖水，客居卓天寅家。

1663年 康熙二年 癸卯

二月十九日，沈谦与兄、侄及云涛法师游黄鹤山佛日寺，见山晓禅师。

三月初六日，查继佐、范骧、陆圻诸人由京解抵杭州审讯。三家族被逮一百七十六人。

春，严沆由京师南归西陵。邱象随送之，并作诗投京师诸公，营救陆圻、范骧诸人。

诸匡鼎始问学于严沆。

春，张竞光《宠寿堂诗集》三十卷刊刻，二月十四日，自序其学诗始末。

宋琬事白，出狱。

五月二十六日，庄廷鑨明史狱决，死者甚众。陆圻、范骧、查继佐释归。查氏进京遍谢施救诸公。

夏，陆嘉淑至武林，寓昭庆寺。五月三十日晤陆圻夜谈。

陆圻登旅堂，拜谢胡介。即日云游遁世。

陆嘉淑、孙治、高兆（云客）倡和于胡介之旅堂，各作《三子诗》。

夏，陈祚明由杭再入京师。

八月，徐汾为母邵孺人祝寿。

秋起，为导学风向实，诏乡试废八股，以策论取士。

徐瀫（字潋生，徐士俊从弟，徐灏同父异母兄）中举。

方象瑛（字渭仁，号霞庄，遂安人）来杭应试，中举。

王晫患喉疾，弃诸生，筑墙东草堂。

胡文漪、张昊成婚。

魏禧游杭州，结识汪沨。

本年，张丹学玄。

1664 年 康熙三年 甲辰

春，张丹与王士祯、林古度、孙枝蔚、程邃、孙默、许承宣、许承家于扬州举红桥倡和。

本年起，会试废八股，改策论。

春，吴复一、邵远平、沈珩（字昭子，海宁人）、严曾榘、陈论

（字谢浮，海宁人）成进士。

六月，胡介病卒，年四十九。室翁恒（字少君，翁汝遇女）孀居。邱象随作《登旅堂哭胡彦远四首》《书旅堂壁贻翁少君》等，陆嘉淑编订其遗集付其友山晓禅师，并作传。

七月，洪昇与妻黄兰次二十初度，张竞光、诸匡鼎等作《同生曲为洪昉思赋》贺之。

本年，徐士俊坐馆余杭邵士俊朝爽堂。

徐士俊游南湖。春夏之交，应郎亦生之邀与邵斯扬、邵斯衡、许殿枚、许殿蜚等游径山。

沈圣旭卒，年二十五。沈谦哀毁致疾，作《祭亡儿圣旭文》。

徐继恩五十寿诞，子徐汾索赠言于陆进。

孙默来杭州。

陈维崧四十生日，与陆圻、崔不雕饮扬州市上，陈作《玉楼春·生日邀陆景宣、崔不雕饮广陵酒家，醉后题壁》。

张丹由扬州返杭，捎王士祯书及文集于沈谦。冬，沈谦有书信寄王士祯。

王晫与韩魏（字醉白，号东轩，扬州人）定交。

1665 年　康熙四年　乙巳

一月，张丹、陆进、余一淳游越戒珠寺、西施山、若耶溪、云门寺、秦王山、种翠台、任公钓台、化鹿山、宝掌禅院、显圣寺等，访姜希辙、唐豫公、张陛（字登子），中旬归西泠。编成《越游草》。

三月十日，王晫三十初度，修书寄徐士俊。

春，王晫父六十大寿，毛先舒作《菩萨蛮》词。

初夏，宋琬、王士禄、黄山孙默、孙耀祚（字晦生，莱阳人）、王嗣槐、葛无斁、张坛、张郯仙游南屏壑庵。

宋琬、王士禄、曹尔堪以《满江红》词倡和于湖上，结集《三子倡和词》，一时和者甚众。

宋琬、王士禄、曹尔堪访陆氏巢青阁。

王士禄为卓天寅题阁额“相于阁”。

五月一日，龚鼎孳至西湖。

六月，余怀来游西陵。

夏，莱阳宋琬、晋江林嗣环、新城王士禄、黄山孙默、无锡陈大成与陆进、毛先舒、王嗣槐、王晫、张埈、张坛、张郷仙、章昞、沈谦益、陆售等人会集孤山放鹤亭，作《放鹤亭歌》。

夏，孙治自苏州归杭州。

夏，孙默离杭。

七月三十日，汪沨卒，享年四十八。

八月，曹元方六十初度，潘廷章作《水龙吟·赠曹耘莲六十》，陆弘定作《念奴娇·中秋寿曹耘庵六十》为寿。

九月，卓天寅母丁孺人（卓人月室）卒。此后开始广征文人题咏传经堂。

秋，陆进与宋琬、林嗣环、杨执玉、王士禄等于西湖听女妓王素霞度曲分韵倡和。

吴仪一未婚妻陈次令卒，得次令所评《牡丹亭还魂记》上卷。时吴十九岁，作《灵妃赋》悼之。

查培继、傅感丁、严曾榘除御史。

查继佐辑《敬修堂诗先甲集》《敬修堂诗后甲集》。

徐士俊、王嗣槐、陆进、王晫、陆次云、章昞、柳葵与会稽方炳游湖倡和。

1666 年　康熙五年　丙午

九月前后，师友集资刊刻徐士俊《雁楼集》。

秋，张坛赴京师应次年春试，陆进送之。

十月，朱尔迈将游蜀访父朱家徵（字岷左，号止溪，海宁人，时任叙州推官），同人送行。

十一月，陆圻至南安。

十二月，杭城大火。

顾豹文丁忧，辞官归里，筑愿圃。

本年，海宁陈之遴卒于尚阳堡贬所，妻徐灿疏请归骨。

徐士俊、张丹为宋长白饯行于杭州，宋将之京师。

1667 年　康熙六年　丁未

康熙五年末六年初，邹祗谟历太湖，过钱塘，赠沈谦《倚声初集》，次日邹祗谟之江西，沈谦作《与邹程村》《氐州第一·送邹程村之江西》，后又作《玉女剔银灯·夜阅〈倚声集〉怀邹程村》。

正月，陆嘉淑三女（时年十七）适查慎行。

春，陆圻辞别陆世堦，至徽州。冬，祝发为僧，自此不可踪迹。

春，陈论典会试。张坛下第，四月卒于京师。

四月，余怀再游西湖，作《百字令·丁未四月重游西湖》。

四月，卓胤域旅寄京师，奉父卓天寅之命，遍请诸名公题咏传经堂。十三日，武康韦人凤（字六象）归乡，卓胤域有诗赠行。

秋，陆进闻张坛讣，哭之，并作《传经堂诗为卓火传赋》。

1668 年　康熙七年　戊申

三月十八日，王晫访沈衡玉园林，作《看花述异记》。

春，陆嘉淑京邸卧病，有传言称其已死，多有吊之者。

四月，徐之瑞与钱继章招同曹溶、金渐皋、张中发（字士至，钱塘人）会集西湖，作《蓦山溪·戊申孟夏，同年钱尔斐招同曹秋岳、金梦蜚、张士至湖中小集》词。

五月十二日，邵远平丧父。

初秋，陆嘉淑病愈还里，作《浪淘沙》留别吴兴公，魏学渠赓和。

张昊卒，享年二十五。胡大濚作《诉衷情·悼内子槎云》《惜分飞·悼内子槎云》，刊《琴楼合稿》。师沈谦有书相慰。张丹作《春日示胡生文漪文漪予妹槎云婿时槎云已殁》，郑景会作《忆秦娥·为胡文漪悼张槎云》，王晫作《忆秦娥·为胡生悼亡》，钱凤纶作《挽同里张槎云》。

冬，徐缄过钱塘，会王晫，作《霞举堂雅集记》追忆辛丑之事。

冬，陆弘定为操选诗集，北游燕地。

冬，梁清标为丁澎作《扶荔词序》。

姜宸英再访王晫，留宿丹楼。

丁澎客汴梁，与宋荦等吟唱。

傅感丁巡视河东盐院。

詹夔锡酒后出言犯忌，章昞与诸友力救而免。

毗陵庄同生、茌平王曰高客杭州。

杭城大火。

1669 年　康熙八年　己酉

正月十九日，沈谦五十岁寿辰，作书与诸同年论生死。潘云赤自度词《东湖月》一首为寿，沈谦作《东湖月》和韵答之。

春，毛先舒病剧，自此卧床数年，沈谦、沈峻曾过访。三月十四日，吴锦雯赴任南和，宴别友朋。

五月一日，龚鼎孳再至西湖，重阳后归去。作诗《乙巳五月朔日冒雨到湖上今己酉五月朔日又冒雨至喜晤夏卤均持长安诸公书册展玩之余漫为四绝》《夏卤均招同林铁崖断桥看月听秦澹倪王叙九度曲》《送林铁崖参藩游秦淮》《湖上喜晤张登子》《十六夜湖舫玩月》《湖舫秋夜闻潮》《钱塘看潮歌》《八月十八日诸同人毕集湖舫》《湖上重阳》等。

五月二十六日，李式玉丧父。

本年秋起，乡试复以八股取士，废制义。

汪鹤孙中举。沈丰垣作《满庭芳·送汪雯远北上》。

重阳前后，丁澎与徐釚倡和于任城。徐作《陆吴州水部招同丁药园祠部任城署园小饮即事次药园韵三首》《九日南池旅怀和药园二首》《任城旅店饮药园祠部》《济上送药园南还》，丁作《南池九日旅怀同徐电发赋》《陆吴州水部招同陈虎侯州牧任城署园小集》等。

王嗣槐五十，王晫作《沁园春·寿仲昭兄五十》。

吴绮五十一，余怀为作《念奴娇·寿薗次》，沈丰垣作《念奴娇·寿吴薗次先生次余澹心韵》，陆进作《念奴娇·吴薗次先生揆辰赋慰》；王晫作《念奴娇·慰吴薗次先生次余澹心韵》。

本年前后，傅感丁以父年迈，请旨归乡奉养。

1670年　康熙九年　庚戌

正月，柴绍炳卒，数年后卜葬南屏花家圩。陈祚明作《哀柴虎臣处士》三首。

二月十三日，沈谦卒，享年五十一岁。李式玉作《哭沈去矜》，王晫作《阮郎归·哀沈去矜》，沈丰垣作《满江红·哭沈去矜先生》，陆进作《满江红·哭沈去矜》，洪昇作《同陆荩思、沈遹声、张砥中宿东江草堂，哭沈去矜先生二首》。

闰二月三日，吴锦雯卒。孙治作《行状》，陈祚明作《哀吴南和锦雯》三首。

春，梁清标评点丁澎《扶荔词》三卷。

春，徐瀫成进士。

四月，曹溶招王晫、陆进、章昞、陆售、陆次云、林嗣环、张陛、程古狂、孙镇浮会饮于胡循蜚米山堂，分赋《摸鱼儿》。

四月，徐之瑞与曹溶游湖赏花，作《探春慢·庚戌初夏同曹秋岳湖上看莺粟花因忆昔年冯氏园亭宴集追悼金梦蜚凄然有作》。

夏，徐士俊、张丹客长安，于汤古田家与宋长白等人酬唱。

夏，吴绮序陆进《付雪词》。

七月四日，查继佐七十寿诞。广陵郑侠如（字士介）填《临江仙》词贺寿。

九月，山阳黄之瀚客西陵。于九日、十九日、二十九日三举登高之会，倡和极盛一时。二十九日之会，有黄之瀚（字大宗，山阳人）、袁于令、徐喈凤、陆进、张丹、徐汾、王晫、陆嘉淑、王士禄、宋曹（字彬臣，号射陵，盐城人）、毛先舒、庄臻凤（号蝶庵，三山人）、张圯师、张孺怀等。王晫填词《望远行·九月廿九日同黄大宗诸子登孤山》。

秋，陆嘉淑、新城王士禄、宋曹分赋烟湖，陆作《如梦令·庚戌秋与王西樵士禄宋射陵□分赋烟湖西樵赏余前四语以为得烟湖之神而射陵以为不如落句之雅余谓吾词不足称正足见二公词学取径之异试以质之同好》词。

诸匡鼎入富阳令牛奂幕中。

萧山毛万龄（字大千，号东壶，毛奇龄兄）任仁和教谕。

1671 年　康熙十年　辛亥

立春日，俞士彪客途作《浪淘沙·辛亥立春》词。

五月二十四日，杭城大火。

孙默再至杭州，晤毛先舒、王晫等人，诸匡鼎六月补作《送孙无言归黄山序》寄之。

初秋，江宁黄周星（字九烟）访王晫。

秋，钱塘王豸来、仁和陈祚明与嘉善曹尔堪、合肥龚鼎孳、大梁周在浚等人于京师举“秋水轩倡和”，王作《贺新凉》十二首，陈作三首。

严沆奉诏补礼部给事中。八月一日，将北上，同人祖道于杭州城北门外。

秋，周亮工来游杭州，与李式玉定交。

秋，俞士彪客途赋《二郎神》词。

十月，余杭南湖重新疏浚。

冬，王晫、周亮工、韩秋岩、方与三泛舟西湖，晚逢袁于令由吴门来此，又泛舟夜饮。王晫作《莺啼序》（做尽寒威）。

钟韫（字眉令，钟青妹，查遗室，查慎行、查嗣瑮、查嗣珽母）卒。

1672年　康熙十一年　壬子

清明，俞士彪客龙泉，作《行香子·壬子清明时客龙泉县》词。

夏，李东琪结成《巴余集》，周亮工序之，引为知己。

六月，朱尔迈、卓胤域（避讳改允域，字永瞻，号思斋，卓人月孙，卓天寅子，卓胤基兄，仁和塘栖人）游京师，与徐釚、周在浚、叶舒崇、周纶（字鹰垂，周稚廉父，江苏华亭人）等人以《水调歌头》词相倡和。徐釚应新任钱塘梁允植之邀还杭州。

闰七月，陆嘉淑持吴农祥小影请题于姨丈张次仲。

初秋，张右民（字用霖，号东皋，毛先舒师，钱塘人）入京，与严曾榘晤谈。八月九日，与陈祚明集严沆京邸。十四日，与严沆集项景襄（字去浮，号眉山，钱塘人）京邸，中秋，再与陈祚明、项景襄、严沆、严曾榘集严氏邸。

中秋夜，徐之瑞作《水调歌头·壬子八月十五夜怀黄晦木、陆冰修湖上兼忆魏凝叔和公查逸远昔年之约》。

九月十九日，徐士俊为沈丰垣作《题兰思词》。

秋，张右民、朱尔迈南还途中相遇，联舟还杭。张右民集《燕游小草》。

秋，卓胤域下第，游京师西山。

秋，杭城大火。

秋，洪昇客大梁，接沈丰垣札，作《客梁寄沈遹声》答之。洪昇并有诗寄洪云来，云来以《贺新郎》词答之，又寄《泣西风》词。

十月下旬，陈祚明五十初度，作《壬子十月下浣五十贱诞邸门诸先生四方高贤乡里同学赠贻为寿漫成致谢》。

十月，徐之瑞访曹溶，同赴苏州，以《琵琶仙》倡和。

十二月初八，俞士彪、陆进、沈御冷、陆次云、章昞、柳棻、吴仪一与萧山毛奇龄宴集。以《庆清朝慢》相倡和。

梁允植赴任钱塘令，徐釚入幕。

本年，沈丰垣、吴仪一、张台柱（一名星耀，字砥中，张戬、傅敬芬子，钱塘人）、俞士彪等人订立词社。

查继佐《罪惟录》成书。

1673 年 康熙十二年 癸丑

正月，俞士彪丧女，复丧子，作《念奴娇》自伤。

春，卓胤域还杭。

张竞光卒，享年六十。吴农祥受托刊其《宠寿堂诗集》，并作《祭张又竞》。沈丰垣作《满路花·哭张觉庵先生》，张丹作《哭右竞族祖》，洪昇作《哭张觉庵先生三首》。

立夏日，陆进与嘉善曹尔堪（字子顾，号顾庵）、扬州韩魏宴集王晫敦好斋，散后以《百字令》酬和。

九月十日，梁允植病，徐釚赋《点绛唇·雨窗不寐和冶湄大令》。

九月十九日，城中大火，东城为之一空。林璐、诸匡鼎皆遭难。

十一月，丁澎序龚鼎孳《定山堂诗余》。

冬，陆进、俞士彪始辑《西陵词选》。

汪鹤孙成进士，改庶吉士。

本年，朝廷诏修郡县志。

1674 年 康熙十三年 甲寅

去年或本年，卓胤域卒。

二月二十三日，章士斐卒，享年六十一。

二月，王嗣槐为徐釚作《菊庄词引》，丁澎作《菊庄词序》。

二月，吴三桂、尚可喜叛乱。三月，耿精忠据福建响应吴三桂北攻，滇、黔、湘、闽、桂、川等地陷落。本年前后，杭州备兵。

三月二十五日，傅感丁五十寿诞，同人称觞。以三藩乱起，有回朝之意。

张台柱从军，陈成永、洪云来作《满江红》相送，后授招抚教谕。

七月十一日，王晫父王湛卒，享年六十九。九月至十月，王晫携徐士俊访阳羡、毗陵、苏州、魏塘，为父乞言。十月二十八日暮，徐士俊、王晫还至杭城外，二十九日早，别于西水，后编成《幽光录》二卷。除夕前，又丧母，期间撰《孤子吟》。

秋末，方象瑛、毛际可（字会侯，号鹤舫、松皋老人，遂安人）避乱移家西陵庆春门，居近陈廷会、俞士彪，并与毛先舒、吴农祥、徐汾、徐林鸿过从甚密。

秋，毛先舒为长子熊臣娶孙氏。

重阳，张右民、应㧑谦、陈廷会、沈兰先、马许（字鸣九）、陆堦、毛先舒、方象瑛、毛际可举吴山之会。张右民作《甲寅九日同方渭仁、毛会侯、应嗣寅、陈际叔、沈甸华、马鸣九、陆梯霞、毛稚黄吴山小饮》，方象瑛作《登吴山眺望同张用霖应嗣寅陈际叔沈甸华陆梯霞毛会侯》。

冬，方象瑛、毛际可造访毛先舒。

王嗣槐、孙治、张丹、毛际可等举香山之会。

陆次云寓京，《见山亭古今词选》成书，严沆序之。

顾长任卒，中表钱凤纶作《集句悼重楣十首》。

是年前后，徐士俊《云诵词》结集，王晫序之。

1675 年　康熙十四年　乙卯

正月初三，许竹隐、张彦若、张效青、傅感丁、吴仪一、陆进、陆曾禹（字汝谐，陆进子，余杭人）茂承堂会饮分赋。

正月初七，王嗣槐寄《桂山堂近稿》于毛际可，索序。

春，方象瑛访毗陵蒋鑨于祖山寺，结识吴陈琰，跋其《剪霞词》。

暮春，孙治、张丹、王嗣槐、陆进、王晫游西湖。

四月七日，毛先舒招李式玉、诸匡鼎、徐汾、徐邺、陆进、毛际可、方象瑛举思古堂雅集。

春，张景龙、俞士彪等十人于啸竹轩雅集分赋。

四月，王嗣槐与婿杨与百、子王崇翰、陆进、王晫、牛奂、蒋鑨、方象瑛、毛际可、吴仪一、姚期颖、徐汾、陆自震、潘蔚湘、姜培胤（字亶贻，仁和人）于斐园宴集分赋。吴仪一、蒋鑨留宿。

五月五日，梁允植、徐釚等游孤山。徐作《渔家傲》词。

五月，沈丰垣作《满江红》悼亡侄沈陈锡，陈锡时年十二岁。

闰五月五日，陆进巢青阁会集分赋。

七月，严沆与卓回潞河谈词，建议其与周在浚谋操选之事。卓回至南京，《古今词汇》开始编选，并筹措资金。

八月十六日，王晫招同人饮于霞举堂，诸人阻雨不赴，方象瑛、方文虎独至。

八月，昆山徐秉义（字彦和，号果亭，徐乾学弟，昆山人）典浙江乡试。九月十日，徐釚作《春从天上来》以赠。

秋，陆进、俞士彪《西陵词选》基本完成，历时两年。

腊月，徐张珠、何京佐、顾斌（字士兼，钱塘人）、查曾荣（字春谷，仁和籍海宁人）于京师雅集分赋。徐作《临江仙》词。

严沆擢户部右侍郎，总督仓场。

吴仪一丧父。半月后，再丧继室谈则。

诸匡鼎访毛际可，索序其尺牍。

本年，俞士彪出示《玉蕤词钞》于方象瑛、毛际可。方作序，毛题词。

邵远平出任江西学政，扭转学风向实。

1676 年　康熙十五年　丙辰

梁允植、徐釚刊梁清标《棠村词》于钱塘。正月初七，丁澎应邀作《棠村词序》。

二月起，黄宗羲讲学海宁，同时受业者十五人。四月二十六日后，别去。

二月十七日，陆进及其子陆曾禹招牛奂、方象瑛、毛际可、诸匡鼎皋亭赏桃花。

春，徐汾、徐邺去游燕赵，毛先舒作《送婿徐华征北游三首》，毛际可作《朝中措・送徐华征侄婿》。此前或同时，李式玉亦游燕赵。毛际可作《东风齐著力・送徐武令北上》。

三月望后，诸君简、马许、黄元霖及遂安毛际可会集毛先舒思古堂，各赋词以纪。

春，张丹因陆进之请，序徐釚《西陵草》。

春，张云锦因王尊行得识其内弟郑景会，并跋其《小秦王・西湖十景》词。

四月，毛际可入都谒选。

四月，沈圣昭、沈圣晖合梓先父沈谦自定《东江别集》，请序于蒋平阶。

五月五日，钱肇修与友举端午之会，作《满江红》词二首。

七月七日，张丹、毛先舒、陆进等会集王嗣槐桂山堂，谋为梁允植祝寿。

八月十六日，陆进、王晫招同人会饮茂承堂，分赋。

重阳后，陆嘉淑与黄宗羲、黄宗炎、张华等赏菊赋诗。

陆曾禹娶沈圣祥（字武仲，曹元方婿，海宁人）女。

九月十五日，诸匡鼎将入湖北抚军张玉如幕，十六日舟过塘栖，有诗留别陆寅、徐士俊等。先是，长兄诸九鼎已在张幕，匡鼎至而九鼎卒，遂扶柩归里。张士玥作《钱塘诸虎南先生传》。

九月，严沆序李东琪《巴余集》。

九月，耿精忠降。九月十九，晋安林云铭（字西仲，号损斋居士）脱狱。本年，携家寓杭。

秋，钱凤纶、柴静仪等集于顾氏愿圃，始定交唱酬。

冬，卓回由南京道梁溪返西陵，一路筹措刻资。并借《古今词统》于族侄卓天寅火传，借毛晋《汲古阁六十家词》于金张，抄录苏轼、秦观、辛弃疾、陆游、周紫芝、卢祖皋、姜夔、吴文英、周邦彦、黄升诸人词，辑入《古今词汇》。

本年，顾有年复堂雅集，方象瑛作《集顾向中复堂分得十四盐》。

本年或次年，徐士俊招集同人分赋。

查继佐卒，享年七十六。

严沆六十初度，高士作《瑞鹤仙·祝严颢亭先生六十》。

邵斯贞病重咯血，扶病持家。

陆嵋卒，享年四十四。

本年，张丹客江东，沈丰垣、俞星留（字掌天，一字洁存，俞龙友子，仁和籍）客湖州，徐士俊、陈廷会、吴仪一各坐馆授徒。方象瑛以耿乱平，暂回遂安，过别王嗣槐，谈及毛际可补令祥符事。

1677 年　康熙十六年　丁巳

方象瑛将入都赴选。二月二十六日至杭州，三月十八日离杭，会毛先舒、徐汾、王晫，诸人赋诗赠别。

春，毛际可赴任祥符令。

春，王嗣槐坐馆于富春申屠氏。

春，徐林鸿游南京，林璐作文送之。

上巳，方象瑛等断桥修禊。

三月，方象瑛将入京谒选，至杭州，与王嗣槐、张丹、徐汾、俞星留、沈丰垣、毛先舒、徐士俊等人于陆进茂承堂雅集。诸人作诗册送之。陆进作《送方渭仁舍人入都》，方象瑛作《和韵留别西陵诸子》，王嗣槐作《送方渭仁诗册题辞》。

清明，徐士俊序陈枚《留青二集》。

洪昇由京师游大梁，返杭。方象瑛作《送洪昉思游梁兼寄毛祥符会侯》。

初秋，卓回至南京，周在浚出秘本数种及王沂孙、周密、张炎诸家词抄本，选辑入《古今词汇》。垂成之日，卓氏、周氏作《贺新凉》词酬和，微露词学旨趣之出入。

秋，徐釚赴南京乡试，报罢，与周在浚话旧。时二人正各自搜集词话，周遂将《借荆堂词话》付徐釚。徐归杭州，编入《词苑丛谈》。

秋，陆进寄《献衷心》词于祥符令毛际可。

秋，太仓王撰至杭州，访陆进不值。

秋末或冬，会稽金镇捐俸刻《古今词汇初编》，两月而成。

秋，朱彝尊以《江湖载酒集》寄示表弟查慎行，查氏偶学填词。

十一月，姜希辙来杭，将还，毛先舒作《送姜先生序》。在此前后，毛先舒为吴仪一作《题吴舒凫诗余》。

冬末，吴仪一随姜希辙赴奉天入幕，王嗣槐、张丹、方象瑛等送行。途过扬州，与邓孝威、程邃、宗观、姜宸英、姜梗等于魏禧斋中论古文，次日即行。此后三年，屡经沙场。

王绍隆卒。

叶光耀（字斗文，号在园，仁和籍新城人）任归安县学训导。

陆嘉淑游燕。

仲恒丧母。

自春至冬，李渔卧病西湖。

1678 年　康熙十七年　戊午

正月，徐釚《词苑丛谈》编成于钱塘。

正月，诏开博学鸿词科。

三月一日，查遗卒，享年五十三。

卓长龄、卓松龄等《正续花间集》刊刻，上巳，金张序之。

三月八日，关键六十九岁寿辰，同人称觞，林璐以其子关仙渠之请作序。

闰三月，释大汕为陈维崧画《迦陵先生填词图》，海内题咏甚众。

春，卓回携《古今词汇初编》回杭。

春，李渔病中作《香草吟序》。

春，三韩佟世南来游西陵，适逢张台柱自吴门归来，与陆进合选《东白堂词选》。

闰三月二十九至四月十五日，汪懋麟游西湖。嗣后，游云栖山。

俞士彪远游归来，与李渔、丁澎、吴农祥、丁景鸿、李式玉、丁潆、陆进、诸匡鼎、钱璜、张台柱、徐昌薇、沈用济诸子集佟世南一经堂，俞作《念奴娇》词。

四月，柴静仪四十寿诞，蕉园诸子有诗文祝。

五月前后，张台柱北上燕台，佟世南归南京。俞士彪、洪云来作《贺新郎·送佟梅岑归金陵》，洪云来作《贺新郎·送佟梅岑归秣陵》。

毛先舒序林璐《岁寒堂初集》。

夏，孙治由闽归杭。

七月十四日，仲恒《词韵》成。

秋，俞士彪入京师，以《贺新郎·京师杂感》词九首投西河毛奇龄、上虞徐咸清。

八月十五日，张丹六十初度，沈丰垣过访。

王嗣槐入京应博学鸿词，客冯溥东阁，与陈维崧、毛奇龄、吴任臣、吴农祥、徐林鸿称“佳山堂六子”。

十月六日，王嗣槐与严沆、方象瑛、陆嘉淑、顾永年等饮于京邸西轩，论荐举鸿博事。次日，严沆荐方象瑛、朱彝尊、魏禧等人应诏。

是年十月前，严沆卒，享年六十二。方象瑛作《少司农余杭严先生传》，并同叶舒崇作《祭余杭严先生文》，王嗣槐作《祭严颢亭少司农文》。

卓回亲友宗族子孙合资刻《古今词汇二编》。九月三十日，卓回作《古今词汇缘起》。《古今词汇三编》正在操选。

林璐与邻人沈开先、晋安林云铭先后定交。

本年，方亨咸（字吉偶，号邵村，方拱乾次子，桐城人）募金刊《古今词汇三编》。

应㧑谦、顾豹文被博学鸿词之征，未赴。

1679年　康熙十八年　己未

去年冬至此年初夏，《古今词汇三编》付梓，删存二百余页。夏，卓回、卓令式、卓松龄还杭。

正月二日，吴农祥、陈维崧等倡和于相国冯溥府中。吴作《飞雪满群山》词。

陆嘉淑时居京邸，寓保安寺，与王士祯、施闰章、梅庚、邵长蘅倡和。

二月一日，徐士俊序仲恒《词韵》。

二月花朝前一日，陆嘉淑、王嗣槐、陆次云与李因笃、孙枝蔚、邓汉仪、尤侗、彭孙遹、李念慈、陈维崧、汪楫、朱彝尊、李良年、沈皞日、杨还吉、李澄中、顾景星、吴雯、潘耒、董俞、田茂遇、吴学炯燕集曹广端园亭。

三月，博学鸿词科取士五十人。西陵郡有六人：倪粲（钱塘）、汪霦（钱塘）、沈珩（海宁）、沈筠（仁和）、吴任臣（仁和）、邵远平（仁和）。

徐林鸿、吴农祥应博学鸿词科，报罢。吴农祥归而闭户著书。

王嗣槐应博学鸿词科，以诗落一韵，授内阁中书以罢。

陆次云应博学鸿词科，报罢。

四月，陆堦撰《古今词汇序》。

初夏，卓胤基入国子监，其父卓天寅携之拜访京师故友。十月，卓胤基访徐釚，请序《桥西草堂词》，并赋《齐天乐》。卓天寅不耐扰攘，归，姜宸英作《题传经堂集后》。

夏，丁澎应叶光耀之邀，游湖州，序其《浮玉词初集》。

七月八日，卓回作《古今词汇三编凡例》，卓长龄、卓松龄拟辑《古今词汇四编》。

七月八日，徐士俊序宋俊《岸舫词序》。

七月二十八日，京师地震，月余不止，死伤甚众。是日诏责三品以上官员修省自陈。

八月，陆进作诗怀陈玉璂。

九月，陆进子某入国子监。

十月，毛先舒率沈圣昭、胡文漪、洪昇、沈丰垣等弟子登螺蛳山，归后赠《格物问答》于诸子。

十二月十七日，明史馆开馆。

十二月十九日，卓长龄、卓璨等丧母。璨婿陈奕昌请墓志铭于黄宗羲。

冬，王嗣槐与方象瑛、胡朏明、毛奇龄、陈维崧等会饮于冯溥邸。

是年，陆堦、王嗣槐、毛先舒皆六十。

本年，查慎行与从兄查容游楚，始填词，取法朱彝尊，力求归于雅，后收入《余波词》。

本年，萧山毛万龄由仁和教谕任上乞归。

1680 年　康熙十九年　庚申

元宵，王嗣槐将离京赴毗陵，方象瑛、徐釚等为祖道饯别。方作《送王仲昭之毗陵》，徐作《送王仲昭南归二首》。

二月，陆进以岁贡生赴京应试，后报罢。

二月，诸匡鼎应邀入天雄鲍重光署。

春，王晫筑墙东草堂。

四月，张丹客兰溪，盛夏归里。

四月中，方象瑛接王晫书及《今世说》。

七月十五日，章戡功卒，享年三十八。

七月，陆进得继室邵斯贞讣音于京师，作词悼亡。其子某先此归乡。

早秋，因幕主顺天府丞姜希辙乞归，吴仪一由奉天至京师，寓洪昇邸舍，谈《牡丹亭》，晤方象瑛。吴与陆进相会于李铠席上，日相过从。

秋，吴仪一与陈维崧论词。重九，吴将过徐州返乡，陈作《贺新郎·送吴璨符归武林》，洪昇作《送吴舒凫之徐州》。途经正定，访梁清远雕丘别业。

秋，张丹访王嗣槐，作《晚过王仲昭》。

九月二十四，沈家恒五十寿诞，王嗣槐作寿序。

秋，陆次云出任河南郏县知县，陆进同行赴郏，有词悼亡妇。施闰章《送陆荩思归武林兼慰悼亡之感》《送陆云士为郏令时令兄荩思同往》，方象瑛作《题万年冰送陆云士宰郏县》《送陆荩思南归兼慰悼亡》，陈维崧作《沁园春·咏慈仁古松送陆荩思归钱塘》，曹贞吉作《孤鸾·送陆荩思归武林时新有悼亡之戚》。

秋，陆进离郏，过武昌访牛奂，返归里门，有词悼亡。

秋，陆嘉淑南归还里，王士祯作《送冰修归海昌兼寄朱生二首》，施闰章作《送陆冰修归海宁》。

秋，叶光耀刊《浮玉词初集》。丁澎、徐士俊等序之。

十一月初一，王嗣槐序王晫《霞举堂集》。

十二月，诸匡鼎自鲍重光幕还杭，筑说诗草堂，时将入京谒选。

济南唐梦赉来杭州，与曹溶填词倡和，卜葬林嗣环，又与林云铭、吴陈琰过从。

余怀来杭，会唐梦赉、吴陈琰，作《貂裘换酒·题吴清来〈倚鞭按剑图〉》《貂裘换酒·杭城阻雨寄唐太史济武于湖上》。

冬，程雄（号隐庵，休宁人）游杭州，客曹溶斋。汪鹤孙、张台柱、丁澎、沈丰垣、毛先舒、丁潆、汪彬（字尚朴，钱塘人）、陆进、张丹、徐士俊、洪云来、王晫与曹溶、唐梦赉、恽格等皆填词相赠，程氏谱入琴曲，题为《抒怀操》。

冬末，郑景会等人会集于沈圣昭宅中，宁都曾灿（字青藜）过访，题郑氏《柳烟词》。

钱塘令梁允植以支援平乱军资之功迁福建延平知府，丁澎作《送梁承笃明府迁剑南太守》三首。

方象瑛京师移居新宅，与洪昇比邻，以诗赠答。

1681 年 康熙二十年 辛酉

正月十三日，徐士俊、诸匡鼎会饮于王晫斋中。

二月，毛先舒寄书与方象瑛论《明史·于谦传》，兼慰其丧妻之痛。

二月末或三月初，徐士俊卒，享年八十。王晫作《徐野君先生哀辞》。

三月，陆进集去年秋至本年春六十首词，名《悼亡词》。桐城方孝标来杭，序之。

三月，丁澎六十初度，林璐作寿序。

春，唐梦赉与吴陈琰以词倡和，结集《辛酉同游倡和诗余》。

春，王嗣槐丧次子崇翰，无后，以外孙一凤为继子。

五月，邵远平奉命典试广州。

夏，张丹自序《张秦亭集》，言及姜希辙乞归南还，资助其刻行该集。

吴仪一奉母迁居青芝坞，号芝坞居士。

本年，陆嘉淑有匡庐之游，于鄱阳旅社编定《燕台剩稿》。

严曾榘（字定隅，严沆子，余杭人）、顾永年同游虎丘。

1682 年 康熙二十一年 壬戌

正月十五日，陆嘉淑游匡庐东归。

正月，吴仪一客山东泗水县，为县令梁允桓校订其父梁清远《雕丘杂录》并序。

正月十七日，邵远平由粤返至京师。徐乾学过访。

春，王嗣槐游京师，作《壬戌春自山右至都门寓相国东轩步原韵》。

三月三日，王嗣槐、汪霦、吴任臣与徐乾学、施闰章、徐秉义、陆棻、沈珩、黄与坚、方象瑛、曹禾、袁佑、赵执信、尤侗、毛奇龄、陈维崧、高咏、严绳孙、倪粲、徐嘉炎、汪楫、潘耒、李澄中、周清原、徐釚、龙燮、汪懋麟、王无忝、林麟焻、冯慈彻等于刑部尚书冯溥别墅万柳堂修禊，各为七律二首。

三月一日，邵远平编成《粤行集》。

秋，吴仪一过访山阴徐时叔，作《徐园秋花谱》。

秋，陆弘定闻陆圻讣，作《八哀》诗。

1683 年　康熙二十二年　癸亥

立春，钱凤纶、黄式序游西湖。

早春，毛际可回杭州。

二月二十三日，李式玉卒，享年六十二。毛际可作《东琪李君墓志铭》。

春，汪霦、吴志伊、方象瑛会集于郃戒庵京邸。

春，洪昇于京师纳妾。

暮春，陆嵘遗孀胡夫人五十寿诞，子繁条等延宾贺寿，林璐作寿序。

四月初四，诸匡鼎、毛先舒、毛际可、陆曾禹、林璐、张丹、张有林应罗贤（号随园，华州人）参军之邀雅集。

四月八日，毛际可访张鲁望牡丹园，赋《沁园春》词。

五月初四，诸匡鼎、毛先舒、毛际可、丁潆、张有林再应罗贤参军之邀雅集。

五月，金张四十生辰。前此，与吴卜雄（字震一，籍德清塘栖人）、吴景旭雅集于卓长龄兄弟红兰室。卓苍涛出新词相示。

六月初四，诸匡鼎、毛先舒、丁澎、陆曾禹、张丹、张有林、佷亭和尚、毛际可、林云铭三应罗贤之邀，举环柳亭雅集。毛际可将返里，诸匡鼎将游天台。

六月二十五日，毛先舒子妇孙氏卒。

夏，洪图光（字晖吉，鄞县人）来杭，以文集问序于毛际可。

七月，应抝谦卒，享年六十九。

七月，开通志局。八月，毛先舒、丁澎、毛际可等与修《浙江通志》。

秋，孙治卒于泽州，其子孙孝桢扶柩归里。

秋，陆嘉淑客苏州。

岁末，洪昇游大梁。

冬，邵远平抱病京师。

十二月底，《浙江通志》初稿成，旋付校对。

本年，顾有年卒，兄顾永年作《哭亡弟向中》。

查慎行成《余波词》手稿，收康熙十八年至二十二年词，一百四十余首。

1684年　康熙二十三年　甲子

二月二日，陆繁弨卒，享年五十。

三月八日，毛际可再访张鲁望牡丹园，作《张园看牡丹记》。

三月，查慎行、姚梦虹、宋琦、张吉、金张、邵翼云、金子由、吴卜雄、卓胤基、卓长龄塘栖宴集。

春，邵远平卧病京师，整理康熙十八年以来作品，题曰《京邸集》。

夏，卓尔堪游普陀山。

查慎行携《余波词》至京师，就正于朱彝尊，许加评定，于朱氏案头遗失。雍正癸卯，始复得抄本于沈房仲、楚望、椒园兄弟。

吴仪一游宿州，郑景会游燕，同舟至京口而别。

陆进任永嘉训导。

王嗣槐、洪昇、龚翔麟与黄虞稷、李符、沈暤日、沈季友、周在浚、阎若璩、万言、周篁、吴雯、佟世思等倡和于龚氏京邸，月举一会。

孙孝桢（字世求，孙治子，仁和人）请张丹删定乃父《孙宇台集》四十卷，刻行。

秋末，陆嘉淑归杭州，哭孙治，病，继游南京。

十一月，邵远平病起，与严曾榘等会饮于京邸。

本年，王嗣槐由京归杭州，次婿费埙病危。

林云铭寓杭已九载，编集客杭之作为《吴山鷇音》。

1685 年　康熙二十四年　乙丑

正月三日，金张、卓胤基会饮于吴卜雄斋中。

正月七日，卓长龄兄弟、吴卜雄、邵荀孟会饮于金张河楼。

正月十二日，陆嘉淑游南京归来。

正月末二月初，卓天寅五十八岁生辰，金张作《传经堂诗赠卓亮庵先生初度》诗。

二月二十六日，王嗣槐次婿费埙卒，以继子一凤还嗣费氏。

三月十日，王晫五十寿诞，填《千秋岁・初度感怀》以自寿。大江南北次第和之者数百人，辑为《千秋雅调》。

暮春，章藻功入京。

林云铭寓杭十年，初夏将归闽，以《吴山鷇音》问序于诸名士。

五月，纳兰性德卒。沈丰垣作《菩萨蛮・遥哭成容若》。

夏，陆嘉淑再游燕，查慎行有诗纪之。

夏，章藻功由京还里，顾永年、沈名荪、汪煜、陈曾蘒、查嗣琏、查升及海盐俞兆曾送之。

邵远平由京还杭。

夏，邵长蘅来杭州，久客其族兄邵远平辋川四可楼，与毛先舒、丁澎、吴农祥、邵锡荣等游。毛先舒批点其诗文。

十一月，吴江潘耒序毛先舒《思古堂集》。

冬，卓尔堪与梁佩兰、吴绮赋诗送吕潜回川葬母。

陆次云父丧服阕，出任江阴县知县，朱彝尊作《满江红・送陆云士宰江阴》。

1686 年　康熙二十五年　丙寅

二月，邵长蘅游飞来峰。

三月上巳，王修玉《历朝赋楷》撰成并序。

暮春，洪昇自京师归抵西陵，与洪景融、戴普成（字天如，洪昇友婿）及华亭朱溶游处。朱溶、戴普成为洪昇删定《稗畦集》。

夏，陆寅在京师遇大兴王源，王源作《孤忠遗翰序》。

八月，毛先舒先汇其著作为《毛稚黄十二种书》，方象瑛序之。

中秋，沈丰垣入庆元令梁允桓幕，陆进作《贺新郎》送之。

秣陵张愬将游武夷，九月十日过杭州访陆进，序《付雪词三集》。

九月，毛先舒汇所作《思古堂集》《匡林》《潠书》《小匡文钞》《螺峰说录》《圣学真语》《格物问答》《东苑文钞》《东苑诗钞》《蕊云集》《晚唱》《诗辩坻》《韵学通指》《韵白》成《毛稚黄十四种书》，恽寿平序之。

十月十七日，卓胤基、卓长龄、金张会饮于金张宅。

吴仪一寿母，金张作寿诗《祝吴母张太夫人兼赠舒凫》，论及沈丰垣词。

吴仪一序陆进《付雪词三集》。

本年，林璐卒，享年六十一。

1687年　康熙二十六年　丁卯

本年或次年春，方象瑛抱病客杭，序陆进《付雪词三集》。

二月，康熙帝谕戒淫词小说。

春，徐釚辞官将南归，陆嘉淑赋诗赠行。

五月，顾豹文七十寿诞。王嗣槐、林云铭作寿序。

腊月二十四日，卓天寅、金张、王载安会集姚园亭子。

冬，毛际可居西陵，宁都曾灿过访。

曹元方卒，享年八十二。

张丹卒，享年六十九。

桐城钱澄之过江阴，陆次云邀饮于江阴县署。

1688 年　康熙二十七年　戊辰

二月，汪沨、陈廷会、柴绍炳、沈昀、孙治入祀乡贤祠。

二月，陆嘉淑病，与婿查慎行自燕南还，历时四月。

春，查嗣韩、查慎行、查嗣瑮、查升、陈曾蕤、吴卜雄与潜江朱载震、桐城钱澄之等倡和于杨中讷京邸。

春，吴陈琰将赴唐梦赉之招游，毛际可作《桂阴堂文集序》祖道。

四月，傅感丁任左副都御史。

五月八日，关键卒，享年七十九。

五月，陆寅于京师得父陆圻消息，前往寻之。吕洪、陈大章等有诗送之。

九月九日，陆嘉淑与陈大章倡和于杭州。

十月初五，毛先舒卒，享年六十九，两年后卜葬西湖青石桥。

吕洪归杭州，陈大章作《送吕山籀归钱塘》。

1689 年　康熙二十八年　己巳

二月，陆嘉淑卒，享年七十。

二月，康熙帝首幸杭州，御制《巡幸杭州诗》“东南上郡古临安”，钱凤纶作《己巳仲春恭遇大驾幸明圣湖万众仰观拟应制诗一律》。

春，卓天寅、卓胤基在京师，谒李澄中，请作《传经堂记》。

五月二十六日，邵长蘅跋林璐《朱文公同年录记》于杭州。

1690 年　康熙二十九年　庚午

端午，钱凤纶作《满江红》词哭亡母顾之琼。

中秋，沈丰垣欲游山阴兰亭，适逢苏州钱岳过访，征亡室杨琇词作，入《众香词》。

十一月，方象瑛离杭归遂安，葬其仲子。

腊月末，吴仪一远游归里。

冬，吕洊（字山浏）与沈朝嗣等游洞庭，旋归塘栖。

1691年 康熙三十年 辛未

正月一日，陆进与杭州官员恭贺康熙帝万寿，至府学祭拜孔子。

正月五日，吴仪一、朱景亭（吴仪一妹婿）、沈埙会饮王晫墙东草堂，吴将游越。

立春后三日，释德信（恬庵）、释济日（句玹）等人约集王晫罄宜园。

钱肇修成进士。

四月十一日，章昞卒，享年五十七。

四月，徐釚重游杭州，作《高阳台·西湖感旧》词。

五月，高士奇刻《竹窗词》及《蔬香词》。

夏，陆进在永嘉训导任上，接章昞讣。

九月六日，钱肇修离乡入京。

冬，吕洊访查慎行。

是年前后，无锡严绳孙序陆次云《玉山词》。

1692年 康熙三十一年 壬申

八月，遂安方象瑛成《健松斋续集》，吴仪一作序，方作诗《吴舒凫为予序续稿赋寄》致谢。

十二月二十七日（公历1693年2月1日）顾豹文卒，享年七十五。

1693年 康熙三十二年 癸酉

四月，章藻功自闽归杭，卜居城东横河桥。

夏，王晫、周京、吴仪一、吴允嘉、毛宗文过鉴微上人元晖精舍，元晖作《纳凉图》（又名《竹深荷净图》），诸人分赋。

八月，钱肇修、金张、卓长龄兄弟宴集仲嗣瑠宅。

十月十四日，陆进患疟疾，逾月方愈。

1694 年　康熙三十三年　甲戌

四月，詹夔锡序刊《陶诗集注》。

五月十一日，钱肇修及妇林以宁诞辰。七月一日至二日，洪昇及妇黄兰次五十诞辰。洪昇赋《后同生曲》。

卓天寅卒，享年六十七。

1695 年　康熙三十四年　乙亥

王晫六十寿诞，作诗自寿，邀方象瑛等九人和韵，名《九老诗》。

郑景会《柳烟词》由红萼轩刊刻，毛奇龄、顾贞观、丁澎序之。

1696 年　康熙三十五年　丙子

端午，陆进作《丙子端阳》诗。

七月初三，张郕曾卒。

八月二十四日，吴仪一五十寿诞，王晫作《吴吴山五十》诗贺之。

高式青中顺天乡试。

钱肇修任洛阳令，钱凤纶作《仲弟授洛阳令援笔致贺兼送弟妇之任》。

康熙三十三年至本年间，吕潨卒。

1697 年　康熙三十六年　丁丑

冬，陆进与师张希良倡和。

查嗣瑮序赵吉士《万青阁诗余》于京师。

1698 年　康熙三十七年　戊寅

八月十六日，徐介（初名孝直，字孝先，更名介，号狷庵）卒，享年七十二，葬于计筹山先父徐灏墓旁。

秋，庞垲（字雪崖）出守福建建宁，访王嗣槐于桂山堂。王序其《丛碧山房集》。

1699年　康熙三十八年　己卯

康熙帝二幸杭州，御书“西湖十景”大字。

九月十四日，陆次云访褚人获，作《黄金缕》词以贺其得孙满月之喜。

许田读书西湖。秋，许田、沈近思中举。

本年，俞士彪官崇仁县丞。

1700年　康熙三十九年　庚辰

严曾榘卒，享年六十二。

夏，吴仪一游燕，秋中返至里门。岁末，吴仪一母卒，遂筑苫庵于青芝坞以居。

沈近思成进士，归家，以学未成而不出。

1701年　康熙四十年　辛巳

春，卓尔堪访南京卓发之遗宅祴园，复祠其祖卓敬。

春，毛奇龄访胡荣（字志仁、容安，钱塘人），选评其《容安诗草》，并怂恿刊刻。

九月初九，沈士则卒，享年五十六。

汪寓昭卒。

1703年　康熙四十二年　癸未

康熙第四次南巡，二月十五日至十八日，第三次幸杭州。

三月十六日，钱肇修序钱凤纶《古香楼集》于京师。

春，章藻功、许田、查慎行中进士。

夏，吴仪一将游粤，与施相叙别于河渚卓观草堂。

十二月，陆次云序章昞《见山亭诗集》。

年末，陈大章有诗寄洪昇。

本年，俞士彪任金溪知县。

1704 年　康熙四十三年　甲申

洪昇卒，享年六十。

1705 年　康熙四十四年　乙酉

四月初三，康熙帝幸杭州。四月初八，诏赦浙、闽两省。四月十六日，诏试进士出身者五十余人于行宫。

夏，吴仪一游粤归乡，后复出游江右。

七月，吴陈琰同武康沈玉亮、德清徐倬编刻应制之作成《凤池集》，歌咏盛世。

1706 年　康熙四十五年　丙戌

正月初三，沈方舟序东莞李继燕《拓花亭词稿》。

1707 年　康熙四十六年　丁亥

吴仪一致书高其佩，索指画题扇。

十二月，詹夔锡为章昞作《天节章公传》。

1708 年　康熙四十七年　戊子

吴农祥卒，享年七十七。

冬末，吴仪一作《施氏周易大象集解萃言序题词》。

夏，章世观（字子亮，号牧亭）、章世丰（字子琦，号南湖）兄弟邀王建章（字玉枢，号肯堂）、卢之翰（字天羽，号书苍）、景星杓（字亭北，号菊公）、丁文衡（字公铨，号茜园）、王德璘（字文白，号默林）、朱咸（字圣中，号平川）、郭用锡（字庶蕃，号松崖）、俞起蛰（字震功，号桐村）、宋凤池（字陛升，号东郊）、王嘉澍（字傅霖，号东皋）举南湖之会，各有诗作。且以《百字令·南湖怀古用东坡赤壁词韵》相倡和。

1709 年　康熙四十八年　己丑

中秋，汪鹤孙过朱仙镇，和陈维崧《贺新郎》韵。

1710 年　康熙四十九年　庚寅

元宵，汪鹤孙客天津，作《减字木兰花》。

秋，许田除四川高县令，十月起程。

卓长龄卒，享年五十三。

1711 年　康熙五十年　辛卯

十一月，诸匡鼎卒，享年七十五。

1712 年　康熙五十一年　壬辰

卓胤基任仙居县学教谕。

1714 年　康熙五十三年　甲午

四月，康熙帝再次谕戒淫词小说。

1715 年　康熙五十四年　乙未

夏，许田以五部主事用，离高县北上。

高式青选河南永宁县令。

1716 年　康熙五十五年　丙申

一月，许田集其康熙四十九年以来诗作成《西征集》。

六月，王武功序章昞《见山亭诗》。

1717 年　康熙五十六年　丁酉

四月，高式青在河南永宁令任上被贼俘，旋脱，仍原官。

十月，查慎行过杭城。龚翔麟过访，请序《田居诗》。

1718 年　康熙五十七年　戊戌

闰八月十五，许田等中秋雅集。

1719 年　康熙五十八年　己亥

二月，许田北上京师。

七月，许田在京师作《屏山读书图》并题诗怀念西湖故居。

1720 年　康熙五十九年　庚子

九月九日，景星杓卒，享年六十九。

1721 年　康熙六十年　辛丑

去年至本年，沈方舟与沈德潜等结诗社于苏州。

查慎行校订并序卓长龄遗著《高樟阁诗集》。

1722 年　康熙六十一年　壬寅

新年，徐昌薇与厉鹗定交，徐氏改弦易辙，转入浙西词派。

参考文献

一　古籍类

曹尔堪：《南溪词》，康熙绿荫堂刻《百名家词钞》本。

曹尔堪、龚鼎孳等：《秋水轩倡和词》，康熙十年遥连堂刻本。

曹溶：《静惕堂诗集》，雍正刻本。

曹溶：《寓言集》，康熙绿荫堂刻《百名家词钞》本。

曹元方：《淳村文集拾遗》，国图藏清抄本。

查继超：《词学全书》，《四库全书存目丛书》影康熙十八年刻本。

查继佐：《东山遗集》，《清代诗文集汇编》影查义抄本。

查继佐：《罪惟录》，《四部丛刊三编》影手稿本。

查礼：《查恂叔集》，清钞本。

查培继：《国难录》，中华书局1959年版。

查慎行：《敬业堂集》，《四部丛刊》影康熙刻本。

柴绍炳：《柴省轩文钞》，《四库全书存目丛书》影复旦大学藏康熙刻本。

陈赓笙：《浙江海宁渤海陈氏宗谱》，民国二至七年刻本。

陈景钟：《清波三志》，钱塘丁氏嘉惠堂重刊《武林掌故丛编》本。

陈枚：《凭山阁增辑留青新集》，《四库禁毁书丛刊》影康熙刻本。

陈全之：《蓬窗日记》，嘉靖四十四年刻本。

陈确著，陈敬璋编：《乾初先生遗集》，清餐霞轩钞本。

陈仁锡：《无梦园遗集》，崇祯八年刻本。

陈廷焯：《词则》，上海古籍出版社1984年版。

陈维崧：《迦陵词全集》，康熙二十八年陈宗石患立堂刻本。
陈玉璂：《学文堂集》，《四库全书存目丛书补编》影康熙刻本。
陈子龙：《安雅堂稿》，明末刻本。
陈祚明：《采菽堂古诗选》，清刻本。
褚人穫：《坚瓠补集》，康熙刻本。
丁丙：《善本书室藏书志》，光绪刻本。
丁澎：《扶荔词》，康熙刻本。
丁澎：《扶荔堂文集》，康熙刻本。
丁澎：《扶荔堂文集选》，康熙文芸馆刻本。
丁绍仪：《国朝词综补》，光绪刻本。
董以宁：《正谊堂诗文集》，康熙书林兰荪堂刻本。
独孤微生：《泊斋别录》，清钞本。
方象瑛：《健松斋集》，康熙二十六年刻本。
方象瑛：《健松斋续集》，康熙四十年刻本。
冯金伯：《词苑萃编》，清嘉庆刻本。
高士奇：《竹窗词》，康熙朗润堂《清吟堂全集》本。
龚鼎孳：《定山堂诗余》，民国二十六年开明书店《清名家词》本。
谷应泰：《明史纪事本末》，文渊阁《四库全书》本。
顾景星：《白茅堂集》，康熙刻本。
顾师轼：《吴梅村先生年谱》，光绪三年太仓吴氏重刻光绪印本。
顾修：《增补汇刻书目》，光绪元年京都琉璃厂刻本。
顾永年：《梅东草堂诗集》，清康熙刻增修本。
韩非：《韩非子》，《四部丛刊》影清影宋钞校本。
胡介：《旅堂诗文集》，康熙刻本。
胡文焕：《文会堂词韵》，万历文会堂刻《格致丛书》本。
黄宗羲：《南雷文定四集》，康熙刻本。
嵇曾筠：《浙江通志》，文渊阁《四库全书》本。
计六奇：《明季南略》，清钞本。
江顺诒：《词学集成》，光绪刻本。

姜宸英:《湛园集》，文渊阁《四库全书》本。
姜垚:《柯亭词》，康熙刻本。
蒋景祁:《瑶华集》，康熙二十五年刻本。
蒋薰:《留素堂诗删》，康熙刻本。
金张:《岕老编年诗钞》，《四库全书存目丛书》影康熙刻本。
景星杓:《拗堂诗集》，乾道兰陔堂刻本。
孔传铎:《名家词钞》，清钞本。
况周颐:《蕙风词话》，民国《惜阴堂丛书》本。
李榕:《杭州府志》，民国十一年本。
李式玉:《词源》，康熙十五年刻《巴余集》本。
李式玉:《曼声词》，康熙刻《巴余集》本。
李渔:《李渔全集》，浙江古籍出版社 1991 年版。
厉鹗:《东城杂记》，清刻《粤雅堂丛书》本。
厉鹗:《樊榭山房集》，上海涵芬楼《四部丛刊》影印振绮堂刊本。
梁诗正:《西湖志纂》，文渊阁《四库全书》本。
梁章钜:《制义丛话》，咸丰九年刻本。
林璐:《岁寒堂初集》，康熙林氏崇道堂刻本。
刘义庆:《世说新语》，《四部丛刊》影明袁氏嘉趣堂本。
卢思诚、季念诒:《江阴县志》，清光绪四年刻本。
陆次云:《北墅绪言》，康熙刻本。
陆次云:《玉山词》，康熙二十三年刻本。
陆繁弨:《善卷堂四六》，乾隆刻吴自高注本。
陆弘定:《爰始楼诗删》，顺治刻本。
陆嘉淑:《北游日记》，《历代日记丛钞》影咸丰管庭芬重抄本。
陆嘉淑:《射山诗钞》，爱日轩藏抄本
陆嘉淑:《辛斋遗稿》，道光海昌蒋氏刻本。
陆嘉淑:《燕台剩稿》，爱日轩藏抄本。
陆进:《巢青阁集》，康熙刻本。
陆进:《巢青阁集付雪词·红么集·悼亡词》，康熙刻本。

陆进:《陆荩思诗词集》，康熙九年刻本。
陆进、俞士彪:《西陵词选》，康熙刻本。
陆圻:《威凤堂集》，《四库未收书辑刊》影康熙刻本。
陆世仪:《复社纪略》，清钞本。
陆云龙:《词菁》，崇祯四年刻《翠娱阁评选行箧必携》本。
陆云龙:《翠娱阁近言》，《续修四库全书》影崇祯刻本。
陆云龙:《诗最》，崇祯刻《翠娱阁评选行箧必携》本。
毛际可:《安序堂文钞》，《四库全书存目丛书》影康熙刻增修本。
毛际可:《浣雪词钞》，康熙刻本。
毛际可:《映竹轩词》，康熙绿荫堂刻《百名家词钞》本。
毛奇龄:《西河词话》，《词话丛编》，中华书局 1986 年版。
毛奇龄:《西河集》，文渊阁《四库全书》本。
毛先舒:《东苑文钞》，康熙刻《思古堂十四种书》本。
毛先舒:《鸾情集选》，康熙刻《思古堂十四种书》本。
毛先舒:《毛驰黄集》，清初《毛氏七录》本。
毛先舒:《诗辩坻》，康熙刻《思古堂十四种书》本。
毛先舒:《潠书》，康熙刻《思古堂十四种书》本。
毛先舒:《韵学通指》，康熙毛氏思古堂刻《毛稚黄十四种书》本。
潘衍桐:《两浙輶轩续录》，光绪刻本。
钱仪吉:《碑传集》，道光刻本。
张廷玉等:《清文献通考》，文渊阁《四库全书》本。
秦瀛:《己未词科录》，嘉庆刻本。
阮葵生:《茶余客话》，光绪十四年铅印本。
阮元:《两浙輶轩录》，嘉庆刻本。
阮元:《两浙輶轩录补遗》，嘉庆刻本。
僧济祥:《净慈寺志》，《中国佛寺史志汇刊》影钱塘丁氏重刻本。
邵长蘅:《青门剩稿》，康熙刻本
沈丰垣:《兰思词钞》《兰思词钞二集》，康熙刻本。
沈季友:《檇李诗系》，康熙四十九年刻本。

沈起：《查东山先生年谱》，《嘉业堂丛书》本。
沈谦：《东江别集》，康熙刻本。
沈谦：《东江集钞》，康熙十五年沈圣昭刻本。
沈谦：《临平记》，光绪十年丁氏《武林掌故丛编》本。
沈谦：《填词杂说》，《词话丛编》，中华书局1986年版。
沈谦、毛先舒：《古今词选》，康熙刻本。
沈雄：《古今词话》，康熙刻本。
施闰章：《施愚山先生全集》，乾隆刻本。
宋长白：《柳亭诗话》，康熙天茁园刻本。
宋俊：《岸舫词》，《清词珍本丛刊》影康熙刻本。
宋琬：《安雅堂未刻稿》，乾隆三十一年刻本。
孙诠：《担峰诗》，康熙刻本。
孙治：《孙宇台集》，康熙二十三年孙孝桢刻本。
谭献：《复堂日记》，《词话丛编》，中华书局1986年版。
谭献：《箧中词》，光绪八年刻本。
汤显祖撰，陈次令、钱宜、谈则评：《吴吴山三妇合评牡丹亭还魂记》，康熙吴氏梦园自刻本。
陶煦：《周庄镇志》，光绪八年元和刻本。
佟世南、陆进、张台柱：《东白堂词选》，康熙十七年刻本。
汪琬：《尧峰文钞》，《四部丛刊》影印佶皆写刊本。
汪惟宪：《积山先生遗集》，乾隆三十八年新刻本。
汪曰桢：《玉鉴堂诗集》，民国《吴兴丛书》本。
王昶：《国朝词综》，嘉庆七年王氏三泖渔庄刻增修本。
王初桐：《奁史》，嘉庆刻本。
王简可、崔以学：《陆辛斋先生年谱拟稿》，清钞本。
王士祯：《带经堂集》，康熙五十年程哲七略书堂刻本。
王士祯：《感旧集》，乾隆十七年刻本。
王士祯：《居易录》，《文渊阁四库全书》本。
王士祯：《香祖笔记》，康熙刻本。

王士祯：《渔洋山人精华录》，《万有文库》，商务印书馆 1937 年版。
王士祯、惠栋：《渔洋山人自撰年谱注补》，红豆斋刻本。
王士祯、邹祗谟：《倚声初集》，顺治十七年刻本。
王士祯：《花草蒙拾》，顺治十七年刻《倚声初集》本。
王世贞：《艺苑卮言》，《词话丛编》，中华书局 1986 年版。
王嗣槐：《桂山堂诗文选》，康熙青筠阁刻本。
王庭：《槐堂词存》，康熙刻本。
王奕清等：《钦定词谱》，康熙内府刻本。
王源：《居业堂文集》，道光十一年读雪山房刻本。
王灼：《碧鸡漫志》，《词话丛编》，中华书局 1986 年版。
王晫：《今世说》，康熙二十二年霞举堂刻本。
王晫：《兰言集》，康熙霞举堂刻本。
王晫：《墙东杂钞》，康熙霞举堂刻本。
王晫：《霞举堂集》，《清代诗文集汇编》影还读斋刻本。
王晫：《霞举堂集》，康熙霞举堂刻本。
魏禧：《魏叔子文集外篇》，易堂刻《宁都三魏全集》本。
魏嵋修、裘琏：《钱塘县志》，康熙刊本。
文廷式：《纯常子枝语》，民国三十二年刻本。
吴焯：《渚陆鸿飞集》，民国十三年刻本。
吴陈琰、沈玉亮：《凤池集》，康熙四十四年刻本。
吴衡照：《莲子居词话》，嘉庆刻本。
吴农祥：《梧园诗文集》，稿钞本。
吴骞：《愚谷文存续编》，嘉靖十九年刻本。
吴庆坻：《蕉廊脞录》，民国《求恕斋丛书》本。
吴曾：《能改斋漫录》，《词话丛编》，中华书局 1986 年版。
谢章铤：《赌棋山庄词话》，光绪十年刻《赌棋山庄全集》本。
辛弃疾：《稼轩长短句》，汲古阁影宋钞本。
徐灿：《拙政园诗余》，乾隆嘉庆间吴氏拜经楼刻《海昌丽则》本。
徐昌薇：《清波小志》，民国二十五年商务印书馆据《读画斋丛书》

排印本。
徐嗜凤：《荫绿轩词》，光绪二十六年刻本。
徐介：《徐狷庵集》，清钞本。
徐乾学：《憺园文集》，康熙刻冠山堂印本。
徐釚：《词苑丛谈》，康熙刻本。
徐釚：《菊庄词》，康熙徐氏自刻本。
徐釚：《南州草堂集》，康熙三十四年刻本。
徐士俊：《雁楼集》，康熙五年刻本。
徐士俊、汪淇：《分类尺牍新语》，《四库全书存目丛书》影康熙二年刻本。
徐士俊、卓人月：《草堂诗余》，《古今词统》翻刻本。
徐士俊、卓人月：《古今词统》，崇祯刻本。
徐士俊、卓人月：《诗余广选》，《古今词统》翻刻本。
徐士俊、卓人月：《徐卓晤歌》，崇祯刻本。
徐旭旦：《世经堂初集》，康熙五十一年刻本。
许田：《屏山春梦词》，清刻本。
许田：《许屏山集》，稿本。
许瑶光、吴仰贤：《嘉兴府志》，光绪五年刊本。
许应鑅、谢煌：《抚州府志》，光绪二年刊本。
杨慎：《丹铅总录》，《文渊阁四库全书》本。
姚觐元：《清代禁毁书目四种》，光绪刻《咫进斋丛书》本。
叶光耀：《浮玉词初集》，康熙刻本。
佚名：《圣祖五幸江南全录》，《振绮堂丛书》本。
尤侗：《西堂杂组三集》，康熙刻本。
余怀：《西陵诗》，清初刻《甲申集》本。
俞樾：《春在堂全书》，光绪二十五年刻本。
越闿：《春芜词》，康熙刻本。
战效曾、高瀛洲：《海宁州志》，乾隆修道光重刊本。
张丹：《张秦亭诗集》，康熙石甑山房刻本。

张竞光：《宠寿堂诗集》，《四库全书存目丛书》影康熙二年石镜山房刻增修本。
张侃：《拙轩词话》，《词话丛编》，中华书局 1986 年版。
张炎：《词源》，《词话丛编》，中华书局 1986 年版。
张綖：《诗余图谱》，台湾“国立中央图书馆”藏嘉靖十五年刊本。
章昞：《见山亭诗》，康熙刻本。
章藻功：《思绮堂文集》，康熙六十一年刻本。
赵尔巽：《清史稿》，民国十七年清史馆本。
赵吉士：《万青阁诗余》，康熙刻本。
赵尊岳：《明词汇刊》，上海古籍出版社 1992 年版。
赵尊岳：《填词丛话》，华东师范大学出版社 2009 年《词学》第三辑影印合订本。
郑景会：《柳烟词》，康熙红萼轩刻本。
郑元庆：《郑元庆遗集》，雍正刻本。
郑沄、邵晋涵：《杭州府志》，乾隆刻本。
仲恒：《雪亭词》，《清词珍本丛刊》影印手稿本。
周纶：《柯斋诗余》，康熙绿荫堂《百名家词钞》本。
周瑛：《词学筌蹄》，《续修四库全书》影印上海图书馆藏清初抄本。
朱一是：《为可堂初集》，顺治十四年补崇祯刻本。
朱彝尊：《曝书亭集》，《四部丛刊》影康熙本。
朱彝尊、李富孙：《曝书亭词注》，嘉庆十九年校经庼刻本。
诸匡鼎：《说诗堂集》，《四库全书存目丛书》影康熙刻本。
卓发之：《漉篱集》，崇祯传经堂刻本。
卓回、周在浚：《古今词汇》，康熙刻本。
卓人月：《卓珂月先生全集》，崇祯传经堂刻本。
卓天寅：《传经堂集》，康熙刻本。
宗源瀚、周学濬：《湖州府志》，同治十三年刊本。

二 现代著作类

曹秀兰：《曹溶词研究》，安徽大学出版社 2010 年版。
陈世赟：《明末清初词风研究》，天津古籍出版社 2008 年版。
陈水云：《明清词研究史》，武汉大学出版社 2006 年版。
程郁缀：《徐灿词新释辑评》，中国书店 2003 年版。
邓长风：《明清戏曲家考略全编》，上海古籍出版社 2009 年版。
丁放、甘松、曹秀兰：《宋元明词选研究》，商务印书馆 2012 年版。
方智范、邓乔彬、周圣伟、高建中：《中国古典词学理论史》，华东师范大学出版社 2005 年修订版。
冯乾：《清词序跋汇编》，凤凰出版社 2013 年版。
高建中：《施蛰存先生编年事录》，上海古籍出版社 2013 年版。
洪昇著，刘辉辑：《洪昇集》，浙江古籍出版社 1992 年版。
黄裳：《来燕榭书跋》，上海古籍出版社 1999 年版。
柯愈春：《清人诗文集总目提要》，北京古籍出版社 2001 年版。
况周颐著，屈兴国笺注：《蕙风词话辑注》，江西人民出版社 2000 年版。
李康化：《明清之际江南词学思想研究》，巴蜀书社 2001 年版。
龙榆生：《唐宋词格律》，上海古籍出版社 2010 年版。
马兴荣、吴熊和、曹济平：《中国词学大辞典》，浙江教育出版社 1996 年版。
闵丰：《清初清词选本考论》，上海古籍出版社 2008 年版。
南京大学中国语言文学系《全清词》编纂研究室：《全清词·顺康卷》，中华书局 2002 年版。
钱钟书：《管锥编》，中华书局 1979 年版。
饶宗颐、张璋：《全明词》，中华书局 2005 年版。
沈登苗：《文化的薪火》，社会科学文献出版社 2015 年版。
沈松勤：《明清之际词坛中兴史论》，上海古籍出版社 2018 年版。
沈轶刘、富寿荪：《清词菁华》，安徽文艺出版社 1986 年版。

孙克强：《清代词话全编》，凤凰出版社2019年版。
孙克强：《清代词学》，中国社会科学出版社2004年版。
谭新红：《清词话考述》，武汉大学出版社2009年版。
王兆鹏：《词学史料学》，中华书局2004年版。
吴熊和：《吴熊和词学论集》，杭州大学出版社1999年版。
吴仪一：《徐园秋花谱》，《丛书集成续编》，上海书店出版社1994年版。
吴仪一：《易大象说录》，《四库全书存目丛书》影清刻本。
夏承焘：《天风阁学词日记》，浙江古籍出版社1984年版。
徐士俊、卓人月选，谷辉之校点：《古今词统》，辽宁教育出版社2000年版。
许伯卿：《浙江词史》，杭州大学出版社2014年版。
严迪昌：《清词史》，人民文学出版社2011年版。
严迪昌：《阳羡词派研究》，齐鲁书社1993年版。
杨景龙：《花间集校注》，中华书局2014年版。
姚礼著，周膺、吴晶点校：《郭西小志》，浙江工商大学出版社2013年版。
姚蓉：《明清词派史论》，广西师范大学出版社2007年版。
张宏生：《全清词·顺康卷补编》，南京大学出版社2008年版。
张元济：《张元济全集》，商务印书馆2010年版。
张仲谋：《明代词学通论》，中华书局2013年版。
中国古籍总目编委会：《中国古籍总目》，中华书局2009年版。
周明初、叶晔：《全明词补编》，浙江大学出版社2007年版。
周庆云著，方田校点：《历代两浙词人小传》，浙江古籍出版社2012年版。
朱崇才：《词话史》，中华书局2006年版。
朱丽霞：《清代辛稼轩接受史》，齐鲁书社2005年版。

三 论文类

陈水云：《唐宋词统在清初的恢复和重建》，《安徽大学学报》（哲学社会科学版）2013 年第 5 期。

陈文新：《论浙西词派的词统建构》，《社会科学研究》2002 年第 4 期。

陈雪军：《论〈古今词统〉的词学意义及其影响——以梅里词人王翃为例》，《文艺理论研究》2013 年第 4 期。

程有庆：《〈古今词统〉版本考辨》，《版本目录学研究》2011 年第 3 辑。

邓长风：《文学奇才卓人月的生平行状》，《文学遗产》1996 年第 2 期。

邓长风：《周稚廉、丁澎生平考》，《戏剧艺术》1991 年第 3 期。

多洛肯、胡立猛：《著名回族诗人丁澎生平补考》，《西北民族研究》2013 年第 3 期。

谷辉之：《西陵词派研究》，杭州大学 1997 年博士学位论文。

和希林：《〈全清词·顺康卷〉漏收李式玉词辑补》，《宁夏大学学报》（人文社会科学版）2015 年第 3 期。

胡小林：《明末清初西泠词人群体研究》，南京大学 2009 年博士学位论文。

胡小林：《明末清初西泠词坛与词学复兴》，《中国韵文学刊》2011 年第 3 期。

胡小林：《清词人张丹卒年考》，《文学遗产》2008 年第 6 期。

黄强：《〈世经堂词钞〉中抄袭之作考》，《文献》2015 年第 3 期。

蒋寅：《清代词人邹祗谟行年考》，《山西大学学报》（哲学社会科学版）2005 年第 3 期。

林枚仪：《陆宏定词辑校》，《中国文哲研究通讯》2006 年第 2 期。

林枚仪：《陆嘉淑词辑校》，《中国文哲研究通讯》2006 年第 1 期。

刘琴：《〈古今词统〉与明清词学中兴》，浙江大学 2008 年硕士学位论文。

孟瑶、张仲谋：《明代词人地域分布研究》，《词学》第二十八辑。

闵丰：《清初词选与浙派消长》，《文学评论丛刊》第9卷第2期，南京大学出版社2007年版。

彭玉平：《倦月楼论话》，《古典文学知识》2017年第1期。

沙先一：《选本批评与清代词坛的统序建构》，《文学评论》2017年第5期。

孙克强：《词话考论》，《文学与文化》第十辑，南开大学出版社2010年版。

王兆鹏：《〈全清词·顺康卷〉前5册漏收词补目》，《中山大学学报》（社会科学版）2006年第1期。

张宏生：《统序观与明清词学的递嬗——从〈古今词统〉到〈词综〉》，《文学遗产》2010年第1期。

张燕：《〈全清词·顺康卷〉未收词集补遗》，《中国古代文学文献学国际学术研讨会论文集》，凤凰出版社2006年版。

张仲谋：《论〈古今词统〉的词史建构》，《阅江学刊》2013年第3期。

朱惠国：《“苏李之争”词功能嬗变的迷局与词学家的困惑——兼论宋代词论的两种基本观点及其演化方向》，《第五届宋代文学国际研讨会论文集》，暨南大学出版社2009年版。

索　引

D

丁澎　10,13,15 - 19,24,25,38,45,49,51,58,62,68,115,116,121 - 123,125,127,154,174 - 178,182,185,186,189 - 191,195,196,198,213,214,242,251,283,284,293,294,296

L

陆嘉淑　12,13,15,37,40,49,54,125,171,229,234 - 239,241,294,296,297

陆进　10,13,16,17,21,26,34,40,49,51,58,59,69,71,110,115 - 129,154,168,170,183 - 186,188,192,193,251,254,255,260,267,268,275,277 - 280,282 - 284,290,291,293,294,296,298,300

M

毛先舒　4,7,10 - 12,16 - 19,23 - 25,28,36,37,40,48,49,52,57 - 59,67,69,70,73,74,81,82,108,109,111,112,114,116,118,122 - 125,127,154 - 162,164,169,170,174,181,182,184 - 186,191,192,195,196,203,206,208,210,222,242,243,247,248,251,254,288,295 - 298,300,302,303

S

沈丰垣　8,10,17,38,40,46 - 49,52,57,70,71,75,108,110 - 113,116,122 - 124,127,167,174,196,207,209,214,252,253,255 - 268,281,284,285,294,296,298

沈谦　4,7,9 - 12,16 - 19,23 - 25,30,37,40,48,49,54,57,58,67,69,73 - 75,108 - 116,122,124,125,147,151,154 - 165,167,169,170,177,181,182,197,200 - 202,204,206,207,210,213,214,241 - 253,255,267,268,272,275,280,284,

288,289,293,296 – 298,300,302,303

W

王晫 8,16,17,41,49,53,55,58 – 60,70 – 72,79,84,88,112,116,122,123,127,128,152,154,161,168 – 170,177,182,202,203,208,214,221,222,251,283,284,291,294,296,298,300

吴仪一 8,10,12,15,17,42,48,53,59,70,71,110,111,116,122 – 124,127,174,188,195,196,204,205,209,214,254,256,257,268,270,283,293,296,298

X

徐士俊 4,5,9 – 11,14 – 17,20,22,23,30,35 – 37,42,49,54,55,57,58,60,61,68 – 71,74 – 76,84,87 – 90,92 – 95,97 – 99,101 – 104,110,115,116,118,121 – 125,127,135,136,143,144,149,154,164,168,170,174,179,188,197,210,213 – 228,283,288,293,294,296,298 – 300,302

Y

俞士彪 10,13,16,17,43,48,49,54,69,110,112,113,116 – 127,129,151,154,167,168,170,196,210,214,244,252 – 254,260,267,269,271,275 – 277,281,282,284,285,289,290,294,296,298

Z

张丹 13,19,32,48,49,52,65,116,125,168,203,204,238,242,284,285,296,298

卓回 10,12,15,17,21,26,37,44,49,54,61,68,69,77,95,115,118,130 – 148,151 – 154,170,172 – 174,197,210,290,291,293

卓人月 4,5,8,10 – 16,22,23,28,30,35,37,44,48,53,55,61,68,69,74 – 77,80,83 – 85,87 – 92,94 – 104,106,113,115,121,132,135,136,143,144,146,148 – 150,152,154,164,168,179,182,183,188,210,213 – 229,283,288,292 – 296,298,299,302,303

后　记

西陵词学，是明清词学史上具有转折意义的关键一环。从明词到清词的递嬗，西陵词人引领的多元审美观是第一次变革，浙西词派引领的雅正审美观是第二次变革，正是这两次先后相继的风尚变革，促成了词史中兴。于此，笔者有志未逮，且待来日。

这部书稿是在博士学位论文的基础上改定而成。定题与写作中，得到导师朱惠国教授全程的悉心指导，陈雪军教授慷慨的文献馈赠，以及吴晗、徐燕婷、王静、王鸳、戴伊璇、胡永启、赵友永、张文昌、刘子闻、曲晟畅诸师兄弟姐妹的切磋之益；评审答辩中，陆续得到黄霖、赵山林、朱恒夫、赵维国、谭帆、程华平、彭玉平诸先生一针见血的指点；博士毕业之后，我入职杭州师范大学，又得到沈松勤教授高屋建瓴的点拨；在书稿最后改定过程中，好友王小玖提供了有力帮助；在出版过程中，有幸得到国家社科基金资助，中国社会科学出版社尤其是编辑郭鹏老师付出了巨大辛劳。在此，一并致谢！

耿志

壬寅季秋十九日于杭州